2020中国年度作品

短篇小说

现代年选 在场者的选择

U0913383

中国出版集团 现代出版社

图书在版编目（CIP）数据

2020中国年度作品·短篇小说 / 黄咏梅主编. —北京：现代出版社，2021.3

ISBN 978-7-5143-8990-6

Ⅰ. ①2… Ⅱ. ①黄… Ⅲ. ①中国文学—当代文学—作品综合集 ②短篇小说—小说集—中国—当代 Ⅳ. ①I217.1

中国版本图书馆CIP数据核字（2020）第268443号

2020中国年度作品·短篇小说

主　　编：黄咏梅

组稿编辑：庞俭克

责任编辑：申　晶

出版发行：现代出版社

通信地址：北京市安定门外安华里504号

邮政编码：100011

电　　话：010-64267325　010-64245264（兼传真）

网　　址：www.1980xd.com

电子邮箱：xiandai@vip.sina.com

印　　刷：三河市宏盛印务有限公司

开　　本：710mm×960mm　1/16　　印　　张：22.25

版　　次：2021年3月第1版　　印　　次：2021年3月第1次印刷

字　　数：370千字

书　　号：ISBN 978-7-5143-8990-6

定　　价：42.80元

版权所有，翻印必究；未经许可，不得转载

目　录

虞 公 山

徐则臣[①]

要从一个鬼魂说起。

不管你信不信，那三个人的确看到了卢万里的鬼魂。他们用手指着脑门对我发誓："千真万确，如有半句瞎话，仝所你拿枪打我这里。"三个人在不同时间点，经过卢万里家的院门前，都看见他在烤火。卢万里缩着脑袋蹲在地上，面前是一个火盆，他正理着湿衣服在火上烤。在火焰和冒着水汽的湿衣服后面，他们三人都看见了卢万里瘦骨嶙峋的上身和那张憔悴的脸，他冷得直哆嗦。卢万里显然比活着的时候更瘦了。三个目击者的表述区别仅在于燃料：一个说，盆里烧的是木柴；第二个人说，烧的是火纸；第三个承认他没看清楚，火太大，几乎把整个火盆都吞没了。烧的什么不重要，重要的是，死去的卢万里突然回到家门口来烤火。

雨一直下，大的时候像老天漏了底，小的时候如满天的蜘蛛在吐丝，缠缠绵绵半个月没消停。所以，尽管现在是大夏天，如果鬼魂衣服湿透了，感到冷也很正常。反常的是，死去的卢万里为什么要回到家门口来烤衣服。

死人回家我没见过，但鹤顶这地方此类传闻从来没断过。算命的老赵多年来的口头禅就是：水边嘛，湿气重，阴气也重，出啥事都不稀奇。也就是

---

① **徐则臣** 1978年生于江苏东海，毕业于北京大学中文系，现为《人民文学》杂志副主编。著有《北上》《耶路撒冷》《王城如海》《北京西郊故事集》《青云谷童话》等，曾获茅盾文学奖、鲁迅文学奖、老舍文学奖、中国好书奖、全国"五个一工程"奖、华语文学传媒大奖等。部分作品被译成英、法、德、意等十余种语言。

说，鹤顶就是个神神道道的地方。所以卢万里的儿子把这件事作为报案的原因之一，我根本没当回事。他说有人动了他父亲的坟墓。他说不仅有三个街坊看见了他爸在院门口烤衣服，冻得直哆嗦，他还亲自梦见了父亲。在他的梦里，父亲穿着的正是在院门口烘烤的衣服，卢万里抱着胳膊对他说：

“儿子，我快冻死了。衣服全湿了。”

在他梦里，父亲的衣服的确是湿的，湿漉漉地正往下滴水。他做梦的时间在三个目击者看见烤火的场面之后，可见，父亲的衣服在烤干之后又湿了。第二天早上，他把这个奇怪的梦说给母亲和老婆听。母亲听了心酸得不行，跟邻居们说起时，止不住流下眼泪；老婆则当成个笑话，说给姐妹们听时自己都忍不住笑出声来。然后，作为反馈和回应，三个目击者看见卢万里烤火的消息陆续传到了他们家。里应外合，卢家就不能不上心了。卢万里的儿子想起来，清明给父亲上坟时是有点潦草，没烧几张纸。一定是父亲在那边缺钱了，所以衣服湿了也没得换。第三天，他一口气买了十刀火纸，每张纸上都摞满了金元宝，装在一个大号塑料口袋里捆到摩托车上，冒雨去给父亲上坟。

离坟墓还有二十米，穿过雨帘他就发现父亲隆起的坟堆缺了半边。再往下看，有人在坟墓旁边挖了一道深沟，雨水汇成激流，正从深沟里流过。混浊的流水不停地冲刷父亲的坟墓，棺材一角浸泡在水里，流水撞击到黑色棺木上，激起泛白的水花。卢万里儿子骑上电驴子转身就跑，背着一口袋的火纸直接到了丁字路口。他结结巴巴地对所里的值班警员说：

“有有有人，盗盗盗了我爸爸的的墓。”

我们觉得这事不可能，卢万里又不是啥大人物，平常到不能再平常的一个坟，盗它，谁吃饱了撑的？本来下雨天也干不了活儿，大家想趁机打个瞌睡，他非要我们去破案。为了表示兹事体大，且有预兆在先，他把卢万里湿了烤干、烤干后又湿了的衣服和哆嗦喊冷的事给我们颠三倒四地讲了一遍。好吧，上车。

快到现场，一摊烂泥地，车过不去。下了车他让我们走在前面。他说天暗，他有点怕。

就是在那天的大雨里，我们发现了未遂的盗墓案，当然，盗的不是卢万里的墓。

卢万里埋在一个好地方。这一片高地，鹤顶人叫虞公山。传说甚多，有说古时候一个姓虞的人曾在这地方住过；也有说这地方埋过一个姓虞的大官；还有的说，一个姓虞的外乡人来这里修行，最后坐在山尖上飞升成了神仙。反正跟一个姓虞的人有关。这种传闻鹤顶人都懒得信，但凡跟别处有点区别的地方都有类似传说。如果都是真的，那咱们鹤顶早就仙迹处处，哪还会穷得如此叮当响？虞公山周围是片荒地，尽管没生老赵那样的慧眼，鹤顶人也看出来这地方风水不错，但因为离镇子实在有点远，人死了也极少长途跋涉埋到这地方。这两年不少人家鸟枪换炮，有了摩托车、电动三轮车，交通工具改变了距离的概念，虞公山周围才慢慢出现几座新坟。

我们围着卢万里的坟墓转了几圈，确定没人动过那口黑漆漆的槐木棺材。它露出一角，还有坟山垮掉半边，完全是雨水冲刷所致。卢万里儿子拍胸脯保证，若非意外，他爸坟边绝不会出现水沟。坟墓的左侧低于右侧，虞公山上的雨水再凶，往下流也只会从他爸的左边走。他说的没错。坟墓周围荒草丛生，尤其是那些抱住大地不放的巴根草，拿铲子都未必能将它们连根拔起，仅靠雨水的冲刷，十天半个月怕是搞不定的。有人帮了忙。

这好办，我们继续在附近转悠，等同事开车回去取来几把铁锹。然后挖土筑坝再引流，让水从卢万里的左边走。果然，水落之后，在坟墓的右侧隐约发现了铁锹切挖过的痕迹。荒无人迹，谁会无聊来这地方模仿大禹治水呢。我提着铁锹绕虞公山的边缘走，十步之外看见了雨水没有冲刷干净的新泥。

虞公山说是山，其实就是个大一点的土堆子。也许姓虞的那人当初成仙或者刚埋下地的时候，虞公山确有一些气势，比如巍峨宽阔，风吹日晒雨淋了不知多少年后，它已然也被消磨成了一个土丘。我跟着断断续续残留的新泥走，发现土丘坡上有一丛灌木尤为稠密。大雨把灌木洗得干净，同一丛灌木竟长出两种不同的枝叶。我用铁锹毫不费力就挑起了部分枝叶。再来一锹，剩下稍微牢靠一点的灌木也被从泥土里掘出来。一例都没有根。它们是被砍断了根插进土里的。

灌木清空后，再铲掉插灌木的一堆泥，土丘的肚子里似乎有个洞。我招呼大家过来，清除洞口堆积的虚土，再往里挖。果然一个黑灯瞎火的洞。铁锹在洞的深处撞上坚硬的东西。卢万里儿子想出个招，打火机点着，系在铁锹头上往洞里探。洞中氧气稀薄，但奄奄一息的火光中，我们都看见了刚才铁锹撞到的什么。打磨光滑的巨大条石。

以在派出所工作多年的经验，我知道遇上大事了。我把所有人集合到跟前，发布如下命令：

任何人不得走漏风声；

立刻原样封堵洞口，恢复伪装；

现在就协助死者家属培筑好坟墓；

我现在就给有关部门和领导汇报，在相关决定下达之前，咱们所一定做好现场保护，不能有半点闪失。

省文化厅接手了剩下的工作，天还没晴透就派来考古队。他们认为虞公山下可能藏有古墓。他们与县史志办及有关历史学家交流研判之后，初步达成共识：虞公山的传说或许非虚，这地方真埋葬过姓虞的历史人物。安保工作由县公安局牵头，我们所全力配合。同时，责成我们所尽快侦破该起古墓盗窃未遂案。

我们手头的线索只有两个：一是这起盗挖跟卢家的关系。大雨之后的现场线索几乎消失殆尽，但两者之间若无必然联系，那只能说太过巧合。第二个，就是县公安局提供的两个过滤嘴烟头，他们在洞里找到的。一个古怪的牌子，蓝旗。

第一个问题好解决，警员做了拉网式查访，卢万里家人、亲戚，街坊邻里，甚至随机采访了跟卢家毫无关系的人。没有发现任何蛛丝马迹。卢万里生前口碑甚好，他的左邻高度赞扬了卢万里，那个老大爷说："我就一个标准：凡是万里说有问题的，那人肯定有问题；凡是说万里有问题的，一定是那人有问题。我认识万里几十年了，这标准从没错过。"卢万里的言传身教影响了整个家庭，卢家家风挺好，门楣上还钉着"五好家庭"的牌牌。他们家没仇人，没做过亏心事，儿子、儿媳妇、女儿、女婿，人缘都不错，至少在查访中没听到任何负面评价。足够了。在乡镇，除非深仇大恨不共戴天，谁会干掘人祖坟这种损阴德的事。更不会有人抽风，要去卢万里坟边开一道深沟解闷。所以我们维持先前的判断：此事跟盗墓相关。

我把查访详情向县公安局做汇报。县局表示赞同，他们在复盘案发现场时也发现，两者很可能关联密切。盗墓必须掘土，盗墓还得隐蔽，掘出的土不能露馅儿，运土也不能太麻烦，怎么办？现场解决。如何解决？被雨水冲走。自然便捷，神不知鬼不觉。卢万里的坟墓是距盗墓口最近的一座坟，山丘与坟堆之间正好有个凹槽，高处的雨水下泻，那地方是第一个下水口。为了加大水流带土的能力，盗墓贼掘开草皮和地表，人为地开了一条深沟。他们没想到，雨大流急，这个更有效的挖掘机扩大深沟的同时，把卢万里的坟墓也给摧毁了半边，露出棺木。已经在干燥温暖的棺木里安睡三年的卢万里突然落了水，感到了冷。盗墓贼失算了，提前惊动了鬼。

剩下的两个烟头。作为一个老烟鬼，很惭愧，我真没听说过蓝旗这个牌子。警员们去镇上各个商店买蓝旗烟，全都空手而归。店主们跟我一样孤陋寡闻。这方面见多识广的只能找满天下乱跑的人。住滨河大道边上的老苏长年跑长途客车，他也说不清，答应下一趟跑车时帮我问问。我把鹤顶在外工作、求学、做生意和游荡的人名单找出来，能联系的都联系了一遍，没一个人知道。结果显示，他们大部分人都不怎么抽烟，更不会带烟回来。这很好，健康比什么都重要。

副所长想起运河街上长年跑船的吴斌，这家伙烟酒都是大户，没准知道。他老婆在家，听说找吴斌，没好气地说：

“死了。”

“死了？”

“早死了。”

“啥时候死的？”

“一年到头连家都不着，跟死了有什么两样？”

副所长出了口长气，拿出烟头照片，“你见过吴斌带回来这个牌子的烟吗？”

吴斌老婆瞥都没瞥，“人都见不着，哪还见得着烟？”

副所长知道再问也是瞎耽误工夫，赔个笑转身要走，被叫住了。

“本来也懒得问，”吴斌老婆说，“赶上了我就多一句嘴。我家那兔崽子好几天不着家了，你们能不能帮忙找一下？”

“什么兔崽子？”

“我儿子，吴极。”

“失踪了？”

“谁知道。学校也打来电话，三天，哦，今天第四天，没上课了。”

“平常他会去哪儿？”

“谁知道。跟他爹一个德性，四六不着的货。”吴斌老婆摊开手对着房间挥了半圈，“这个家就是个旅店。”

副所长答应着，出了吴家。正经事没干成，倒添了桩新业务，回到所里就跟我抱怨。抱怨归抱怨，还是给镇中学打了电话。教务主任说，有这事，家长再不给出合理解释，按有关规定，可以开除了。教务主任又说，咱这鹤顶，一到下雨天事就多，吴极班上还有个同学也旷课四天了；班主任说，他俩好得穿一条裤子。

“两个孩子平时表现如何？”

“俩孩子性格都偏孤僻，”教务主任电话里的口气有点哀其不幸、怒其不争，“不太合群。听说经常抽烟喝酒。”

我和副所长对视一下。我们的判断步子可能大了一点，有枣没枣来一竿吧。

吴极的同学叫安大平，住在运河街的另一头。父母都在家，老实得像闷瓜，见了警员手都不知道往哪里放。除了回答我同事的问题，多一个字都没说，连句客气话都没有。据邻居反映，他们两口子长年如此，相对无言。如果不是拴在墙根的那条狗偶尔发出几声叹息一般的叫声，这个家可以一整天不弄出任何动静。两口子说，大平去他姑姑家走亲戚了。

“课也不上了？”

“大平没说上课的事。”

好吧。我同事问，可不可以看一下安大平的房间，两口子没说行也没说不行，对着一扇关着的门指指，门上贴着奥特曼。一个高二男生的房间，墙上贴的还是初中生口味的招贴画。没有烟味。在一个半开的抽屉里，同事看见一盒本地产的运河牌香烟。打开烟盒，剩下的五根烟里，有一根蓝旗。同事合上烟盒，对两口子笑笑，问，大平他姑姑家远吗？

从安大平家出来，他们直奔运河街的那一头。吴斌老婆正锁门要去菜场，这个时候肉会便宜点。她给了我同事一个白眼，不耐烦地说：

“你们到底想看什么？我都半个月没吃上肉了。”

“就看看你儿子的房间。没线索怎么帮你找儿子？”

吴斌老婆用钥匙打开儿子房门。吴极平常出门就上锁，不许母亲随便进他房间。因为门窗紧闭，浓烈的潮霉味中混杂着没能散尽的烟味。地上有烟头，没错，蓝旗牌。同事顺手翻了写字台上的一堆演草纸，有张纸正面演算一道数学题，反面画着一个山包。山包的半腰上有一扇打开的门，一个粗暴的箭头指向门里。纸的右下角写着“祖宗”两个字。

“这是什么？”同事试探着问吴斌老婆。

“我哪知道？”她心不在焉地说，“一天到晚跟没魂儿似的，出了这扇门就像梦游。跟他老子半毫米不差。我说你们能不能快一点，再晚便宜肉都卖光了。”

同事回到所里汇报之后，驱车去了安大平姑妈家。

可能因为电视里正在播放侦探片，那俩孩子扭头看见三个警察进了门，立马从并排坐的椅子上跳了起来。安大平的姑妈也吓坏了，他们家从没来过戴大盖帽的。她跟在我同事后面说：

“他俩可啥坏事都没干啊，坐在这里看了一天的电视了。”

我同事说：“没事，我们就了解一下情况。”

俩孩子个头都不小，杵在那里一个挠鼻子，一个拧着手指头。

“有烟吗？”

吴极脸上长满了青春痘。他从口袋里摸出挤皱的半包蓝旗。

“哪来的？”

“我爸上次带回来的。”

“带给你抽的？”

“我偷的。”

一个同事堵在门口防止他们溜掉。另一个同事指着椅子，“坐。”

他俩坐下来。安大平姑妈关掉电视，让我同事坐到旁边的木制沙发上。

“别紧张，就是了解点情况。旷课可不是个好习惯。”

“吴极说不想上了，我就陪他出来了。”安大平怯怯地说。

“为什么不想上？”同事问吴极。

“心慌。”

“吃坏肚子了？”

“不知道。”

“再想想。比如看见谁，害怕了？”

吴极低着头，翻起眼看眼前的两个警察，然后扭头往后看。堵在门前的我同事，像逆光中矗立的一座黑塔。

“嗯。”

“看见谁了？”

吴极低头不吭声。

“大平，要不你来说说？”我同事说。

安大平看看吴极，后者没反应。安大平犹豫之后小声说：“你们。”

“戴大盖帽的？”

安大平点点头。

“在哪儿？”

“虞公山。”

“哦，”我同事说，“吴极，你俩一块儿？”

吴极突然站起来，脸涨得通红，“那就是我们家的地方！我本来姓虞！”

两个孩子被带回所里。

副所长把审问结果报送给我时，哭笑不得，这是他从警十八年来见过的最有意思的案子。如果嫌疑人不是未满十八岁的少年，他敢断定这会是本年度全中国最荒唐的案件，没有之一。邪了门了，真棒！

虞公山那个洞是吴极和安大平两人掘的，为寻找古墓。卢万里坟墓旁边的水沟也是他俩挖的，如我们和县局推断的，为了就近把掘出的新土冲走。那个小坟里埋的是谁，他们根本不关心，甚至都没认真看一眼卢万里的墓碑。俩孩子交代，他们利用中午和下午放学后的空闲时间来干活。刚开挖不久就下起雨，本以为雨天对工程不利，黏黏糊糊到处是泥，但发现雨水可以迅速将掘出的新土冲走，他们倒希望雨一直下下去了。因为不会留下明显的痕迹。尽管此地荒僻，若非逢年过节，扫墓上坟的人都见不着，他们还是谨慎为上，每次工作结束，都要把洞口伪装妥帖。大雨帮了他们的忙，踩出的泥泞也很快被雨水抹平；小丘上杂草也多，被踩趴下了，喝了一肚子水后，腰又迅速地挺起来，所以我们第一次去那里，完全没留意这些疑点。

“为什么盗墓？”我问副所长。

“嗐，他们根本不认为是盗墓。”副所长拿出提审记录，“吴极认为他只是在挖自家的祖坟。他说吴斌一直跟他说，他们原来姓虞，当年老祖宗虞公出差途中意外病逝在鹤顶，天热，遗体没法久存，只能就地下葬，埋在了虞公山。虞公山其实就是个大坟堆。只是天长日久，历史演进，鹤顶人把虞公墓这事给忘了，虞公山成了一个大土丘的名字。吴斌跟儿子说，他们这支‘吴’跟本地的吴姓没关系，他们从‘虞’字来。当年虞公是清朝康熙年间的大官，起码相当于现在的省部级干部。因为是皇帝的宠臣，死后才备极荣华，有如此规模的大墓。虞公客葬异地，他的二儿子是大孝子，便迁居鹤顶，长年为父亲守墓。因为是从家族中分出来，如同从‘虞’字里拆出个‘吴’，这一支虞公后代就以吴姓在鹤顶繁衍开来。”

“听上去挺是那么回事的。就算真是吴家祖坟，吴极这孩子为什么现在突然开挖了？”

“据安大平说，吴极跟一个姓吴的同学闹矛盾，对方说，‘有种别姓吴’。为撇清跟对方‘吴’的关系，这小子血直往脑门蹿，竟然要到老祖宗的坟墓里找证据。吴斌跟他说过，虞公落葬时，带了一部家谱进地下。”

这算不算“儿戏”？他还真就这么干了。这孩子都没意识到，即便真有家谱陪葬，几百年过去，也不知道腐烂多少回了。而且，找到家谱就能证明他是虞公的后人？

“吴斌跟吴极说，他们家有一部吴姓家谱，打头的是虞公的二儿子，只要两部家谱衔接上，齐了。没有比这更有力的证明了。”

家谱这么复杂的东西我不懂。我爹给我留了一本，让珍藏，我放抽屉里后再没拿出来过。但以我对家谱粗浅的了解，很多家谱开头都会有一段大帽子，历数自家姓氏的沿革，吴极完全可以拿出自家的家谱嘛。

“这个我也问了。”副所长问我要了根烟，“吴极说，他把家里翻了个底儿掉，没找着。就给吴斌的船上打电话，父亲醉醺醺地跟他说，早不知放哪了，回到家再说。他一趟船经常要跑三四个月，吴极等不了，找到一部算一部。头一次见到这么仓促上阵的盗墓贼。找了几本盗墓小说翻了翻，围着虞公山转了三圈，觉得哪个地方顺眼，一锹插下去就开干了。担心一个人忙不过来，就把好朋友拉过来帮忙。哦对了，他不同意盗墓这个说法。”

“不盗墓他们怕啥？”

“我们的人守在那里，大盖帽总还是有点震慑力的嘛。他俩就跑了。”

“口供跟现场都吻合？”

“核对无误。挖掘工具藏在旁边的小树林里，也找到了。”

确实有点意思。我想找个时间跟吴极这孩子聊聊。他爹我见过，跑船回来，经常摇摇摆摆穿过运河街，一大早看上去也是醉醺醺的。

专家们确认虞公山下有座古墓。墓主人虞凤常，字鸾翔，湖北宜昌人，仕宦生涯主要在清康熙年间，官至大理院少卿。也就是大理寺卿的副手，佐正卿总理全院事务并监督一切事宜，正三品，够大的官儿。专家查阅大量史料，证实了本地的传说。大理院少卿虞凤常确系陪侍康熙皇帝沿运河南巡，船队行至鹤顶时病逝。虞少卿是康熙的爱臣，他的突然亡故，让皇帝十分悲痛，其时天气尚热，尸体不宜久存，长途迁移更是不妥，便御旨厚葬于此。

当年一定是立了墓碑，碑文很可能还是康熙御笔，但很遗憾，不知道在哪个年代弄丢了。很可能因为墓碑的遗失，导致本地人对这段历史的记忆开始漫漶，最终成了众多漫不经心的传说之一。不过这也在一定程度上保护了虞公山，否则，早不知道被那些职业的盗墓贼光顾多少次了。

我们把吴斌的“吴自虞来”一说报给专家，他们讨论之后，表示存疑。现有的资料完全不能支撑吴斌的说法。虞氏一族，在北京和宜昌都有后人，子孙繁茂，有案可稽；至于鹤顶的这一支，真没听说。

考古发掘正在有条不紊地进行。鹤顶在运河边上，千百年来，无数历史人物在运河上穿梭，无数的大事在水上与河边发生，大大小小的遗迹不能算少。在这方面，鹤顶人还是见过一点世面的。开始几天，大家围观考古现场的热情挺高，里三层外三层，等专家们找到此系虞公墓的确凿证据，即一块镌有“虞少卿”字样的石头后，人群就慢慢散了。热闹不能一直看下去，自己的日子还得好好过。我们继续提供必要的安保，所里的日常工作也逐步恢复。

跟县局协商之后，对吴极和安大平做过批评教育，把他们送回了课堂。我知道吴极没有想通。说实话，我也挺好奇，于是决定，干脆把它当成不是案子的案子继续办下去。周末下午，吴极母子俩都在家，我敲响了他们家的门。

儿子挖了虞公山，当妈的觉得挺没面子；但因为儿子这开山的几锹，引来一场轰轰烈烈的考古，还坐实了虞公墓，当妈的又觉得儿子给自己长了脸。不过此外，“吴从虞来”又让她哭笑不得。你爸整天云里雾里，瞎话张嘴就来，你也信？当妈的又十分来气，这事用膝盖想都觉得荒唐啊。我到吴家时，没说上两句，吴斌老婆又训开了儿子：

“好的你没学，脑子抽筋倒学得挺快。不过那死鬼也没啥好的可学。”

吴极小声嘀咕：“我爸没瞎说。”

“他不瞎说？嫁给他十八年，我算明白了，从头发梢到脚指甲盖儿，他从头到脚每个细胞都是个骗子！”

“我爸不是骗子！”

“他要不是骗子，你妈我就是七仙女，就是王母娘娘。”

“我爸就不是骗子！”

“好了，老娘懒得跟你争了。你真是你爸的亲儿子。”

我赶紧打圆场，表示想跟吴极单独聊聊。

“随便！”吴斌老婆手一挥，“能带回家聊到管饭更好。”这婆娘拎起织毛线的袋子去邻居家串门了。

我问吴极：“你爸知道这事吗？”

“不知道。电话打不通。”

吴斌跟着一个外乡人跑船，每年回来两三次，吴极掰着指头数，在家撑死了也就待一个月。活儿多？谁知道。他喜欢在水上跑，说在陆地上走不稳，上岸就要摔跤。他悄悄跟儿子说，别告诉你妈呀，我两条腿不一样长。吴极想看看两条腿差多少，吴斌刮了一下儿子的鼻子，站着是看不准的。可是吴斌一躺床上就是前腿弓后腿蹬，两脚从来不齐，那姿势像在跑路。过去吴斌有过两个便宜的手机，一个喝多了不知丢哪儿去了，一个站在船边撒尿时，不小心滑进了水里。干脆不要手机了，反正没人找。吴极找他，都是打船老大的电话，那差不多也是个不靠谱的酒鬼。

吴家的房子不大，就这样也没塞满，客厅里的摆设稍显清冷，感觉这家人随时都可能搬走。“喜欢爸爸吗？”我问。

吴极低着头。“不知道。”

“想爸爸吗？”

“不知道。”

“爸爸回到家都干什么？”

“喝酒。跟妈妈吵架。给我讲故事。”

“都讲了什么故事？”

“什么故事都有。”这孩子突然有了自信，眉毛都挑了起来，“我爸爸一肚子故事。真的，他什么都懂。他去过很多地方，每个地方都能带回来一大堆故事。不信你问安大平。我爸一回来，他就待在我家不愿走。他说我爸是他见过的最会说笑话的人，每次他都笑得两个腮帮子疼。”

“你妈妈喜欢听吗？”

“我妈说，都是吹牛，鬼话连篇。然后就吵架。有时候还会打起来。”

“你爸都跟谁一起喝酒？”

“他自己把自己喝醉。一年有十一个月在外头，哪儿来的朋友。”

鹤顶镇上姓吴的有好几家，跟他们家都不是本家和亲戚。吴极往上四五代，都是单传。他爸说，跟他们不一路。

“你们家的家谱你看过？”

吴极摇摇头。“我爸都忘了放哪儿了。但是我看过这个。”他去自己房间抱回来一本破旧的县志，砖头一样大。他熟练地翻到折页的地方，递给我看。

纸页泛黄，印刷效果也欠佳。那一页介绍虞公山的传说，列出四种：虞氏住地说；虞氏修仙说；虞公墓说；还有一个愚公说。第四种意思是，这地方原来真有座山，堵在某人家门口，这家也出了一个愚公，誓将此山夷为平地，可惜天不假年，快削平的时候累死了。大家就把剩下的这个土包叫愚公山。已经有个跟王屋和太行两座山耗到底的愚公，本地人想，还是别弄重了，分不清彼此也麻烦，于是改叫虞公山。虞公墓说，指的就是虞风常落葬于此，名之虞公山。吴极只在此一说的文字下，用圆珠笔画了两条歪歪扭扭的线。

“这个说明不了什么问题呀。”我说。

“我相信我爸的。”

吴极说这句话时，内向、羞涩和躲闪都不见了，一脸单纯笃定的孩子气。我摸了摸他的脑袋，感觉像在摸我们家的那个小浑蛋。儿子高中毕业后，再不让我摸他脑袋了。“挺好，挺好。”我说，“你爸这么说，一定有他的道理。想吃什么？”

他想吃羊肉串，如果可以，还想把安大平也叫上。没问题，我说这顿一定管饱。我们在镇上最好的羊汤馆等安大平。他们想吃的全点了。分手的时候，我要了吴斌的船老大的电话。

那人姓秦，山东口音，说话充满梁山泊的豪气。我们聊得很好。船停在码头，他留守船上，吴斌上岸溜达了。他说吴斌这兄弟不错，就是管不住自己的嘴，每顿都离不开那二两猫尿，可惜了一肚子的才华。秦老大说到猫尿时嘿嘿地笑了，他也好这口。水上跑惯了，不喝两口真顶不住那寒湿，还有“孤独”。他说到“孤独”时舌头打了个结，不习惯这样文气和矫情的表达。

“一肚子才华？”

“也是一肚子鬼话。”秦老大吐了一口痰，在电话里说，“那真是个聪明人，说什么像什么。他要不跟我搭个伴，这一年到头在运河里跑上跑下，我还真不知道时间怎么打发。”

“你知道他祖上姓虞吗？”

“那得看他喝到哪儿了。喝到位了，也姓过昊。”

我不知道接下来该问啥了，便随口说：“一肚子鬼话那你还信？”

“信了能翻天？你们可能不了解他。聊透了，你就知道，这人让你心疼。对，心疼，就这个意思。”

我头脑里立马出现一个清瘦的男人，还有点病病歪歪的。事实上，我见过的吴斌虽然块头算不上多大，但绝对是个结实的汉子。

“我可能没说清楚。反正这兄弟真不是坏人。他不过是张嘴就来。你要是跟他敞开了说上一个小时，我担保你会认为他跑船是屈才了。我一直觉得他能干很多高级的事。能干什么我也说不好，反正他经常没魂儿的样子既让我冒火，又让我愧疚，觉得委屈了他。但他又能干什么呢？所以这些年我一直收留他。要是别的船老大，早换个更年轻能干的了。不好意思，啰啰唆唆的，也不知道我说明白了没有，”他的声音突然远了，一段空白，他一定是捂住了话筒。很快山东口音又回来了，“吴斌回来了，又喝多了。你要跟他说吗？”

“不必了。我就随便问问。谢谢。”我竟然有点慌张地挂了电话。

这次通话之后不到一个月，准确地说，二十八天，考古发掘还在进行，秦老大突然给我打了个电话。吴斌死了。昨晚喝多了，可能夜里起来撒野尿，一脚没踩好，栽进了运河里。今天一大早尸体浮在水上，幸亏没漂太远，要不都不知道他跑哪儿去了。现在他正加足马力把他运回来，明天就到鹤顶。他觉得先给我打个电话，可能比上来就通知吴斌老婆孩子要妥当。为什么妥当，他也不知道。这个山东汉子，在电话里露出了哭腔。他说，吴斌无论如何是个好兄弟。

由所里出面，找了一辆车去接吴斌。我以为吴斌老婆会拒绝去码头，没有，她坐在车上一声不吭。如此安静的母亲，吴极也有点不适应，他下意识地抓着妈妈的胳膊，他的手不停地抖。

吴斌被水泡得变了形，头发稀疏，白多黑少。他长一张瘦脸，跟肿胀的身子完全不成比例。吴斌老婆没有哭出声，只是眼泪吧嗒吧嗒地掉。吴极也一样，因为控制不住的惊恐，他连眼泪都很少。秦老大年轻时肯定是个壮汉，此刻两鬓斑白。他擦眼泪的时候不得不擤鼻涕。

一切从简。最后关头，再整理一下死者仪容。吴斌脸上蒙一沓火纸，这是鹤顶的风俗。旁边站着五个人，他老婆、他儿子、秦老大、我和安大平。就在殡葬工要把他推进炉子里的那一刻，吴极抓住了父亲。他把父亲的两条腿直直地并到一起，握住父亲的两个脚踝。为了看得更清楚，他弯下了腰。

玫瑰，玫瑰

张惠雯[1]

1

当我开车行驶在车辆稀疏的缅因州高速公路上、任由风景在车窗两边流过，我仍有些茫然，在想自己为何要赴这么一个约。缅因州当然很美，梭罗曾把它形容为人间天堂。沿途尽是松林、明珠般的湖泊，以及遍布大西洋礁石海滩的粗粝壮美的海岸线……可这美丽对我来说未免太过静谧、空旷了。

我和她已经多年没有联系过。但自从微信产生后，无论是你想见还是不想见的人，早晚会通过那个盘错交织的网被连起来。于是，我收到了她的邀约。经由她的描述，我得知她先生在以风景著称的缅因州某地买了座面海的小山，他们在山上建了一座大房子。她邀我去看望她（尽管她邮件里用的是“我们”这个词），并且列出了她自以为能吸引一个写作者的所有东西：白色面海的房子，私人的山林、海滩，散步时遇到的驼鹿，无人打扰的安静……它呈现在我脑海里，就像那些平板俗套、毫无才气的风景画。在这想象中，引起我兴趣的不是景物，而是在那景物中索居的两个人。

我和她是同一年考进大学的。在新生欢迎会上，我们互认了老乡。我们在同一个省份，但住的城市其实距离相当远，一个在该省的北边，一个在最南边。交往不久，我曾写过文绉绉的信给她，信里引用那句词：“我住长江

① **张惠雯** 女，1978年生，祖籍河南。曾长期旅居新加坡，毕业于新加坡国立大学商学院。现居美国波士顿。小说家，《联合早报》专栏作家。

头，君住长江尾……”从地理上来说，这倒是真实的描述。她那时很漂亮，从脸庞到身体都洋溢着美好的温柔，使人想去亲近她。她有个和自己很切合的名字：秀钰。这种女孩儿总会很忙，何况她心灵也柔软。她忙着推辞这个、安抚那个。那么多的盛情，那么多的信件，那么多需要劝导的、受了挫折和伤害的年轻男人的心灵……可惜我只是这场热闹游戏的悻悻的观望者。很快，大家得知她和一个大三的男生固定了交往。那个男生也不是等闲之辈，他成绩好，是学生会干部，因为长相英俊还是众多女生心目中的“校草”。没什么悬念，校花和校草在一起了。毕业后不久，她随着这个男人出国了。而这个“校草”，就是如今发奋买下了一座山头的男主人。

除了因同乡关系的往来，我俩并没有什么深交，可与她有关的一个情景却始终留在我记忆里。它发生在我们俩坐同一趟列车回家的那个寒假。那时候火车真慢，我要坐十二个小时，她要坐十六个小时。大部分时间，我们被蒸汽机的噪声、频繁来往的食品小推车和污浊的气味包围在其中。火车在黑暗中行驶了很久，后来，车厢里灯光暗了，周围安静下来，鼾声、气息声像阵阵微风。不知道什么时候，她把头靠在我肩膀上睡着了，她的头发蹭着我的下巴，她那个柔软的脑袋让我内里产生了剧烈的震动。一开始，我的身体紧绷，但慢慢的，我让自己放松下来，单纯地享受着这样的接触，甚至也假装闭上眼睛，头歪过去，很轻地触碰着她的头。这让我心醉神迷，让我深受感动甚至有点儿莫名的悲伤。我想，这样都偏过头、头碰着头，就是“一对儿”的最温柔的含义。早上她醒来，这温柔的游戏也就结束了。如今，就像是这个游戏的回音，我开车行驶在陌生的公路上、往她住的地方去。

途经一个滨海小镇，我在路边小店吃了个龙虾卷，又驱车在小镇上稍微逛了一会儿。这个小镇幽静、安恬，却一点儿也不显得荒凉。从高岗上的公园，还可以俯瞰狭长的海湾。阴天，海水由近处的蓝铺展成远处的灰色，泛着淡淡的银光，和天空、因映照着波光而微微发亮的长条的阴云融为一体。海湾里泊满了鲜艳的私人小艇、帆船，白色的桅杆丛立……此地风光的确令人心旷神怡，尤其在阴天的光线里，风景里少了那层浮躁的强光，多了一点儿阴郁的色调，这使它显得更美。我想起她发来的照片里那栋白色的大屋，一栋高大气派但样式古板的房子，孤零零地屹立在松杉秀拔的山坡上。带着一种职业性的刻薄，我不禁猜测，她邀我前往是想向我展示她优越的生活、她的幸福满足吗？我这么想也许不怎么厚道，但我突然想到，我到她的家里去，大概就是要看看一切是否真的符合她的描述，我是怀着一个观察者、检验者的热情而来，这也许就是我此行的目的。

我向东又开了三十多英里，按照谷歌地图的指引，我的车转上一处山道。山下稀稀疏疏有两三户人家。而后，道路变窄了，我减慢车速，注意到在某个转弯处竖立着一个标志牌，注明“Private Road”（私人道路）。我猜想我已经进入她家的“领地”。山里的天阴得更重，高处白雾成云、层层叠叠。湿绿的冷杉顶端变成了墨色，和一条条雾霭交织起来，如水墨画。车又转过一个大弯到了山的另一侧，林中突然出现了一大片开阔地，一览无余的大西洋海景在我面前像画卷般打开。我想，这就是她每天看到的风景——仅属于两个人的风景。

2

我最先注意到的是那些花。对我这个植物盲而言，这些花看起来全都是玫瑰花，只是色彩各异。花儿密密匝匝地围绕着这个两层半的带阁楼的白房子，使模样平板的房子有了些生气。

车转上车道后，我看见一个女人站在前面的门廊上。接着，另一个人从房子里走出来，两人一前一后走下玫瑰花簇拥的、房前的台阶。下车后从近处看到他俩，给我的震动更强烈，以至于我难以自然流畅地说些久别重逢的寒暄。刚才门廊上的两个身影只是给我黯淡、迟缓的印象，从近处看，这两个人则显老得厉害。他们是我见过的所有同龄朋友里变化最惊人的。这不仅仅是指诸如发肤、皱纹那样表面的东西，而是难以形容的、从一个人全身各处散发出来的东西，一股暮气？一种全面的溃败、衰退？如果男人还只是一副普通早衰模样，她则简直变成了一个衰老、邋遢的美国村妇。她过耳的齐短发看不出任何精心修剪的痕迹，黑发里夹杂着过多的白发，变成了难看的、死气沉沉的灰发，和她身上那件陈旧的深灰色抓绒夹克倒是很相称。有些美国女人整天在园子里摆弄泥土、修枝剪叶，穿着宽松肥大的旧衣服和样式笨拙的鞋子，那不足为怪。但她是在接待一位客人，一个很多年没有见面、目睹过她盛年时候美丽的人！

我跟着这对瘦削的夫妇走向他们的大屋。男主人这时有点儿迟疑地问：“没有带老婆孩子一起过来玩儿？”我说：“我没有孩子，也没有结婚。”心里有点儿纳闷她竟然没有转告他我的情况。他听了样子略显尴尬。经过那些玫瑰花，我发现它们主要有四种颜色：深红、粉红、肉粉、白。我称赞花开得很好，男主人回应说，这些院子里的花都是老婆亲手培育的。“培育这些花需要花很多工夫吧？”我没话找话地说。“也不用，玫瑰花生命力很强，耐旱。到了冬天，把枝儿都剪短就行了。第二年春天，又会发很多。”她利落地说。我发觉她的声音也变了。

穿过那条放着一套藤编沙发和一张玻璃小桌的狭长的门廊，我们走进屋。对于我这个在波士顿住惯了小公寓的人来说，起居室大得惊人，而且，由于一整面面海的玻璃墙仿佛把室外浩渺的山海景观也吸纳进来，空间就显得更加开阔。我不禁赞叹了一番，说这是我在家居设计杂志上看到的那种样板豪宅。男主人谦虚地笑着，说缅因州的房价和波士顿无法比，这里买个靠山面海的豪宅，并不算太贵。

我们最后在那套红木中式沙发上坐下来，沙发靠垫上是红色刺绣图案。我已经发现，这房子外观虽然是美式的，里面的家具却都是中式的。男主人说，他的家具都是从中国用集装箱运过来的。“这里找不到满意的家具，样式我都看不上。”他说。“如果是中式的家具，那当然是中国做的好。”我附和他说。她劝我吃两个高脚果盘里的东西，一盘里盛着水果，另一盘里是坚果。餐盘是半透明的淡金色，仿佛琉璃，盘底和高脚上都雕刻着花枝图案。放在旁边的餐巾纸盒也很特别，外面包着一层宝蓝色锦缎，四边还缀着白色珍珠。

“这些小东西也是国内运来的？”我问。

“对，都是一块儿运来的。还有这屋里挂的字画、屏风……专门订了一个集装箱。”他说。

“窗帘也是国内订好运过来的。”她似乎提醒我注意她的窗帘。

我有点儿应接不暇，先抬头去看身后墙壁上那些画——传统的梅兰竹菊四页屏，另一面墙上挂着两幅书法卷幅。我想，以他们的财力，也许这都是些名家墨宝。他所说的屏风隔在我们所在的起居室和餐厅之间，大概有两三米长、一米半高。屏风上绣着一团团硕大的牡丹，他们说都是老苏绣师傅手工绣的。拢在两边的窗帘我倒看不出有什么特别，也许是真丝……但这些东西就和琉璃果盘、缀着珍珠的餐巾纸盒一样，总给我一种怪异的感觉。

过一会儿，因为要喝茶，我们从沙发那儿挪去餐厅。餐厅在那面玻璃墙的一角，刚好俯瞰他们那块儿私人海滩。八座椅的长餐桌上铺着一块蓝印花桌布，她拿出一套紫砂茶具泡茶。他们说，这把壶出自某制壶大师的手。我装作很感兴趣，但心里已经有点儿厌烦他们对这些物件的认真介绍。如果不是外面传来海浪拍击的声音，浩渺的大西洋风光就在眼前，人可能产生错觉，以为自己是在某个展示中国工艺品的商店。桌布、屏风、托盘、茶具……我突然发现了那股怪异感觉的由来，因为这屋里的一切和它所处的地方、和我途经的缅因风光如此不协调！仿佛他俩在这片风景奇伟、浩瀚的土地上为自己建立了一个东方式的空中楼阁。

但最古怪的还不是这些器具和装饰品，而是那些无处不在的干玫瑰花！我注意到，在入门玄关处的小桌上、在我们刚才坐的沙发前面的红木茶几上、在悬挂的电视机下面的矮柜上、在我们此刻坐着的餐桌上，都有一大瓶干玫瑰花作为装饰。除此之外，茶桌和茶几上还另有一盘干玫瑰花瓣。我实在无法按捺自己的好奇心，问她为什么外面那么多新鲜的玫瑰花却要用干花做装饰。她说："我喜欢干花，干花更持久啊。"然后，她提到如何制作这些干花。她说，把正盛开的玫瑰花剪下来，用绳子扎起来，倒挂在廊下风干。风干之后，它变成干花，花瓣却不会散……"一定要用正盛开的花，不能用快开败的花。"她对我说。我发现她的态度里有股强硬、自信，这是过去的她所没有的。但和她现在的模样联系起来，这自信令我不解。

晚上，当我一个人早早地躺在堆满可厌的真丝床具（这床具显然也是跨洋运过来的）的床上，我已经后悔到这里来了。我的感觉不能说是失望，那是一种比失望更强烈的情绪。我不知道接下来怎么度过我答应他们在这里住的"一周左右的时间"。左边床头柜上放着一个青铜盘子，盘子里盛着她制作的干花瓣。我让自己靠大床的右侧睡，以免在睡意昏沉中打翻了她的盘子和花瓣。

3

他们遵循很健康的作息表，夜里九点准时休息。第二天早上，当我听到敲门声、拿起我的手机查看时，发现时间刚过了七点半。我想，他们大概六点多就起床了。我赶紧洗漱，匆匆跑下楼，解释说我昨天夜里看书看晚了。

非常健康的早餐，八宝粥、豆浆、煎蛋、烫青菜……没有咖啡。但我早上习惯喝一杯咖啡，否则整个白天都容易困倦。我只好厚着脸皮问女主人要，她皱着眉头说喝咖啡会上瘾、对我的身体一点儿好处都没有，如果我非要喝，她也可以给我冲一杯。我看着她打开橱柜、拿出一罐速溶咖啡粉。在这个坐拥私人山林的缅因豪宅里，他们甚至没有一个简易咖啡机。

好像这一切还不够乏味似的，早饭后，他们开车带我下山，说要去附近一个镇，那里有个华人活动中心。在车上坐了大约四十分钟后，他们脸上带着神秘兮兮的微笑，把我领进一个四壁粉白、地上铺着老式地板革的可疑的大屋子里。有一张长桌贴墙放着，还有一二十把折起来的折叠椅，整齐地码成两排，放在桌子前面。陆续有十来个中老年人进到屋子里。屋子原本相当大，容纳五十个人也行，但这些人走来走去，相互寒暄，声音嘈杂，空间立即显得拥挤起来。谜底揭晓：这是个华人聚在一起练太极拳的健身场所。我被以“作家”的身份介绍给拳友们。于是，不时有好心人上来给我热情讲解太极的原理、中医完胜西医的神奇，以及他们自己在打拳过程中的领悟……我留意着她，发现她在这群老朋友中间显得和蔼了不少，竟然时不时冲我笑一下。我想，昨天她那种生硬的态度或许是由于陌生感。她上身仍穿着昨天那件灰色绒夹克，下面换了一条深蓝色运动裤。这身衣服倒是很适合太极拳。音乐响起，在高山流水般的丝竹之声里，大家开始打拳。她让我站到她旁边，跟着她学，说我学会以后每天早晚打一套，对我这种久坐不动的人尤其好……就当时的情况看，我一个人站在旁边观看似乎更加尴尬，于是，我只能跟着他们一起比画那些慢动作。真是荒诞的一幕！

过后，我们和其他三四个拳友一起在镇上吃午饭，听他们分享养生经验以及附近的华社风闻。看起来他们是老朋友，不仅练太极拳，还属于同一个华人教会。我发现男主人虽然看起来很谦和，但在这群人中，他似乎自然地具有某种权威性。谈话中，我得知男主人的生意是售卖一种用 Bloodworm 制造的鱼饵。“血虫是什么？”我好奇地问，这个名字听起来实在有点儿诡异。他们很奇怪我竟然连血虫都不知道，说钓鱼的人都知道，它的样子像蚯蚓，粉红色，缅因海边泥滩里很多，是上好的鱼饵。“过去很多，搬开一块石头，或者随便一个小沙坑里，都能拉出条血虫，但现在也少了，因为挖的人也多了，我们的采购成本高了不少。”他说。我在脑海里想象着他这个奇特的生意——捕捉粉红色的、像蚯蚓一样的海边虫子，制成鱼饵……不知道为什么，我想到她制作的那些干玫瑰花，二者之间仿佛有某种奇特的联系。在我沉默的片刻，他仿佛察觉到我的好奇心，说：“我哪天可以带你去我的厂里看看。厂在巴斯，开车过去两个多小时，我一般一周去一次，有其他人管理。”

“不是他一个人的厂，他有个合作伙伴。”她这时补充说。

“不用为了我特别安排。”我赶忙说。

“这不需要什么特别的安排啊。”她说。

吃过午饭，我们又去超市买了些食物，然后开车回家。我仿佛已经度过了漫长、疲惫的一天，但时间其实不过下午四点。我的沮丧比昨天夜里更强烈，以至于我自责来此地确实有一点儿不那么单纯的动机，那就是对过去的她的一丝眷恋。在我之前的想象里，即使她到了这样的年纪，身上还是会保留着一点儿年轻时代的影子，或者至少有种中年女性的柔和风韵。将老的人总是对过去似乎发生过而并未发生的事格外怀恋，对"旧人"如今怎样格外好奇，就像要在日落前借着最后一点儿光线找回什么……当然，我绝不是抱着不良动机而来，如果确实如我的想象，我和他们一起生活的几天也会很愉快怡人。正因为这不单纯的动机完全落空，我才会如此懊丧。那么，就当是咎由自取吧。

车子开进山里，竟有种日色昏沉的感觉，也许是因为两边高大、茂密的森林遮挡了光。除了笔直、挺拔的冷杉，林中还错杂地生长着一些白桦树，树叶已露出即将变色的迹象，光洁的树干在冷绿的杉林里构成一条条闪烁而过的银白线条。也许再过半个月的时间，这些桦树的树叶就会变成金黄。如所有新英格兰地区的森林一样，地上铺着一层厚厚的、浅棕色的松针，深褐色的松塔散布其间。在这个地区，最美丽的就是树。

"看光线好像天很快就要黑了。"我说，想打破车里惹人困倦的沉默。

"这里天黑得早一些，"她淡然地说，"这里夜长，冬天也很长。"

开车的丈夫微微笑了一下，说："所以，在这里有的是时间休养生息。"他大概是抱着幽默的意图说出这句莫名其妙的话。

在屋里坐了一会儿之后，我告诉他们想去廊下看会儿书。我坐在房子门廊下面的躺椅上，等着暮色降临在这居所周围。门廊下是她种的玫瑰花。当你安静坐着、不说话的时候，你更敏感，更容易闻到花儿的阵阵香气，仿佛它们在你周围轻微地呼吸。门廊对面的山林其实很美，尤其当斜照在那些高大松杉树梢的光线慢慢变换着颜色、角度，它如今看起来的确像梭罗所说的天堂般的地方。我想，若非不得不住在那个布置古怪的房子里、配合这对夫妻僧侣般的生活习惯，在这里住着倒是一件幸事。虽然我不是旅游爱好者，但我喜欢在林中散步，喜爱脚踩在厚厚的松针上那种温暖而微妙的触觉，在这样的森林中总会有很多小溪流，细得像根透明的带子，在厚积的落叶下面幽咽，无始无终。我喜欢风景处于居所的周围，或者说，人生活在朴素的风景之中。寻奇探险，这不是我的兴趣。因此，在去了美国很多地方以后，我仍然发现自己最喜欢新英格兰。我感觉我小时看到的明信片上的风景（画面都是起伏的绿野上的木屋、林中雪景、落满秋叶的大道……）就是在这一带的风景，因此它给我一种熟悉的、归家般的感觉。我此刻想起其中一张：薄暮的光线斜照进覆盖着白雪的松林中。我在它背面写了些自以为诗情画意的短句，送给了一个朋友。在我中学的时候，我们还有写日记、写信、过年赠送贺卡的习惯……

我走进屋里。他斜靠在沙发上、在梅兰竹菊下面稳稳当当地看杂志。她在厨房，我问她要杯速溶咖啡。

“这个时候？”她惊讶地看着我，“你不怕睡不着吗？”

“我不会。”我说。

“你一天到底要喝几杯咖啡？”她又问，一边拿电热水壶给我烧开水。

“至少三杯。”我如实回答。

“喝这东西一点儿也不好。你应该多喝汤多喝粥哇，代替咖啡。”她善意地责备我。

我笑了笑，不明白汤和粥怎么能代替咖啡，但与其辩解，不如耐心等待。

她舀了两勺咖啡粉到我的杯子里。过了一会儿，滚水冲进杯子，一股香味立即散发出来，即便是速溶咖啡的香味，也让我感到满足。

我回到门廊下去喝我的咖啡。玫瑰的芬芳在傍晚冷冽的空气里变得凝重。松林的光线由玫瑰色变成了辉煌的金红色。就在我慢慢喝完一杯咖啡的时间里，天空涂满一抹抹的深蓝、墨紫，林中布满了阴影，周围的景物慢慢隐入幽暗。台阶下面那些白日里摇曳生姿的玫瑰此时静默地伫立在昏暗中，仿佛具有了一点儿人性、一种更神秘的令人伤感的风姿。就在我失神的一刹那，光“哗”地亮起来，刺眼、令人着恼。我错愕地坐直身子，看见她从门里探出头，告诉我说外面光线太暗不能看书，所以她帮我把门廊下面的灯打开了。

“哦，我已经不看书了。”我说。

“是吗？今天晚上我们吃炖牛肉，快好了。”她说完闪进屋里。

晚餐时，他们开了一瓶很好的红酒。我们谈起往事，大学里的闹剧、共同认识的几个人……似乎终于打破了最初的生疏感、进入较为融洽的谈话状态。但就在我的兴致被激发出来、并且暗自希望感染他俩做一次敞开心扉的长谈时，她却开始查看时间。她不时看挂在墙上的钟，过会儿又瞟一眼手机上的时间。时间仿佛给了她强烈的心理暗示，很快，她就显得焦躁、困倦不堪，还用手捂住嘴打了两次哈欠。兴奋、回忆和酒精刚刚为她的容貌涂上的光泽顷刻间暗淡下来，她看起来老态毕露。在她身上，能被称为能量、活力、光彩的那些东西似乎全都消失无踪。我非常困惑，究竟是什么让一个美丽的女人变成这样？是什么无形中榨干了她温热的汁液？如果我之前到这里来的动机里还夹杂着那么一点儿不纯洁的东西，那么现在我对她的好奇心就仅仅基于这个困惑！挂钟指针一走到九点，她立即站起身，说应该睡觉了。而那个看起来对她言听计从的丈夫也随着起身，说明天再聊。

4

接下来的两三天，我基本遵照她严格的作息表行事。但我也婉告他们我有熬夜看书的习惯，无法像他们那么早起床。她于是不再敲房门叫我起床吃早餐。我大约九点多下楼，带着一点儿羞愧的神色，在餐桌一角坐下、吃她留给我的早餐。从那里望下去是几百米之下的、寥无人迹的海滩。她虽然不赞同我的习惯，但听到我下楼，她就会烧好开水，以便我能冲杯速溶咖啡。我想，我正渐渐融入了这种生活节奏，只要他们不大管我、不带我去什么乏味的地方。他们似乎也渐渐理解我不需要过多关照，所以尽量由着我一个人活动——在院子周围散散步、坐在门廊下面看书、到房子二楼的晾台上去……

有天上午十点多的时候，我说想一个人到林子里散会儿步。我指的是房子对面的、隔着路的那片树林。

“树林里有熊吗？”我问他。

“没有熊。你要是往里面走一些，可能碰到鹿、狐狸或野火鸡什么的。对了，还有小土狼，不过土狼不用怕，看到人就跑了。”

“你经常去林子里吗？”我问他。

“有时候去看看，但也不常去。”他说。

他又问：“你打猎吗？如果你想打猎也可以，我有不同款猎枪，你可以去车库选一杆。林子里倒是不少动物可打。”

“我不打猎。”我说，有点儿惊讶，看不出他会是个对打猎感兴趣的人。

“没打过？”他问。

“没打过，也不喜欢打。猎杀作为一种运动，我还是难以接受。”我说。

他咧嘴笑笑，像是对一个外行的宽容。

“我去走走。”我打算离开。

“我还是陪你一块儿去吧，要是秀钰知道让你一个人去，她会怪我的。”

“其实没关系，我不会走远的，就随便走走。”

但他已经穿上了外套。

“走吧。”他说。

后来我发现，和他一起散步也不是件坏事，他熟悉那些林中小径，而且，他并不怎么说话，默默地行走，目光温和地打量四周，留意着和我的步速保持接近，如果我问什么，他就给予解释。而当天下午，当她带领我沿着屋后的陡峭小径下去海滩时，就是另一番情景了。她一副直奔目标的样子，她的速度无形中催促着我。如果我不幸落后了一段距离（毕竟我对那些又湿又滑的小径不怎么熟悉），她就在前面站定，以一种不怎么温柔的眼光盯着我。直到我们终于下到海滩里，我才松了口气。

那是典型的北大西洋礁石海滩，有一点儿粗沙，但主要是石块儿。被海浪冲上岸的大片海藻缠绕在石滩里，犹如墨绿色的头发，散发出强烈的腥味儿。这里的景色、气息都自然而粗犷，让人联想到年代久远的航海画、航海故事。她在靠近海边的一块高高的石头上坐下来，看起来有种凌然的气质。我发现，她和我单独在一起的时候，比我们和其他人在一起时显得更冷漠、严肃。她既不像解释他们的物件一样给我介绍周围风景，也不像教我打太极拳那样温和、耐心。她看起来甚至不愿和我说话。几天下来，我已经习惯了她不修边幅的模样，而就在这个时候，我看着坐在礁石上默然远眺的她，一个新发现击中了我。我发现她的生硬、严厉，有股负气的、带着某种扭曲的老处女般的怪味儿，似乎她决意收起温柔、保持距离、以一副冰冷带刺的盔甲保护自己不受男人的伤害。但这……又怎么可能呢？

“你经常到这里来吗？”我问她。

她转过头看看我，好像很奇怪我竟在这个时候开口聊天。

“不常来。”她简短地回答。

“这海滩很天然，我喜欢这种海滩。”我说，想把交谈进行下去。

“是吗？我以为这里的什么你都不喜欢呢。”她很不客气地说。

“你怎么会这样想？”我问。

她没有直接回答我的问题，而是反问：“你不觉得这里生活枯燥乏味吗？让你天天待在这儿，你不会觉得闷吗？”

“如果长期住在这儿，也许确实会觉得闷。但我现在发现自己越来越喜欢这里，空气这么好，还有周围的环境、声音……”

“什么声音？”

“就是从早到晚那种徐徐不断的声音，我有时分不清楚那是海浪还是风吹松林的声音。”

她瞥了我一眼，说：“哦，真浪漫，我现在才觉得你是个作家。”

“你现在很会讽刺人，和你过去的样子完全不同。”我说，意识到这是这些天来我第一次提到“你过去的样子”。

“当然不一样啦，人怎么可能不变？”她说。

“我指的不只是年龄的变化。”

她沉默不语。

停一会儿，我问她：“我可以坐得离你近一点儿吗？”

她惊愕地瞅了我一眼，又迅速把头转向一边。“随便你坐哪儿。”她低声说，脸竟然红了。

我知道她误会了我的意思，但她这副模样使我更认定了刚才那个发现，也更加困惑不解。我解释说：“近一点儿方便说话，海浪的声音太大，听不清。”

她勉强笑了一下。

当我在一块离她较近的石头上坐下来，我们又陷入了沉默。我在心里琢磨着怎样解开那些疑问，而她大概确实没什么话要对我说。

这时，她突然开口说：“你要是觉得这里住得还行就多住几天……你往后随时都可以来住，但冬天这里太冷，出不了门，你肯定觉得无聊。其他时候你都可以来。这里写作、看书都很安静。你放心，我们不会打扰你。”

我不明白她怎么会突然发出一个热情邀请，但看起来她是诚心诚意的。以她的古怪，她不会也不屑于说什么客套话。

“谢谢你。”我说。

“晚上我们有个聚餐，你也一起去吧……不过，你要是不想去，也可以不去。”她以选择题的方式发出另一个邀请。

我答应一起去。

下午晚些时候，我和他们一起赴那个约会。在车上，他们告诉我这是三个家庭的常规晚餐聚会，这周轮到在一个女教友家举办。“我觉得你对这种活动不会感兴趣。”男主人说。我还没有回答，听到她说：“不一定非要感兴趣，就当去吃顿饭。”“当然了，去也挺好。”男主人说，“我只不过是担心他去了觉得没意思、不舒服。”“不会的，”我说，“我就当个观众。”

那也是个阔气的人家，晚餐桌上既有缅因龙虾又有鲍鱼，陈列着毫无用处的三种酒杯，蓝色的餐巾上套着银质的餐巾扣……我第一次看到他们在晚餐前虔诚祷告（我们在家吃晚餐时他们俩并不祷告）。晚餐后，他们围成一个紧凑的小圈子做分享。

他们俩倒不怎么打扰我，我希望其他人也不要注意到我这个局外人的存在。但作为善良、热心的教徒，看到了“新人”，总会时不时关注、给予一点儿暗示和规劝。那几个人一再表示对我的选择的理解，但你其实能感觉到，他们实际上把你看作迷途不知返的羔羊，或者说是白痴。他们只需要用一个至高无上的存在，就可以解释所有艰深复杂的问题，而我信仰的东西在他们看来都荒唐得不堪一击……作为主人的女教友显然是这群人中的“领袖人物”，他们叫她“刘姐”。刘姐衣着艳丽，妆化得很浓，只是有些俗气。在我看来，她更像个成功的传销人士：嗓门洪亮，巧舌如簧，言谈举止自带一种励志调调的煽动性。

我过去和华人教会的人也曾有过接触，所以并不觉得意外，我明白最明智的态度是不接受但也不去争论。有时你和好人们在一起也未必能有什么有趣的交流，但这不失为一个很好的观察机会，尤其是对她的观察。她好像无形中卸下了自己冷漠、傲慢的盔甲，暴露出自己脆弱善感的一面，像一只羔羊，全然拜服于上帝及其代理人的脚下。这些天来的第一次，我看到了她的情绪！她的情绪比任何人都强烈，别人只是有点儿感动，她有时则忍不住落泪。而在她落泪的时候，她那个一向谦和、稳妥的丈夫显出紧张的样子，他紧握住她的手臂，急促而小声地劝说她。

我们坐上车很久，她被感染起来的激烈情绪仿佛才平缓下来。她沉默地看着窗外，他则非常专注地开车，一语不发。我们像是沉浸在各自的冥想里。我越发感到困惑不解，但可以确定的是，他们的生活并非看起来那么简单、和谐。

夜里，我躺在床上毫无睡意。我打算再喝杯咖啡，然后彻夜看书。楼梯中间那盏玉兰形状的夜灯开着，发出黯淡的、奶黄色的光。在灯光变得更暗的楼梯尽头，我不得不停一下，让自己适应厅里的黑暗。在重重暗影里，这个厅显得比以往更大、更阴沉，像一片沉睡的荒漠。我摸到厨房里打开灯，用电水壶烧上开水。从厨房中间的操作台看过去，在光线微弱的楼梯左侧有一条小走廊，通向他们的卧室。那卧室想必也和这房子一样大而不当……我最初只是把他们当成一对枯燥乏味、以展示物件和富有为乐的夫妇，但这几天里，我不时从这里、那里得到一点儿难以解释的发现，仿佛晦暗不明的微光，证明我最初的印象是肤浅的。最后，这些发现的微光连成了一个小小的火炬，让我觉得凭借它我可以走过某条幽暗的通道、发现藏在这个深宅里的秘密。可是，话说回来，我为什么要窥探别人的秘密呢？我为什么在揣测、猜疑那扇门后面可能发生的事？我察觉到一种危险：我仿佛跳进了他们这个与世隔绝的、华丽而诡异的笼子，在这里，生活如此缓慢，时间如此漫长，连我自己也在变得怪异，变得毫无必要地敏感，睡眠比以前更糟……我想最好是尽快离开。

在我盯着通向主人夫妇卧室的走道、陷入沉思时，如同幻象一般，她从房间里走出来，睡衣外面披着一件宽大的白色毛衫儿。

“你把我吓了一跳！你没睡？”我真的被吓了一跳。

“我睡不着，头脑里很满很满。”她怔怔地看着我说。

“是我把你吵醒了吗？我就是……下来烧点儿水。”

“不是，不是，和你没关系。我躺在床上睡不着，很难受。”她摆着手，背靠洗手台站住。

水已经烧开了，我犹豫着是否还冲咖啡。

让我意外的是，她说：“你要泡咖啡吧？给我也冲一杯。”

我告诫她说咖啡只会让她更加睡不着，但她执意要喝，说：“反正无论如何都睡不着。”

我们在餐桌旁坐下来。我曾向她描绘的那种“徐徐不断”的海浪或是林涛听起来比以往更宏大、起伏，泡好的两杯咖啡向上迂回地冒着薄薄的烟。她手扶住头，完全是一个被失眠折磨得痛苦无助的人。那件宽大的白色毛衫儿让她显得更加枯槁、单薄，仿佛一触即碎。如果最初她模样的变化只是让我感到震惊、失望，现在我却为她感到痛苦。那一大束作为装饰的干花，此时正把花瓣和短刺的细碎阴影投映在蓝色的桌布上。我觉得这是个适合告别的时机。

“我打算后天下午走。”我对她说。

她抬头惊愕地望着我，脸上甚至浮现出一丝苦恼的神情：“这么快就走？为什么？”

“我也住了五六天了，打扰你们挺久了，回去还有一些东西要写。”

“你可以在这儿写啊，你不是带着你的电脑来的吗？”她说。

“有的事儿需要……”

她急促地打断我说：“你要是没有急于处理的事儿，为什么不多住几天呢？再住两三天也行啊。”

我没再说什么。我觉得现在的她并不清醒，并没有从晚上分享会后那种强烈的情绪里挣脱出来，所以她才会半夜跑出房间，才会要咖啡喝……我们喝咖啡时，我不经意抬起头，发现她正盯着我看。她神情有点儿异常，焦躁、忧虑、紧张？我说不清楚那是怎样一种表情。后来，我猜到她大概是有话要说但又在极力控制自己。就在我考虑怎样使她放松一点儿时，主卧室的门又一次开了，男主人穿着睡衣快步走过来，一下子打开餐桌上悬挂的吊灯。我这才意识到我们只开着厨房的灯、坐在半昏暗里，这似乎有点儿不妥。

“我醒来发现你不见了。”男主人忧心忡忡地看着她说。

她看看他，嘴角牵动了一下，算是一丝笑意。

“她睡不着，也可能是我在下面烧水什么的把她吵醒了。”我说。

但他就像没听见我的话，又对她说：“你也喝咖啡？要知道这样就更睡不好！”

我发现我被置于一个尴尬的境地，几乎成了教唆犯。

“你要不要也喝一杯？”我开玩笑地问他。

他似乎这时才意识到我的存在，转过头对我礼貌地说：“不用了，谢谢！”

我们俩仿佛默然地进行了一场“交接”任务，我道过“晚安”，把她留给那位神色凝重的丈夫，一个人上楼了。

5

第二天早上，我在睡意蒙胧中听到一声脆裂的巨响。我清醒过来，意识到那是一声枪响，但响声不在近处，而是从相当远的地方传来。很快，我又听到第二、第三声枪响，判断枪声是从对面林子里传来的。起初，这声音令我惊骇得无法动弹，简直毛骨悚然，然后我突然想起来，男主人说过他有打猎的爱好。我又在床上躺了好一会儿，再也没有听到枪声。

我从房子里走出去时，看见男主人坐在车库前擦他的猎枪。那是一把褐色枪托的双管猎枪。我并没有看见周围有什么猎物或血迹。

“一大早去打猎了？”我问他。

“好久没打了，随便打两枪。状态不太好，没打什么东西。”他抬起头看着我，微笑着说，说完又低下头继续擦他的枪。他把枪托支在地上，开始擦那两根平行的枪管，枪管乌黑发亮，枪口向上。他皱着眉头，擦得专注而娴熟，这时候的他看起来不像个和善的教徒，更像个冷静的猎人。

她在院子另一侧侍弄她的玫瑰花，手上戴着园丁手套，拿着一把很大的剪枝刀。我猜想她在做一批新的干花。她站在花丛边缘招呼我，昨晚的情绪爆发仿佛净化了她，她看起来平静、温柔，像个老姑娘。

我拿了本书去林子里散步，但没有像往常走那么久，因为那层松针铺就的地毯有点儿湿，也许凌晨下过一场小雨。此外，我有点儿心神不宁，书也读不进去。我感到这个地方的气氛越来越令人窒息，我必须尽快离开。我想在动身之前查看一下这几天的邮件，于是早早结束散步回去。我在院子和屋子里都没有碰到他俩。我想，他们大概外出了。

因为没有人在家，我就关上房门，在房间里写邮件。过一会儿，我听见有人走进厅里的声音。我本来打算打开房门，和他们打声招呼，但我随即意识到他俩在争吵。我听不清楚争吵的内容，但从声调和频率上我感到那是一场相当激烈的争执。我担心现在出现可能会让他们尴尬，又担心不出现会被误解为偷听……就在我犹豫不决的时候，我听见前门猛地关上了。接着，我听到压抑、低沉的哭声，明白她还在客厅里。我一厢情愿地希望她会随后跟出去，然后我再找个合适的时机下楼。可我又听见她“噔噔”奔上楼来的声音，她的脚步声就在我房门外停留了一刹那。我的心“突突”直跳，因为门并没有反锁，她拧一下把手就能打开门，就能发现我这个“窃听者”。但她又更快地奔下楼梯。她“嘤嘤”的低泣突然爆发成放声痛哭，再次让我丧失了出现的勇气。我困窘不安地坐在房间里。她的哭声渐渐缓下去，变成了断断续续的呜咽。终于，我听见她进了卧室。

我又听了一会儿，确定她仍在房间里，这才悄无声息地打开门、下楼、穿过大厅。然后我声音很大地打开大门、在厅里四处走动、清洗茶杯、倒水，装作刚从外面回来。而她一直没有出现。后来，我出去走到门廊下。明亮的阳光照着空荡荡的院子，修剪整齐的草坪已经露出枯萎、休眠的迹象。在紧靠台阶右侧的那根廊柱上，倒挂着她早晨刚剪下来的两束玫瑰花。深红色的、天鹅绒质地的花苞紧紧簇拥着朝下，剪短了刺的茎被绳子牢牢捆绑。很快，强光、风会慢慢带走这些新鲜花朵的水分，完成她所谓的精心制作。

一辆陌生的白色奔驰越野车开进院子，在离房子很近的车道边停下来。

出乎意料地，刘姐从车上下来。她戴着墨镜，头上裹一条金黄色、印满大花朵图案的围巾，像一位酷爱鲜艳色彩的阿拉伯阔太。

她热情而直接地说："作家你好哇！我过来给秀钰做辅导。秀钰她在吧？"

"她应该在房间里吧。我也是刚散步回来。"我说。

"哇，看看这些玫瑰花，开得真漂亮，我走的时候一定要摘几朵。"她没有立即进屋的意思，手扶住门廊的栏杆、观看那些玫瑰花。

"她怎么了？需要做心理辅导。"我装作不经意地问。

"哎，一言难尽。夫妻间的问题……这样的问题，教徒也免不了会遇上啊。"她看着我，神秘兮兮地说。

我们一起走进屋，她已经从房间里出来了。她俩寒暄了几句之后，她转向我说："我和刘姐需要单独谈谈，我们要到房间里待一会儿。"

"没问题，你们随便在哪儿谈都行，我刚好想去海边走走。"我说完，又走出客厅。

我并没有去海滩，而是在中途找了个地方坐下来。除了海浪一刻不停地拍击声，周围一片寂静，仿佛能听见光线和墨云般的树的阴影在悄然移动。这个上午经历的一切那么紧张、充满戏剧性，以至于我有点儿因为神经过度兴奋而生出倦意。刘姐不负责任地泄露了有关这对夫妻的"隐私"，和这些天来我所经历的事情里那些细微线索联系起来，让我感觉自己差不多得到了答案——他们中的一方没有生育能力，而另一方则强烈地想要一个孩子！到了这样的年纪，绝望可想而知……可直觉又告诉我，还有一些别的东西无法解释。我说不清究竟是什么，但就是那种蹊跷、怪异感觉。

我从后院走去前面的时候，听到那个女人声音洪亮地宣布："你要记住，一切不切实际的欲望、一切心结的实质都是罪……"我走过转角处，看见两个女人在走廊下站着，像姐妹一样手拉着手。她们说在等我回来然后一起开车出去吃饭。我问起男主人，她说："他厂里有急事，去巴斯了。"她看起来似乎心情好多了。可我觉得，那女人无非是给她暂时注射了一针镇静剂。

6

吃过饭，刘姐把我们送回来。我们又一起喝茶、闲谈，直到三四点钟，刘姐才离开。刘姐离开后，房子里只剩下我和她。我并不是那种怯于和女人单独相处的人，但经历了昨天夜里的事，我感觉尽量不要和她单独待在屋里，以免再引起她丈夫的误会。在刘姐离开之后不久，我打算出门、继续上午未能尽兴的林中散步。我对她说要去林子里走走的时候，她还坐在餐桌那边喝茶，不置可否。可就在我到楼上取了一件外套又跑下楼梯时，我看见她站在大厅中央、在那套大拐角沙发的前面。

“你不用躲着我。”她冷冷地说。

“躲着你？我为什么要躲着你？”我说。

可她不理会我的辩解，继续说：“你不要误会。在我这个年龄，对那种事情早已不感兴趣！再说，一个女人，无论她过去什么模样，现在变成这个样子，恐怕喜欢过她的人也不想再看她一眼。我还是有这个自知之明的。”

她说完看了我一眼，眼神简直是一道寒光，饱含着蔑视。她突然这样直截了当地贬低自己、讽刺我，让我无地自容。

“不要这么说……人都会变老的。”我过一会儿才回过神，无力地说。

“你不是说过，不只是年龄的问题。”她咄咄逼人。

“好吧，我说过。我指的是你整个人给我的感觉变了，你的气质、性格……”

“嗯，你知道为什么吗？”她直视着我问，显出镇静的样子。她眼神里的寒光收敛了，腔调也不再嘲弄。

“不知道，我一直很困惑。”

她微微仰起头，做了个放松的姿态，说：“我有些话想和你说说……你明天就走了。不知道你……有没有空？”

“我当然有空。”我说着，把外套扔在沙发上。

我们又回到餐桌那儿坐下来，但有一会儿，她低着头一语不发。我知道她需要时间，就站起来，又去烧一壶开水、泡上茶。我们俩谁都没有去碰茶，但它放在那儿，似乎就好一点儿，像一道安全的屏障。

“我的生活……唉，这些话真不知道怎么开口。”她凄然地笑了一下。

“不要急，只说你想说的，当我是个傻子。”

“当你是个傻子？”她又笑了，有点儿迷惑。

“一个傻子，一个哑巴，不会去判断你，也不会向任何人泄露你的秘密。”我说。

“所以，你觉得我有秘密？”

“我想我大概猜到了。”我觉得我态度坦率的话能帮助她说下去。

“你猜到了什么？”

“问题是……孩子吧？你们没法要孩子。”

她看看我，似乎琢磨了片刻，才说：“刘姐她们也都是这么想……”

“那么……我猜错了？我们都猜错了？”

“不是错了，那不是问题的全部。”她深吸了一口气，声音很低微却格外清楚地说，“问题是他有病，他一直有男人的那种病。很多年了，我们俩没有夫妻生活。”

她顿了一下，似乎等我的反应。但我完全说不出话，甚至不敢看她。

她继续以一种平静、客观的语调说下去：“结婚不久就有这个问题，一开始以为能治好，后来知道不行。”

“你们在学校时就恋爱了，你们俩……”

“啊，说起来你可能不相信，我们恋爱了三四年，但那时候从没有住在一起。我们一起到了美国以后才住在一起的。他是个特别单纯的男人。”

“你发现了以后并没有离开他？”

“那么多年的感情，又结了婚……怎么能因为这个离开他？那时候是不会这么想的。”

我想：明明你是个特别单纯的女人！

“后来呢？”我问她。

“后来？”她茫然地重复着，“后来……就习惯了。”

但紧接着，她急促而又语无伦次地说：“我不能离开他，我要是离开他他会受不了的，你不了解他，他自残起来太可怕了！他可能会自杀……慢慢就习惯了。而且，再也找不到像他对我这么好的男人了，可是……就是有时候觉得受不了，觉得自己太委屈了！我觉得自己像是没有活过，我的日子全荒废了，再也不会有孩子……啊，有时候我真受不了、受不了，我想对一个人说……你知道我信了教，我是个教徒，我知道这么想是罪，但有时还是……啊，求主宽恕我！”她极力支撑着的镇静破碎了，双手掩面哭起来。

我看到她的手被泪沾湿了，去厨房拿了一张纸巾递给她。除此之外，我还能做什么？我坐下来，仍然不敢直视她。在我眼睛的余光里，只是她灰白的头发、颤动的肩膀和湿漉漉的双手。我什么话也说不出，因为什么话都没有意义。眼前这个女人就像个殉道的人，愚蠢也好，固执也好，在这种带有惨烈意味的行为面前，任何劝慰、任何关于什么值得不值得的讨论都会显得肤浅、无力。

她起身去厨房水池那边洗脸，洗了很久。她转回来，苍白、浮肿的脸上又恢复了平静。她也是以一种平静的声调对我说，这件事她没有告诉过身边的任何人，她害怕伤害他，也没有人让她信任。“他甚至反对刘姐来家里做辅导，虽然我答应过，我绝不会对她说……”她进一步暗示。我明白她的意思，说我感激她信任我，并且保证不会告诉任何人。她说她之所以想和我说，还希望我作为一个作家能告诉她她做得是否对。

“我没有资格判断，真的。但如果我是你，我会离开，尽早离开！”我对她说。

“谢谢你，现在什么都太晚了。”她喃喃地、仿佛自语般地说。

过一会儿，她那张如死亡般静穆的脸上突然浮现出一丝笑容：“……不过，我不后悔。”

不知道为什么，这句话突然激怒了我。

“不后悔？为什么不后悔？是乐于自虐？我不能理解！”我说。

她瞪视着我，笑容宛如瞬间冻结了。然后，她站起身，近乎无情地说：“你当然不能理解，你爱过谁吗？你都不愿意结婚！”

她说完果断地离开我、径直走去她的房间。我呆呆地看着她冷硬、极其瘦削的背影。突然，她转过身，“你千万不能让他知道我告诉过你什么……”她说，神情严肃得可怕。

“你放心，我绝对不会。”我说。

过后我出去，一个人在林子里逛荡到傍晚。林中奇幻的光线，草木的馨香，你能感觉到的万物的生机，还有不远处那座亮起华灯的白房子……这一切让我感到从未有过的悲哀。周遭越美丽，生活越是显出它平静、有序的幸福模样，我的悲哀就越深！

我回去时，男主人已经到家。夫妇俩一起在厨房里准备晚饭，好像他们没有争吵过，他也没有出走过。

男主人又恢复了温和有礼的模样，在吃晚饭时向我道歉：“本来说要带你去看看厂子呢，但我上午去林子里找你，没找到你，因为急着走……”

“没事儿，我去海滩了。”我撒了个谎。

听说我明天走，他很惊讶，劝我多住两天，说如果我觉得闷，他可以带我去海钓。

“不用了，”我说，“我不钓鱼。我是个没什么户外爱好的人。”

他微笑着说：“其实这些都是瞎玩儿，闲着没事儿总得找个爱好。你们文人有更重要的东西想，不会无聊。”

我笑了笑，埋头吃饭。

但他又问："你还喜欢这地方？下午去树林里逛了很久？"

"这是个散步的好地方。"我说。

"你来了以后，我们这儿有点儿人气了。以前只有我们俩，还挺冷清的。周围毕竟地方太大了，都是树林。秀钰老怕动物进家里。我以前厂里比较忙的时候，她一个人在家，关着门，好几天不出屋……"

"我能想象。"我说。而我脑海里出现的是被大雪封埋起来的房子，位于远离尘嚣的大海边、山林中……真是一个完美的牢笼、漂亮的坟墓！

"我也想过把房子卖了、搬到社区里住，但秀钰又不愿意。她不大喜欢和人交往，觉得这里清静。"

"嗯，也许是清静惯了。"我不耐烦地说。

"她这个人其实挺念旧，特别怀念大学时代。自从我们搬到缅因，没有一个老同学来过，这地方也的确是偏了些。你这次能来，她特别高兴。"

我看看她，她在面无表情地低着头喝汤。

我希望他停下来，但他今晚显然谈性很高："不过现在好了，生意稳定了。我尽量不过去，能待在家就待在家，好好陪她。"他说着，看着她温存地笑了。

我发现我很难和他若无其事地交谈，他那种克制、宽容、温情脉脉的样子让我几乎无法忍受。我想，好在这一切明天就会结束！

夜里，我敞开着房门，在屋里走来走去弄出些声响，希望她明白我没有睡，因此也许会再给我一个交谈的机会。可楼下一片死寂，再也没有人打开房门走出来。过了十二点，我放弃了希望。我不知道在黑暗中又躺了多久，她的神情历历在目。我陷入各种纷乱、感性的情绪中，后悔自己之前对她不够温柔友善，又渐渐希望自己根本就不曾来过……我就像做了一个漫长、诡异而又悲伤的梦。

天气预报第二天下午有雨，这给了我上午一早离开的借口。终于，我们走出那栋白房。仅仅一周的时间，天气转凉了，房前的草坪露出枯焦的迹象，林中有些树叶已经变了颜色，只有她的玫瑰还是那样：有些在怒放，有些在凋零，两束等待风干的玫瑰依然倒挂在门廊下……我有种错觉，感觉自己在这里住了很久，对这一切都非常熟悉，甚至生出一丝眷恋。在细微的雨丝里，我们站在车道边告别。她穿着墨绿色的毛衣，因为雨，一些湿润的发丝贴在额头和鬓角上。她模样衰老，神情却像个女孩子——一个憔悴、失神、过早枯萎的女孩子。上车前，我以美国人的礼节拥抱了她一下。就在我们分开后的短暂对视里，我感到她有那样一种眼神，就像是她终于卸下了自己沉重的秘密、交付我带走。之后，我的车沿着那条狭窄的沥青路开走了。从后视镜里，我看见男人返身离开，她还站在车道和马路的交叉口那里，不离开，也不挥手。我看着她的影子越来越小、越来越快地往后飘去，像一片被风卷走的枯叶。

最后一天和另外的某一天

艾　伟[1]

窗子很高，几乎直接抵在厂房屋檐下。窗外的天空飞过一群麻雀，发出叽叽喳喳的声音。天空寂静，鸟声惊心。这儿地处城郊，四周都是农田。窗子太高，厂子里的人没法看到农田和庄稼，只能看得见天空。麻雀成群结队出没。

早上六点钟起床铃准时响起。屋子里有十二个人，有六张上下铺的床。她们起床，穿衣服，然后开始折叠被子。被子折叠成部队那样方正，棱角分明。一阵忙乱后，十二个人都整理好了。房间寂寂无声。晨曦从窗外透入，房舍整洁，一尘不染。半个小时后，门打开了。有一个小时可以洗漱。洗漱的工具放在走道尽头的卫生间里。每个人的洗漱用具都放在那儿。俞佩华洗脸。卫生间东西各有一面镜子。一些人排队在照镜子。俞佩华难得站到镜子前面去。今天她有些想去镜子前看看自己，又害怕看到自己的脸。

方敏正在大门处等着她。方敏脸上没有表情，用惯常的不容商量的口吻说，今天你可以不去厂里。俞佩华低下头，没看方敏，她回答，还是去吧，最后一天了。

厂房生产一种模仿芭比娃娃的玩偶。她们不知道这些产品在商店出售时

---

① **艾　伟**　著有长篇《风和日丽》《爱人同志》《爱人有罪》《越野赛跑》《盛夏》《南方》，小说集《乡村电影》《水上的声音》《小姐们》《战俘》《整个宇宙在和我说话》等，另有《艾伟作品集》五卷。多部作品译成英、意、德、日、俄等文字出版。现为浙江省作家协会主席。

会贴上什么牌子。洋娃娃有三十厘米和四十厘米两种。三十厘米那种供幼童玩，服装艳丽，服装的领子和衣袖上夸张地镶着蕾丝边。四十厘米那种是给成熟一点的女孩玩的，橡胶身体有精致的乳房，穿上衣服后，俨然是个性感女郎了。工作台上摆满了手臂、腿、头部、身体、各种颜色的头发、眼睛和服装等。她们要把它们组装起来，成为一只成品的洋娃娃。

除了干活发出的声响，厂房里没人说话。工作是定量的，有数量及成品率的要求。她们要把一天的任务完成了才能上床休息。工作量大，要按时完成不太容易。那些新来的，手脚笨，更得抓紧时间。吃中饭也是狼吞虎咽，吃完就抓紧干活。俞佩华完成定额没任何问题，她在这里待了十七年了。

黄童童来了一年或者更长。俞佩华感觉她来很久了，好像一直在她身边。在这里时间变得特别漫长。时间又特别清晰，每一天她们算得清清楚楚，像用刀子在心里面刻了一道做记号。黄童童在俞佩华左边干活。黄童童长得很漂亮，有点像她们在制作的四十厘米那种洋娃娃。她以前的头发应该是染成棕色的，刚来时，她发端的颜色还是棕色的。黄童童有点傻，并且是个哑巴。不过不奇怪。到这里来的人要么特别聪明，要么特别傻。

眼睛是最后一道工序。洋娃娃没放上眼睛时，会呈现出骇人的表情。俞佩华想起黄童童刚来那会儿也是这个样子，目光里的恐惧深不见底，就像一只没装上眼睛的洋娃娃。

三十厘米的洋娃娃会说话，需要在身体里安装一个电池盒。黄童童正在把电池盒的接线焊接上去。这是最见功夫的一道工序。黄童童拿着焊枪，双手老是抖，焊了几次都失败。如果再焊接不上要成为废品了。黄童童以往不是这样的，她能准确地把接线焊接好。一年训练下来黄童童已是个熟练工。这不奇怪，只要安装超过一万只，任何人都可以闭着眼睛把电池盒子安装好。

黄童童终于安装好了。俞佩华松了一口气。

今天黄童童有些恍惚，做工时老是控制不住双手。她生病了吗？黄童童正在找她的镊子，可镊子刚才还在她的右手上，这会儿不知跑到哪儿去了。这是黄童童的老毛病。她老是丢三落四，找不到工具。俞佩华告诉过她，工具一定要固定摆好，熟练到“盲取”的程度。黄童童向俞佩华要镊子。俞佩华没把自己的镊子递给她，让黄童童自己把工具放整齐之后再干活。黄童童突然问，你要走了吗？这一年俞佩华学会了手语。她吃了一惊，她没告诉黄童童明天要离开这里。同宿舍的人是知道的，但她们都没有说起这事。一个人离去，她们的心会空一阵子。大家都懂这种心情，这种时候会绝望。不说出来就好多了。在这儿情绪越少波动越好，否则会麻烦。俞佩华没有主动提这事。一切像什么也没发生一样。

俞佩华没回答，看着黄童童，黄童童的目光凶巴巴的。或者不是凶，是恐惧。俞佩华一把从黄童童手里抢过那只玩偶，做起来。她看到黄童童盛玩具娃娃的盒子里没几只成品，这样下去，她将完不成今天的额度。难道她今晚不想睡了吗？俞佩华用手语告诉黄童童，让她把俞佩华装满洋娃娃的盒子堆放到号子处，并要她冷静一些。一百二十九号是俞佩华的号子，黄童童是一百三十号。中间的皮带上放着收纳成品的盒子。等到中午，皮带会转动起来，运转到另一个厂房质检。

我会来看你的。俞佩华用手语说。她刚做好一只四十厘米的娃娃。有一天，黄童童完成一只性感娃娃，对俞佩华说，我好喜欢，真想带一个回去。这是不可能的，俞佩华说，千万别偷偷拿回去，这不是闹着玩的。我以后会送你一只。

你不相信我会来看你？俞佩华说。黄童童没看她。黄童童的目光这会儿投向东边的高窗，天空上的白云一动不动。

窗外的太阳照在工厂的水泥地面上，缓慢地从西向东移动，快到中午的时候，太阳光束立在东边的墙边，好像白色的墙面拉了一层光幕。

厂子里有八十多人。从监视器里看，场面相当壮观。她们坐在工作台前，穿着同样的衣服，年龄各不相同，动作也有差异，但还是能找到一致性。她们面部没有表情，专注让她们显得更为机械。她们手上的洋娃娃，有的正在装配身体，有的正在穿上衣服，有的在固定头发。她们做好的玩具整齐地躺在工作台上。即便厂外的阳光很好，工厂的大灯依旧是亮着的。现在是夏天，大灯散发出灼人的热力，厂内的温度更高了。一些人脊背处渗出细密的汗珠。

陈和平一直观察着俞佩华和黄童童的一举一动。方敏忙于手头的一份档案。明天俞佩华要走了，俞佩华的相关文件需要归档封存。她寄存的物品不多，方敏已让人把物品放到一只简易的旅行包里。方敏复印了各种表彰的官方证明，方敏觉得俞佩华不一定在乎，但这些证明在她以后的生活中是用得着的。十七年里，俞佩华几乎年年都被评为优等。也就是说她在这儿没出过一次差错，没扣过一分。方敏查过并且熟知俞佩华的档案内容。在做化学老师时，她也是年年先进。可就是这样的人干出了那种事。

有一个年轻的女警进来，告诉方敏，她通知了俞佩华的儿子，她儿子说不来接。方敏点了点头，这在她预料中。来到这里后，俞佩华几乎谁也不见，儿子和母亲来看过她，她拒见。她的案子太骇人听闻。她难以面对亲人。她只见过丈夫一面，原因是为了和丈夫离婚。她没多说话，只说把她忘掉，因为她会在这儿待上一辈子，这对他们来说更好。没想到她能减到十七年。十七年在这里一成不变，外面发生了多少事呀。俞佩华的母亲这期间过世了。方敏记得，把母亲亡故的消息告诉俞佩华时，俞佩华并没有停止手中的活，好长时间没有抬头。电焊条冒着青烟，方敏担心俞佩华把焊枪刺入自己的手心。

陈和平朝方敏这边望了望，继续看着监控，好像发现了什么秘密。陈和平问，俞佩华来这儿时儿子多大？方敏说，九岁吧。

方敏看了陈和平一眼。方敏偶尔会感慨，职业真是有着自己的生命方向，会带着人往某个方向长。陈和平虽然是方敏的同学，但他现在成了一位艺术家，这个年龄了，身上竟还带着一些少年气质。而她长久在这儿待着，整天板着个脸，大概这张脸已经面目可憎了。

方敏来到监控器前，看到黄童童一脸不悦地在搬东西，俞佩华也是怒气冲冲的样子。方敏说，我本来想安排你和俞佩华见上一面的，你来一趟这里不容易。

陈和平说，进你们这里确实麻烦，我手机被缴了，介绍信和身份证也押了，到这里过了三道大铁门，每次到你们这儿都有一种进了中央情报局的感觉。我看不出她们有什么危险。

方敏说，可不能小瞧她们，要是由着她们的性子，不少人可是致命武器。当然大多数人与外面的人相差没想象的那么大。

俞佩华今天拒绝休息，方敏有点意外，也有点不高兴。俞佩华违拗了她的指令。这是俞佩华第一次表现出同平常不一样的意志。不过方敏没往心里去，猜想这同黄童童有关。

这儿表面上有严格的秩序，一切井井有条，但只要有人的地方，都是复杂的。这儿暗地里比哪里都遵循丛林法则。方敏当然知道犯人们之间的勾当，既然无法根除这种人与生俱来的恶习，只要不露出水面，谁也不会去管。黄童童刚进来时是这丛林里的小白兔，很多猎枪对着她。她又是个哑巴，被欺还不会开口说话。她动手能力弱，完不成任务，好不容易做好几只玩具娃娃，在她上厕所时还被别人占为己有（上厕所是要申请的，并且只能上下午各一次，她们不能喝太多的水）。黄童童回来后大闹。这很幼稚，也很危险，监控记录得一清二楚，事闹大会被处罚。俞佩华把黄童童叫到一边，让她从自己那儿拿走做好的成品。

黄童童心智极不成熟。在食堂做伙食的欺生（这女人是从她们中抽调到伙食班的），给黄童童打的饭和菜很少，黄童童一直处在饥饿之中。食堂的饭菜并不好，仅能维持生存以及劳动所需要的营养。荤菜比如猪肉不是每餐都有，有也只有那么一点点。黄童童终于失去控制，发泄了压抑已久的不满，把刚打的汤泼到那女人的脸上，烫伤了那女人的脸。这是露出水面了，看得见的错全在黄童童。黄童童因此被关了一周的禁闭。

黄童童一周后放出来已不成人样。那地方谁忍受得了。她都有些疯疯癫癫了。俞佩华向方敏要求黄童童在自己工号边做工。方敏意识到俞佩华想帮黄童童。在这里，难得有人对另外一个人表现出同情心，光凭这一点，俞佩华就值得称赞。她同意了。这是俞佩华这么多年向方敏提的唯一请求。

陈和平一直盯着监视器，好像他今天有什么意外的发现。上次陈和平带来一位演员。应该有些年纪了，不过保养得很好，一举一动带着某种受过舞台训练的仪态，既自然，又优雅。陈和平说让演员来体验一下，深入生活对演出有帮助。

你剧本已在排练了？方敏问。

是的，效果意想不到的好。陈和平说。只要说起他的剧作，他就一点不谦虚了。不过倒也不讨厌，他灿烂的孩子般的微笑把“无耻”完全消解了。

什么时候首演？我想看看。方敏说。

陈和平拉住方敏，指了指监视器上的俞佩华和黄童童，说，她们看上去像一对母女。你瞧见了吧，这就是母爱。女人母爱泛滥是极其可怕的。要是主演看到这一幕就好了，她会受到启发。

你可以手把手教给她呀。方敏讥讽道。

方敏听陈和平讲起过他的一次艳遇。女方把他当孩子，源源不断的母爱让陈和平窒息。

吃饭时她们聚在一起吃。打饭的时候，俞佩华已经知道昨天晚上黄童童哭了一夜，同宿舍的人都被她烦死了。“你自己耳聋，我们听得见。”“是你亲娘死了还是相好死了？哭丧啊。”同宿舍的人毫不客气。俞佩华这才知道今天黄童童做不好工的原因。俞佩华打好饭坐到黄童童对面。黄童童这会儿看上去蛮高兴的，她用手语问，你出去打算干吗？

俞佩华没想过这个问题。她想了好久不知怎么回答。她想起出事那天，她和儿子在看一场电影。要不是看那场电影，要是当时她在家里，母亲发现阁楼里的秘密时，就不会去报警，那就不会有后来的事，她还在过正常的日子呢。

想去看一场电影。俞佩华比画着。她的手语没黄童童打得漂亮，黄童童的手语带着表情，有情绪的时候，手语会变得快而有力，像飞快地做着某个决断。

黄童童的目光又转向窗外，好像有谁在召唤着她。她说，我恐怕这辈子不能在电影院看一场电影了。

这里很明亮，很干净。劳动成为她们生活的所有。她们会被集中在一起唱歌，唱歌时脑子一片空白。她们不让自己想事。每个人背后都挂着一个长长的暗影。在这里，谁都不谈自己是怎么进来的，奇怪的是过不了多久人人都知道谁干了什么事。黄童童杀死了自己的继父，继父欺负她母亲还欺负她。

如果活儿干得好，你可以像我一样，十七年后就可以去电影院了。俞佩华说。我到时候陪你一起看。她又说。活儿干得好不难，你只要照我说的做，一定能干好。她的手势停在 OK 的位置。

我不可能十七年就出去。黄童童说。

熄灯铃响了。大家上床。俞佩华没脱衣服，好像脱掉衣服睡觉的话，她会永远留在这儿。她没睡着，时间仿佛停止了。在这儿十七年，她从来没像今天晚上这样感到时间凝滞不动。好像不会再有黎明，长夜将永远留在今晚。这也是她愿意今天继续干活的原因。当然黄童童也是一个重要的原因。她很难想象这个女孩能够承受得了这里的一切，待上漫长的一生。想到黄童童吃饭时高兴的样子，她有些不安。

窗子没有窗帘。月光像一把刀子，从窗子插入这间小屋。这个地方没有植物。这个地方不允许有任何遮挡物。有时候俞佩华会认为这个地方也是从地上生长出来的，是这片空旷田野里的另类植物。她们都睡了。在睡梦中，人就落入黑暗之中。如果她们还有意识，应该也是暗的。凭俞佩华的经验，在这里必须修炼到彻底的暗，彻底的无意识，才能熬过漫长的时光。黄童童做不到。在这不足二十平方米的宿舍里，俞佩华住了十七年，每一个角落她都了然于胸。门边上，她们每人有一个小小的格子，存放个人用品。那个地方存放的东西千篇一律。凡是明处的东西都千篇一律。人与人总是不同的。

每个人都有自己小小的标记。在这十七年中，去了几个，也来了几个。新来的那人发现床板上刻满了字，是一句诗词：哲人日已远，典刑在夙昔。曾为教师的俞佩华记得那是文天祥的诗，一句很励志的诗。不知道是走的那个妇女留下的还是这之前的人留下的，这次走的女人七十六岁了，她把漫长的岁月留在了这里，她竟在这个地方追慕圣人。俞佩华是上铺，她能看到斜对面那个女人。她已沉沉睡去。俞佩华知道她的床头贴着一幅幼稚的儿童画。不过平时用一块布蒙着。

走道上出现混乱的脚步声。在这里每个人都是警觉的。她们虽然一动不动，但俞佩华相信她们醒了。她们的耳朵一定竖了起来，辨析着走道上的每一个细节。如果能的话，她们会让耳朵像手臂那样伸出去，以便听得更清楚。这里出事可不是好事，会殃及每一个人。俞佩华的心揪了一下。

黎明终究还是会到来的，也只有她这个彻夜不眠的人才会有那种不必要的念头。俞佩华看着月光在窗外的远处消失，看着晨光在窗外的远处一点点升上来。早晨的空气从窗外透进来，是夏天清冷的空气，有点儿庄稼的香味。俞佩华听说离这儿不远处有一片橘林。每年橘花开的时候，能闻到橘皮剥开时那种清香。终于，她听到了起床的铃声。

她洗漱完毕。方敏来了，面色浮肿，一脸憔悴。也许昨晚真的发生了什么。

她跟着方敏来到一间更衣室。她要在这里把身上的这套衣服换掉，换上自己的衬衣。这是一件十七年前穿过的衬衣，她怕不合身了。还可以穿。这十七年，她的身材竟没走样。幸好是夏天，可以穿衬衫。这些十七年前的外套根本无法穿了。

俞佩华看出方敏心情不好。她不敢问。她没资格问一位管教任何问题。她跟着方敏，向大门走去。她第一次看见那扇铁门。来的时候她坐囚车。现在，她得走着出去。方敏走得很快，到了铁门，她回头看了看俞佩华，神情严肃。俞佩华的心悬了起来，好像只要方敏改变主意，她就得回到那个地方。

昨晚出了不好的事，黄童童自杀。方敏说。她偷藏了厂里的那把镊子，用镊子刺破了血管，幸好发现得早，没生命危险。要是死人的话，是大事件，监区会被究责。

俞佩华愣在那里，好像她的思维停止了运转。这感觉很像她出事那一天。

俞佩华收到一张话剧的票子。票子做得相当考究，比普通票子要细长，上面印着一座不知道谁画的尖顶房子，一半黑一半红。边上印着剧名:《带阁楼的房子》；座号：六排十三号。她猜想应该是方敏寄给她的。她不吃惊。在那儿，方敏告诉过她，有人准备以她的故事写一出戏。在方敏的安排下，她和作家见面。她没办法拒绝，在那儿，她没有任何拒绝的权利，她必须配合。只是她什么也不想说。那人戴着一副精致的黑框眼镜，笑起来依旧带着奇怪的孩子气，表情和善，至少没把她当怪物。她怀疑这么一个天真的人能写一出戏。作家在她心目中是鲁迅那样的形象，警觉、严厉、深刻，一眼可以把人看穿。眼前这个人，他的目光单纯，好像在他眼里，她是位天使。她不是。她是个罪人，法庭也是这么判的。这一点必须清楚。那天她没说什么，全是作家在自说自话，但方敏后来对她说，作家觉得很有收获，因为他握她的手时，她的手很暖和，比一般女性要暖和。这是一个重要的细节。作家是这么告诉方敏的。

现在住的房子是租的。刑期快到的前一个月，方敏问起她出狱后的打算。她不可能回老家。她让自己的亲人都抬不起头来，她不能再出现在他们面前，让他们平复的伤口再次被揭开。她想找一个地方度过余生。方敏主动提出帮她租房子。房子在北部城郊，房租便宜，合她心意。在里面劳作每月有五百元补助（前些年没那么多），十七年下来积下五万多块钱。汶川地震时她捐了两千元。其他的钱她没用过。在那儿她没任何消费，生活降到最低程度。

她很快找到了工作。她去了一家玩具厂。十七年的训练让她已是一位最优秀的工人。车间主任对她还算照顾，从来不问她的来历。民营小企业不关心你来自哪里。

有一天她突然思念起自己的儿子。她回了一趟老家。她不敢让人看见她。他们一定以为她将在牢里待上一辈子，人们见到她会吓坏吗？把她当成鬼吗？也许他们根本认不出她来了。她躲在家对面公园的一棵大树后面观察。儿子和她想象的完全不一样，她差不多认不出他来了，他面色苍白，看上去一副落魄的样子，脸上带着长期熬夜后产生的混乱气息。她后悔来看他。这应该早已料得到的。出了那样的事，同她有关的人都不会好过。她把他们的生活毁掉了。某一刻，她有冲动想站到儿子面前，告诉他，妈妈出来了。她忍住了。她不能这样做。那天她在大树后独自掉泪，待到天黑，然后安静地离开。最好装作一个不在世上的人，这对儿子是最好的。不过儿子也许早已把她当成不存在的人了。

她不再想儿子。她更多想黄童童。她听说黄童童治愈后又关了禁闭。她写过信。黄童童没回。她相当忧心。她曾许诺过会去看她。当时黄童童不相信是对的。她没有勇气。那里的人都认识她，在她们眼里她或许不配以自由人身份到那里探监。她想，也许黄童童过段日子会回她信的。

这天是一个星期天，是话剧首演的日子。她收到戏票时心里一直在斗争，是不是要去看。那是个噩梦，为什么要去面对它呢？她自己都快忘掉那档子事了。她起床，叠好被子，像在那里一样，她把被子叠得有棱有角。她有几次想改掉这个习惯，发现很难。另外她怕一旦改掉，她的生活和精神会垮掉，变得不可收拾。她最终决定去看戏。也许能见到方敏，可以问问黄童童的近况。

出门前她收拾了一下自己。她需要坐一个半小时的公交车才能到市中心。她坐在六公园的长椅上，看到西湖边游客摩肩接踵。一个中年男人走过时一直看着她，目光毫无遮拦。中年男人走了一段路，脚步慢下来，然后停住，往回转，在她坐着的那把长椅上坐下来。那男人说，给一百元，可不可以同他开房。她吃了一惊。这个男人怎么会往这边想？她吓坏了，马上站起来，几乎是逃跑的，样子十分狼狈。直到走远，她才回想刚才那一幕，有点无来由的兴奋。她竟有那么一点点后悔没跟他去。那人看上去不讨厌。她很久没碰过男人的身体。她几乎也感觉不到自己的身体。她努力把脑子里浮现的画面抹去，星星之火得尽早熄灭。她无法向另外一个人敞开。很多时候她更希望自己成为空气，别人看不到她。

在南山路的一个角落有一家不起眼的玩具店，很窄的一个门，店里很冷清。老板娘说她们卖的是高档玩具，不是地摊货。进去后，里面空间倒是挺大的，布置得很考究，每一个玩具都有固定的龛子，好像它们是供奉在那里的神祇。她看到绿皮火车、金色五子棋、红色的奥特曼、限量版金刚、微型恐龙骨架……在墙壁的空白处，挂着一些抽象油画，绚烂的光点和线条，天真而随性。这时候，她看到在转角处有一只洋娃娃。她吓了一跳，那玩具同她做的几乎一模一样，四十厘米那种，棕红的头发，蓝眼睛，向上翘着的嘴唇，还有穿着的裙子，全都是她记忆中的模样。她最初本能地缩了缩身子，好像重回那个幽闭的监所。一会儿，她慢慢恢复了体力，伸出手去，把那只性感的娃娃从龛子里取了出来。这款产品，从她手中生产了成千上万只。她仔细辨别，是不是自己做的。

她拿起玩具娃娃闻了一下，好像那儿真的留存着她的气味或黄童童的气味。老板娘是个时髦的女人，奇怪地看着她的举动。我要这个。她说。她没看老板娘一眼。价格不便宜，一千二百元。她有点不敢相信。不管是不是那个厂子的产品，她没想到她做的娃娃值这么多钱。那她一年创造了多少价值啊！老板娘夸她有眼光，说这款娃娃是店里最畅销的，许多人都喜欢。老板娘开始替她打包。她说，不用，只要娃娃。老板娘说，这盒子多漂亮啊，免费的，为什么不要呢。她不再反对。盒子确实漂亮，也许洋娃娃放在这样的盒子里才这么值钱。她对老板娘说，我是做洋娃娃的，这种娃娃我做了无数个，数都数不清了。老板娘的脸突然沉了下来，说，我这儿的东西都是进口的，同国产是两回事。

从玩具店出来，俞佩华很高兴。她伸手摸了一下口袋，那张戏票在的。今晚她一定要想办法见到方敏，托方敏把洋娃娃送给黄童童。盒子必须掷掉，那个地方每样东西她们都要开包检查个透。她喜欢把一个没有包装的洋娃娃交给方敏，那感觉像是她刚刚从车间里生产出来一样。她答应过黄童童，会送她一个。她想黄童童会高兴的。她虽然不能把洋娃娃带进宿舍，不能抱着洋娃娃睡觉，因为洋娃娃里面有金属，会有安全隐患。但某些特殊的日子（比如联欢会），管教会允许她和洋娃娃待一段时光。

俞佩华抱着洋娃娃，盼着夜晚的降临。

方敏和陈和平早早坐在胜利剧院。观众陆陆续续地到来。方敏看出陈和平有些紧张，他应该在担心剧场能否坐满。要是空出一大块是很难看的。观众比方敏想象的要多，在开场前十分钟几乎满座了。陈和平又得意起来，对方敏说，现在看话剧是时尚，你应该多看戏才对。看戏的大多数是年轻人。方敏在前排寻找俞佩华的影子。俞佩华在第六排十三号。她在十排。她不确定俞佩华会不会来。在三分钟之前，那个位置是空着的。这会儿，那里已坐着一个人。她很快认出来了，就是她，端正地坐在那里，腰板挺直，好像在那里听一堂思罪课。方敏不知道她是什么时候进来的，她真的像影子一样无声无息。不过那地方的人都有点像影子。她想过去打个招呼，转念放弃了。这样或许会让俞佩华不能安心看戏。等演出结束再说吧。

对俞佩华，方敏怀着同陈和平一样的好奇心。方敏作为俞佩华的管教，和俞佩华相处了十七年，她在那里的行为堪称楷模，没有一个人能像她那样如此严酷地对待自己，不允许自己出一丝一毫的差错，这种意志力无人能及。方敏相信，这样的人干什么都能成事。另一方面，她一点也不了解俞佩华。她杀了自己的叔叔。九年后案子意外暴露。那时候她已结婚生子。她承认犯案，在法庭上详述了杀死叔叔的整个过程，并坦承当时神志清醒，但法官问她动机，她要么回答不知道要么沉默。在每一次的思过教育时，她发言全是判决书上的判词，只是加深了程度，并且表现出真诚和悔恨，从不涉及当年为何要这么干。陈和平采访她，也是这种态度。有时候方敏觉得俞佩华依旧是一个陌生人，是一个谜。这也是陈和平试图用戏剧的形式探索她内心的原因吧。方敏想看看陈和平怎么理解俞佩华。

七点半，演出正式开始了。俞佩华怀着好奇心看着女主角声嘶力竭地一唱三叹。她好久才认出她来，她见过她一面。一年前她跟着作家来过那里。她提的问题毫无逻辑，无法回答。看了一会儿，俞佩华断定这戏虽然有她的影子，但已同她没有太多关系，那演员演的不是她。她打了一个长长的哈欠。边上一个年轻女孩恶狠狠地看了她一眼。她打起精神装作专注地看戏。

方敏也很快得出结论，这出戏对俞佩华的故事做了全新的想象和拓展。职业也改了。戏中女主角父亲被人谋财害命。女主角和母亲相依为命。一年后，远在广州工作的叔叔住进了这一家，叔叔充当起父亲的角色。女主角对叔叔和母亲的结合非常反感，并怀疑父亲的死与此有关。有一天，女主角洗澡时，叔叔意外闯入，虽然叔叔看上去是无意的，但女主角认为叔叔居心不良。

女主角有一个邻家妹妹，是个哑巴，她喜欢在屋顶攀缘，满脑子幻想。夜里，哑巴妹妹来到女主角房间。哑巴说（手语配字幕），我梦见你爸爸了，她同我说，他是被叔叔杀害的。女主角相信这是父亲托梦给哑巴妹妹。看来她的怀疑并非无本之木。哑巴问，要真是这样，你打算怎么办？女主角说，我会杀了他。在舞台的暗处，叔叔听见女主角和哑巴说的话。女主角出门时，看见叔叔匆匆离去的背影。女主角感到不安。

女主角在硫酸厂工作。叔叔和母亲结合以及背后的阴谋开始在厂里流传。有同事拿此事当面嘲笑女主角。女主角像豹子一样扑过去，掐住那位同事的脖子。有人拖开了女主角。女主角告诫所有人，要是有人再敢造谣，再敢胡说八道，她会把硫酸泼到他脸上。话说得狠，但女主角看上去很无助，她蜷缩着抽泣起来，浑身打战。

方敏看出来，导演是用日常化的方式处理戏剧性，舞台平和沉静，某种悬疑氛围又让观众感觉到不安。演员显然完全没有做到导演想要的，表演略显夸张。音乐不错。她没把感受告诉陈和平，免得他笑话她这个外行。

女主角的疑心越来越重，变得疯疯癫癫。女主角发疯的戏演得好极了，每一句话都像胡言乱语，可句句都如利剑刺向叔叔。叔叔认为侄女得了疯症，在母亲的恳求下，叔叔把她送往精神病院治疗。

此时，整个剧场鸦雀无声。观众沉浸在某种悲剧氛围之中。六排十三号的俞佩华一如既往地挺直腰板，这个动作坐下后没有动过，仿佛她是一尊雕像。方敏想，如果剧场里每个人都如俞佩华这样，演员会崩溃。

演出继续。女主角从医院出来后回到硫酸厂工作。她变了一个人，沉默寡言，独来独往。她恨叔叔，残忍地把她送进疯人院。他们用各种仪器对付她（她没病不肯吃药被电击过）。现在女主角坚信是叔叔杀死了父亲。叔叔不但占有了父亲的财产还占有了母亲。接着女主角又遭受了一次打击，她十分喜欢的哑巴妹妹，在一次攀缘中意外从屋顶落下摔死了。对哑巴妹妹的死，女主角怀疑是叔叔所为。

一天，家中无人，叔叔喝醉了酒来到女主角的房间，叔叔酒气熏天，说侄女冤枉他，他为这个家操碎了心，可侄女从来不感谢他，还……叔叔悲伤地哭泣起来。女主角用早已准备好的二十颗安眠药放入开水中，递给叔叔。叔叔拿过杯子，仿佛得到巨大的安慰，悲伤地哭了，口中说，我的好侄女，谢谢，谢谢你接纳叔叔，然后一口喝掉开水。在安眠药的作用下，叔叔睡死过去。女主角用一根电话线勒死了叔叔。她把叔叔拖到卫生间浴缸里，把她从硫酸厂搞来的硫酸倒在叔叔的尸体上。舞台上冒出一股白烟……

女主角：没流一滴血，他就死了。（她看了看上苍，好像爸爸和哑巴妹妹正看着她）看到了吗？这个魔鬼已化成了一股烟。不过，还有几根白骨，可是我的硫酸用完了。（突然失声痛哭）我杀人了，我做得对吗？为什么你们沉默不语？也许我真的生病了，我总是心神不宁，妈妈说我已疯了，邻居也说我神志不清……（慢慢平复，自语）我还得处理这几根残骨……我想起来了，我房间有一只盒子，我把残骨放在盒子里吧……

方敏研读过俞佩华的案宗，剧中杀死叔叔的场景，除了对话，其中的细节和俞佩华在法庭上的陈述完全一致。从开场到现在过去了一个小时，应该还有差不多一半的戏。叔叔已经死了，下面会发生什么？叔叔的突然消失，母亲非常伤心，疑虑重重。邻居们倒是没感到任何奇怪，他们都带着嘲讽的口吻说男人抛弃这家子回广州了。

故事的转折来自父亲案子的破获。父亲是被另一个人杀死的，警察抓到了那个人，那人也招供了。这件事震惊了女主角。这么说她无缘无故杀了一个人？难道是她错了？难道是因为她不能接受叔叔和母亲的行为，把想象当成了事实？难道当年自己真的因为失心而疯魔过？也许这就是她被送往医院的原因。

愧疚感开始折磨女主角。母亲又念叨起叔叔，对女主角说，我知道你不喜欢他，但你生病时，他每周来医院看你，只是你不肯见他，他很伤心。他如今在哪里？怎么把我们抛弃了呢？

戏开始向高潮推进。女主角再次在楼道口对着阁楼祭祀。这一场面震撼了方敏。舞台的灯光是红黑两色。黑的这一方是女人，红的是阁楼。舞台上只有女主角一人，她烧了很多纸钱，然后高举三支清香，说出大段台词，台词里面纠结着痛苦、悔过、悲伤和恐惧，她被抛入万劫不复的深渊里挣扎。那被灯光打成红色的阁楼里突然传来叔叔的声音：可怜的侄女，你把我放在阁楼，你在你的头上悬了一把剑啊……

方敏落泪了。陈和平转头看她。她有点不好意思。

终于到高潮阶段。左邻右舍都在传说这间带阁楼的房子是一间鬼屋。母亲变得疑神疑鬼，她决定请来道士，在屋子里做一场法事。

一帮道士穿着道服在舞台上跳着阴森的舞蹈，嘴中念着咒语。咒语伴着音乐，仿佛这咒语来自另一个世界，既神秘又悲悯。其中一个道士手中握着一把宝剑，剑刃闪出寒光。道士的剑突然向上一指，轰的一声，阁楼上掉下一只盒子。母亲打开盒子，昏厥了过去……

方敏看到六排十三号的人站了起来。俞佩华退场了。这一行为可以理解为她忍受不了内心被人窥探，也可以理解为她不喜欢这出戏。方敏很想跟她出去，问问她看戏的感受。戏还没结束，这样做显然不合适。她看着俞佩华穿过黑暗的剧场，消失在剧场的门口。

尾声。舞台的布景中间出现一块电影屏幕。女主角和儿子坐在舞台上，从舞台的环境可以看出两人在看一场电影，播放的是《东方快车谋杀案》。

剧终。剧场里响起热烈的掌声。接下来是演员谢幕的环节。舞台上大灯亮起。主持人开始一一介绍并感谢演员以及主创。演员们依次上台谢幕。有观众献花给主演。最后是导演登场。编剧原本是不用上台的，但主持人一定要陈和平说几句。陈和平客气了一下上台了，他没多说，只感谢了一个人，他没说出名字，大概只有方敏听出来他在感谢俞佩华。可惜俞佩华已经走了。在舞台光耀下，陈和平显出和平常不同的风度，举手投足很有艺术家风范，且不做作。方敏有点刮目相看了。在主持人的鼓动下，观众的手机成为一支一支的光棒，在黑暗的剧场内晃动，向主创致敬。方敏想，这一刻这些演员无论演的是主角还是配角一定都很幸福，是人生的高光时刻。看戏的人久久不肯散去。

方敏等着陈和平从台上下来，然后一起向剧场外走去。

方敏没想到的是，在剧场的大厅，俞佩华正等她。方敏看不出俞佩华此时的心情，她的表情永远是那么平淡。俞佩华的手中捧着一只洋娃娃，方敏看出来了，洋娃娃和里面生产的几乎一模一样。

方敏说，怎么样，戏还好吗？

俞佩华没有回答。好像她刚才根本没看过戏。她把玩具娃娃递给方敏，拜托方敏，把它带给黄童童。

俞佩华说，我答应过她的，我会送她一只洋娃娃。

方敏愣住了。她没接玩具娃娃。好一会儿，方敏长长地舒了一口气，艰难地说，黄童童已不在女子监区了。

俞佩华吃了一惊，问，黄童童去哪里了？方敏转过头，回避了俞佩华的目光，没有回答她。俞佩华突然面色变得狰狞，她几乎是喊出了声，告诉我，她在哪里？方敏吃了一惊。十七年来，她第一次感受到俞佩华不被驯服的力量，她似乎理解了十七年，不对，应该是二十六年前俞佩华的行为。

方敏和陈和平对视了一下，陈和平看上去像白痴一样不明所以，同刚才台上谢幕时判若两人。

麋　鹿

陈　鹏[1]

0

麋鹿！

我急刹车。就在风挡玻璃前面，最多五六米。昂首挺胸，眼球大而深黑，短尾上下抖动。从尼姆[2] 租来的雪铁龙 C5 车况良好，一路开过来花了一小时十七分钟。马达轰鸣，白蜡树投下辽阔的影子。我听见心脏在方向盘下面怦怦敲打。如果使劲按喇叭轰走它或一脚油门从它身边冲过去不是不行，可这是法国南部，优美的法国南部。我确信目的地卢马兰离这儿也就一两公里：橘红色屋顶像塞尚画出来的，墙壁雪白，山坡上是灰色的古老教堂。

它盯着我，目光渐渐潮湿，四蹄纹丝不动，脊背像水一样柔滑。我怀疑它是我时差还没倒过来的幻觉。马达的嗡嗡声低下去了。几只蜜蜂从我们之间飞过。天空透蓝，没有一丝云彩。我默数：1，2，3，4……56，57，58，它轻巧转身，跃进密林，像轻烟一样消失了，比我的呼吸还快。

---

① **陈　鹏**　1975 年生于昆明，国家二级足球运动员，小说家，曾获十月文学奖，湄公河国际文学奖，华语青年作家奖，滇池文学奖等多种奖项。出版长篇小说《刀》，中篇小说选《绝杀》《去年冬天》，短篇小说集《谁不热爱保罗·斯科尔斯》等。现任大益文学院院长。

② 尼姆：法国南部城市，有古罗马风。

A

嗯，我猜他七十了吧，不过老外看起来通常比实际年龄年轻。我不确定他究竟七十，还是八十。有什么关系？何必在乎这些？就因为他一再让我想起阿尔贝・加缪？就因为我已经抵达卢马兰？

“叫我乔治・夏夫。”

他头发银白，身材高大，穿墨绿色套头长衫，黑色运动裤，白球鞋。我无法判断他对我的态度，经英语转译的情绪大多是靠不住的。再说，法国佬大多内冷外热，你很难凭第一印象就推断他。

“我姓陈，陈鹏。”

行不改名坐不更姓。用英语念出 CHEN PENG 别别扭扭的。可我没有一个呱呱叫的英文名字呀，比如杰克，托尼之类。

“从哪儿来？”

“中国。云南，昆明。”

“没听说过昆明。中国，谁还不知道中国？”

他上下打量我。

“我能拜谒加缪先生吗？”

“你是作家？”

“对，我写小说。”

他无动于衷。

“我不写色情、暴力，从来不写，我写那种，那种牛气哄哄的小说。纯文学。”我说。

“不是任何人，任何作家都能拜谒阿尔贝・加缪。”

我暗暗激动。乔治・夏夫这么说至少两层意思：一、加缪墓地在卢马兰无疑。二、就算中国跑来的作家也不一定能见他。我抬头看看教堂，祂之高之大，超乎想象。卢马兰和大多数法南的古老村庄没有太大区别：路边种满柏树和沙松，街道白石铺地、红瓦粉墙的两层或三层高的小房子漂亮极了。从密度判断，全村有五六百人。

“可是，我从那么远的中国飞过来——”

“还有北极来的呢。”他瞅着我，“我先后打发过 176 个人回家，没让他们踏进墓地半步。”

“176个！”

“对。”

“为什么？”

“不为什么。”

他脾气实在不好，甚至有些暴躁。也难怪，卢马兰唯一的墓地看守人早被各路人马烦得不行了。是呀，不是每个人都有资格拜谒伟大的加缪。

“有作家、记者，还有银行家、教师、游客、明星、公务员……各有各的理由。”

“是吗？”

“阿尔贝喜欢安静，否则不会定居卢马兰。”

“是的，是的。”

“你还会什么？”他忽然说。

我张口结舌，脑子里涌过无数个想法。

“会踢球吗？”他又问。

“当然！”

我高兴坏了，告诉他我是当年昆明少年队主力前锋，17岁就已经是国家二级运动员。我在全中国杂志上发小说的简介必然提及我的前足球运动员身份。从小梦想成为中国的马拉多纳，可惜造化弄人，后来鬼使神差迷上文学，目标直指海明威或加缪，塞利纳或卡佛。啊哈，幼稚，对吗？好在没扔下足球，每个周末和兄弟们上昆明的海埂基地撒野。足球，写作，没有比它们更重要的东西了。

“跟我来。”

B

这一节，我们聊聊加缪的死。

我的同行加缪于1957年获诺贝尔文学奖，他用奖金买下卢马兰小村一幢三层楼房，携妻子弗朗西娜·福尔和一对双胞胎儿女住下来。卢马兰距巴黎约六小时车程，不近，也不太远。巴黎不是他的，是老萨特的。1960年1月4日，清晨7点，加缪和弗朗西娜吻别，看了看熟睡中的弗朗索瓦和凯瑟琳，低头走出29号院门，进入刺骨的寒风中。对面，马克·吕西安的墙头，淡蓝色石槿迎风怒放。这是卢马兰冬天唯一的鲜花。他走得很快，街上雾气大而沉重，两只乌鸫越飞越高。大教堂尖顶被天空锈住。店铺都关着。1960年的卢马兰和2019年的卢马兰没什么变化。一切白得耀眼。难以形容的白，法国白，《局外人》的白。苍白的默尔索，苍白的手枪。砰。

《局外人》不妨换个名字，《白色之死》。

出版人米歇尔·伽利马在"钟"客栈的前廊上站着——米歇尔携妻女造访，说什么也不愿下榻阿尔贝的家。早安。早安。真冷。是呀，冷。米歇尔说他失眠了，因连夜审读加缪的《第一人》手稿。加缪说你回巴黎再读，不必熬夜。米歇尔表示，这可是诺贝尔文学奖得主三年来最新力作，岂敢马虎？7点17分，米歇尔叫醒妻女；7点30分，他们在"钟"餐厅要了咖啡、煎蛋、培根和蜂蜜；7点56分，加缪随米歇尔钻进那辆簇新的红色阿尔法·罗密欧。一个月前，米歇尔以分期付款方式将它买下。上车后加缪开了一句玩笑：别开太快，新车像新女友一样不靠谱。米歇尔说此车最高速度可达120迈。加缪咂舌，说速度拯救不了世界，相反，会毁掉世界；造汽车的家伙真是疯了。

米歇尔驾车，加缪坐副座。后排从左至右是米歇尔的妻子玛丽、三岁的女儿伊娃。

那天真冷。

时隔59年，我仍能感到卢马兰白色大地深处的丝丝寒气。

C

"你见过麋鹿吗？"

"麋鹿？"

"我在来的路上——"

"没有，卢马兰没有麋鹿。"

"森林里也没有？"

"从来没有。"

"可我明明看见了。"

"你看错了。没有麋鹿。卢马兰没有麋鹿。"

"你生气了？"

"没有。"

“对不起。可你干吗生气？”

他板着脸，走得飞快。

乔治·夏夫的房子很小，房前没有鲜花。是普普通通的白石房子，绿色窗台，白木门。他抱出一只阿迪达斯足球，脚上的鞋也换了，正宗法国产公鸡牌球鞋。他给我捎了一双，也没问我穿几码的，好像对我脚和鞋的适配度有绝对自信。我们沿巷道进入村子中心，这里地势开阔，遍布商店和咖啡馆。空气里充满面包和咖啡的香味。教堂钟声骤然敲响了，乔治·夏夫站下来，低头画着十字。他的背微驼，两腿弧度明显，是典型的凡足球运动员都有的罗圈腿。我暗暗心惊，他是足球高手？可他老了。太老了。他要跟我玩什么？颠球？射门？一过一？

我当然有十足的把握赢他。

D

麋鹿，轻烟似的麋鹿。

乔治·夏夫为什么生一头鹿的气？

从商业街往南，足球场出现了——一大片嫩绿扑面而来。乔治·夏夫告诉我，卢马兰曾经走出一个名叫安德烈·沃尔科特的职业球员，司职中场，1981 年从里昂转投巴黎圣日耳曼，帮助球队夺得 1982 年法甲冠军。

“卢马兰的年轻人喜欢踢球？”

“谁不喜欢足球？法国人有两大信仰。一、上帝；二、足球。”

我一个多月没踢球了，脚痒得不行。

“还有第三大信仰。”他说。

“文学？”

“文学。”

是呀，伟大的法国文学！雨果、巴尔扎克、福楼拜、普鲁斯特……最近三十年的图尼埃、艾什诺兹、莫迪亚诺、勒克莱齐奥都棒极了。

球场偏小，典型的七人制场地，草是混播小叶草，修得像顺滑的羊绒毯子，比起我的海埂基地有过之而无不及；白色禁区线、中场线画得清清楚楚；球网一丝不乱。可惜，要是标准的十一人大场就太完美啦。

球鞋非常合脚。公鸡牌，袋鼠皮，九颗钉。我还从未穿过这个牌子的足球鞋。我告诉他，我几乎每周踢一场球，我们有一支名为惠恩的足球队，一帮各行各业的老兄弟周末赶往海埂，赛事组织者提供三名裁判和两箱水。球队平均年龄四十五了，我们打算踢到六七十岁，大不了死在场上。

“中国的足球……”

“很差劲。好在，我们有自己的比赛。”

“每周一场？”

“差不多。”

“你为什么踢足球？”

“您呢，为什么还踢足球？”我把问题抛回去。

“我十岁就在这块场地上训练。”他说，“教练是西班牙人。可惜，我们那批孩子没有一个踢进职业队。”

“我无意冒犯，您这样的年纪，在中国，不可能再碰足球。”

“我老了吗？你的意思是，我老了？”

“不不不，我不是这个意思。”

“那你什么意思？”

“我的意思就是，您为什么踢足球，而且坚持到现在？”

他扭头望向别处。

“您没儿子？没让他们踢足球？”

“没有。”乔治·夏夫直截了当，“没妻子，没孩子。没有任何家庭成员。”

“抱歉。”

“用不着抱歉。”

“那您也热爱文学？”

“看得不多。加缪，纪德，福楼拜。说实话，还是喜欢加缪。”

我意识到我问了一句废话。

“您还没回答问题。”

“什么？”

“足球，对您的意义？”

他两手叉腰，脑门上的皱纹像砍出来的。

“铭记。或者……惩罚。”

我不太明白。

他不做任何解释。

几只喜鹊站在场边的白蜡树上叽叽喳喳。我系紧鞋带，沿边线慢跑。草皮柔软，清冽的空气让肺部略感刺痛。一圈过后，那叫一个舒服！乔治·夏夫压腿、拉伸，动作很标准。我慢跑五圈后才做拉伸，他则起身慢跑。我先触球，接连正脚背颠球，均匀的噗噗声响彻球场。乔治·夏夫回头看我。我从他眼神中看不出任何赞许。

他返回时我微微出汗了。我们传球。乔治·夏夫技术好得让我惊讶——动作干净利落，脚背、脚弓堪称细腻，足球像黏在脚上。之后，我差不多退到边线，他在二三十米外长传。动作潇洒，落点精准，球速也刚刚好，我拿得舒舒服服。这老头啊，要年轻四五十岁绝对能踢职业队，至少中超毫无问题。我们传了一二十脚，他冲我挥挥手，大步走来。

“你，不错。”

“谢谢。您真棒！”

“我在你这个年纪，每天一场球。”

他出汗了。

“每天一场？”

“就在这块球场。有时候去下面鳄鱼村的球队。我踢中卫，胜多负少。”

“卢马兰的球队呢？我想来场真格的。”

我好斗的劲儿又给挑起来了。

“没有球队。”

“嗯？”

“早就没有球队了。”

“可你刚才说——”

“1960年以后，卢马兰再也没有足球队。”

我打量球场，忽然震惊不已——没有球队的球场居然维护得这么好，又有什么必要维护得这么好？一块球场的意义难道不在于训练和比赛？

“阿尔贝·加缪去世后就没有球队了。”

“……我不明白。”

他一声不吭。

E

我必须加快节奏啦。抱歉，写到这里还没出现任何加缪之死的细节。也许卢马兰过于虚幻，也许我不忍把加缪之死的谜底过早揭开。也许，这个故事就没有谜底。也许。

你看我又扯远了。分寸感是小说家的重要美德甚至唯一美德。可有时候，我要是不想太讲究分寸呢？我能否撒得很开又收放自如？在这个短篇里，我唯一要做的就是把不算故事的故事讲好。这可是加缪。我哪来的胆子虚构加缪之死？不，没法虚构。他死于车祸，这一点清清楚楚。所以这个小说没有秘密，自然不存在谜底。那我究竟要虚构什么？除了加缪的死，我还能写什么，怎么写？

越想越糊涂。

接下来的棘手问题是，如何才能走进卢马兰墓地？我此行目的不为别的，更不为了踢足球，是为了拜谒加缪，伟大的阿尔贝·加缪。

F

7点58分，红色阿尔法·罗密欧驶出卢马兰。冷雾切出一条条白线，村口的足球场昏黄发黑，三只乌鸫在场上觅食，寻找人类很难发现的幼齿虫及其肉白色的卵。

足球场让加缪想起自己为话剧《西西弗斯》设计的白色舞台，想起经典台词："重要的不是治愈，而是带着病痛心甘情愿活下去。"他问米歇尔能否稍等，等太阳出来再走。米歇尔不解，加缪让他停车。一个年轻高大的身影像麋鹿一样穿出晨雾，走进球场，腋下一只黑白色的阿迪达斯足球。加缪告诉米歇尔，是乔治·夏夫，靠租赁祖业为生，另在鳄鱼村经营一小块农场，本地出了名的球痴：据说十岁受训，每天抱着足球入睡，极度崇拜巴西人加林查；每个周末搭顺风车前往尼姆看一场法甲比赛；去年夏天，他错过了一场爱情。姑娘住在普尔斯[①]，不远数十公里来到卢马兰，乔治·夏夫却在鳄鱼村的球场上飞奔，返回卢马兰"狮子"咖啡馆时天都黑了，"狮子"老板巴斯蒂安交给他一张字条：我饿坏了，你付账。卢马兰我不会来第二次。巴斯蒂安收下他十七法郎，告诉他，一个大美女呀。乔治·夏夫一气灌下三瓶冰镇汽水，扔了字条，吹着口哨走出去。今天，他的球队赢了三个球。

加缪下车，走向乔治·夏夫，高声说自己也想踢两脚——当年，他可是阿尔及尔少年队的主力门将。乔治·夏夫向伟大的诺贝尔文学奖得主致敬。

① 普尔斯：尼姆市内一小镇。

寒风中有干燥的石灰味。米歇尔大声问加缪，是否忘了还有两个朋友在巴黎伽利马出版社等他。加缪说他三个月没碰足球了。刚来卢马兰的时候经常和一帮孩子踢一个下午哪，后来迫于失眠和写作，不得不深居简出。米歇尔说，最多半小时，最多给你半小时。加缪激动地跺脚，舒展着皮鞋里快冻僵的脚趾。

传球，奔跑，呼喊，那双旧皮鞋丝毫不影响发挥。米歇尔发现两人呼出的白气酷似《局外人》海滩段落的描写。之后，加缪站在球门线上，示意乔治·夏夫射门。米歇尔按了按喇叭，加缪毫不理会。乔治·夏夫在禁区边缘软绵绵射了两脚，被加缪没收了。加缪大喊，发力，小子，你给我发力。乔治·夏夫的心怦怦跳。加缪四十七岁了，而他，乔治·夏夫，年方十九。如果大力施射，消瘦的文豪扛得住吗？来吧小子！作家站在门线上，猫着腰，双手抬起，直视足球。

米歇尔看了看表。8 点 14 分。

G

“你爱加缪？”

“他是我的偶像之一。很喜欢《局外人》和《鼠疫》。”

“是吗？”

“当然还有他的文论和戏剧。他是大作家兼哲学家。我这么说，绝没有贬低他的意思。”

“《西西弗斯神话》。”

“对，了不起的《西西弗斯神话》。”

“他把它改成了话剧，《西西弗斯》。”

我非常意外。没看过，听都没听说过。

乔治·夏夫微微一笑，“加缪也踢足球，这个你总该知道。”

“嗯，阿尔及尔少年队门将。”

“比你，只好不差。”

我哪敢跟伟大的加缪相提并论！即便擅长的足球。

他提议，“互射点球？”

“可我不是门将。”

“我也不是。”

“您确定？”

“那天清晨，”乔治·夏夫说，“我们，加缪和我，互射了点球。”

“谁赢了？”

他没回答。

我的心怦怦直跳。

教堂不再传来钟声。没有鸟。没有风。万物静止，只有青草嘶嘶低吟。乔治·夏夫走向球门，逆光站好，我很难看清他的脸。

他张开双臂，冲我拍了拍手。

我后退三步。助跑，一击而中。是快速的地滚球。直奔死角。年迈的乔治·夏夫根本来不及反应，只是象征性地动了动身子。

该他了。

站到门线上时说不出的紧张。我不知道万一我在这场点射中输掉会面临什么。墓地看守人决不允许我进入墓地？完全可能。

他后退的距离稍有些远。我赌对了方向，将他力量不大的射门扑出去了。我倒地时闻见浓烈的青草味和淡淡的说不上来的烟尘或冰凌的气味。哦，当年，五十九年前冰凌的气味。加缪，伟大的加缪就在相同位置扑出他的点球。一定扑出了他的点球。想想吧！

1∶0。此后我四罚全中。他又被我扑出一球。5∶3，我赢了。他满头大汗。汗水源源不断从皱褶很深的脸上脖颈上涌出来。他撩起衣襟使劲擦，露出平坦的长满金色绒毛的腹部。我忽然感到歉疚，就像小时候偷了外公的东西。我们轻轻握了握手。我问他，能去墓地了吗？我的语气格外谦卑，相信他不至于仍对我抱有敌意。我不明白他干吗绕那么大圈子，难道每一个拜谒加缪的人都要经历点球考验？要碰上不会踢球的家伙呢？还是，恰好我是曾经的足球运动员，他故意刁难？

他抱起足球，让我跟上。

我心跳快得不能再快，紧跟罗圈腿洒下的影子重返村子中心——咖啡馆生意很好，外廊上全是人。他们大声说笑，连比带画。我一眼认出这就是当年的“狮子”。法语 LEONIN 酷似英语 LION。旁边是冰激凌店，三层下巴的女老板将黑白红蓝绿数种颜色的冰激凌一只一只舀出来。对面，卖油画的中年男人坐在画廊门口，他金色短发，长相英俊，冲我说了什么，我报以微笑。绕过几幢大房子，道路再次变窄，穿出一条隧道般的长廊，前面出现柏树林，往右，一溜黑砖墙将村子前后隔开，墙下一扇铁栅门，门上有锁。乔治·夏夫掏出钥匙开了锁。我看到一座座石墓了，它们彼此挨着，或大或小，或宽或窄。石碑大多是黑色的，炭一般的黑色，其密集程度似乎容纳了自卢马兰以来全部的安息者。我不敢动弹。气氛肃穆而神秘，和初入教堂的感觉太像了。

往左，经两条过道，乔治·夏夫向斜前方抬了抬下巴。那块小小的领地，正是加缪。

教堂钟声又响起来。当，当，当。乔治·夏夫低头画着十字。

"给你五分钟。"

H

一簇夹竹桃开着白色小花，下面一块黑色石碑，呈30度角仰卧，碑上写着："ALBETER CAMUS　1913–1960"。右侧，躺着他的妻子，"FRANCINE CAMUS　1914–1961"。

墓碑像黑色的火山石，让人想起大地内部和深处。太简单了，实在太简单了。一不留神就会忽略他。

乔治·夏夫踩着砾石往外走。

够了，五分钟。

我蹲下，抚摸石碑。略显残缺的字母有些硌手。

现在我不打算告诉你我和加缪说了什么。这是两个作家之间的秘密。我一个字也不想说。

I

我想说的是后来。

五分钟后——我敢确定我不止待了五分钟。也许十分钟，二十分钟。我想我不是一个守时的家伙，我可是不远万里而来啊。我起身，阳光灼热，我双目晕眩，脸上火辣辣的。黝黯的柏树像唱诗班一样站立。我踩着砾石小径往外走，出墓园，带上铁栅门。不见乔治·夏夫。我大喊几声，声音响亮、清晰。没人回答。没有任何人回答。

乔治·夏夫不见了。

我回到卢马兰中心，这里更热闹了。"狮子"露天座的人多了近一倍，其中不少游客，从口音判断像东欧人和美国人；橘色屋顶上有白霜似的反光；教堂大得有些模糊。此行要不要去教堂？我没想好。没完全想好。从卢马兰地势和风景来看，加缪当年的选择无可挑剔。他的《第一人》手稿后来在车祸现场发现，就在米歇尔的手提包内，纸页散乱。我走进“狮子”，找空位坐下，要了一杯卡布奇诺。喧嚣的人群让我焦躁，天空中不断出现乌鸫。在寂静的某处，29号院，我想，我这个彻头彻尾的外国佬除了抚摸石墙，继续扮演一名游客之外，什么也不是。加缪之死什么也不是，唯其所是的只有作品，只有触动你的加缪的作品。那是另一个加缪。真正的加缪。我背包里就有《局外人》，郭宏安译本。我承认，来到法国之后我还没翻过一页。完全听不懂的法语像鸽子在你耳边叽叽咕咕。我有些茫然：今天几号？星期几？我思绪困顿，太阳穴突突跳。好在空荡荡的感觉来得快去得也快。毕竟见到加缪了，毕竟。我们聊了很久。那番对话让我心里多踏实呀，就像冬天清晨，在昆明街头吃下一碗热腾腾的小锅米线。

我觉得再没必要找到乔治·夏夫。

J

“狮子”帅气的男招待告诉我如何去往加缪的房子。我用英语问他，你老板呢？巴斯蒂安还好吗？他困惑地摇头，似乎听不懂我的话。我问他读没读过加缪，他抱歉地笑笑。我在托盘里放下五欧元，起身离开。十分钟后，我回到长廊入口，前后找了一圈，总算发现一幢略显局促的三层高的白石房子。是它，错不了。二、三楼均有阳台，白色圆顶拱门，白底蓝字的“29”清清楚楚，门头垂下一束白铃兰花。我上前，轻叩木门。屋内响起人声，我用英语回答：“HALLO！”门开了，一个消瘦的上年纪的女人撑住门框。暗沉的金色鬈发，深灰色裙子，前襟很高，裸露的胳膊上有老年斑。浑身上下无任何坠饰。

我紧张得发抖，向她做了简短的自我介绍。

“我能进来吗？”

她想了想，让我进去。屋子很大，也很暗，有白色纯法式家具和米黄色地毯。穿出起居室，进后院，约一人高的墙头缀满铃兰花。院子里花香扑鼻。中间一把巨大的白色遮阳伞，两把白木椅。地面也铺了白砾石，踩上去嘎吱嘎吱响。阳光在对面墙上折出一只三角。她请我坐下，问我喝咖啡还是茶。我说，茶吧。几分钟后，她从屋里端来白瓷的茶壶茶杯，放在黑橡木桌上。

茶还算好喝，是红茶。

“您就是凯瑟琳？”

“是我。”

我忽然发现，我有限的英语在这种场合基本派不上太大用场。她恐怕也不愿多说，能让我进来喝杯茶已经谢天谢地了。

“谢谢您，谢谢。”

她礼节性地微笑，看着我。

“《局外人》在中国的影响非常大。您怎么看这部小说？”

“非得说说他吗？”

她似乎一脸无奈。

“恕我冒昧。”

“好吧，”她两手摊到桌上，“我更喜欢他的戏剧。”

“哪一部？”

“全部。”

“他每天都写？”

“差不多，每天都写。字数倒不一定。”

“他写作的时候，不愿被人打扰吧？”

“当然。”

我浑身冒汗。觉得自己像个十足的小报记者。我一定给了她类似印象——我不过是中国跑来招摇撞骗的狗屁作家，对加缪一知半解。我赶紧介绍自己：早年踢足球，后来写小说，现在主持一本非官方的文学杂志……

凯瑟琳淡漠的微笑让我想起尼姆火车站的检票员。除了简短回答，她不做任何解释。第一杯茶喝尽，她没给我续杯。按照中国人的习惯，这是送客的意思呀。

“是乔治·夏夫带我去墓地的。”

她没反应。

“他热爱足球。”我说。

“我知道。”她说。

“他今年几岁？”

她的回答差点让我哈哈大笑。

“也许，六十，没准八十？”

“还能踢出漂亮的香蕉球。”

“是吗？”

我看着墙头的铃兰。开得真好。

“他说，那天清晨，他们一起踢了足球。”我说。

长长的沉默。

“后来互射点球。”

凯瑟琳看着我。她有一双比天空还蓝的眼睛。

“他还说了什么？”

“就这些。”

“你还想知道什么？”

“哦，”我说，“我的意思是，我不是故意——”

又一阵沉默。

她抬起胳膊，十指交叉，握紧。

“你太好奇啦。”

“我热爱您父亲。他是很多作家的偶像。”

“写作把他毁了。”

“作家嘛，特别是大作家，是属于民族和时代的。”

“你没听懂我的意思。”凯瑟琳轻轻叹气，“我宁愿他不写。至少，拿了诺奖以后，彻底不写。”

“可他还那么年轻。”

“够了。足够了。”

“也许吧。”

“头天夜里，他彻夜失眠。”

“1960年1月3日？”

“你记性真好。”

“为什么失眠？”

她没吭声。

“拜托，”我急了，“我大老远从中国跑来——”

“都这么说。”

“我是小说家。如假包换的小说家。今天和加缪先生聊了很久。”

“喔，”她故作夸张，“他说了什么？”

“坚持。”

“哈哈，等于没说。”

“还聊了别的。请你相信作为他的同行，我多么希望把文学这项伟大的事业继续下去。”

“伟大的事业？”

“难道，文学不够伟大？”

“去他的伟大！”她忽然粗口，用了英语的“FUCK”，我大吃一惊。她掏出香烟，点燃，吸得很深，像在咀嚼烟味。

“抱歉。我不太喜欢别人这么谈论加缪和文学。就像他脑袋上扣了一顶可笑的帽子，你们中国仿造的非常可笑的帽子。我在乎吗？根本不在乎。”

我什么也说不出来。

她伸出手，在自己吐出的烟雾里挥动。

“你碰见了麋鹿？”

我又大吃一惊。

“是的。就在来的路上——”

“你该感谢上帝。”

“感谢上帝。感谢阿尔贝·加缪。”

“他爱麋鹿。”

“可乔治·夏夫说，卢马兰没有麋鹿。”

“对他来说，是没有。”

“我不懂您的意思。”

“阿尔贝到处搜寻麋鹿。有时跑得很远。非常远。甚至阿维尼翁。你知道那地方吧？”

“知道。”

“我讨厌麋鹿。”

我不知该说什么才好。

“借口。都是借口。”

“借口？”

“阿尔贝不能没有漂亮女人。”

“您的意思是——”

我喘不上气来。我自己动手往杯子里续了茶。她一动不动。

“那天夜里，他为一件小事打了弗朗索瓦，后来也冲我动了手。很晚的时候，他向我们道歉。是写作后遗症。他被困住了。被写作困住了。《第一人》写了五年还没写完。”

“您母亲呢？弗朗西娜当时——”

“醉了。”

长长的沉默。

“不写作的时候，他要么踢球，要么疯子似的瞎跑。不看报纸。从来不看。萨特先生想来卢马兰看他，他拒绝了。”

她瞧着指间升腾的淡蓝色轻烟。

“他描绘了天堂？”

“什么？”

“除了让你坚持，他还向你描绘了天堂？”

我摇头。

“他应该在那儿的吧。他是信上帝的。”

“当然，当然，伟大的加缪怎么能——”

她轻轻摇头。

“他才是囚犯。苦役犯。”

“西西弗斯？”

“谁又不是呢？”她意味深长地看着我，“母亲1961年去世。她解脱了。”

“那天清晨——”

“非常冷。米斯凯尔风，刀子一样的米斯凯尔风。”

我实在无法想象1960年1月4日早晨，突然失控的红色阿尔法·罗密欧一头撞向白蜡树。砰。什么东西在我面前聚集，又散开。不是烟雾，是超越其上的某种东西，从卢马兰逃逸的一抹光亮，倏忽出现又迅速消失。

“麋鹿。”我说。

凯瑟琳闭上眼睛，又睁开。

我的心咚咚狂跳。我和它距离多近哪，都能闻见它的青草味了。

她敲了敲桌子。

“我恨乔治·夏夫。”她说。

我看着她。

“恨一个人，也是所谓‘病痛’的一部分？”她又说。

随后她用法语说了一大通。我一个字没听懂。她意识到自己失态了，伸手按住胸口，深呼吸。

“对不起。”她说。

“不不，没什么对不起。”

“除了玫瑰香肠和科特拉红酒，我不喜欢卢马兰。人，房子，教堂，咖啡馆，都不喜欢。弗朗索瓦去了罗马，三年没见了。”

我无话可说。

“美味呀，真正的美味……”她有些恍惚，“真羡慕你。买张机票就能跑到这么远的地方来。”

“难道，您——？”

“再过一个月就是冬天了。卢马兰的冬天真冷。你想象不到的冷。”

我还是无话可说。

“对不起。”她轻声说。

该告辞了。我从背包里掏出特地带来的云南普洱茶。她惊讶地谢了我。我们回到起居室，没开灯，光线很暗。她从书架上取下一部小开本的书回赠我，飞快签了名。雪白的封面让我心潮澎湃。

当然是伽利马出版社的《局外人》。

我想讲的故事差不多讲完了。

这就是一个探访加缪墓地的小故事。不，几乎没有故事。它发生在2018年9月的某一天。又或者，2017年夏天？你看，我记忆力越来越差了，但也不算太糟，否则就很难还原卢马兰的七人制足球场，无法描述29号院的铃兰花。好吧，就算2019年9月吧。我拿不准。我说拿不准的意思是我越来越难把握虚构和真实的分寸了。加缪居然冲自己的孩子动手？我倒宁愿凯瑟琳从没说过。不，也许她真没说过。也许我根本没去过卢马兰？也许乔治·夏夫和凯瑟琳·加缪纯属子虚乌有？

能确定的是车祸及车祸之后。米歇尔、加缪当场死亡，后座的玛丽和女儿伊娃均受伤，好在无大碍。玛丽告诉警察，那一瞬间，她听见米歇尔低声骂道：“妈的！”加缪则大喊：“真美！”（Magnifique）

“真美？”

“对。充满某种，某种深深的激动。”

“激动？”

“嗯，兴奋，或者，幸福。”

“你们看到了什么？”

“……”

“你认为，他看到了什么？”

“我睡着了。”

K

K是卡夫卡笔下著名的小人物。约瑟夫·K。我爱这个名字。这一节将是最后一节。不管我写了什么，怎么写的，都请诸位多多包涵。我知道我的故事差不多讲完了，我也知道作为小说它还需要点别的，需要一个结尾或诸如此类，让它像个小说又不必太像个小说。总之，我保证K是最后一节，写完拉倒。

好吗？

我返回“狮子”，前廊的客人明显少了。我不想喝咖啡。一点也不渴。我想再见他一面。对，乔治·夏夫。见一面就走。哪怕只是简简单单的告别。问题是我上哪找他？去他家？或者，足球场？我在前廊上呆坐，忽然发现那个英俊的画廊老板冲我招手。我走过去，和他聊天气，聊墙上这批古怪的现代派绘画。它们状如哑铃，头大，尾巴也大，雪白一团倾轧拥挤，背景是黑色的。纯粹的黑，墓碑之黑。他掏出一只大烟斗，点燃。他鼻梁很高，微黑的皮肤酷似云南边境的少数民族，一头栗色发打着卷，典型的巴斯克血统。

“给你看一幅牛作。”

他带我上二楼。四面墙上挂着相似的“哑铃”。唯有正面画架上的画蒙着白布。我目测其尺寸大约80cm×40cm。他走近，回头看了看我，一把揭开。

麋鹿，一头娇小的麋鹿！

我呼吸困难。带有强烈颜料气味的空间暗下去，似有雾和冰凌。眼睛比油墨还亮。

“你画的？”

“我只卖自己的画。”

我发现右下角有很小的签名。马克·吕西安。没错，1960年加缪的邻居，马克·吕西安！

“多少钱？”

“两千欧。”

“真是你画的？”

他耸了耸肩。

“我要了。”

我后来才感到后悔。太冲动了。这可是一大笔钱！我不清楚为什么对它着迷。毫无缘由。冥冥中注定遇上，注定我将把它挂在我昆明的客厅墙上。也许总有一天我会把它取下来，把它送人——谁受得了它和阿尔贝·加缪的隐秘联系呀。

“我知道你找谁。”他说，“他帮凯瑟琳挖莴苣去了。菜地在村子后面。”

“莴苣？”

“你不知道卢马兰的九月盛产莴苣？”

“他干吗要帮——”

我恍然大悟。是呀，之前乔治·夏夫说过，他终生未娶，没孩子，没任何家庭成员。

“卢马兰没有足球队？”

“据我所知，没有。”

“听说20世纪80年代出过一名职业球员，沃尔科特，对，安德烈·沃尔科特，还踢上了法甲？”

“别听他的。”

“为什么？”

“我就是安德烈·沃尔科特，”他收起烟斗，哈哈大笑，“1961年之后，卢马兰就没有足球队啦。”

“他为什么撒谎？”

“你说为什么？”

他狡黠地笑着，记下我的地址、电话，保证三天后将画寄出，我大约三周后就能收到。我当即付了两千欧元。

“那么，球场——？”

嗨，这还用问吗？

他对我谢了又谢，过分的殷勤反倒让我很不好意思。

我问他干吗要卖麋鹿？马克·吕西安的麋鹿？我的意思是，他干吗要冒这个险？这可是加缪的卢马兰。

“也是我的卢马兰。”他一字一顿。

十分钟后，我来到一个二三百平方米的小广场，广场边有古老的罗马式喷水池，池子里的狮头雕像吐出清澈的水线。我上前喝了几口，发现池水中的自己又丑又老，像永远不得其门而入者，一个货真价实的蠢货。我抄水洗一把脸，想把什么东西抹掉。先前那点兴奋没了。一点也没有了。我干吗花那么多钱买一头麋鹿？

我没转身就知道他在那了——小广场底部的暗影中，脸上布满哀伤。光线如抖落的羽毛。他掏出一本薄书，高声朗读。美丽的法语呀，碎冰在湿雾堆积的水面绽裂。

《局外人》。

他泪流满面。

“是我——”

“不是。”

“是我杀了阿尔贝·加缪。”

“不是！”

“如果我没出现，如果我拒绝他，如果——”

麋鹿。轻烟似的麋鹿。

“只有一个阿尔贝·加缪。”

L

不，不。我差一点就用煞有介事的想象把小说枪毙了。不，就这么结束太仓促太不自信啦。事实上，我必须认真对付结局。我承认我没法在K章节就干掉它。抱歉我又食言了，可小说家的义务不就是说话不算话？我想我忽略了什么。一定忽略了什么。如果结局和所有人无关又何必虚构？况且他们绝非虚构，乔治·夏夫，凯瑟琳·加缪，安德烈·沃尔科特都是我当年一一拜访的对象。凯瑟琳今年六十六岁了。

我在小广场上坐了很久。下午5点，寒意渐渐袭来。一只乌鸫轻轻落下，呆头呆脑打量我。我起身走出去。

我告诉安德烈·沃尔科特，现在就带走那幅画。

“你确定？不用我寄回中国？”

“不必了。谢谢。”

他用覆了膜的白纸把它包好，又找出装画的圆筒。我说不用了，他有些不解，问我确定吗？我说，确定。

“你想过离开吗？”

他更不解了，困惑地看着我，“卢马兰？我在里昂待过两年。我生在这里，干吗要离开？”

“那么——”我也不知道我究竟要表达什么。

“你还想知道什么？”他笑了，“我的生活？哈哈，咖啡和面包，红酒和爱情。”

“就这些？”

“画画，卖画。”

“你看过话剧《西西弗斯》？”

“每个上点年纪的卢马兰人都看过。”

“可你看起来不到五十岁呀。”

他笑了。“我看过。首演就在卢马兰城堡剧场。”

“盛况空前？”

“扶老携幼，倾城而出。剧团没收一分钱。”

“哪个剧团？”

“当然是卢马兰自己的剧团。阿尔贝·加缪本人出演西西弗斯，他的夫人弗朗西娜是墨洛珀①，我父亲，老安德烈是天神宙斯……啊，真正的盛况空前。”

他很快找出当年的老照片，共有六张黑白画面上出现加缪。他衣着褴褛，张嘴高喊着什么，我猜正是那句经典台词，“重要的不是治愈，而是带着病痛活下去”。多年轻啊，英俊挺拔，超凡脱俗。体态修长的弗朗西娜也美极了，花冠，白色长袍，像飞翔的天使。

长长的沉默。

“要吗？每张一千欧。”

“不。谢谢。”

我忽然说不出地反感。

第三次经过教堂了，我走得飞快。这回在石头房子前足足等了一个多钟头，他终于出现了，低着脑袋，脚上一双黑色雨靴。老远就听见他的喘息，像一头累坏的大象，与此前的乔治·夏夫判若两人。他走近我，卸下帆布包。

“还没走？”

---

① 墨洛珀，希腊神话中西西弗斯的妻子。

“我在等你。”

他打开房门，帆布包撂在地板上，脱下雨靴，换上一双牛筋底的红色帆布鞋。他把雨靴拎到屋外，靠墙放好。靴底有泥块。

“还有事吗？”

“我见过凯瑟琳了。”

“我知道。”

我一时不知说什么才好。

“喝杯咖啡？”

“哦，不用了。谢谢。”

他看着我，目光冷淡。我欲言又止的样子一定不是他喜欢的。

“我想送你这个。”

“谢谢。”他丝毫不感到惊讶。

“不打开看看吗？”

“不了。现在不用。”

我有点后悔，也为我的两千欧元巨款感到心疼。不过，这念头一闪即逝。

“我想知道，你喜欢，还是不喜欢。”

他皱了皱眉，把它从滑溜溜的包装纸里取出来，展开。

多漂亮的麋鹿。

他瞪着它，足足三十秒。表情渐渐凝重，其愤怒和厌烦将他变成一个陌生人，一个伤心又努力掩饰伤心的顽固分子。

“你什么意思？”

“卢马兰的，卢马兰有麋鹿。”我有点语无伦次，“我的意思是，你把它挂在墙上，你完全可以——”

“没有麋鹿。”

“乔治，我认为——”

“你凭什么认为？”他狠狠盯着我，“我都七十八岁了，小子。”他顿了顿，“走吧，带上你的破画，走。”

我一动不动。

“快走！我还要修剪球场。你把草皮弄乱了。”

他把画塞我怀里，进门，重重关上。砰。

M

该结束了。

我以60迈车速驶出卢马兰，白蜡树森林没完没了，就连迂回、转弯、上坡下坡的角度和节奏也没完没了。在一个宽阔地段我急刹车，恍惚又遇见麋鹿。轻烟似的麋鹿。该死的。然而前方空空荡荡，只有汹涌的树影来回挣扎，像要把什么厄运甩掉。没有麋鹿。没有。什么也没有。连幻觉也没有。大风发出长长的永无止境的哀鸣。我狠踩油门，很快加到百码。一个声音冲我叫喊，“快点，再快点！”远处，夕阳鞭打着天空，美极了。

（完）

小跑的黑白

朱　辉[1]

傍晚时分，大雾又起来了。雾是看不见的细雨，它不是朝下落，是到处飘，四处钻。雾是从河里升上来的，这是小跑的看法。可阳阳不这么看，他说雾就是天上落下来的云。小跑话不多，他不喜欢争吵，阳阳爱怎么说就怎么说吧。阳阳是邻居，也是同学，他们上学放学都同路。他们放学回家，要走过一条河堤，过两座桥，其中有一座桥其实是水闸，水闸两边的水不一样高。他们过闸的时候，小跑隐约看见，闸边漂着一条大鱼。应该是死鱼，这是常见的事儿。阳阳大呼小叫起来，啊！死人啊！那是个死人！他叫着，假装慌张地跑起来。小跑还是正常地走，因为他知道，鱼有这么大的，人却没有这么小的。阳阳不但跑不快，几步后，还哧溜滑倒了，一个屁股蹲儿。他屁股上沾了泥，走起来有点像个傻乎乎的大蝴蝶。小跑想笑，但是没笑。他不喜欢别人笑话他，他也不笑话别人。

河堤接着楚水镇的老街。河向北面拐了开去，河和老街之间就是一大片民居，都是老房子。小跑和妈妈就住在一间老房子里。房子是他们租的阳阳家的。街上的雾沉得更浓，人影绰绰的。阳阳突然跑了起来，后背上的红书包左右晃荡。他跑向一个高大的人影，突然，他就高了起来，是他爸爸把他抱起来了。小跑看了一眼，一声不响地拐进了家门。

妈妈在。因为门窗都开着，家里也有雾，像有谁揭开了大蒸锅。妈妈坐

① 朱　辉　江苏省作协专业作家，《雨花》杂志主编。曾获多种文学奖，短篇小说《七层宝塔》获第七届鲁迅文学奖。

在缝纫机前，对着台灯，在补一件羊毛衫上的洞。妈妈永远坐在这儿，不在补洞，就是在踩缝纫机。她做鞋垫，做拖鞋，给各式各样的裤子锁边。她手巧，各家各户的羊毛衫，都会送过来补；有的游客走到这里，看到门框边的几个字，喜出望外，也把身上的羊毛衫脱下来补。那几个字是“缝纫织补”，小跑没上学时就认识了。这几个字很难写，可小跑已经上学了呀，课本上还没教到，他自己悄悄学着写。前三个字都有绞丝旁，他的“补”字开始时也老写错，不过他现在会写了。

妈妈永远都在，可是他没见过爸爸。妈妈从来不提。小跑问了也不说。小跑无数次想过爸爸的样子，可是不清晰。他相信他爸爸一定比阳阳的爸爸还要高，还要壮。也就是说，爸爸要是把自己抱起来，一定更高，更稳。他们这房子的门是做生意的闼子门，跟屋檐一样高，阳阳骑在他爸爸肩上居然还能进来。小跑偷偷哼了一声，他要是骑在自己爸爸肩上，爸爸一定要矮下身子，他高哇，否则，肯定“梆”一声，头撞屋檐。

确实“梆”了一声，没有撞屋檐那么响，也不怎么疼，是他不小心碰到了屋顶系下来的钩子。这样的钩子有好几个，是妈妈用来挂衣架的，衣架用来挂补好的羊毛衫。钩子不高，妈妈坐着拿很顺手，正好跟小跑差不多高。钩子上没衣服，你就看不见。不是还有雾嘛。小跑把书包放下，吸溜了一下鼻子。雾气这会儿有味道了，是香味。肉和鱼的香味。阳阳家要吃饭了。小跑肚子咕咕叫了起来，但他不催妈妈。妈妈手上的洞已经很小了，一会儿就完事。

阳阳家的房子有两进，沿街的门面出租，他们自己住里面。他们家吃得好，小跑对这个不怎么羡慕。他和妈妈住房子要出钱，阳阳家住着更大的房子却还可以收钱，这没有办法，房子是人家的。小跑和阳阳处得挺好，上学一个班，放学了有时还一起写作业，一起玩。他羡慕的是，阳阳有爸爸，班上其他人也都有，只有他没有爸爸。刚上一年级时，有同学笑话他没有爸爸，是石头缝里蹦出来的。他不太懂什么意思，反正不是好话，跟同学打了一架。可气的是阳阳也不帮他，事后还告诉他，石头缝里蹦出来的是孙悟空。小跑说，你说我们俩是不是朋友？阳阳说，是，必须是！小跑说，那他们也就是在骂你哩。阳阳问为什么，小跑说，我是孙悟空，你就是猪八戒啊，你胖，还贪吃，吃零食。又补一句，你还姓朱！阳阳挠挠脑袋，直点头。从此，只要有人嘲笑小跑，阳阳就会挺身而出。他身量大，个子也高一截，鼓起腮帮子很吓人，从此没人敢这么说了。但从此，小跑对石头发生了兴趣，他留意石头，经常盯着石头看。只有他自己知道，他是盯着石头缝看。河堤边有石墙，河边的石码头也全是石头。小跑时常盯着石缝观察。有很多青苔，石缝里还会长草，小跑看见蚂蚁从里面爬出来，一只一只又一只。有一只黑蝴蝶从那边的石头堆里飞起来了。它飞得弯弯的，忽上忽下，飞进河边的竹林不见了。小跑想：它是孙悟空变的吗？

下午在学校，他捉到了一只黑蝴蝶。课间时，他看见它在草丛里飞，手飞快一搂，居然抓住了。翅膀有点破，纯黑色，只有几个极小的白点。小跑悄悄把它夹在书里。当天夜里，他做了一个梦。梦见自己变成了一只黑蝴蝶，在大地上飞啊飞啊，像是在找什么。然后他就哭醒了。妈妈拍拍他，抱着他哭。

放学时他还不知道自己夜里会做梦。他趴在妈妈身后的小桌之上写作业。他肚子咕咕叫，忍不住偷偷看妈妈。妈妈还在补洞。她总在补洞，似乎全世界的洞都该由她补。终于她站起身来了，边上的小厨房有了动静。突然小跑头上被人拍了一下。吃饭咯。拍得挺重的，像是男人的手。或者，是小跑恍惚间觉得应该是男人的手。

小跑和妈妈两个人吃饭，已经很多年了。从记事起就是这样。妈妈告诉他许多事，譬如他为什么叫小跑，就是因为他早产了，没足月就生出来了，所以叫小跑。可妈妈从来不提爸爸。他和妈妈似乎天生就是这里的人，若不是有人笑称他是“小侉子”，他都不知道妈妈的口音与别人有点不同。他跟楚水镇本地人说话一样，妈妈却与街上的一些游客有点像。遇到这样的游客，他也曾悄悄跟着人家，但终究没敢搭话。他不太关心他从哪里来，反正跟着自己的妈妈，但是爸爸呢？他是谁呢？

晚饭后，妈妈又在做活儿。小跑想去跟阳阳玩一会儿，但他家的门已经关上了。他只好坐在妈妈边上，打开书本，打量着那只压扁的蝴蝶。有一只翅膀残缺了，另一只好好的。他看见黑翅膀上的几个白点，像是一个人的脸。有眼睛鼻子和嘴，只是嘴太小了，像噘起来要亲别人的样子，而且，有点歪。妈妈突然说，哪来的这个东西，脏死了！不由分说，一把抓过他的书，朝垃圾篓子里一抖。小跑想说什么，妈妈已抓了一团碎步，使劲擦他的手。蝴蝶有毒粉，你不要命啦！妈妈啪啪地拍着书，往他面前一扔说，好好看书，别开小差。说到学习，妈妈话就多了。妈妈总说，你爸爸出差去了，很长很远的差，你好好读书，你爸爸就会回来。可他成绩很好，爸爸并没有回来。妈妈还说过，你不好好读书，就只能出去打工，那爸爸回来了你也看不到。那次被人家说是石头缝里蹦出来的，他回家倒没说，是阳阳说了，妈妈当时没说啥，等她和儿子两个人时，她说，以后谁再这样说，你就说你是妈妈生的，你可以问他们谁不是他妈妈生的?！说着说着自己笑了，笑了一下又哭了。

儿子，我对你不好吗？妈妈说，我们娘儿俩不是挺好的吗？爸爸在家又咋啦？男人还会打人哩，男人会打儿子。小跑点点头。其实他心里是不服气的，只是不想惹妈妈生气。里面的屋门内，隐约传来阳阳爸爸讲故事的声音。他只能听出是讲故事，却听不清讲的是啥。可气的是，阳阳还保密，从来不肯把听的故事讲给他听。小跑唯一的一次在阳阳家睡，跟阳阳一张床，他爸爸却不讲故事了。小跑也不好意思提这一茬。人家爸爸是躺在阳阳边上讲故事的，现在两个孩子，他没法躺，当然就不讲了。小跑心里想着，手指了指里面。妈妈不懂他的意思，以为是说人家睡觉了，讲话小声些。压低了嗓子说，你睡觉。小跑点点头。妈妈不会讲故事，她只有永远补不完的洞。小跑睡醒了，妈妈还在灯下做活。半梦半醒间。小跑想，做爸爸的就一定会瞎打孩子吗？就是打，也肯定是那孩子犯错了，犯错了就是该打嘛。

夜里，他梦见垃圾篓子里的蝴蝶飞了起来。它扑扇着残缺的翅膀，歪歪斜斜，一头飞到床边的那排书里去了。床边的墙上有个方洞，当书橱。里面的书不知道哪里来的。

他们家有书，有书橱，哪怕只是墙上的一个洞。但他们家没有镜框，里面排着好多照片的那种，他们家没有。这一点小跑一直没有往心里去。但很快，他就会想到这个事了。

第二天是星期六，不要上学。与昨天一样，还是个雾天。吃过早饭，小跑到街上玩一会儿，又回来坐在妈妈边上。妈妈在踩缝纫机，咔啦啦的声音时快时慢，时断时续，像是蝈蝈的叫声。妈妈只在白天才踩缝纫机，晚上全补洞，她是怕影响阳阳家的人睡觉。妈妈做好一双鞋垫，就挂在铁丝上的夹子上，等着人来买。妈妈向垃圾篓子里扔去一团碎布，小跑乖巧地拿到垃圾站倒掉了。他关心的其实是那只黑蝴蝶。它还在，断了一只翅膀，不像是夜里飞起过的样子。他把空篓子摆在家门口，跟妈妈说了一声，就往河边去了。

沿着小巷往北，不远就有个水码头，边上有一片竹林。无数不知名的鸟和虫子，就住在里面。水面上雾气升腾，像开锅的水，但水汽却凉凉的。鸟儿看到他，也不怕，往远处飞一飞，投入竹林继续鸣叫。他很想抓一只蝈蝈，没有蝈蝈，蛐蛐也行，但不管是蝈蝈还是蛐蛐，它得叫，它不叫你就不能发现它。小跑侧耳细听，除了鸟叫，他辨不出其他的声音。一条船舞着双桨，在他眼前闪了一下，又钻到雾里去了。他有点泄气。这时候他看到了一只蝴蝶，黑蝴蝶，从河水的方向飞过来了。他瞪大眼睛，紧跟过去，生怕蝴蝶没入雾中看不见。

蝴蝶晃晃悠悠，慢慢腾腾，就像随时会掉下来似的飞着。小跑跟得有点喘气，他脸上湿漉漉的，摸一摸头发，居然有水。雾太大了，这蝴蝶显然也飞不动，又不甘心被抓，就瞎飞。小跑的鞋子上沾了很多烂泥，乱草又绊脚，他几乎走不动了。幸亏蝴蝶似乎也嫌竹子和杂草碍事，拐个弯，朝小巷的方向去了。小跑一下子来了劲，跑上石板路，紧跟了过去。

他穿过小巷跑上了街，不见蝴蝶的影子。黑光似乎闪了一下，再找又不见了。他家的门大开着，这是蝴蝶最便捷的去处。实际上，他不跟进家门也不行了，妈妈看见他了。妈妈生气地喊，你干啥去了？你看你的鞋！小跑的鞋在青砖地上踩下了两个泥糊糊的脚印。小跑恍若不闻，盯着房里。房里的灯还开着，蝴蝶一定进去了。它躲起来了，或者，在哪里落脚了。

妈妈唠叨着在他屁股上拍一下，喝令他把鞋子蹭干净再回来。小跑乖乖地回到外面，左脚，右脚，斜着脚脖子把鞋子上的泥蹭掉了。他眼睛一直守着门，防止蝴蝶趁机飞掉。等他再回到睡觉的房间，哪里有什么蝴蝶啊？他嘟哝道，黑蝴蝶。妈妈一愣，说，什么蝴蝶，你不是倒掉了吗？她起身把门口的篓子拿回去，说，告诉过你，这是鬼蝴蝶。黑的就是鬼蝴蝶。你不能惹它，它招魂！

小跑不敢顶嘴。他明明看到蝴蝶是飞进家来的。想起夜里做的那个梦，他把目光投向了墙洞里的那一排书。

书有点潮，都有点霉了。软软的，像一叠煎饼。最旧的是一些小说，都卷边了；有一些新一点，里面有图，大概是打毛衣的样子。小跑半躺在床上，妈妈进来，看见他在看书，也就不再说什么，把他床下的鞋子拿到河边去刷了。

她回来的时候，小跑很闲适地躺在床上，拿着一本书，看得有模有样，嘴里还念叨着什么。妈妈看见那是一本语文书，放心了，说，你怎么躺着看书？小跑说，我在看新课文，预习，又不要写字。妈妈忙自己的去了。

课本是新学期刚发的，很新。课本挡住了小跑的脸，做妈妈的没看见。小跑的脸有点苍白，手还在抖。待妈妈又发出了缝纫机的声音，小跑从枕头下拿出一个东西，对着亮光看。

那是一张底片，这时候他还不知道这叫底片。不知怎么的，他觉得蝴蝶可能钻到书橱里去了。偶然间，他看见一本书里有一个小纸袋，上面印着“津渡照相”。他好奇，还有点惊慌，他抽出了里面的底片。长方形，黑色的，闪着蝴蝶翅膀的亮光。依稀看出，那是一个人形，人头的样子，可是很怪。他觉得自己发现了一个秘密。

妈妈的缝纫机声时断时续，声音停得稍久，小跑就把底片藏起来。纸袋上的“照相”两个字明确告诉他这是照片，是人的照片。可是，这个人头发是白的，眼珠子也是白的，其他地方全是黑的。怎么看怎么怪。但这个人一定与自己有关。他很想找个人商量，向人请教，但这个人一定不能是妈妈。可阳阳上培训班去了，中午才能回来。

小跑把装着底片的纸袋塞进口袋，悄悄从房间出来了。他朝缝纫机前的妈妈笑了笑，上街去了。这是常有的事，妈妈不会多问。他走在小街上，青石板湿漉漉的，是雾的滑。他的鞋子要是不被妈妈刷干净，一哧一滑倒是好玩的。他东张西望，看见一个小男孩儿，手里拿着一架风车，在等他爸爸买牛皮糖。他妈妈剥开一块，让他尝尝。男孩儿在地上转着圈，让风车转了起来，他的嘴当然也在转，他妈妈手一伸一伸的，总也塞不进去。他爸爸拿过糖，瞄准了手一捅，男孩儿嘴一张，咬一口，大声叫道：甜！

小跑咽了下口水。但是，他真的不是嘴馋。男孩儿爸爸对小跑说，给你一块，来，给你。小跑摇摇头走开了。他的手插在衣袋里，轻轻捏着小纸袋。他走到一个巷子口，巷子很窄，里面没有人。突然听见有人喊：爸爸！他吓了一跳。巷子幽静潮湿，真的没有人。是他自己的声音。他的心怦怦跳，不断小声念着两个字：爸爸。爸爸……

到了下午，小跑才见到阳阳。阳阳家的门一般是不关的，直通小跑家的门面。小跑对阳阳说，给你看个东西，但是有条件。阳阳说，什么条件？条件太高我就不要看。小跑说，不高，你不说就行，也不能对你爸妈说。阳阳说，行。

小跑把纸袋拿出来，摊在掌心一伸。阳阳说，照片呗，这有什么，这字谁不认识？小跑摇摇头，把底片抽了出来。阳阳瞪大眼睛，接过去，又聚起了眼睛，这是什么呀？小跑说，原来你也不知道。

两个孩子头对头研究，对着光观察。上面是个人，这是肯定的，但不是照片也是肯定的。阳阳家的照片多着哩，都在墙上挂着，他们全家的，阳阳一个人的，阳阳被他爸爸抱着的，阳阳爷爷奶奶的。这样的照片小跑家一张也没有，仅仅隔了一个门，就有这个区别，小跑知道照片是硬纸的，这个却是塑料的。阳阳问，你从哪里弄来的？小跑指指自己家。阳阳问，这是谁啊？小跑摇头。阳阳突然把底片往小跑那边一扔，怪叫起来，这是鬼！鬼啊！

阳阳扑上去捂住他的嘴，使劲摇头。里屋传来了脚步声，小跑立即放开了阳阳。阳阳妈妈走了进来，问，怎么啦？阳阳说，小跑讲鬼故事，吓人。小跑涨红了脸不说话。阳阳妈妈说，肯定是你吓小跑，别闹。笑笑又进去了。小跑感激地看看阳阳，朝他竖竖大拇指。阳阳说，这算什么，我们是好朋友嘛。他像是忍住了一句话，小跑想要再叮嘱他一下，阳阳说，这，这不会是你爸爸吧？小跑摇摇头，不知是否认，还是说他也不知道。

妈妈晚上可能会给他换衣服，小跑觉得纸袋子放在身上不保险，悄悄藏到书包里了。睡觉前，他问妈妈，我爸长什么样？妈妈被他问住了，瞪大眼睛却说不出话。小跑很紧张，不知道妈妈会说出什么来，或者，打他一顿。妈妈没打他，半晌，把他抱起来，站在凳子上，指着墙上的镜子说，现在是我跟你，等你长大了，放大了，你就是你爸爸的样子。小跑不怎么听得懂。妈妈搂过小跑，脸贴着他的脸说，你长大了，妈妈就老了。她伸手把吊着的电灯拉近了，照着他们的脸。妈妈和小跑。镜子深处，是看不清的黑暗。

小跑一时间犯迷糊，像是有点困。他问，老了就是头发变白吗？妈妈点头。小跑又问，老了就是脸变黑吗？妈妈奇怪地松开他，盯着他看。小跑摸摸自己的脸，湿的。

小跑看见了爸爸。爸爸在前面走，他在后面跟着。他看不清爸爸的样子，但看得出头发是白的，全白。他的爸爸老了吗？……爸爸老了，他也长成大人了，他一定追得上爸爸。爸爸加快脚步上了一座桥，他在后面喊，爸爸，爸爸，桥上滑，别掉下去呀！他喊着，也上了桥，突然脚一滑，掉了下去……他哭喊着，醒了。

太阳出来了。很好的太阳。雾只稀稀地飘了一会儿，就全消散了。大晴天。阳阳悄悄把小跑喊到他家里，神秘地说，我也有个东西给你看，但也有个条件。小跑说，保密？阳阳点点头。阳阳从抽屉里拿出个本子，里面全是照片。阳阳指着本子上的三个字，念道，照—相—簿，念到“簿”字他用劲点一下头，意思是这字不容易认。里面照片好多啊，一张一张整整齐齐地排着，还有不少零碎的。阳阳拿起一个小纸袋，从里面倒出一张黑的，一张白的。小跑咦了一声。阳阳拿起那张黑的说，这叫底片，底片，知道吗？另一只手拿起那张白的，说，底片印出来就是这样。小跑迟疑地说，我那张也是，底片？阳阳说，对。但是你没有印。他把底片和照片叠在一起，往小跑面前一摆说，你看，全对得上。

这是阳阳爸爸的照片。阳阳爸爸这时正在靠河的屋子里修着什么东西，敲得梆梆响。阳阳悄声说，对不起，我说你爸爸是鬼，我不是故意的，你爸爸不是鬼。小跑说，你怎么知道这叫底片的？你问你爸爸的吧？阳阳得意地说，我问得很巧妙的。我假装找照片玩，然后问我爸这是什么，他就告诉我了。我很会保密的！我牛不牛？

小跑认真地说，你牛，真的牛！

楚水的照相馆独此一家，不大，只有他妈妈的门面两个那么大，区别是朝街的这一面全是玻璃，很亮堂。玻璃上贴着很多照片，照片都很大，有人的脸那么大。男的，女的，大人，小孩，还有合影，都很漂亮。照相馆里有一种很奇怪的味道。在弥漫的雾气里，这种味道像是米汤里被滴了一滴辣椒。

透过玻璃看进去，忙活着的是一个黄头发的小伙子。他一般坐在电脑前，有人来了，就懒洋洋地起身招呼。小跑看见有人进去，小伙子不知怎么的一摆弄，一台机器就嗡嗡地往外吐照片，一会儿就吐出一张，然后接着吐。吐出的照片密密麻麻地排着，全一样。有一次却吐出了一个男人的脸，很大，整张就一个笑脸。小跑惊得嘴张得老大，他终于知道玻璃上的大照片是怎么来的了。黄头发小伙子有时会把人带到里面黑乎乎的一间里，然后灯就亮了，很亮很亮。半晌，灯熄了，人又出来。那小间像个魔法屋，小跑看到过一个女的进去时穿的是灰的，出来时变成了满身红；还有个男的，是个秃顶，出来时头发却全长起来了。天哪！他正要出门，被黄头发的小伙子喊住了，哎，哎，喜欢你就自己去买一个呀，他追过去，在那人头上一捞，那人又秃了。小跑不懂黄头发手上的那个叫假发，他只觉得好笑，站在边上嘻嘻笑了起来。黄头发去切照片，他扭头问小跑，你干啥呢，我看见你好几回了。小跑一怔，说，我不干啥。朝他的闸刀看了一眼，跑了。

那闸刀切下来的照片跟小跑的底片一般大。小跑心里有底了。可是他没有钱，他妈妈有。妈妈做生意收的钱，就摆在墙角的月饼盒里。他连续几天都故意磨磨蹭蹭拖拉着，不吃早饭，妈妈只能给他早饭钱。攒了四天，他有了八块钱。这太慢了，终于忍不住，又在妈妈的钱盒子里偷偷拿了二十元。这应该够了。周五放学，他故意躲着阳阳，悄悄走到了照相馆。看过阳阳家的照相簿后，阳阳就曾自告奋勇地说，他愿意一起去，但小跑不想让别人知道。

小跑没有把底片拿出来，先问，叔叔，能印照片吗？黄头发正在打游戏，他老大不情愿地看了小跑一眼，说，拿来。他的手还在键盘上忙碌，小跑先把二十八块钱伸过去，然后摸出了小纸袋。小伙子站起身，手往纸袋里一掏，说，这个不能印。他看看小跑的钱笑道，钱倒是够了，可这底片没用。小跑问，为什么没用？小伙子其实脾气挺好，他解释说，不是底片没用，是我们没用。他觉得自己挺幽默，看着小跑嘻嘻笑起来，头还一晃一晃的，他说，我们不会搞这东西。现在连照相机都没啥用了，都手机了，谁还玩这个呀。

小跑抿着嘴，诚恳地看着他。小伙子拿指头在底片上弹了一下，问，这是谁？不等小跑回答，他发现了什么似的叫起来，哎嗨，还有一半呢？这底片被剪过了，边上还有个人，对不对？小跑突然跳起来，一把抓过他手上的底片，跑了。他手脚很灵活，连柜台上的纸袋都没落下，钱当然也没落下。转眼间他就跑得不见了。小伙子奇怪地挠挠头，又继续打游戏去了。

小跑垂头丧气地回去。夕阳照在他脸上，把他的影子拉得老长。现在的问题是，他得把妈妈的钱放回去。也不多放，就放那一张二十块的，这样妈妈就不会起疑心了。他趁妈妈洗碗的时候，轻轻把钱丢了进去。一转身，妈妈就站在他身后。他吓一大跳，低下了头。

妈妈板着脸问，你拿钱干什么？

小跑不说话。

妈妈又问，你怎么又放回来了？

小跑还是不说话。

妈妈揪着他耳朵，把他拉过来，骂道，你会拿钱了呀，你要买什么我都给你买，你拿钱做什么？你还知道放回来，你人小鬼大，你个蔫儿货！你从小不学好，你到底想干啥呀?！说着说着，啪啪地打小跑屁股。小跑被打得一歪一歪的。阳阳妈妈闻声过来了，她拦着小跑妈妈；阳阳爸爸也过来了，他一把抱起小跑，用后背隔开了小跑妈妈。他的胸部很厚实，他的胳臂好粗哇，他一说话声音嗡嗡的，很厉害。小跑妈妈被他一说，不打了，一屁股坐在凳子上抹眼泪。她抽泣着说，他还知道放回去，这孩子你不知道他脑子里想什么。

阳阳妈妈说，孩子知道钱来得不容易，知道心疼你了呗。阳阳爸爸哈哈笑起来。小跑的头搭在他的肩膀上，呜呜哭。他一直没有哭，这时忍不住了。恍惚中，他觉得抱着他的是自己的爸爸。这是他第一次感受被爸爸抱的滋味。他舍不得下来。

小跑想，他的爸爸一定不会打他。即使他发现自己拿钱了，也不会打。他问，儿子，你为什么偷偷拿钱？小跑就会说，我是想看看你的样子，我是要找你呀。爸爸绝对不可能打。几天后，又是周六了，小跑一个人跑到了河堤上，那里有一棵粗大的杨树。树身上，长着几个眼睛，像人的眼睛。小跑见四下无人，摸摸树上的眼睛，突然抱住了树。树很粗，正好合抱，像是抱住了一个男人。小跑迟疑一下，慢慢爬了上去。

他爬到了很高的地方，一个枝丫，他挪好身子，骑在上面。树叶在他周围，微风一吹，啪啦啪啦像是在鼓掌。他坐稳了，掏出口袋里的底片，朝着阳光举起来。光线被树叶筛过了，有了颜色，五颜六色，他看见底片上的人，脸上有了血色，头发也黑了，眉毛也黑了，衣服是绿的。野风呼呼，树有点晃，但他一点也不怕，有两只粗壮的胳膊举着他。不远处是河，河边的竹林很安静，无数黑蝴蝶缓慢地飞舞，有一只飞向了这边，它似乎发现飞不到这么高，在树下绕了一圈又飞走了。

他定定神，端详着底片。头像的头发眉毛一会儿是白的，一会儿又黑了。在学校的时候，他把底片夹在课本里，被同学看见了，他们抢过去，你看，我看，大家看，有人说，这是个黑人。有人说，这不是个老头嘛，黑人头发也是黑的，这个人是白的！连眉毛也白哩，这就是个鬼啊！小跑涨红了脸，好不容易才抢过来。阳阳仗义地说，你们懂个屁！这是底片。用照相机拍，谁拍出来都是这样！我家有照相机，下次我带来，也把你拍成鬼！

小跑把底片夹在课本里，倒也不是为了时时看。他隐约觉得，他把底片夹在后面，等老师教到这里，他的爸爸也许就回来了。这下他不敢了，还是自己随身带着。

阳阳确实够朋友，但是，他知道了自己太多的秘密，小跑不想跟他一起玩了。放学了，他撇开阳阳，自己磨磨蹭蹭地拖到最后，一个人慢慢回家。他在河堤上东张西望，看见一只狗，他就撩撩狗。听到水边的竹林传来斑鸠的叫声，他就蹑手蹑脚地跑过去，但他一靠近，斑鸠就不叫了。他没有目的地，只是在外面闲逛。也曾经，他想过到邻镇再找一家照相馆试试，但他没有钱。他知道妈妈的钱来之不易，一双鞋垫三块钱，妈妈要做半小时。而且，他已经不想把底片印出来了。就这样，白头发，白眉毛，黑脸，但他也是爸爸呀。他藏着这张底片，也许，他的爸爸就在前面的某个地方迎面走来，他一定能一眼认出来。

周日当然还是不上学。他做了一会儿作业，就出了家门。阳阳来找他玩的时候，他已经离家很远了。周日的街上，总是有很多游人，都是一家一家的。永远都是雾天，即使日已过午，雾还是没有完全消散。

他也不知道自己要干吗，不知道是要到哪里去，他只是四处逛逛。他看见街上的人逐渐稀少了，不至于要在人缝里拐来拐去。上学的路是往镇东边走，这一次他往镇西。路过照相馆时，他忍不住朝那边看看。有一个顾客在里面和那个黄头发说话。黄头发似乎朝这边看了一下，小跑转过身去，急急地走了，倒像他做过什么亏心事。走出老远，他摸摸口袋，纸袋还在，底片在里面。他忍住了，没拿出来看。

镇西有点荒凉了。或者说，是镇上的热闹在西边消失得更快，更突然。出了镇，也是大堤，大堤更高，坑坑洼洼的，一边是河，一边是田野。水边稀稀拉拉地散布着茅草屋和猪圈。河边的竹子很高，挡住了半个河面。小跑跑到河边，掰了一根枯竹子，当个棍子抓在手上。他这么做是有理由的，刚才出镇时，已经有只狗站在堤下冲着他狂叫了，那只狗小，他假装弯腰捡石头，它就不敢过来，要是大狗呢？所以他需要一根打狗棒。镇西头他很少来，这里的狗肯定都不认识他。

继续往西。堤上有桥。一座高高的拱桥，很陡。一个人骑车路过，使劲蹬着想冲上去，快到桥上时还是不行了，他骂了一句粗话，下来推着走。小跑扑哧笑了出来。那是个比小跑大一点的男孩儿，见小跑笑他，回头做了个鬼脸，骑上车从桥上往下滑行。他得意扬扬，双手脱把，扬起双手嗷嗷地叫。路不平，他突然被颠起老高，再也不敢叫了。小跑在桥上停下，掏出底片看看，又放了回去。迎面也不断有人过来，他们都是回镇上的，有的还扛着钉耙锄头之类。

一只黑蝴蝶飞了过来。在桥栏杆上停一下，又飞走了。小跑这才注意到，这里的蝴蝶比镇东边多得多。薄雾中，你要留神才看得见它们。一只，两只，你顶多数到十，它们就飞乱了，你总也数不清。小跑不敢到水边去，被竹林挡住的河水，白漫漫的，雾气蒸腾。竹林像长在云里面。河水哗哗地拍着岸。小跑等蝴蝶飞来，扬起竹竿舞一下。蝴蝶看起来笨笨的，但你打不到。它绕个圈子，又飞远了。

小跑继续往西走。他有点饿了。很后悔刚才出镇时，没有买米饼。他有钱。还有六块，够买三个。他打算走到前面的水闸，然后就回头。

水闸是平的。拱桥像是人在弯腰，水闸是人平躺。他走的其实不是水闸，是水闸上的小桥。小桥远看是平的，但是往一边斜，很滑。还没上桥他就感到地面在颤动，像是人被冻得在哆嗦。轰隆隆的水声，原来是水闸正在放水。刚才那个骑车的男孩儿，他也从在这里过去的吗？推着车子？或者像演杂技的人那样直接骑过去？小跑放眼远眺，长长的大堤，有无数的小路通向田野，通向远处的村子，小跑料定他没本事过去，肯定是拐弯从堤上下去了。他定定神，小心地走上了桥。

他其实可以不过桥。那边并没有他一定要去的地方。

桥下水流湍急。透过白雾，他看见一条鱼，露着黑色的脊梁，顺流而下，转眼看不见了。他头有点晕，闭上了眼睛。几只黑蝴蝶追逐飞舞着，掠过小桥，没入迷雾。

他走在大堤上，然后又进了小镇。他淋了雨，好大的雨，全身都湿透了。可他不觉得冷。他不声不响地走在小街上，所有人都各忙各的，没有人注意他。前面不远处，他看见一个小女孩儿被她爸爸抱着，手里抓着个包子，很秀气地吃着。那个爸爸很壮、很大，左手抱着女儿，右手还拎着个包。小跑跟在后面。他闻到了包子的香气，并不觉得饿。他紧赶几步，拦在他们前面，说，叔叔，你能同时抱起两个人吗？可人家不理他，那男的看都没看他，径直往前去了。

就像这季节里的雾，所有人都习惯了，没有人在意。没有人看见这个瘦小的男孩儿。

旷野，辽阔的稻田，绵延到雾霭中。田埂纵横交错，如果不沿着一个方向，你永远走不出去。迎着混浊的太阳，他不用再举起底片，也能清晰看清上面那个人的样子。一群黑蝴蝶，飞舞在稻田上，在他周围上下翻飞。他懒得搭理它们了。薄雾中，他老听见妈妈在喊他，跑儿哎，吃饭啦……跑儿，上学啦……他大声地回答，我不饿。我会去上学的，我又没说我不上学。他嘻嘻笑起来。他似乎该回家了。

小镇永远是这个样子。熟悉得有如妈妈的脸，有如自己的家。他轻盈地走在小街上。人渐渐多了，都在往前涌，又往街两边撇开去。一条云雾沉沉的通道。他忽然看见了妈妈，他喊一声：妈妈！可是妈妈没有听见。妈妈手里捧着一个镜框，镜框里是一张大照片。黑白的。小跑觉得照片上的人很熟悉。他张大了嘴，说不出话。街边有人说，这个孩子调皮，走路不好好走，掉到河里淹死了。身后有个小孩说，是我第一个看见他的！他漂在河里，像条大鱼！他听出这是阳阳的声音。照相馆里的黄头发说，这小孩子我见过，来印过照片，黑白底片，我不会搞。小跑看见木头人一样移动的妈妈怔了一下，满脸是泪。他哭着喊妈妈，妈妈，但妈妈听不见。所有人都听不见。他的泪水洒了一路，有人朝天上看看，以为是下雨了。小跑朝妈妈扑了过去。那镜框突然轻轻一震，他妈妈觉得，手里的镜框陡然沉了一点。她茫然地站住了。所有人也停住了脚步。整个世界都静止了，唯有满街的黑蝴蝶在雾气中蹁跹飞舞。她看见一只折断的黑翅膀掉在地上，闪着光，像那张从儿子身上找到的底片。在她的目光下，那底片一样的蝴蝶翅膀，正在显影。

除了远方

钟求是[①]

夏天收尾的时候，老远的事也在法官口中收了尾。他领刑两年又六个月。这是个不算狰狞的数字，至少没有滑出我的预估。

消息在大学微信群里出现时，引起的是一片沉默。在自家同学之间，这种事不能升级为热烈的话题，何况大家早已过了吃惊期。静了好一会儿，群里才跳出几个字：唉，老远！又过一会儿，有同学说：不值呀，一不留神栽到了浅沟里。有人接上一句：浅沟也有制造风暴的能力。

老远被突然而至的"风暴"甩到地上是在半年前。以他的位子和做派，不少同学推测这是个量级不小的案子。不想之后一披露，他吞下的钱币仅为17.63万元。这个有点瘦小的数字落在公文上属于"数额较大"，搁在日子里的确算是浅沟。这样说不是替老远开脱或者暗惜。我的意思是，在仕道上混了这么些年，老远到底没拿捏好生活里的轻重。

群里有人开始提起去年的同学会，说世事无序，时间逗人。有人感叹一句：那会儿呀，老远是个得意的人。有人马上更正：不是得意是在意，他在意自己的分量。似乎为了证明这句话，一张同学会合影弹了出来。这照片摄

① **钟求是** 男，1964年出生，毕业于中央民族大学经济系。在《收获》《人民文学》《当代》《十月》等刊物发表小说多篇，作品获《小说月报》百花奖、《中篇小说月报》双年奖、《中篇小说选刊》优秀中篇小说奖、《十月》文学奖、浙江省优秀文学作品奖等。出版小说作品《零年代》《两个人的电影》《谢雨的大学》《昆城记》《街上的耳朵》《等待呼吸》等。现为《江南》杂志主编，浙江省作家协会副主席，一级作家。

于W市一家海鲜城的大包厢，数十号人亲昵地团在一起，做少年归来状。老远作为接待者，咧着嘴坐在“C位”。几位女同学还柔了身段，摆出20的数字造型。

其实依我看，重返少年的说法挺矫情。人到了深度中年，脸上爬出皱线，内心渗出油腻，撒起欢儿是很容易失真的。不过毕业二十年是个大数，放肆地聚上一回是必须的。为了这次聚会，有人牵头早早凑起了筹备组。同学们在群里也七嘴八舌了许多天。一位同学还拟了一句口号：八月杭城，点燃旧情！另一位同学则呼吁：一个也不能少，谁若缺席，打上门去！但一个班的人散在复杂日子里，要凑齐是很难的。聚会之前，陆续有四五位同学告假，其中包括老远。老远在W市做着商务局副座，那几天将镇守一个商品展销会，实在无法脱身。他在群里这么一说，免不了引出同学的抨击，譬如有点失望的我。我威胁说：原先讲过的，谁若不来，我们集体登门拜访。谁知道老远一半玩笑一半认真地接了招，表示欢迎同学们来访。他甚至建议把W市作为同学会的延伸点：反正要安排游览的，我这里有上等的景色和海鲜。

本来这在群里只是一晃而过的言谈，可视为一个聚会缺席者的客套话。不想筹备组由此开了脑洞，觉得杭城至W市仅两小时的高铁，坐在车厢里一路欢言回忆旧事，倒也是一个有趣环节。还有一点更重要，老远的热情是真实的，那里的海鲜也是真实的，集体去享用一下不失为一件快事。

到了八月中旬的一个周末，同学们会集到杭城一家宾馆，先花一天时间进行拥抱相认、参观母校、酒桌撞杯、彻夜长谈等程序，然后在下一日坐高铁去了W市。老远在车站出口迎候大家，并撑着饱满的笑容跟每位同学一一握手。下午同学们游览著名的江心岛，老远派了一位小伙子导引照应，一路挺通顺的。此日晚上，老远则个人做东，在海鲜城设了四桌，并自备了身披金色的东海黄鱼来助阵。在海鲜与白酒的支持下，现场情绪汹涌，时不时有人站出来讲一堆浓烈的废话。相比之下，老远似乎压着亢奋。他只是安静地拿着杯子巡桌而走，跟每一位碰杯的同学轻言几句。敬到我跟前时，我说：“老远，我瞧出来了，你拿出的热情还是有破绽呀。”老远说：“老方，什么意思？”我说：“你的精气神儿不够充足。”老远盯我一眼，悄声说：“我是累的，我这几天跑来跑去像一条狗。”他这么一说，我看出了他脸上的倦意。我说：“既然累成了一条狗，何必还勾引我们过来。”老远说：“我是真的惦记同学们，想跟大家喝顿酒……再说一个展销会人来人往，就当作多接待了一拨客人。”我们这么私语着，旁边一位同学嚷了一句：“远方组合又凑一起了，是不是在聊二十年前的小芳呀？”好几个声音马上跟上来：“当然是啦，毕竟是同一个痛点嘛。”“追忆青春，可惜小芳已经老去。”“小芳已老，回忆不老。”老远乐了说：“老方，咱们还是闲话少说，一说多了，就被别人说闲话了。”我也笑了，不再搭话。他拍拍我的肩，端着杯子又去敬下一位同学了。

那天晚餐上，我和老远就这么浅聊了几句话。随后我也想过再跟他深谈几句，可在闹哄哄的场面中，压根儿就说不上静话。事后想想，那个晚上老远虽然提着精神，但我能觉出他身上的疲累。是的，不仅仅是累，还有一种陷入日子的疲。

两天后的下午，我给 W 市的老远妻子打了电话。老远妻子在一家文化公司任职，曾陪着老远跟我见过三四回面，所以说话不需要怎么绕弯。我先给几句安慰话，便问老远待的地方在哪里，我想去看看他。她沉默一下说：“还是别去看他吧，他现在……不乐意见同学朋友。”我说：“也许见个面说会儿话，他心里好受一些。”她说：“不会好受的，他心里还有泥沙，需要沉淀一段时间。”她这么一说，我没法再坚持了，转而问她和孩子有什么困难。她说：“女儿上初二了，情况还好。日子虽然打翻了，但我还能撑得住。”我说：“你知道的，老远和我走得近，这时候我总想帮他做点儿什么。”她停顿几秒钟，说：“你要是想帮他，就去看看他父亲吧。”我说：“他父亲怎么啦？”她说：“儿子出了这种事，老人心里特别堵，一直走不出来。”我赶紧问：“他生病了吗？”她说：“生病倒也没有，但老把自己关在屋子里，像变了一个人。”这个可以想象，做父亲的，遇到这种事心里一定像熄了灯。我说：“他还住在那个叫昆城的镇子里吧？”她说：“是的。”又叹口气说：“老远眼下放不了心的，主要就是老父亲。”我说：“我明白了，我会找时间去看老父亲的。”

放下电话，我闭眼使劲搜找一下，脑子里走出一位黑皮肤粗眉毛的清瘦老人——几年前在 W 市，我见过老远父亲一面。记得那是秋天的日子，我去 W 市参加一个图书编辑业务交流会，会后被老远邀到家里吃饭，在餐桌上遇到了他的父亲。老远母亲前些年患病去世，两个妹妹又嫁到了别的镇子，留下父亲一人在离市区五十公里的昆城小镇上生活。老远是个孝子，当然不允许父亲独自在老家过日子，就时不时进行诱劝。偏偏父亲不喜欢城市的喧闹和陌生，执拗不过了才到儿子家里待上一段时日。这天用餐的时候，老人跟我抱怨这城里空气太沉、路不好认，还没个熟人。我说：“有儿子一家子人跟您在一起，别的熟人就不重要了。”老人目光扫过餐桌边的儿子儿媳和孙女，轻了声音说：“那还是不一样……有时家里人重要，有时街上的人也重要。”这时老远一边嚼着菜一边对我说：“他呀是惦记麻将，在昆城他差不多每天都要打一会儿麻将。”老人被揭了老底似的，不好意思地嘿嘿一笑：“我就这点儿喜好，再说平时也没事干哩。”老远说：“所以每回在我这儿待上一个月，心就散了想回去。”老人不服地说：“这回我已经待了一个月加两天了。”我说：“那您为啥不在这儿凑牌局？城里棋牌室有的是呀。”老人嘴巴一撇，露出瞧不起的神色：“打法不一样哩！这城里的打法太简单，没有抬数还没有花牌，一点味道都没有，就像菜里不肯放盐。”我乐了说：“麻将虽好却替不了饭，您一个人买菜做饭就不嫌麻烦？”老人说：“我不想做饭就不做，街上的点心店都认得我这张嘴巴。有时麻将搓完了，几个老友也一起去喝一口，谁赢了谁请客。”一直不吭声的孙女这时插了一嘴：“爷爷你请客多吗？”老人说：“少不了，爷爷是麻将高手哩。”孙女说：“吹牛吧？”老人说：“我也不知道是不是吹牛，反正爷爷请客的时候，别人都这么说我。”说着朗声笑了，瘦脸上的粗眉毛跟着抖动起来。

正是那次见面，老人有些自得的笑存入了我的记忆。不过老远出事后，我脑子里有时会掠过他的妻子他的女儿，却忽略了他的父亲。现在琢磨一下，做父亲的心伤等级一定是最高的。孤独一人，收起笑声老待在家里，那情景想想就让人难受。

这天晚上，我本来要校对社里稿子的，脑子却飘飘的抓不住字。我撇下稿纸在房间里走来走去，后来又靠到床头静脑子。寂静之中，我脑袋渐渐迷糊，一会儿明一会儿暗。待重新醒了神儿，已过十一点。我用手抹一抹自己的脸，拿起手机在同学群里发出一条微信：这个周末，我要去一个叫昆城的镇子。不等别人好奇地问话，我又补上一句：我是去看老远的父亲。

在群里说这种个人打算似乎有点不靠谱，但我还是要说出来，因为我想听到同学们的呼应声音。不知是时间晚了还是懒得发声，手机上许久没有跳出文字。过了大约半小时，屏幕上才一前一后出现两句虚话。一句是：老人可怜，多说几句安慰话吧。另一句是复制：老人可怜，多说几句安慰话吧。之后有几个表示同情或难过的图案跟上来。

洗漱过了上床睡觉的时候，我又摁开手机看一眼。一位昵称为“舌尖战士”的同学私微我：去见老远父亲之前，咱们见一面。“舌尖战士”实名郑一重，他的单位跟我的出版社距离挺近，若要见面相当于午间散个步，不过平时他活得匆忙我活得涣散，俩人很少碰头聊点话。我问：有啥事吗？郑一重回复：就说一句话。我说：不能在手机上说吗？郑一重答：我想过了，还是当面说出来好。

第二天中午用过饭，我按郑一重的邀约去了单位附近的一家星巴克。店堂内人不少，两个人在角落里找到座位。郑一重积极地点了饮料和糕点。我说："刚吃过饭，上什么糕点呀。"郑一重说："我就这毛病，坐到吃店里嘴巴便蠢蠢欲动，舌尖战士嘛。"我单刀直入问："你嘴巴里有什么话那么贵重，不肯在手机里说？"郑一重说："是这样的……你去见老远父亲，我想托你捎上点钱。"我愣了一下："我可没这个意思，我在群里说这事儿，不是让大家凑钱的。"郑一重说："我知道，所以我没在群里搭你话嘛。"我说："其实我们都明白，老人眼下缺少的不是钱。"郑一重说："这个我也知道，但不给点钱我心里不好受。"说着他放下杯子，拿起手机摁几下，往我微信里转了一千元钱。我说："除了捎钱，你还有什么话要说？"郑一重说："老人可怜，你去了多说几句安慰话吧。"我说："你也讲这种无用的废话……我见着老人还会少了安慰话吗？！"郑一重叹口气说："其实我想说的是去年那顿晚饭。"我默一下脸，明白他说的是去年在 W 市老远请吃的同学晚餐。郑一重说："我胃口好，那一顿我他妈的吃得真多呀！"我点一点头，想说什么又收住了。

郑一重眨眨眼，端起饮料喝一口："今天我来，要说的就是这句话。"

周六上午，我起了个早，先打车到火车东站，在站内餐厅潦草用过早餐后，刚好赶上排队过闸进站。

我的座位靠着窗户，这样感觉似乎僻静一些。事先我查算过，杭城至昆城的高铁用时两个半小时，到达那儿正好是中午。

因为车速很快，窗外的田野景色一掠而过不给回味，看一会儿便懒了。我降下窗布，松了身子想补个觉。闭上眼睛，脑子里却浮动一下，出现了一张因沮丧而显得好玩的嫩脸。这张脸属于大学毕业时的老远，而且与火车有关。我的忆思一下子飘了出去。

记得那是毕业季的一个炎热傍晚，老远拖着行李准备离校。他买到的是晚上去 W 市的火车票——那时通往 W 市的铁路刚刚开通，在绿皮夜车上睡一觉恰好于次日凌晨抵达，这突然便利了的返乡旅程让老远兴奋。男女同学们吃过晚饭便三三两两围过来送行。四年相处，离别凄凄。老远与每一位同学深情告别，该握手的握手，该拥抱的拥抱，然后在一大群目光的拥送下离开宿舍楼走向校门口。当时我还觉得老远占了便宜，因为在同学中较早离校，可以获得众人相送。不想过了一个多小时，我突然听到楼道大妈的电话招呼，跑过去拿起话筒，是老远的声音。我问："怎么回事？有什么东西落在学校了？"老远说："不是不是……我今天走不了啦，有点狼狈。"我说："为什么？"老远说："妈的我看错了日期，是明天的车票。"我"噗"一声乐了，说："老远你挺能玩呀，把低级错误玩到了幽默级别。"老远说："别幸灾乐祸的，你没听出我的声音很懊丧吗？"我说："懊丧什么呀！赶紧回来呗，学校再留你一夜又不收钱。"老远说："跟一堆同学都那样告别过了，马上又回去真有些灰溜溜的。"呵呵，这倒也是，煽情的告别场面刚弄过，再回来是容易抹不开脸。我说："那你打电话……什么意思？"老远说："我准备在车站候车室过一夜，想想又太无聊了，老方你过来陪我说说话吧。"

我坐公交车去了火车站。那个晚上，我们一起在候车室的长椅上过夜，周围的嘈杂并没妨碍两张嘴巴的兴致。我们东一榔头西一棒槌地聊话，聊了远方组合名号的缘起，聊了那个叫小芳的女孩，聊了马上要去报到的工作单位。之后，老远聊起了父亲。他说："我分到这个单位上班，最高兴的是我爸。"老远去的单位是W市商业局，这在当年大半学生不包分配的大势里，是很牛的落脚点。我说："你爸当然高兴，因为他是商业人士嘛。"老远嘿嘿笑了。以前老远告诉过我，他爸上过一年高中，在郊区农场干过几年改良稻种的活儿，后来一直在镇上做油漆工。油漆工做久了，又顺势开了一间小油漆店。油漆店的店主，至少也靠得上商业人士的边吧。我说："我的感觉，你爸这一辈子活得够忙碌的。"老远说："活得忙碌，却没活明白。"我说："什么意思？"老远说："老在镇子里待着，基本没出过远门，也不知道外面的世界……他的世界就是周围一小片地方。"我说："要讲这个呀，咱们的上一代人差不多都这样。"老远说："到了晚上把店门一关，要么在家喝点酒看电视剧，要么出去玩几把扑克麻将，反正很粗糙地把一天剩下的时间花完了。"我说："那他对你管得多吗？"老远说："才不管呢，小时候我背着书包在街上野，他基本不挂心；期末考多少分，他也懒得过问。高考那几天在别人家是隆重日子，他照常糊糊涂涂；后来知道我上的是商学院，但是具体什么专业，他也不会去搞明白。"我说："看来你爸心里不爱放事儿呀，粗线条男人一个。"老远说："后来我也想过，他心里不爱放事儿也许是因为他身子挺累。我妈没有工作，全靠我爸养着一家子人。我两个妹妹也在读书，他得把三个子女的学费钱给挣出来。"我说："我有点明白了。"老远说："明白什么？"我说："原来你爸高兴的是你可以马上挣钱，而不是光宗耀祖什么的。"老远咧嘴一笑说："光宗耀祖这种事，他才不放在心上呢。"

抵达昆城后，我随着下车的人流出站，坐出租车来到城区。

这是个不算小的镇子，看上去有不少街道，街面上热闹但不嘈杂。注意用一下耳朵，路人们讲的是我根本听不懂的一种方言。我看一眼手表，进了一家吃店用午餐。等着上面条的当儿，我掏出手机翻到老远妻子发来的地址，向店主打听。店主用手比画几下，说："你找的坡南街呀，过了通福门往前走便是啦。"

吃完面条，我出了店门先找到银行取款机，取了五千元装入备好的信封，又来到一家超市买了些营养品，然后在手机上设了导航，沿着一条坡道向南边走去。

坡道走尽，果然见到一座有点派头的门楼，门额上写着"通福门"三字。穿过石门，是一条向下伸展的坡道。坡道两旁多是旧屋，但明显用心打理过，有一种化装出来的古朴。我停下脚步打问两次，再拐进一条巷子走一小段路，看见了要找的房子。

房子是老式瓦屋，不过似乎也修整过，虚掩的木门显着七成新的枣红漆色。我推门进去，里边一亮，竟是一个不算小的院子。院子里搁着一些杂物，看上去却像是空荡荡的。我站在院子中间，隔空呼叫了一声，旁边厢房门口先探出一个脑袋，瞧见了我，才把整个身子移出来。这是一个胖乎乎的大叔，微眯的眼中放着问号，嘴里说了一句方言。我没听明白，就提一提手中的礼物，说明了来意。胖乎乎的大叔"噢"了一声，改用普通话说："阿远他爸不在噢。"我说："他不在……哪儿去了？"胖叔说："出远门去了。"我愣了一下："不是说他老待在家里不出门吗？"胖叔说："听谁讲的……话是死的，人是活的。"我说："那他什么时候回来？"胖叔说："这个讲不准，应该很久的。"我说："您是他家什么人？"胖叔说："亲戚，我是他家亲戚，你的这些东西可以交给我。"说着他从我手里接过礼物袋子，似乎没有留我的意思。我不甘心这么轻易离开，想一想，跟胖叔要老远父亲的手机号码。我说："我还有些钱要给他，得跟他联系一下。"胖叔说："你不知道呀，阿远进去以后，他爸就不用手机了。"我叹了口气，不知道该怎么办了。胖叔脸上出现送客的神情，往门口走几步。不过还没等我跟上，他又醒悟似的转过身："刚才你讲你要……"我说："要手机号码呀。"胖叔说："不是这个，我问的是钞票。”我说：“我这次来看老人，自己备了些钱，也替别的同学捎了点钱。”胖叔说：“多少？可以交给我吗？”这自然不合适，我摊一摊手说：“联系不上人，他都不知道给钱的是谁。”这回轮到胖叔发闷了。他迟疑几秒钟，一顿脚说：“进屋去说！”

我这才随他进了厢房，在一张椅子上坐下。屋子不大，不仅摆设陈旧，还充斥着老年男人的陈旧气味。胖叔放下礼品袋子，说：“我刚才没听错吧，你是阿远同学，从杭城过来？”我点点头。胖叔说：“这么远过来，我还是讲实话吧……再说他讲过不见人，没讲过不要钱。”我瞧着胖叔的脸，忽然明白了：老远父亲没出什么远门。我说：“他躲在屋子里不愿意见人？”胖叔叹口气说：“不光不肯见人，还作践自己噢。”胖叔眨几下眼，快速地动着嘴巴说了一堆话。

原来老远出事以后，老人的精气神儿就漏了，整天沉默着。有牌友拉他去打麻将，玩了一会儿，便出错好几张牌。他黑着脸把麻将牌一推，起身回家了，从此不搭理牌友们的召唤。

两个多月后，老远从接受调查转为正式逮捕，这条消息见了电视。播放那天晚上，老人在电视机前看一分钟，却坐了一个夜晚。第二天他做了一个雷人的决定：陪儿子一起坐牢。他坐牢的方式就是清理出院子后面的一间杂物屋，在窗户装上铁栏，在大门挂上铁锁，在窄床铺上稻草，让自己像一名正式的囚犯待在里头，直到儿子出狱的那一天。他的这个想法是如此的偏激和怪诞，让少数知道的人都感到迷惑不解。两个女儿一前一后跑过来苦苦相劝，都被他用石头般的言语顶了回去。他告诉女儿们，自己的坐牢比住院好，不需要她们操心。他叫来远房亲戚胖叔，付给他一份不多不少的工资。拿着这份工资，胖叔干的活儿就是上半天班，做中午和晚上两顿牢饭，并挡住上门的探望者。

我沉默了好一会儿才压住心里的震动。我说：“就算是正儿八经的监狱，也是允许探望的。”胖叔说：“他就是不肯见人，连女儿来两次也只能见上一次。”我算了算时间，说：“他把自己关起来该有四个月了吧？”胖叔说：“差不多噢……你看看，四个月一百多天，麻将呀喝酒呀说戒就戒了，以前隔两三天他的手和嘴巴都会痒痒的。”我说：“前几天阿远最后判刑的消息，他知道了吗？”胖叔说：“两年半噢，他知道了。”我说：“那不多说了，我现在就去见他……也算是探监吧。”胖叔说：“你说的钞票备好啦？”我拍拍兜里的信封，点点头。胖叔说：“我知道挡不住你了，不过你还得备些好话，别让他听着心里难受。”我又点点头。

胖叔领着我穿过院子，往旁边一拐，来到一间侧屋前。这屋子粗看并无异样，往细里瞧，窗户上果然竖着一根根铁条，关闭的木门挂了一只黑色大铁锁。另外，木门上又新开了一个对话小方窗，看上去像是有了牢狱的符号。胖叔敲一敲小方窗，里边响起缓慢的脚步声，随后小方窗打开，露出一张瘦黑的布满皱纹的脸。胖叔轻着声音说了几句方言，应该是对我的介绍。我赶紧把脑袋凑上去，说：“大叔，我是阿远的大学同学，今天特地过来看您。”老远父亲盯着我的脸，没有吭声。我说：“咱们还见过面的，几年前在阿远的家里。”老远父亲恍惚一下，似乎想起来了，说：“谢谢你来看我。”我说：“我知道，这么来看您是一种打扰。”老远父亲沉默地抖动一下粗眉毛，说：“阿远给同学给学校丢脸了。”我的嘴有点傻，一时不知道怎么应答。老远父亲说：“阿远不该这样的，他不该这样。”老远父亲说：“他打了我的脸。”老远父亲又说：“可他是我的儿子。”我暗叹一口气，绕过去说：“在大学，我和阿远在一个寝室睡了四年。那会儿我就经常听他说起您，所以您在我脑子里一点儿不生分。”

这时胖叔跟上来说：“不生分就好……这位阿远同学送来一些吃的东西，我收起来了。”我说：“几盒营养品，算是一点心意。”胖叔说：“这位阿远同学还要送一些钞票，我还没有收起来。”我伸手掏出装钱的信封，递进小方窗。老远父亲退后一步，看着我的手说：“这里是监狱！”我说：“监狱也是可以消费的。”老远父亲耸一耸眉毛说：“你这是可怜我吗？”我急忙说：“没有，我没有这么想。”老远父亲说：“那拿回去！”胖叔劝了一句：“这是晚辈孝敬你噢，我觉得收下不要紧的。”老远父亲一提声音说：“阿远是因为收钱才坐牢的，我坐牢的时候不能再收钱！”他抢过我手中的信封扔出去，又“啪”地关上小方窗。信封在空中翻一个跟斗，落在一米远的地上。

胖叔捡起信封在手里掂一掂，递还给我。我看一眼那关闭的小方窗，心里飘过一阵难过。是的，我没有难堪只有难过——老人烫手似的动作显露的是心中之痛呀。胖叔“唉”了一声说：“犟老头儿噢，他以为这里真是监狱呢。”我想一想说：“这样吧，你先回屋去，我在这里待一会儿。”胖叔点一下头，去了自己的屋子。

我站在那儿，想让自己的脑子静一下，眼睛一瞥，看见了一只旧石墩。我走过去坐下。

太阳已有些斜了，照下来把院子分成了两半。明亮的一半里有两只没有内容的花盆和一座废弃的捣臼，阴暗的一半里有一段已干裂的树桩和坐在石墩上的我。我盯着那条阳光线，脑子里要想点儿什么，却不知想点儿什么好。

过了一些时间，我恍然一醒，发现那条阳光线已移过来一截。我似乎什么也没想，却已经想好了。我起身走向胖叔的屋子，站到他跟前，安静地说了一句话。胖叔吃一惊说："你说什么？"我说："是的，我要在那间牢屋里待一天。"胖叔说："为什么呀？镇子上有许多住店的。"我不回答，淡淡地笑了一下。

我的决定让老远父亲愣了片刻，但他终于没有反对。也许一个整天孤独的老人，内心挺想跟别人说说话的，何况是儿子的大学同学。

此时虽到了初秋的边儿，天气仍拖着夏日的余热。胖叔找了一张草席和一只枕头给我，想一下，又补了一把蒲扇。牢房不是客栈，哪有摇着扇子聊话的——我拒掉蒲扇，带上草席和枕头。胖叔打开木门铁锁，还顺手在身后推了我一把。我几乎像是电影中的囚犯，脚步踉跄一下踏进了屋子。

屋子不大，四壁为旧木板，一侧架着简陋的窄铺，另一侧地上躺着一些稻草，屋顶则垂下一只沾着灰尘的老灯管。空气中有一股不好闻的臊味儿，那是因为墙角坐着一只盖子似乎不紧密的马桶。我把草席搁在稻草上，又躲开马桶把枕头搁在另一边。

老远父亲开口的第一句话是："这些稻草是我天凉了要用的，不脏。"我说："我睡觉怕硬，有了这些稻草，正好。"其实这样的天气直接铺在水泥地上睡一夜我也是不怕的。老远父亲说："我还不知道你叫什么名字。"我说："我姓方，您叫我小方吧……上次在阿远家吃饭您也是这么叫我的。"老远父亲说："人老了，记性不好哩。"顿一顿又说："不过我没有忘记，那回吃饭我们一家子人都是快快活活的。"我说："您讲到麻将就乐呵呵地笑，这个我也还记得。"老远父亲收一收脸，没往愉快的回忆里走。他说："你这次来看我，阿远知道吗？"我说："他不知道，我跟他还没见上面。"老远父亲又说："你拿着吃食又拿着钱，说不是来可怜我，那是想来安慰我吗？"这话儿没法应答，我不吱声。老远父亲说"你安慰不了我，能安慰我的是这些东西。"

他转身蹲下身子，从床铺下面拉出一只方形纸箱——刚才我没注意床底下竟然还藏着这样一只纸箱。他吸一吸气，从箱子里拿出东西搁在床上，先是一本旧相册，再是一扎老信封，然后是一份褐色的奖状，一张发黄的存单……不一会儿，灰色床铺上排起了一长溜儿的昔日物品。这些物品在此时显然就是故事道具。

老远父亲坐到床边，一指旧相册说："这是阿远在大学里寄来的照片，我一张一张存起来的。"又一指老信封们说："那时他每个月都会写信来，我一封都没丢掉。"再一指那张奖状说："这奖状很特别哩，他上小学五年级时，有一回捡到一笔二十四元的钱交给老师，学校就特意给了表扬。"随后老远父亲捡起存单递近了给我看，上面有十二元五角的数字。老远父亲说："阿远高二的时候，想买一本英汉词典，镇子上没有。那天我从工地上出来，衣服上还沾着油漆，直接坐车去了市里。市里的书店有好几家，找来找去也没有。后来我经过一家银行，就把买书的钱存起来，等着以后买。那几年我家日子过得特别紧，怕把这钱花掉了。再后来日子好起来，这点钱就忘了取哩……"

老远父亲说着说着，声音轻下去，像是进入了过去的某个场景。我有点明白了，他在这间自设的牢屋里待着，许多时候是靠这种回忆度日子的。同时我还有点明白，他其实不是个粗人，至少粗中有细，对儿子的事一直不轻心的。这一点跟老远以前给我的信息不一样。

我拿起那本老相册翻了翻，里头大多是老远在校园里或在西湖边的照片。那时候的老远长着有些乱的厚发，脸上存着一小批青春痘，样子潦草又新鲜。在几张同学合影中，我发现了自己的脸。我的脸显得有点长，因为瘦，也因为头发往上支棱着。妈的，大学时代的我们，就是头发也长得多么有筋道呀。

老远父亲把物品一件件放回纸箱的时候，小方窗被敲了两下——小方窗插销在里边，是这间伪牢房设计的漏洞。我走过去拉开插销，胖叔递进来一个托盘，上面放着两份饭菜。哦，监狱的晚饭有点早。

我把托盘放在地上，请老远父亲取用。老远父亲说："这是牢饭，你别埋怨做得不好。"我微笑一下，盯看一眼饭菜。饭满满一碗，但瞧着烂乎乎的，菜是一小碗冬瓜汤。我没有犹豫，端起饭碗就扒，才扒了几口，感觉肚子已经饱了。我把冬瓜汤往饭碗倒一些，又扒两口，脸上出现了受困的神情。老远父亲也在吃着，这时抬头看我一眼说："阿远在里头，吃的也是这种饭。"我抽抽鼻子，又吃下两口，然后把饭碗搁在地上。

老远父亲吃完自己的饭菜，用手抹一下嘴，探身取走我的剩饭剩菜倒在一起。我想挡住，已经没用了。他默着脸一口一口吃掉碗里的东西，再次用手抹一下嘴，说：“这个地方你不该进来，哪怕只待一天。”我接过他的碗筷搁在托盘上，说：“哪怕只待一天，我也得进来。”老远父亲说：“我猜得出来，你进来是想跟我说说话哩。”我在草席上挪一挪身体，让后背斜靠在墙上，说：“是得跟您说说话，因为我心里放着一件事，不说出来……难受。”老远父亲粗眉毛微动一下，说：“在这个地方，不能这么坐着说话的。”

我“嗯”了一声，调一调身子盘腿坐好，说：“也是有关吃的事……去年夏天，我们开了一场毕业二十年同学会，阿远要尽地主之谊，就自己出钱请大家吃了一顿饭。”老远父亲说：“请吃一顿饭是应该的，不能冷落同学们。”我说：“那顿饭吃得热闹，上了许多海鲜，阿远还特地备了黄鱼……听说这种黄鱼挺贵的。”老远父亲说：“是挺贵的，黄鱼。”我说：“大家吃得高兴，也喝得高兴，好几位同学喝吐了。一位同学上洗手间，在马桶上睡了过去，半小时后出来，说自己还要喝。”老远父亲动一动嘴巴，没发出声。我说：“大家还说了许多有趣无趣的段子，还拍了许多照片，还一起唱了二十年前在学校里唱过的歌。一个女同学唱歌时太亢奋，把一碟酱油打翻在自己身上。”老远父亲说：“小方，你到底想说什么？”我说：“那顿饭是阿远做的东，但他自己只是花了买黄鱼的钱。”老远父亲说：“什么意思……我没听懂。”我想接上去说：“阿远当时正在办一个展销活动，他把那顿饭放入了展销会的宾客接待里。”我还想说：“后来正是这顿饭成了线头，一点点牵出了他犯的错事。”但我沉默着没说出来，因为我觉得自己已把该说的说完了。

老远父亲也沉默地瞧着我，他其实已经听明白了。过了半晌，他脸上扭动一下，打出一个饱嗝，然后屁股离开床铺，在屋子里踱起步来。来回走几趟，他停住了，慢慢仰起头，受伤似的呼出一口气，说：“这些年凑了一把好牌，可打着打着，怎么就把牌打臭了？！”他停一下，又说：“我不稀罕这个官那个职的，只要他心里自在就好，可阿远……没活明白呀！”这么说着，他无助地想做点儿什么，就突然抓起旁边托盘上的一只碗，手一抡用劲砸下去，地上蹿起一声尖锐的脆响。

在脆响中，我心里撕痛了一下。

这天晚上的剩下时间里，两个人都待在静默中，没有再讲更多的话。也许是习惯，也许是累了，老远父亲早早在床上躺下了。不过他显然没有很快睡着，因为隔一会儿，他就会抬手拍一下侵犯皮肤的蚊子。

我也让自己躺下，双手叠在枕头上抚住脑袋。目光上方的老灯管发出浅淡的光，似乎比黑暗更宁静，容易引人入眠。但此时，我知道自己也不会马上睡着。

我的脑子开始飘移，离开这间屋子到达另一间屋子。那是大学寝室，我和老远一起住了四年的房间。那个时候，我们两个人臭味相投，喜欢看各种杂书，喜欢早上跑步，喜欢食堂里的葱花油饼，喜欢不打理头发。因为这么多共同的喜欢，又因为他名远我姓方，被同学们戏称为“远方组合”。与之相配套，老远老方则成了我们的互称。有一天老远悄悄告诉我，自己在校园西角大松树下发现了一位晨读英语的女生，长得double beautiful。第二天早上跑步时我绕一下路，果然见到松树下那位挺养眼的女生。我们不知道她的出处，就依着歌曲暂时把她命名为“小芳”。此后我们每天清晨跑步都会绕道经过大松树，近距离让眼睛愉快一回。某一个晚上，老远突然告诉我，自己可能爱上那位小芳了。这让我大吃一惊，因为我觉得自己好像也爱上她了。两个人仓皇地暗中打听，很快知道小芳是中文系的，高我们一级，她每天晨读的是莎士比亚十四行诗原文。我们没有被吓住，立马去图书馆借了老莎的十四行诗集中文版，随后抽空轮流阅读，各自背诵了两三首。

终于到了一个天气爽朗的凌晨，我们互相打气又互相较劲，希望去落实一份不知属于谁的缘分。在那棵松树下，我们笨拙地搭讪上了小芳，还装模作样地问她手中是什么书，然后说自己也喜欢莎士比亚。为了证明这一点，我和老远分别背诵了一首老莎的十四行诗。背诵完毕，小芳笑了——她笑起来真的好看，double beautiful。小芳说，莎士比亚是位绅士，他的诗也很讲究，你们的头发乱蓬蓬的，朗诵的样子就不对味儿。我们心里一凉，脸上有些沮丧。小芳又说，上上个学期，也有一位不知哪个系的男生来靠近我，声称要献给我一部比肩《红楼梦》的作品，开头一句都想好了：那个月黑风高的夜晚，我被少林寺逐出师门……两个学期过去了，他还只有这一句。

老远还不甘心，傻乎乎地问了一声，那我们该怎么办？小芳带着诗意调皮地说，现在别理我，你们要向远的地方跑去，在许多年后的前方等我。我和老远相互看了看，都从对方脸上见到沮丧的退去。两个人雄狗似的抖一抖身子，又开始了那个早晨的跑步。

瀑布守门人

田 耳[①]

我准确记得初次去飞水洞的情形：是五月初，村庄地势高陡，梯田层叠，插秧比别的地方晚。杨媚确乎是条件最困难的同学，也曾发奋读书，成绩始终对不住自己吃过的苦，最终我们沦为同窗。此去以帮她家插秧为由，其实我们都没下过田，上午每人踩两脚泥，人家要重新侍弄秧苗。到中午，太阳没现面，但溽热缠身，人有一种正在发馊的错觉。杨媚带我们去她早已提到的瀑布，而我们此来也与这瀑布有关。她不愿谈及这村庄，但有几次提到瀑布，仿佛是唯一拿得出手的东西。据说瀑布悬起来很高，一条白练飞泻直下，在中部散开如雨。当地人并不以瀑布指称，那地方命名为飞水洞，二十世纪六十年代建有小水电站。“……而且，我们都到那里洗澡。”彼时我们都还未有远行，假期只能在附近几个县份穷游，杨媚的讲述有那么点蛊惑人心。

一行六男四女，沿河而下行到一处水汊口，五尺宽一线溪流在这汇入，溪水清澈，河水阴绿，溪水掺入河水稀释了一方水面的颜色。汊口只一户人家，男主人听着狗叫出门，跟杨媚打招呼。沿溪流往里走，两百米后见到那处水电站，只安装一台小功率发电机。再往里，唯一的路经过机电房，墙体斑驳，守厂房是一个女人，她躺在竹床上，最大面积敞开衣襟，一个全裸的婴孩趴在女人身上自行找奶。女人没有醒来的意思。一只黑狗吠两声，便对

① 田 耳 本名田永，湖南凤凰县人。写作二十年，发表小说八十篇左右，曾获鲁迅文学奖等多种文学奖项。现供职于广西大学君武文化研究院。

杨媚摇尾巴，让我陡觉乡村的热闹，一片地域的人与畜生都彼此相熟。我们次第穿过一道栅栏门，门锁着，中间一根铁条故意卸掉，最胖的刘维俊通过时有些困难。后面的冯既光及时通报："卡住了。"

郁磊阳扭头说："来，我们一起拔萝卜。"

刘维俊赶紧自己钻过去，追着要给郁磊阳一个熊抱。

往里走，瀑布的声音渐至清晰，果然有如暴雨。山谷越收越紧，空气里水雾渐重，往上看是一线天。"真是一条会吊胃口的瀑布。"是郁磊阳的声音。我们愣一会儿才笑，他讲话总有这种冷不丁的效果。瀑布离机电房一里多地，实际走起来尤其悠长。前边有钝白的光，走过那道逼仄如门的豁口，陡然开阔，是到一处天坑的底部。半个足球场大小的天坑。瀑布自上端挂下，无数水滴在明与暗的光线中晃动，四壁荫生植物油绿如漆。鲁南星带有相机，拍两张，嘀咕一声拍不出效果。底部水潭并不深，中间那块豆绿，水能漫过头顶。下水都已迫不及待，我们男生脱剩短裤一头扎没。洛婴备有泳衣，三点式，其他三人和衣下水。欧玉和杨媚是穿长裙，裙摆的褶子还紧，打湿以后犹如两把墩布。

洛婴在那块豆绿游泳，我们显然都看向她，鲁南星又拍几张，又是嘀咕没效果。我们臆想中男女凑一起戏水的场景并未发生。在那由职高升级的职专，恋爱虽未禁止，但会遭受老师的敌意。平日一个班的男女交往总是点到即止，临近毕业，我们班硕果仅存的一对恋人已打狗散场。

男生退出豁口，女生在里面更衣，杨媚把在豁口，盯紧我们，包括背对着她换裤衩的时候。接下来的蓄谋已久的午餐，是在瀑布一侧的一块平地，食物早已备足，免不了有酒。酒是在职专喝起来的。没谁在志愿上填写这所学校，但最后都因补录聚到一起，像河流归于大海而污水归于涠凼。校址在远郊一处山脚，周边是锯木厂、屠宰场、水泥砖场、红薯酒酿造坊，还有城乡接合部藏污纳垢的一切。在那个环境，三年待下来，不喝酒简直不可想象，一喝酒，我们作为被回收的垃圾，彼此会萌生一种同甘共苦相濡以沫的快意。

那天一喝就多，沱牌大曲很快喝完四瓶。杨媚说不能喝了，忽然又说再喝一瓶。一共买了六瓶，最后还剩半瓶，被洛婴倒入水里。这时，不声不响的罗湛不声不响地从背包里拎出两提听啤，这临时添加的内容，引发一阵狂欢。即将到来的毕业是种解脱，我们忽然少了许多忌惮。

"这地方真好，瀑布真好，"乐静婷把啤酒罐捏出碎裂的声音，又说，"我决定脱光了游泳。”

“我也要！”欧玉眼睛几乎睁不开。

“那你们出去！”杨媚喝了不少，但说话时，就像一点都没喝。她又紧紧地盯着我们一帮男生，两道目光将六个男生都一一锁定。

“我们其实可以……”刘维俊喉结动了一下。他人胖，脖颈已开始吞噬下巴，平时喉结难得一见。

“赶紧滚出去！”

几个女生在杨媚身后哧哧地笑。杨媚把脸绷着，像午夜场的守门人开始清场。

电视上演圆笼格斗，那个日本格斗士牛皮糖一样黏人，不是跟对手打，而是把对手缠倒在地，强奸女人一样搞人家。搞到对手怀疑自己是男是女时，他就赢定了。电话打来，一接，是洛婴。她的声音以前很嗲，现在既嗲又不失干练，这是两种难以融合的腔调。我不记得多久没见她，五年或是更久，奇怪我们都一直待在这个城市。我当然知道她所为何事。一如既往，她仍是同学中的活跃分子，没她以及另几个，同学不可能一次次聚起来。说她关心着郁磊阳，莫如说每个同学都牵动她慈祥的心。她是这样的人。

我把所知道的情况大概一说。事情也正在调查，人探视不了。

“……我们碰个面。我把联系多的几个同学叫来，看能帮他什么。”

我认为没这个必要。她说：“难道我们美女老得你都不想见了吗？”

到约定的时间，我开了车去。这十来年，佴城一如别的所有地方，摊饼一样四面扩，新城将旧城箍了一圈。以前城郊某个村寨，现变成楼盘或者商业广场，而以前破败的鱼塘大都翻盖成农家乐，塘里养了肥硕的锦鲤。这种鱼像狗一样跟人亲，总是让我感觉妖异。在她召唤下，一些同学陆续赶来，估计一大桌，女多男少。女同学次第的到来，引发阵阵异常雷同的喧哗。男同学只来两个，同我坐在角落抽烟。此前洛婴也要我再叫几个男的，比如刘维俊、鲁南星或者冯既光。我说那年三月八号之后，他们也都失联了。“难道他们也搭上了马航 M370？”她惊讶。我赶紧说是彼此失联，一直没来往的意思。她说：“你怎么打这样的比方，巴不得人家出点事似的。以前不是天天一起吗？”我怎么说呢，除了两口子，谁也没义务天天在一起，甚至两口子都没这义务。

凑一块声浪渐起的女人堆里，我看见乐静婷，看见欧玉。我记起当年那一幕，模糊却又切近。

“……就是杨媚以前带我们去过的那个瀑布？”

“佴城能有几个瀑布？”

“那次我在水里不知道怎么就晕了，后来听说喝了酒忌下水，容易窒息。”乐静婷陷入回忆时脸上现傻，我更清晰地记起她当年的模样。她又说：“当时都说还要再去，却从来没去。其实只要有谁组织，打个电话，我们还会去……”

“那里不是郁磊阳承包下来嘛，搞成瀑布浴场，还装有监控视频。你们去裸泳，他看得清楚。”我对面的毛胡子说。我只记得他姓李。我说：“事情还没查清楚。”他闭了嘴。

欧玉说：“视频就算是他装的，也不是为了看我们。”

女人们晃着开始走形的身体，喷笑起来。洛婴是不会笑的，作为活动的组织者，她提醒大家今天是为帮郁磊阳做些什么。“能做些什么呢？”另一个女人问。洛婴叫我先讲讲了解的情况。

我把电话里跟她讲过的掰细了再讲。她们确实不了解，郁磊阳毕业后很少碰见，同学约聚从不来。我能见到他，是我父母跟他父亲都还住在地质五三七队的宿舍楼。宿舍楼建在山腰，没被开发商盯上，保存至今。房改时我父母把宿舍变成私房，这辈子是搬不了了。郁磊阳的父亲郁工早就搬出，自建了楼房，后又将楼房改成民宿租出去，掏不少钱把以前住过的宿舍买回来。郁工说，两个人，住六百平方米，瘆人得很。这里六十平方米正好。

毕业后他出外跑车，见面自然就少。再后来，我看父母，他看父亲，偶尔在那个院里撞面，一年顶多两三回，一般是过年时候。他从没找女友，从来都是一个人，做起生意，生意做大，从不唤一个小弟开路拎包什么的。车是自己开，那辆赭色奥拓成为我判断他是不是回来的证物。见面，我们聊近况，他尽量概括，不像以前跟我有许多话说，甚至会奇突地加一些文学性的语言。寒暄几句，我们相约以后多联系，其实并不联系，像现在大多数人大多数逢场作戏的约定。

有时我想，为什么会这样？我应该主动做些什么，让我们的关系再回到从前？哪怕过年见面，聊天时的气氛更熟络一点也好。但都暗自一想，我知道任何补救措施都适得其反。从前像倒进井里的水捞不出原样了。

还有一年春节，他带个女孩回到破院子。女孩年轻漂亮，是他的旅行社的小导游。进院子之前，他把女孩定住讲了一番话，完全是领导布置工作。

我敢肯定那是为敷衍或者宽慰父亲。那年郁工心率过速，坐下来就感觉自己分分钟猝死，成天在院子里一圈一圈遛自己，时不时扶墙哆嗦一阵，咬牙不坐。年后，郁工心率稍显正常，他也用不着带女孩装样子。

“……他毕业以后他爸可以帮他搞进地质队，他不干，去帮他叔叔开车，说是全国先跑一遍再说。只几年工夫，他有了一辆大卡，还买一辆奥拓，大卡拉货，奥拓代步。有一年过年碰面，我喊一声郁老板。他说什么老板哟，扔我一条九五至尊，真是我抽过的最好的烟，绵柔丝滑，吸进肺里往外吐心都疼。他毕业没几年就变得有钱。那时候我还在为月入一千望眼欲穿，不够他一条烟。听我爸说，地质队散伙，他爸郁工手里有以前探矿的图纸，这个很容易变成钱。但郁磊阳自己说，我还用不着啃老。”

“说他一直不找女朋友。”毛胡子又插一句。

“好像是这么回事。有一次我也问他，是不是司机的老婆都在路边？他只说，这种事情，我也是有口难辩。听郁工说相了几回亲，他很客气，请介绍人还有妹子去天中酒店狂搞一顿海鲜。那是他的定点，是个吃货，一叫整桌菜，一样夹一筷头。这么客气，妹子以为还有下一次，从来没有。”

乐静婷又插话：“这又是为什么？难道他不行吗？”她语气极坦诚，眼里有天真的疑惑，让别人把笑声闷回嘴里。

“我怎么知道，也许是心里有人，错过了，就没打起精神找另一个。每个人心底喜欢的力量和惯性都不一样。”

“是谁？我们认识？”

“既然错过，说出来有什么用？”

欧玉说：“那就是认识的人咯？是不是洛婴？”

我看看洛婴，我们都看看洛婴。洛婴放下筷子说，今天不是来说这个的，没意思了呀。

我想起十来年前那次打电话给她，告诉她郁磊阳是这号闷驴，闷死自己十次，也不会把话讲出来。“……他现在挺有钱的，真的，应该是同学里面混得最好的。”电话里，我本想委婉提及郁磊阳近况，说出口又变成最直接。洛婴一时变得愤怒，吼着说占文你什么意思？她把电话挂了。当时她已有男友，就是现在的老公。电话之前的几天，她主动把他叫来和同学们见面，我也在。她对他显然满意，姓庞，外经委的，长相自是不错，开口就说“那次去巴伐利亚”“上次去日本”……当时，我心里暗接一句，“这次去你妈的”。那次见面我感觉这回洛婴要搞真的，就认为有必要给她电话，想跟她仔细聊一聊郁磊阳这个人，而她没心思听。

这些年来，事实证明洛婴的婚姻算是幸福，那个讲话虚头巴脑的家伙，哄她十来年，还将一直哄下去，也是难能可贵。如没有上好的心情，洛婴又怎能随时关心每位同学？我又想，洛婴若是和郁磊阳在一起，又指定幸福？

佴城旅游搞起来没几年，是我介绍郁磊阳买下泺水湾那幢七层的烂尾楼，事成我有辛苦费。郁磊阳也对这笔交易满意，说要送我一成干股。“要不折成现钱吧。”我并非不相信他，实在是等钱急用。“到时你不要后悔。”他说了一个数字，但说眼下正在借钱，不能现给。我说不急，也不能太久。三个月后他把一半款额打到我账户，又过半年付完所有，还有付息和酬谢。

那时手正紧，因为女人的事。年轻时，总有一次，你会觉得你和亲爱的女人之间就差一堆钱的距离，这很要命。我把身边的朋友想一想，有能力买烂尾楼的也就他，于是主动去找，看见奥拓知道他在里头。我说你不能老在外面赚，迟早要扎根的，现在佴城旅游的形势大好，旅馆怎么开都不够。去年“五一”节，有游客街头露宿，于是就发生一起乞丐强奸女游客的事情。昏暗的夜色中，女游客睡至迷糊，把乞丐当成男朋友，竟然主动了一小会儿……这事说明开旅馆多么地迫在眉睫啊，要用钢筋混凝土的盒子把天下的有情人框定，让他们不要搞乌龙。既做好事，又顺便赚得盆满钵满，机会能错过吗？

郁磊阳说那去看看。看过以后决定买，付了定金再去找朋友筹钱。那时候我不知道郁工已经私下赚了不少。当天我嘴里讲一堆旅游的大好形势，心里并不这么认为，游客是四处流淌的洪水，谁也不知佴城发生涝灾或是旱灾。幸好，旅游起势以后，就跟前面县领导吹的牛一样，黄金周游客水泄不通，旅馆酒店的床位一直供不应求，可就地起价。郁磊阳的泺业大酒店七层有近六十套房，一个黄金周能赚十几万。我暗自松一口气，又肉疼那一成干股。当年变现的钱都给了那女人，之后便不知道她去了哪里。我不是诉苦，我是说兄弟们都碰到的破事我也从未独自幸免。

旅游生意全方位，他入了行也不能单打一，后面酒店一楼附设旅行社，本店顾客参团有折扣，或者本旅行社的顾客住店给优惠。这样他便真正入了旅游业，雇一帮导游妹子，长相不差。这时候我以为他可以歪着脑袋挑她们中的一个，起码以备不时之需。我这么问他，他浅浅地笑，反问，是你看中哪一个？

那个瀑布，飞水洞，佴城旅游搞起势后一度成为乡村游的景点。当地农民土法上马，弄得不伦不类，很快把生意做死。之后飞水洞被一个姓乔的老板承包，接下来的两年成为臭名昭著的土匪景点。他们的车停在城里各处，以极低的费用招揽游客，拉到地方强迫消费。价目表有一阴一阳两张，饭后出示的那张，一盘野菜卖一百多块，一煲蛇汤两千打底。游客一次次把舌头像蛇芯一样吐出来老长，必然不从。乔老板手底一帮马仔出面"维持秩序"，每个人的神情，都是"我的地盘我做主"。在那山谷地带，110的电话都拨不出去，游客一次次把钱掏足，自赎其身。这地方曾经百年匪患，现在不敢公然为匪，但不少家伙浑身流淌的仍是土匪血。游客纷纷举报，乔老板一次次摆平，所谓没有金刚钻不揽瓷器活。

有一年严打，乔老板及手下被定名为"乔大炳黑恶势力集团"，公捕公判会时作为成果上台展示。当年他们在景点"维持秩序"，每人都有专属造型，发型也绝不撞山，像焰火晚会上的摇滚天团；现在都削光头发统一着装勾起脑袋，看着全是老实孩子。瀑布荒废在那里，小水电站也早已撤掉。没人接盘，一是那里已然声名狼藉，二是乔大炳迟早放出来。若见有人接盘，乔大炳脑袋一抽，也许满心都是自己女人被狗搞了的伤感。

郁磊阳偏要把那个景点接下来，也不马上运营，装修搞了差不多一年，就像装自家别墅。弄好以后，竟然不是景点，而是浴场，名字也改为"花洒瀑布"。他对瀑布改动的力度极大，整体环境重新设计施工，天坑的顶部装有穹顶，一摁电门，进口的透明篷布罩随时开闭。瀑布水温可调控，冬天出热水，一年四季经营。花洒瀑布主打的一个项目，是单日下午专供女宾，男士禁入，里面可以裸泳。这有别于其他浴场，男的泳衣女的比基尼，千篇一律，味如鸡肋地相互打量。投入如此巨大，宣传也铺天盖地。好几次，我走在路上被人横塞"花洒瀑布"的小广告。"美女，你多久时间没在大自然的怀抱里自由裸体了？"主打的广告语是这样，画面是裸女和锦鲤一同遨游水底。在广告背面，郁磊阳自封为"瀑布守门人"，郑重承诺了安全与舒适。这些年我在佴城写广告词也攒下口碑，他不可能不知道，但没叫我。印在广告纸上那些屁话，我听着倒牙，据说效果不错。用一个广告公司老总的话说：你不知道怎样的鬼话能够钻进游客结构错乱的内心。

瀑布守门人有专用的LOGO，郁磊阳找人用动漫处理了自己头像，着重凸显他的憨态可掬，是为增强女客的信赖。配图是他肩扛火箭筒，对付坐着飞机前来偷窥的色鬼。火箭筒像是六〇式，飞机是《飞机侠乐迪》里的一款。他守护她们变成一尾尾锦鲤，在水中自由遨游，或在瀑布下面任飞泻的水流按摩，力道遒劲。这跟家里的花洒绝不一样，水飞流直下三百多尺，其中蕴蓄的能量，以前是用来发电的。

我相信这都出于他的本意。如此大的手笔，一枚针眼摄像头就可能彻底砸锅，他比任何人都了然。

“……是的，情况有了新的进展，报案的反倒成了作案的。”

我眼光还铺在电视屏，日本格斗士晋级，正强奸一个长得像廖凡的泰国拳王。这小个日本男人，迟早一天信心爆棚，想把泰森放翻在地并强奸一回。

“到底怎么回事？”

电话里，我大概跟洛婴讲了讲。郁磊阳被带进去询问，只说摄像头不知被谁安装在那里。这玩意儿佴城没有，应是网购，郁磊阳的网购记录被调取，的确没有相应的购物单。相反，警察查到报案人报案时所在位置，摄像头一对比，很容易将人找出来。其人姓肖，无业青年，爱好在各网站发布视频，多次违规。在肖某的网购记录里，明白地显示着购有这款摄像头，原装正版的一桩“贼喊捉贼”。稍加盘问，也是肖某偷偷安装在浴场内一处不易觉察的崖壁。瀑布之下，毕竟有这么大的空间，一枚依赖锂电池，无线发射信号的摄像头，很容易藏得不露痕迹。但郁磊阳细心，第一时间就发现问题。

“肖某怎么能进去？”

“除了单号的下午，男士也可以进，买张票的事。”我告诉她，现已问得清白，肖某蓄谋此事，先进去几次，探好位置，再找一个傍晚来客稠密之时动手安装。保安把肖某带到办公室，郁磊阳叫保安出去，两人单聊。“这事情，你知道我知道就行。你不要给我惹事。”郁磊阳跟肖某这么说。肖某一开始不认账，郁磊阳说那就只好报警。“刚才看见你拆包，接收器还在你的背包里面，警察来了，再打开你的储藏柜。好不好？”肖某质问：“更衣室里安装有摄像头？”郁磊阳保持着微笑，说我们有别的措施，不侵犯隐私，但也不会漏过恶意的行为。“我跟来这里的女客保证过的，这个你应该知道。我的行为合不合法，等下警察判断。”肖某将接收设备交出，郁磊阳便将其放走，算是私了。郁磊阳自以为这样处理，会有相安无事的回报。没想，过了几天，肖某在网上报警，说花洒瀑布浴场安装有摄像头。

“……这怎么告得响呢？”

“问题是，事后他没有将摄像头拆除。当然，也没有将接收设备安装在自己电脑上，没有任何视频拍摄和观看记录。警方刑侦手段现在非常专业，事情调查得很清楚。”

“那他又是为什么？”

“他说是还没来得及，但拆摄像头就几分钟的事，这么说糊弄不过去。”我顿了顿，又说，“还在调查，我和你一样想不明白。我们并不了解他，不是吗？”

“你都不了解我怎么了解？你们还是邻居。”

洛婴又提出见面聊，我说不必要，这事情那一堆同学帮不了。作为一个专盯政法新闻的比记者还低一级的通讯员，我不能为他做些什么，只知道眼下唯一帮得了他的，就是他本人能否对此作出合理的解释。

他和我们不太一样，虽然认识三十年以上，也不敢说了解。摄像头应该拆，他没有理由不拆，但他没拆。

我和公安有联系，算不上有关系，没法和他见面。作为通讯员我也要采写法政新闻或通讯，比如乔大炳无法无天的那段日子，接到消息我去到飞水洞，简直就是匪巢，一帮马仔就在我眼皮底下“维持秩序”。我能干的，无非用长焦远远拍几张照片，趁他们发觉前离开，写了情况通报交上去。没有任何反应，我也没有再去理会，暗骂自己几句“有个卵用”了事。

当时我想，换是郁磊阳，他干我干的事，遇到同样的情况会怎么处理？

我们读小学是二十世纪八十年代末，整个县城乱糟糟，街上成天有架打。我们曾被霸凌，就在酱油厂背后的巷子，上学必经之路。人人要交过路费，一角钱管一个星期，每次收一个月的份额。“一星期一角，一个月三角钱，会算吗？每个人都给优惠。”他们的大哥是卢召实，绰号阴孩，全城人都知道阴孩惹不得，过路费认了，三角钱倒也不痛不痒，还说人家流氓都懂聚少成多的道理，不容易。那时候院里小孩相邀一起上学，都交过路费，就他没交，第一次是说没钱。“好的，明天到家里撮一斤米，听到吗？”很多小孩不敢问家长要钱，他们变通为交大米，小孩可以偷偷从家中米桶里撮。阴孩手下一个光头扯着一个足以把自己装进去的布袋，里面全是一斤一斤收来的米。第二天郁磊阳叫我们先走，我以为他交过路费怕熟人看见。我们不在一个班，中午才知他挨打，打得不轻，自己捂着，放学去到卢召实家，找他老父亲。他认得卢家是哪个门。“……我管不了，我怎么管得了他？他连我都打。”老卢冷笑。那以后他似乎故意避开我们，上学放学各走各路。第二月他又挨打，又去找老卢告状。第三月依然如此，伤得更惨，买了几块钱的膏药和跌打油才将伤势捂好。其实，他的零花钱比我们都多。第四个月，老卢操一把榔头站在巷子口，目送着小孩一个个经过。他跟阴孩发了话，要是他的小弟还收过路费，他就用榔头敲自己脑门。阴孩心里明白，自己的一身狠劲和泼皮功夫，都是遗传来的。

他本就不怎么找人玩，就喜欢独来独往。在那个小孩放养的年代，他安心宅在家中，成绩比我们强一头。五年级，也就是他抵制过路费一年以后，郁工和老婆闹离婚，郁工的问题。他跟母亲去广林县，往后有两年多我没见他，过年也没见。他转学回来是初二，跟我一个学校，另一个班，但成绩大不如前，全年级一百五十名之后。他母亲给广林酒厂处理锅炉故障时，遇爆炸意外死亡，尸体都凑不了整。这事情当然也闹得人尽皆知。郁磊阳的成绩一落千丈，我想最主要的原因，是他自己认为读书没什么意思了。

他再回到佴城，平时碰面远远地打个招呼。有一天第三节课的课间，他主动找我聊天。那个课间有半小时，广播体操停掉了，我忍着不上厕所，一直陪他说话。第二天第三天他还来我所在的班，我便注意到他眼神总是落在别的地方。“你是看上我们班谁了？”我问他。中午的时候他找我一路回家，告诉我，是的。我一猜就是洛婴。那时候长得好的女孩少之又少，我们班基本就洛婴长得亮眼。他叫我不要讲，“看她几眼就好”。

到初三他成绩又好起来，我知道这是必然，时间会稀释许多东西，他读书的底子还在。高中时他进一中，我和洛婴不出意料地去了城郊松溪庙中学。他经常过来，我也负责把洛婴聚拢来，他肯掏钱请饭。那时候掏钱请饭是少数人能做的事。洛婴当然知道郁磊阳的心思，顾及同学情面偶尔也来，对他并不感兴趣。我就批评他，你呀其貌不扬，难搞定。他说你讲我相貌平平，讲我貌不惊人都好，不要讲其貌不扬。我说不是一个意思吗？“其貌不扬，就是长得丑。我长得丑吗？”我一查词典，真是他说的这样。

高中时大家都在蹿个头，郁磊阳奇怪地停止长高，只是长横，对此他也不以为意，没有发愤图强投入锻炼管理身体。他好吃，说自己胃口肯定是进口的。洛婴变得对交际感兴趣，她人气旺，成绩又上不去，经常组织大家搞一些很青春很阳光的活动，比如郊游、野炊或是读书会。她最爱汪国真，转眼随着风向变成余秋雨。郁磊阳不喜欢这两个人，我也差不多。但大家乐意团聚在美女身畔，郁磊阳更是积极参与者。她对他态度不会很差，也没变得更好。她开始和校外的家伙谈恋爱，男朋友用野狼摩托将她从我们眼皮底下接走。她屁股后头绑了音箱，摩托一路飙着歌开远，飘来的声音有时候是

Beyond，有时候是郑智化。

“换一个吧。”我这么劝他。

“为什么要换？”

“都这样了，你也看到。”

“我没什么的。”他说，“我也就是经常看看她。”

职专时我们又撞到一个班，不得不说，我非常意外。后来知道他的志愿只填了本科和服从分配，似乎对自己去处有先见之明。“《上升的一切必然汇合》，”他晃了晃手里奥康纳的小说集，又说，“老天自有安排。”高考落榜，我心底那点隐隐的失落迅速被他的态度荡平。“真的，来这里不挺好嘛，该玩的时候狠狠玩三年，都不好意思有什么压力。”他还说，唯有在最后批次录取的破学校，青春才不被耽误。

洛婴用开桑塔纳的新男友甩掉旧男友，新一轮严打以后她又恢复自由之身，这些经历没让她阳光开朗的表情打任何折扣，还是热衷于把大伙组织起来一块活动。头个学期班主任脑子进水，指派我当班长，半年以后全班公开选举，我被洛婴替换，这才松了口气。除了读书不行（反正全班谁也不行），她在其他方方面面都表现出模范带头作用，是个热心肠的人。虽然我觉得她讲话做事，她的嗲嗓门总有些假里假气，但听习惯了就好。当时我们月生活费三百左右，她家条件不错，四五百都有。杨媚的父母每月只能掏一百五和一袋大米。她主动表示结对子帮扶，两人的钱合在一块用，并由杨媚保管。“……我不是一个精打细算的人，我要向杨媚同学学习怎么精打细算地过生活。”她获表彰时，在校会上作这样的发言，下面有人嘬起冗长的呼哨。一旁的校长脸一变，抢话筒喊话：“哪个杂种吹的哨？有种站出来。”

杨媚成为她的跟班，形影不离，两个人都算美女，走在路上都有回头率，但在我看来，小姐和丫鬟的区别也是如此明显。临近毕业时，去帮杨媚家插秧只能是洛婴的注意，杨媚起初还不答应，是洛婴做通她的思想工作。洛婴说即将分手之际，更要加深彼此的友谊。“难道不是吗？”

杨媚几乎一碰面就盯上郁磊阳，微妙且妥洽地示意，不让别人知道。我看出来，是我跟郁磊阳走得近。职专僧多粥少，往届生，还有刚到来的男生都用饥渴的眼神打量女同学，都想先下手捞一个女友，往后三年日子好打发。杨媚也是被重点追逐的目标，她谁都不睬。开学才一个月，国庆节，她主动约的郁磊阳。

“你不至于嫌人家家庭条件吧？要这样，兄弟请容许我默默地鄙视你。”

我提醒他不要错过机会。

“我还是每天看几眼洛婴，就安心了。”

“洛婴这么多年一直不理你，有这必要吗？她好像就喜欢街上那些妖怪。”我说，“杨媚倒是有眼光，这么多帅哥当中，百步穿杨地盯住你这么个货。有眼光的人必然会合。”

“我说过要洛婴理我吗？我就喜欢看洛婴没心没肺的样子，每天看到就好。”稍后又说，“我怕看杨媚的眼睛，她眼神毒。”

“不好这么夸自己，分明是欲拒还迎。”

“戴哥，我跟你讲过反话吗？”

张队是洛婴叫来，坐我对面抽烟，脸上挂起职业性的冷漠。张队我自然认得，平时有事也不是他跟我对接，我未必请得动。洛婴在佴城混得很开，说谁她总有办法联系上。“你和世界上任何一个人中间，顶多隔着七个人。”这是聚会时她爱引用的句子，几十万人的佴城，在她看来自是小菜一碟。

“这个事情不大，也查明了，肖老四贼喊捉贼。问题是……”他习惯性停顿一下。“现在这事情竟然上了网，我们搞这一行，最怕这个。要是不上网，不用给上面一个交代，郁老板的事其实不算个事。”

跟张队同来的启明也说：“现在我们就要一个解释。大家对这事感兴趣，都知道郁老板没有撤走摄像头。”

“郁磊阳什么都没说？”洛婴问。

“知道是你们朋友，怎么说呢，他态度有问题。起先他连肖老四都包庇，只说不知道谁安装在那里，但我们在他办公室查到接收器。虽然接收器没有启封，没有连接上电脑，但这已经说明他在撒谎。”

启明补充：“我注意到，报案是网络匿名，还说郁老板每天在办公室偷看，这有点画蛇添足。他既然是洗浴时无意中发现摄像头，又怎么知道谁在哪里偷看？再一查报案是在网吧里，肖老四以为这样很隐蔽，其实一查ID再对监控就把人找出来了。不出所料，他的网购记录里有这一笔，型号对得上。”

“郁磊阳自己怎么说？他总要说些什么。”

这是个烤吧，他们都穿便装来，可以搞点酒和烤串。电视里正播我一直追的综合格斗，现在是两个女人先垫场热身。一年前，这档节目每期都把女人的比赛放到压轴，想以此强调男女平等的观念，但收视率断崖式下跌。男女有别，要说平等不在于打拳。稍后，日本格斗士会和一个韩国拳王争夺次轻级金腰带。

启明说："他先是说事忙，忘了拆。后来他承认，接收器摆在办公室，给他一种很奇怪的感觉。他每天免不了想起这事，只要将接收器插入电脑，就会看见画面。他说他需要这种感觉，每天想到，每天忍住。"

"是的，他说这就像一种挑战，一种折磨，他喜欢一天一天扛住这样的折磨。他相信自己扛得住……"

"他是不是被你们打了呀，讲这么古怪的话。"洛婴一急，嘴巴更快。

"小洛，你这么讲不对了。我们也有摄像头，现在都是文明执法，透明执法。"

烤鱼和烤串这时弄上来，还有汽锅蒸什锦螺。我啪啪地打开啤酒，先灌了自己一口大的。啤酒要冰，第一口总是最好，上顶脑门下冲屁眼。第一次去瀑布那天的事情瞬间又随气泡涌上脑门。

杨媚从豁口走出，朝我们来。

"别过来，我们也裸泳。"刘维俊这么说，我们一齐笑。

"有什么了不起，让我看看长短。"她已走到我跟前。我第一反应是杨媚是不是喝多，这实在不是她的语言风格。但她到底什么风格？

"……想不想看里面？"

我们互相觑几眼，以检验是否听错。不可能六人全都听错。一时很静，她的声音更清晰地冒出："要把握机会。"

"不好开玩笑。"郁磊阳说。

"谁跟你开玩笑？有谁不想看？"她手一指，指着进入瀑布那条小路的另一侧。通向机电房的那根巨大的水管，从山顶一路斜下，上面潭里的水走水管发电，盈余的才化为瀑布。"爬上那里，看得很清楚，她们绝对发现不了。村里男人都这么搞过，女人也都知道。"

那时候，我还在关注小说里性描写的段落。据说，学校里某个家伙藏有一本人体艺术画册，给人看了封面封底，往里翻要用白沙烟换。

转眼间，我们每个人都像金庸小说里的高手大战三百回合，呼吸一齐沉重，需要调整。罗湛脸太瘦，甚至暴出青筋。当刘维俊脖子率先一歪，朝杨媚手指的地方张望，所有人也都顺势扭头。定睛一看，山的腰际，水管旁边是有个窟窿。"现在，我守门。"她换一种循循善诱的表情。

“你喝多了，坐下来洗洗脸。”郁磊阳去拽她。她身体一抖，将他甩开。

“你硬了。”有人说。“你也一样。”有人回。他们开始往那边走，步态必然机械且吃力。“你们要搞什么？”郁磊阳递我一个眼色。我抢几步挡在道上，而他们，不是被我挡停，倒像是僵尸被法术定格。

“一群白痴。”杨媚把手插进裤兜。她湿漉漉的长裙有裤兜。

“郁磊阳，凭什么听你的？”鲁南星说话喷起酒嗝，也喷出委屈。

“我们都是同学，不是吗？”

罗湛说：“你不看自己到一边去，不要管别人。”轮到郁磊阳扭头，罗湛不知哪时绕到他的身后。罗湛跟郁磊阳一样矮，很瘦，晚上在校外打通宵牌，白天趴课桌上睡。同学三年，罗湛基本算是陌生人，这次不知谁把他叫来。

两人不知怎么就动起手来，我扭头时，他俩滚在地上，自然是罗湛把郁磊阳骑在身下。“不要打架……”我过去想把罗湛拽开，这时，刘维俊打橄榄球似的一个斜扑，将我弄倒，并压在我身上。这么大一堆肉，压得我嘴皮都往里凹。好不容易拧转脑袋，脸颊贴地，不远处郁磊阳的脸也贴在地面。我俩都只能腾出一只眼相互张望，瞳仁涣散眼白辽阔，眼色都使不出来。罗湛正在反别他一只手，冯既光别另一只。刘维俊不这么搞我，他只是压住我，要命的是他胯下之物顶着我屁股，这时硬得起劲，仿佛还在拔节。

“不要这样。”我又挪了挪，才能艰难地发声。刘维俊没吭声。我试探着动几下，看他会不会松动，这样我自己钻出去。“不要动！”刘维俊咬着我耳朵说。“不然呢？”我问他。他说：“我喝得稍微有点多。”

郁磊阳呛咳几下，大声地嚷，叫他俩放手。“要呛他几口水才好。”罗湛这时还打商量。冯既光说：“都是同学，不好吧。”“就这么搞。”鲁南星赶紧过来，拎起郁磊阳双腿，三人把郁磊阳抬起，往前几步就到水边。仍是罗湛，拧着郁磊阳脑袋往水里浸。

“罗湛！”我趁我还能发出声音，就要发出声音。刘维俊也不多话，躺在我身上搞一招鲤鱼打挺，砸夯似的，我脑袋里火星蹿出一片，叫声都闷在嘴里。隐隐听见，罗湛指挥若定。他说：“你快上去，别浪费时间。”

他们把郁磊阳脑袋准确地摁在水里，时不时拎上来换口气。电视里面经常有类似的情节，国民党反动派或者日本鬼子捉到地下党八路军，都喜欢这样搞。缺氧这种事，最考验革命意志。鲁南星稍后返回又替下冯既光。

郁磊阳脑袋不知被浸了几回水，再拽出水面剧烈地呛咳，像是肺泡迸裂。

“不要这样搞他。”

“死不了。”

刘维俊心神不定，老是说：“怎么还没轮到我？”这时，里面传出女生杂乱的喧哗，仿佛出了状况。杨媚不得不往里面去，扭头丢来一句：“抓紧时间！”当她跑进里面，又大声朝外面喊：“你们要自觉啊！”

罗湛适时地替下刘维俊，先反别我的手，刘维俊才从我上面腾空。一丈之外，鲁南星和冯既光把呛水呛到昏厥的郁磊阳扔地上。他趴着吐水，苦于吐不出来，身体一阵一阵痉挛。“你放开我，”我说，“快给他拍背，让他吐水。”

“死不了。”罗湛仍然说。他一手别着我，一手点烟。后来我发现他手头松动些，顺势一扯，竟然扯脱。我要走过去。罗湛身形一长，忽然抽我一耳光。我没反应过来，又挨一耳光。“你也爬上去看。”他说。我看着他的小个，一拳朝他面门砸去，身体却止不住趔趄，不知怎么被他撂倒。他踢我的股沟，踢在刚才刘维俊顶过的地方，有种撕裂的疼。当我翻身，他们都围过来，罗湛发话叫我别起来。我想了想，就没起来。稍后，罗湛蹲下来。我以为他又想到新花样搞我，他只在我胯裆上面一摸。“也硬了。”他们异常开心地笑起来。

我这时怎么就硬了呢？

“还有时间。”罗湛说。

我爬起来，罗湛接着踹我屁股。我踉跄地往那边走，仿佛并不情愿，之后又往水管上面爬。水管很粗，表层涂有沥青，能够直接踩上去。我听见郁磊阳在身后猛一阵暴咳。云层一厚，这时山谷暗如黄昏，我盯着水管上面的窟窿变大。刚才被刘维俊几乎搞昏，我不知道里面喝醉的女生现在是否还在裸泳。我有怀疑，接着我便看见：乐静婷刚才溺水，洛婴正在施救。乐静婷的溺水延长了待在瀑布下面的时间。洛婴搜寻着记忆施救，变换手法，把嘴凑上去，她情急之下没来得及穿衣服。欧玉身体也发软，正穿衣裤，要杨媚帮忙。我最后一个爬到这窟窿眼，没人催我。我看见洛婴胸脯的起伏，但她慌乱间没记准人工呼吸的步骤，本应往别人嘴里吹气，她用力往外吸。她俩一个躺着，一个趴着，胸脯按同一节律起伏。乐静婷忽然暴呖，洛婴及时把脑袋一偏。

我体内正翻江倒海，几乎同时呖起，憋不住哇的一声。她们发觉动静，欧玉和杨媚都循声张望。我赶紧低下脑袋，瀑布流泻把别的声音都削得若有若无。

“……事实上，他什么也没看。”

张队说：“但这样的理由，讲出去，有人信吗？”

启明习惯于补充：“他强调自己只是需要自我控制的感觉，就算这是真话。当时我问他，你不能否认，一旦插上你就能看到画面。这种可能，你能说没有？”

“他怎么说？”

“他有些颓丧，点点头，稍后又说不会，绝不会。他一直镇定，这时候也有些歇斯底里。”

“也许他说的是真的。你们要相信他。”

“相信？要是相信嫌疑人自己讲的话，我们不要干这一行。”张队叹一口气，“小洛，我们哪有不帮忙？但他的解释这么不靠谱，我们退出，工商的人马上接手，限令整改难免。那是更大的麻烦。”

电视里，我的新款偶像，日本格斗士好似一条麻绳，从背后捆住了体积大他许多的韩国拳王，一条腿锁紧对方一条腿，把脸别进对方的反手拳够不着的地方，再源源不断地用拳挠人家肋排。虽然每一拳都轻，但我知道，他离金腰带只是倒数秒的问题。

我松一口气，眼光放回对面的警察，知道郁磊阳无法由自己讲出缘由，无法讲故事一样，讲述他为什么成为瀑布守门人。也许在他们看来，这两件事并无必然的联系。

让我头疼的是，怎么让这嗲嗓子歇一歇，以什么理由打发她先行离开。而我又要怎么讲述这事，毕竟我要提及当时的我。我再次记起罗湛的瓦刀脸，陡然清晰。他踢着屁股叫我加入他们一伙，真是狠招。他那时候就想到，要用每个人的脏裤头堵进他自己的嘴。

那个午后，当我从水管上面下来，郁磊阳坐地上，一手撑地缓缓站起，把外衣外裤搭肩上，拿脚找鞋，并往外走。这时没人拦他。我待了好一阵，冲他跑去，却不知是要跟上他还是叫他别走。我心里涌起的是别的情绪。当我手搭上他的肩，他抽搐般地甩开，冲我说：“别碰我！”他钻进栅栏门，消失在机电房。

我一直怔在那里，慢慢回过神来，知道我失去了这个朋友。或者，我们还能见面，还能讲话或者同桌吃饭，但有些东西无法复原，就那么眼睁睁失去。随时间推移，我叫我忘记当天的事，在我每一次记得最清晰的时候。当然，最清晰的从来不是我在窟窿眼里看到瀑布下面的一切，而是郁磊阳甩开我时，他脸上的神情。我也需要自我原宥，从这个角度出发，经过这些年，我日益地明白：我哪曾失去什么？我们从未失去任何我们配不上的事物。

密　码

雷　默[1]

毕业论文答辩完后，我和苏梅都觉得完成了人生的一个重要阶段。那天傍晚，我们去了胖嫂酒家吃饭。胖嫂已经跟我们很熟，她说，知道我们要去，给我们预留了螺蛳和土豆。那天，胖嫂酒家人山人海，都是快毕业的学生。胖嫂在炉灶前忙活，满头大汗，肥嘟嘟的脸被灶火映得通红发亮。苏梅突然心生了不舍，她说："跟胖嫂认识了四年，不知道以后还有没有机会再见到她。"我说："想她了就回来呗。"

我不得不承认，苏梅想得比我长远，人生中，很多曾经熟识的人，走着走着就失去了联系，可能再也不会相见。只是那时候，我并没有这样的见识，苏梅则伤感得多，我总觉得这是因为她是个女孩子，心思比我细腻。

毕业前夕，饭馆如集市，到处都是离别的氛围，似乎过了今天，就没有了明天。胖嫂养的几只猫在桌底下钻来钻去，吓得苏梅惊叫连连，她对毛皮过敏，严重到看见猫狗就会起鸡皮疙瘩。我俯身去驱赶猫群，它们在桌底下跟我兜圈子，并没有要离去的意思。

"没办法，成精了，也许它们知道可以浑水摸鱼。"我无奈地摊了一下手。

---

① **雷　默**　1979年10月生于浙江诸暨，现居宁波。主要从事中短篇小说创作，在《收获》《人民文学》《花城》《钟山》《江南》《作家》《当代》《十月》等刊发表一百万字，部分被《小说选刊》《新华文摘》《小说月报》等转载，并入选多种年选本，部分作品被翻译成英语、日语、俄语。曾获得2015年度浙江省青年文学之星，《作家》金短篇小说奖，郁达夫小说奖。

苏梅站了起来，顺势跺了跺脚，似乎这样就能清理掉裤腿上的猫毛。她说，不吃了，去门口溜达一会儿。

“那我也不吃了。”我跟着站了起来，苏梅一脸诧异地看着我，看了有好几秒钟，我又默默地坐回了原来的位置。那感觉很滑稽，我不是黏女朋友的人，但我不明白为什么突然来这么一出，颇有些好笑。

苏梅走了，那几只猫却安静下来，蹲坐在我的脚边，它们抬起头看着我，我扔了几根鱼骨头下去，它们吃得飞快，吃完了，继续瞪大眼睛看着我。我知道，这些都是胖嫂收养的流浪猫，胖嫂经常唠叨，说现在的人不长情，养动物纯粹为了好玩，新鲜劲一过，就不管它们的死活。这些流浪猫到了胖嫂这里，算是找对了地方，每只猫都吃得体态浑圆，而且毛皮也变得油光发亮。

我看着剩了大半的一桌菜，突然失去了食欲，想招呼那群猫上桌，它们却很规矩，继续蹲坐在地上天真地看着我。我把碗碟里的几个菜都泼到了地上，它们潮水般地围拢过来。我招待完了“宾客”，从胖嫂酒家出来。苏梅一个人站在大街旁，背对着我，她的对面是我们学校的大门，夜晚有风，微风吹拂着她的长发，轻舞飞扬，我迷离了一下，觉得她从来没有像今天这么美。

我和苏梅开始得有点莫名其妙。那时候，她和班里的另一个女生走得近，能经常看到她们手挽手地去教室，手挽手地去食堂打饭，手挽手地散步。她们好得像一对连体婴儿，遇到同学就甜甜地笑，那个女生的笑容打动了我的下铺，我下铺为了支开苏梅，怂恿我去约她，于是我们兄弟硬生生地拆散了她们姐妹。

我一直觉得苏梅不是我理想的女朋友，她谈不上有多漂亮，说话也总是底气不足，我私下觉得我中意的女朋友会比她更好一些。也因为这个原因，别人纷纷在校外租民房同居，我们还是仅限于一起逛逛街。苏梅有一次向我略带暗示地抱怨，她说她同寝室的人问我是不是生理上有缺陷。我觉得受到了侮辱，吓唬她说：“要不要检查一下？”她满脸通红地摇摇头，跑开了。

我相信夜幕能让人产生胆大包天的勇气，那天从胖嫂酒家出去后，我从背后一把抱住了苏梅，她惊吓得差点喊出声来，扭头看到是我，她停止了挣扎，她说：“也没见你喝酒，怎么发酒疯了？”我确实有点醉了，把她箍得死死的，生怕她飞走似的。这是我们交往以来最热烈的一次拥抱，我感觉身体像一堆干柴，被点燃了。

在学校的头两年，日子慢得像爬，没想到临近毕业了，日子迈开双腿，开始飞奔。对苏梅的感觉也如此，以往都是她来约我，问我要不要一起出去散步，要不要一起看个电影。这几天，我突然开始有了焦虑感，频繁地约她，但我一直没有问她毕业后的打算。之前她有一次说起过，她父母就她一个女儿，希望她毕业后能回到哈尔滨。我肯定不可能去哈尔滨，南方人想想那里冰天雪地就觉得冷得不行。苏梅说，哈尔滨一到十月份就开始供暖，在房间里只要穿件单衣就行。我没有接她的话，心想总不可能在房间里待五六个月吧，出了门不是一样被冻成冰棍吗？这还是次要原因，主要原因是我母亲的那个病。

她七八年前就患了阿尔茨海默病，这几年病情越来越严重，常常认不出我和父亲，也常常忘记她自己是谁。唯一庆幸的是她从来没走丢过，母亲查出这个病后就辞职了，一直待在家里。天气好的时候，我父亲会领着她到外面走走。后来她也不愿意出去了，至少家里墙壁上到处贴着提醒的字条，到了外面，她发病的时候会不愿意跟我父亲回家。所以清醒的时候，她常常自责，觉得给我们添了很多麻烦。她渐渐养成了不出门的习惯，在我眼里，她越来越像一个活物，沉默、一动不动。有时候，我也搞不清楚她究竟是不是清醒着。

我一直犹豫着要不要跟苏梅讲这些，她好几次流露出对我家庭的好奇。我想如果毕业意味着分开了，讲这些都是多余的，给彼此一个宽松的环境和美好的印象可能比什么都重要。但没料到，临近分别的时候，苏梅跟我下了个赌局，这事又起了变化。

那天晚上，苏梅到宿舍楼下来喊我，她说她们班级晚上吃散伙饭，但她不想去了。

我说："不去，以后会落下话柄的。"

苏梅一脸不屑，她说："该告别的都已经告别过了，无非喝醉酒，再抱头痛哭一次。"

我无言以对，她又说："喝醉也跟你喝，我们还没好好地喝过一次酒。"

我说："一个女孩子，喝酒不好。"

苏梅撇下嘴角，一脸不屑，她说："没喝醉过，我觉得对不起大学的这四年时光。"确实，这几天如果在夜晚的校园里走一圈，能碰到很多被架着走的人，男的女的都有，一边走一边发酒疯。我没想到，苏梅还羡慕这个样子。

那天晚上，我觉得苏梅早已在心里下定了决心，她以生铁般的意志为所欲为地和我拼酒。我几次夺下了她手里的杯子，她一直吵着让胖嫂再给她拿。我实在没办法，想把她灌醉了事，没想到她一直吵吵嚷嚷，并没有醉到趴下。

从胖嫂酒家出来后，两个歪歪斜斜的人相互搀扶着，沿着大街一圈一圈地走，看到宾馆亮着的灯箱就慢下来，一直走到大街上人烟稀少，我们才钻进了一家青年旅馆。

狼狈不堪的夜晚中，我模糊地听到苏梅在抱怨，她说她感觉房子的墙壁都是倒立的。直到黎明时分，冲完澡，两个人才从恍惚的泥泞中挣扎出来，苏梅跟我说："你别内疚，这都是我自愿的。"

她这么一说，我竟然觉得有点委屈，这情绪是如此丢人，我开始拼命地掩饰，背过身去，在床头柜到处乱翻。苏梅问我找什么，我说想找支香烟抽抽。苏梅说旅馆里怎么可能有香烟，要么去街上买一包，她也想来一支。

我穿上衣服，出了门，推门的响动惊醒了服务台熟睡的工作人员，他从行军床上直起了身，看了看我，又睡了回去。旅馆的隔壁就是一家24小时营业的连锁超市，一掀门帘，门口装着的感应玩偶熊就发出"欢迎光临"的声音，那声音仿佛是电池发出来的，不像是人声录制的。我在香烟柜台前站了很久，最终还是挑了包"中南海"。

回到旅馆房间，苏梅看了看香烟，突然又不想抽了，我也顿时失去了抽烟的兴趣，于是那包开封的"中南海"又丢在了床头柜上。我站在那里，酒完全醒了，我感到了一种奇怪的陌生感，这种感觉就是确定事情发生过，但又遗忘了。

我不知道是为了温习还是为了熟悉，又脱了衣服，钻进了被子里。我毫无头绪地对苏梅说了一句："难为你了。"说完以后，我觉得有些凌乱，又补充说，"是我不好，应该我主动来提这个要求。"

天没亮透，我们就从宾馆出来了，出来后，又开始后悔，这个点回学校，肯定会遭到校卫的盘查，于是我们在冷清的街头到处游荡。好在学校附近的早点摊已经亮了灯，老板开始在生炉子。我和苏梅走了进去，老板是个老头儿，这年纪的人后半夜都没觉，所以起得特别早。这家店是他女儿开的，但店里就他一个人。他用深邃的眼神看了我们一眼嘀咕道："这么早。"苏梅低下了头，我问他："早饭有了没？"老头儿说："没看见吗？炉子才刚生好。"他说着拉开了冰箱门，看到里面放着一包馄饨，拎了出来说："馄饨有，可以给你们烧。”

“好，来两碗馄饨。”

他慢吞吞地去烧馄饨，一路都嘀嘀咕咕，不知道在念叨什么。

我捧着苏梅的手说：“你一定要回哈尔滨吗？”

苏梅笑了一下：“那得看有没有人邀请我去福建，如果没人邀请，我就只能回老家了。”

“那太好了！”

吃完馄饨，回校的路上，我们看到陆陆续续有毕业生趁着还未亮透的天色开始离校，这看起来像一场溃败。我看到好几个人走到半途，又停下来，举着手机拍学校那幢破旧的实验楼，没完没了的样子，让我们很鄙视。逆着人流往回走，我们又看到后面突然有人大喊着追上来，撤退的人流中有人行李箱落了地，离别成了一次纠结的肉搏。

我和苏梅站在不远处看着他们紧紧拥抱，相互拍打着对方的后背，恍然间，仿佛看到了自己在跟人告别。这鬼地方，我以为毕业了不会有什么感情，没想到也跟着掉入了伤感的旋涡中。旁边偶尔有低年级的同学经过，他们不停地回头，看着这些陌生的学长学姐做出如此夸张的举动，隐约间仿佛觉得也跟自己有关。

白天很快到来了，校园内又恢复了原来的秩序。我和苏梅各自回了自己的宿舍，临走之前需要大清理一次，该扔的都扔了。苏梅打电话过来说，她的宿舍已经一地狼藉，好几个同学已经走了。宿管阿姨叫了好几个同伙，虎视眈眈地盯着她那一堆书，已经问了她好几遍，书还要不要留。

我说：“知道你舍不得，都发快递吧。”

“快递好贵，都称斤两收费的。”

“要不都扔了吧，不过扔了，等于把回忆也扔了。”我笑了笑，能听到苏梅因为纠结而抓头发的声音。

最终，苏梅还是狠狠心把这些旧书都寄回了东北老家，她说虽然寄回去，以后也不一定会翻出来看，但至少给青春买了保险，不至于以后后悔。

我在手机上订了两个人的车票。从我们学校到我家有两千多公里，坐高铁需要十多个小时。苏梅说，国家大真没意思，换在欧洲，这距离都可以出好几个国了。

我订的是早晨七点半的票，晚上我总担心睡过头，事实上我凌晨两点就醒了，心里有事，我总是睡不踏实。

我和苏梅约定六点钟在地铁站门口碰头，可那天到了地铁站门口，门还没有开，大街上人烟稀少，安静得有些陌生。我给苏梅打了电话，她在电话里说，快到了，快到了。我一抬头果然看见她凌乱地从远处跑过来。

在地铁站门口等了一会儿，晨曦弥漫了东边的天空，火热的橘红色，又是一个大晴天。苏梅说："好早哇。"

"像不像一个著名的电视节目？"

"什么？"

"《早安中国》。"

苏梅咯咯地笑了起来，她说："好狼狈啊，因为赶火车，连寝室的人都没好好道别。我起床的时候，她们都还睡得迷迷糊糊的，我推她们，她们眼睛都不睁一下，还以为是在上学的时候呢。"

正说着，地铁站的门突然从里面打开了，开门的工作人员打着哈欠，看到我们，她打了一半的哈欠突然停顿下来，我看到她眼睛里憋出了泪花。

我们买了票，上了地铁，车厢里的灯很亮，整列车厢就我们两个人，在北京待了四年，我们还是头一回碰到这么空的地铁，能从车厢尾巴看到车厢的头。我本以为地铁的线路是直的，没想到它也会转弯，转弯的时候，车厢像蛇一样地扭动。地铁像块大吸铁石，每过一站就像吸铁一样，把五颜六色的人群吸进了车厢。几站过后，车厢内就拥挤了起来，空气也显得有点混浊。

苏梅说："坐完这趟地铁就拜拜，再也不想坐北京的地铁了。"

我说："先别忙着下结论，离开三天说不定又想念这里的煎饼果子了。"

苏梅缠着我问厦门有什么好吃的，我说大概最著名的就是蚵仔煎。苏梅的眼睛亮了，她大惊小怪地说："那不是台湾的吗？"我说："是呀，我们那里饮食习惯跟台湾差不多，生活习惯也是，早上九点钟懒洋洋地起床，然后喝上午茶，到中午才去上班。"苏梅说："我以为南方都是精明人，勤劳得每天憋着尿奔波，没想到厦门这么懒，我喜欢，我喜欢。"

说话间，地铁进了火车站，我们在迷宫似的车站内拐来拐去，来到了地上的候车室。清晨的候车室还没拥挤到让人头皮发麻的程度，我阴差阳错地朝一排空位走去，坐下后才发现，不知哪个促狭鬼把牛奶饮料瓶倒翻在座椅底下，我一脚踩在饮料上，赶紧跳了起来，鞋底沾上了饮料，很滑，我在光滑的大理石地板上拖了几下，苏梅发出恶心的嫌弃声。

我拉着她换了一个地方，一路上鞋底都很黏腻，发出怪异的黏合声，苏梅说:“你的鞋底已经成拔丝地瓜了。”

我笑着说:“好形象啊!”

苏梅一脸正经地说:“这叫语言天赋，东北人都这样。”她就是这么个人，给点赞美就忘了自己。我想到了一种虫，小时候常玩，放在手心里不停地爬，爬到手的边缘了，就用另外一只手接过来，它接着慌不择路地爬，以为爬过了十万八千里，其实一直在原地打转。我想到这个，不觉笑出声来。

苏梅捶了我一下:“你笑什么?看起来像个贼，不会是好事。”

我抱着双手说:“天赋异禀，由衷佩服!”

苏梅笑着说:“谁说的?你们的方言我就不懂。闽南语的歌我不喜欢听，觉得黏糊糊的。”说完，她笑得更加大声，惹得周围的人奇怪地打量我们。

来到了检票口，人群排成了长龙，我们身前是一对年轻的夫妻，妈妈抱着几个月大的婴儿，爸爸在逗孩子。苏梅扯了扯我的衣角，小声跟我说:“他们一家真和谐。”我这才发现他们的身后还跟着两个老太太，一个是奶奶，一个是外婆，全家人的注意力都在那个婴儿身上。

我悄声回了苏梅一句:“现在的小孩排场好大，前呼后拥的，四个大人陪着。”

苏梅说:“都这样，以后你有了小孩就知道了，看他们拿的东西，一两个人根本拿不过来。”我这才注意到每个老太太都提了两大袋东西，里面塞满了婴儿的奶瓶、奶粉、刷子，还有水果零食和五颜六色的衣服。

我贴着苏梅的耳朵说:“我的小孩应该也是你的小孩。”

苏梅害羞起来，她说:“谁知道呢，人这一辈子变数多了。”

“你不打算嫁给我吗?”

苏梅没有接我的目光，和我斗起嘴来:“为什么要嫁你?这么便宜嫁人，我也太亏了。”

我听了有些茫然，这两天来，苏梅像换了个人，她不再是以前柔顺的羔羊了，仿佛身上长出了一些刺，总是喜欢跟我“唱反调”。

我越过了她的脖子，看到那个奶奶的脸长得像核桃，相比之下，苏梅散发出逼人的朝气，她脖子的肌肤真年轻，能看到一层细细的绒毛，我呼出去的气让那些绒毛微微地摇摆起来，我忍不住亲了她一口。那个奶奶大概看不得年轻人肆无忌惮的亲热模样，眉头一皱，背过了身去。

苏梅的脸红了起来，她又悄声说:“你看，他们家的儿媳妇多贤惠。”我注意到那个年轻的妈妈，她很安静，这种安静让她看上去比一般人更干净，她的每一根头发都很松软，一丝不乱，就用一个黑色的皮圈扎着。她也不化妆，但我敢肯定，她的皮肤是香的，因为怀抱中的孩子就趴在她的肩头上啃，那里流了一大滩婴儿的口水。她从她丈夫手里接过纸巾，擦拭干净，看着孩子轻轻地笑一下，眉眼之间全是母性的光泽。

检票的广播响了起来，排队的长龙缓慢地往前移动。来到了站台上，一个五六岁的小女孩在大声地朗读电子指示牌上的字：请照顾好身边的老人、小孩，在黄色指示线外排队候车。她读成了："在黄色提示岁外非队候车。"她妈妈在帮她纠正错别字，纠正了以后，她却不敢再读了。

上了车，找到了座位，发现我们的座位隔开了，一个在左侧，一个在右侧。苏梅抱怨起来："怎么是分开的呀！你怎么订的车票？"我连忙说："可以跟人家换一下。"

左侧一排是两个位置，已经坐了一位僧人，他穿着一身黄色的僧袍，头发贴着头皮，长了短短的一层，看起来硬得像钢丝板刷。我跟他说明了情况后，他善意地笑了笑，自觉地坐到了另一侧。后来又上来了一位时髦的女人，大波浪鬈发，还有火烈的嘴唇，她在僧人旁边坐了下来，坐了一会儿，又走了，不知道在嫌弃什么。

火车很快地开动了，一出了车站，苏梅就打量着窗外的北京城，仿佛要把它们都装入眼睛中带走。我说："没错吧？喊着要逃离的人也是你，舍不得的人也是你。"

苏梅犟嘴说："我就最后看一眼，然后彻底忘了它。"

我说："干吗？搞得有仇似的。"

苏梅没有再说什么，我知道她心里憋了口气，除了交了个男朋友，她这四年一无所获。她其实成绩还算不错，学校最初保送研究生的名单上有她的名字，但敲定最终名单的时候，隔壁专业的一个人挖走了这个名额，这让她一直耿耿于怀。

火车一路向南疾驰，窗外一会儿是群山，一会儿是田野，那些城市的建筑群仿佛是从地平线的尽头冒出来的，从一个小圆点逐渐变成眼前的庞然大物。车厢里的乘务员走过来又走过去，看了几遍，我感到了无聊。

从济南站上来一拨福建人，他们大概是组团来山东旅游的。这拨人上来后，车厢内变得异常热闹，苏梅被他们吵得有些烦躁，戴上耳机开始听音乐。大概他们的聊天声还是干扰了她，她听了一会儿又摘下了耳机，抱怨道："他们一直说话不累吗？"

我说："我对福建人比较了解，他们只要有伴，聊天的热情会持续不断。"

苏梅又问："他们这么开心，在聊什么呢？"

我竖着耳朵听他们讲眉飞色舞的闽南话，他们一圈玩下来，似乎对山东的印象很一般，尤其是山东厨师烧的菜。他们昨天去吃了一家广东餐馆，结果精致的粤菜愣是被厨师烧成了东北菜的模样，端上来一大盘，看一眼就饱了。他们一边嘲讽一边笑，仿佛这才是这趟旅游的最大亮点。

苏梅翻了翻白眼嘀咕道："小市民都有地域优越感，东北菜怎么了？我觉得挺好哇。"

我顺着她说："就是，我也这么觉得，东北饺子好吃，和福建的肉燕有一拼。"

苏梅又问我肉燕是什么，我说跟馄饨差不多，不同的是皮用肉做，馄饨是面包肉，肉燕是肉包肉。苏梅偏执地认为那就是个肉丸，跟馄饨不是一回事。

她想着想着，又笑起来，说："你说的是沙县小吃吧？那东西难吃，跟东北饺子怎么比。"

我说："到了厦门，你吃一下就知道了，说多了费口舌。"

苏梅又塞上耳机，开始装睡，装着装着，竟然真的睡着了，她的头靠在我的肩膀上，长发垂下来，盖住了她的脸。她的呼吸很轻柔，几缕头发在那里微微地拂动。我突然有点担心吵醒她，一动不动地坐在那里，她足足睡了一个多小时。醒来后，她好像出了丑，有些难为情，问我到哪里了。我说："快出江苏了，有没有进入浙江我也不知道。"

随着离福建越来越近，我发现苏梅开始有些微微的紧张。她似乎才想起来要跟她妈妈说一下，于是拨通了她妈妈的电话，在电话里她说话声音很小，说学校已经放了，她想去厦门看一看，如果有合适的工作，她也想先尝试一下。她妈妈大概有点急，生怕她被别人骗走。苏梅小声说，有同学结伴去。

我愣了一下，发现自己还只是她一个同学。我听到她妈妈问同学是男的还是女的，苏梅的脸涨得通红，小声说是女的。我暗暗地笑，耸动的肩膀招惹了苏梅，她狠狠地掐了我一把，我从座位上站了起来，她气呼呼地瞪着我，模样有些可爱。

我第一次亲眼见识到这么笨拙的谎言，想继续逗逗她，但她很快地回到了电话中，跟她妈妈继续说着毕业后的打算，从她们的谈话中可以看出来，她和她妈妈非常亲昵。她们的对话是小声的，完全放松的，苏梅在谈到毕业后的打算时充满了淡淡的忧愁，她说："我也不知道该去找什么样的工作，仿佛还没学好，心里也没准备好，大学就结束了。您知道我的真实感受是什么吗？我们就像一群鱼苗，那种小得像米粒的鱼苗，刚被孵化出来，学校就把我们倒入了社会的洪流中。"

我被苏梅说得有点可怜起来。她说的也有一定的道理，每年毕业季，就相当于开闸泄洪，应届毕业生组成了一群蔚为壮观的人流，浩浩荡荡地从学校出来，奔向社会。找工作这码事有时候跟上战场似的，相互踩踏，饥不择食，真的有点惨不忍睹。

苏梅的妈妈大概在问她找对象的事，她意味深长地看了我一眼，然后说："有合适的也会考虑，不会傻傻地去考虑究竟是先成家还是先立业。"

她妈妈大概在逼问她究竟有没有，苏梅支支吾吾地说："好感的人有，也不知道以后会怎么样。"她妈妈又问她是哪里人，苏梅就撒起娇来，不肯细说下去。她只说了一声："嗯，是南方人。"随后，她又担心起来："今天我们聊的东西，您不要跟爸爸去说啊，我好担心您管不住自己的嘴。"

她们终于挂了电话，我说："你们聊的那些事，你觉得你妈妈真的会替你保守这个秘密吗？"苏梅笑了一下说："我故意这么说的，她一准回头就告诉我爸爸了。有些事女儿和爸爸不方便说，只能通过传话的方式解决。"

"看不出来，你心机还这么深。"我故作惊讶地逗她。

"是呀，现在你后悔了吧？以后要辜负我，我不会放过你。"苏梅故意张牙舞爪地说。

我说："放心吧，你背井离乡去厦门，孤苦伶仃一个人，我下不去手。"苏梅一听把她描述得这么惨，又掐了我一把，她突然问我："你以前听没听说过一个传说？"

"什么传说？"

"我有点忘记了，好像是讲一条大蛇成了精，白天的时候化身为一个老头，骗各种各样的村民在夜晚上山，夜晚他就现出原形，匍匐在山顶上。很多村民受他蛊惑，按照他白天的提示，循着两只红灯笼往山上走，其实都走进了他的肚子里。"

"你说的两只红灯笼是蛇的眼睛？"

苏梅笑了笑说："是的，有段时间我晚上特别害怕城市夜幕中的高楼，黑乎乎的像头怪兽，关键是楼顶上忽明忽灭的红色信号灯，像极了传说中的蛇眼。”

“你胆子够小的。”

“老实交代，你是不是蛇精化的？”

跟苏梅一路说笑，我发现时间过得很快，转眼间，到了厦门站。我父亲来接我们，出了车站，他老远地看到我，向我们使劲地挥手。我们走了过去，父亲殷勤地迎上来给我们提行李，去停车场的路上，他隔三岔五地问了我们好几遍，饭吃了没。

上了他的车，兴高采烈的氛围才稍微缓解下来，我和苏梅坐在汽车的后排，能从车内的后视镜里看到父亲皱巴巴的额头和蓬松的灰头发，他的头发一根根竖起来，像带着静电。苏梅在手机里偷偷地给我发短信，说我父亲长得像爱因斯坦。

车子上了高架路后，一路畅通起来，苏梅一直看着窗外，经过跨海高架桥的时候，她“哇”地喊了一声，父亲马上问她，是不是第一次来厦门。他们交谈起来，仿佛不用我过渡。

到了家里，父亲掏出钥匙，跟苏梅说了一句：“杰仔的妈妈这里有问题。”他指了一下脑袋说，“你第一次见可能会不太习惯。”推门进去，没见到我母亲，父亲寻找了一圈，他喃喃地说：“会去哪里？”楼下的房间都找遍了，还是没见到人，父亲赶紧出了门，我们也跟了出去，一抬头，发现母亲就趴在二楼阳台的栏杆上。

父亲松了口气，他冲她招手：“下来！杰仔回来了，他还带了他的……朋友。”父亲在“女朋友”三个字上栽了个跟头，生硬地掰成了“朋友”。

母亲默默地看着我，不为所动。

苏梅怯生生地喊了她一声“阿姨”，她也没有任何动静，就那么静静地趴在阳台的栏杆上，看着我们。

父亲有些尴尬，他跟苏梅解释道：“可能又犯病了，不管她了，我们进去坐。”

苏梅跟着我们进了屋，父亲在那里忙活起来，他烧了开水，给苏梅泡了红茶，又去煮了肉燕。苏梅好奇，跟着我去看了锅里的肉燕，她说：“这就是馄饨啊。”父亲笑了起来，他说：“你也可以喊馄饨，不过馄饨是面包肉……”

“这是肉包肉。”苏梅抢着说，“可我看看，它还是一张面皮呀。”

父亲耐心地跟她解释起来，说这肉是怎样经过捶打，然后怎么制作出来的，苏梅这才有点明白过来，父亲又说，等哪天空点了，他亲手做给她看。

我和苏梅又回到了客厅，她问我，这茶叫什么。我说是大红袍，她又一阵惊叹，说原来这就是大名鼎鼎的大红袍哇。我说厦门离武夷山不远，大红袍就是那里出产的，有机会可以去那里看看。

喝了一会儿茶，苏梅突然偷偷地问我："你妈妈怎么还没下来？"

我说："不管她了，她想下来自己会下来的。"

"她经常这样吗？"

我突然觉得有点不好意思，其实我很想好好地跟苏梅谈一下我的母亲，但总是觉得时机还不成熟，或者话到了嘴边，又觉得太仓促了。我说："你会不会认为我故意瞒着你？"

她点了点头，然后轻轻地咬了一下自己的嘴唇，说："得这个病真可怜，你们平时说话吗？"

我说："她清醒的时候，会说几句，但不知道为什么，这几年我们之间的话越来越少了。有时候会产生这样的感觉，觉得我说的话，她不一定会听到。"

这时候，父亲端着一碗热气腾腾的肉燕出来了，他端到了苏梅的面前说："尝一下，味道跟馄饨还是不一样的。"我看着苏梅认真地品尝起肉燕来，她尝了一个，忽然发现我们都没有吃，这让她很不好意思，她说："你们分一点，我一个人吃不了这么多。"

父亲连忙说："锅里还有，我去盛来。这个我们经常吃，不稀罕。"说着，他又跑去了厨房间。等他再出来的时候，手上多了两个小碗。他在我面前放了一碗，还有一碗他端去了楼上。

苏梅吃着肉燕，又问我："你妈妈犯病时，连你爸爸都不认识吗？"

我说："应该是的，这病就残忍在这里。"

苏梅默默地搅着碗里的肉燕，但我看得出来，她在留意楼上的动静，父亲在跟母亲说话，用的是闽南语，但具体说什么，我也听不清楚。我觉得有点不好意思，因为现在才让苏梅了解这个情况，仿佛带着欺瞒的味道。

我们坐在圆桌前，静默得有些尴尬。好在父亲又下来了，他似乎急于知道苏梅对肉燕的评价。苏梅跟他说，味道果然不一样，更筋道些，有嚼头，还有汤也很鲜，感觉放了很多味精。父亲笑起来，他说："我们从来不放味精和鸡精，味精这东西不健康，家里已经有好多年没用了。"

"听说味精吃多了，脑袋会变笨。"苏梅跟了一句，突然觉得影射了什么，没有说下去，父亲和我都笑了笑，但我知道那表情很干涩。

父亲问苏梅老家在什么地方，苏梅说哈尔滨。父亲突然觉得很门当户对，他说："哈尔滨好，我不喜欢北京、上海这些大城市，那些地方的人都有优越感，尤其是北京人，自己就住五十平方米的房子，仿佛全天下都是他们家的。"

苏梅好像找到了知音，她说在北京待了四年，她也喜欢不起来，说白了那就是中国的中心，全国各地的人都涌向那里去淘金，城市变得拥挤不堪，高峰时都不敢乘地铁，就怕挤进去了，到站还下不了车。苏梅看了我一眼又说："算了算了，都留给那些有梦想的人待北京吧，我觉得厦门好多了。"

我知道她这句话是说给我听的，有过一阵子，我特别想留在北京，毕竟那里有最好的医院。我还想着等自己稳定了，把母亲接过来，带她去看看病。但毕业来得太快了，所有投出去的简历都没有回音，我只能南下回家。

后来，父亲和苏梅又聊起了找工作的事，苏梅突发奇想地说，她想去人工智能的领域碰碰运气，因为厦门有这方面很强的科技公司，前几年那个著名的社交机器人据说就是厦门这边的公司开发的。苏梅托着下巴，天真地说："把人会的东西都教给机器人，那是多么厉害的一件事。"

我说："不是一直有人担心机器人统治人类吗？据说前些年，国外某个公司开发了两个机器人，它们一交流，产生了人类听不懂的语言，于是试验马上被终止了。"

苏梅说："那不是挺好吗？语言就像密码，有可能诞生新的天书。"

我说："有什么好的，人造上帝，离灭绝不远了。"

父亲看着我们争执，尴尬地笑了两声。

吃完肉燕，苏梅说她吃出了一身热汗，想到外面透透气。来到了外面，海风阵阵，吹得人很舒服，苏梅说："这里的天气太爽快了。"她说着，抬头看了一眼天空，发现我母亲还是一个多小时前的模样，趴在阳台的栏杆上一动不动地看着我们。苏梅尴尬地冲她挥挥手，母亲还是一点表情也没有。

我说："别管她了。"

苏梅喃喃地说："她为什么要一直趴在阳台上呢？这么久，不累吗？"

我说："她经常这样。"

苏梅心事重重，被一双眼睛注视着，让她感到了浑身的不自在。我跟她提议，去附近哪里走一走，她立刻就答应下来。我们回屋跟父亲说了一声，父亲说："是该让杰仔带你去走一走。"他把车钥匙取了出来，我说不用了，就附近走走。

父亲突然用闽南话问我，苏梅是不是被我母亲的样子吓到了。我愣了一下，也用闽南话回答他，说好像是有点。父亲又说，那你路上安慰安慰她，早不犯病晚不犯病，偏偏在这个时候。我说，知道了。我抹了一把脸，脸上热辣辣的。

苏梅一直看着我们，她似乎意识到我们在说她，装作一脸天真的模样，但我能感受到她的别扭，这种被屏蔽在外的感觉确实有点让人抓狂。

从家里出来，我们拦了一辆的士，告诉司机去集美。车程也不过十来分钟，从上车开始，苏梅就不停地往后张望，她似乎还想看看我母亲是否还在阳台上，但车窗外的榕树很快地挡住了她的视线。

苏梅问我："你母亲这样多久了？"气氛陡然间变得有些沉重，我说："可能七八年了，也可能十来年了，太久了，有点忘记了。"

"你们不给她治疗吗？"

"看过了，这个病没法治，只能靠药物缓解，让它变坏的进度慢一点，药一直在吃呢。"我说着，突然有些气呼呼，好像被人误解，内心受了委屈。然后是长时间的沉默，的士开到了海边公园。

我们下了车，海面开阔而宁静，有点敞开怀抱迎接人的意思。风景一美，苏梅就忘了刚才的窘境，她摆出各种搞怪的造型，一会儿把远处的集美大桥托在手心里，一会儿张开嘴巴，佯装要吞海水，我忙着给她拍照。拍着拍着，她说："突然有点不想回去了，晚上你能和我一起住宾馆吗？"

我有点犯难，苏梅又说："算了算了，你不住家里，你爸爸会以为我是个坏女人。"

"你一定要住外面吗？"

苏梅看着我，不说话。

明晃晃的太阳映在海面上，碎成了一大片小光点。苏梅拉着我的手说，海风这么好，去爬爬旁边的小山。我们又去了那座山，没想到山上有座庙，规模还不小，本以为供奉着妈祖，没想到里面竟然是观音。我跟苏梅说："我竟然也没来过这座庙，它像凭空冒出来的。没有妈祖的庙在厦门很少见。"

苏梅不说话，到了庙里虔诚地跪拜，这让我觉得有几分滑稽，但我并没有说她，到了那样的场合，我内心其实也有顾忌。从庙里出来后，苏梅一直搂着我，好像我会消失似的。其实在庙宇门口搂搂抱抱，让我感觉很别扭。我问她怎么了，苏梅忧愁地说："怎么办呢？"

我说："什么怎么办？"

苏梅却不回答我，她突然踩了我一脚，很重，我喊了声疼，她顿时满脸通红。

到了傍晚，父亲打电话来喊我们吃饭，苏梅本意大概不想回去，但她的眼色使晚了，我已经答应了父亲马上回去，于是她一路不情愿地跟我回了家。父亲问我们去了哪里，我说去看了集美大桥。父亲又跟苏梅说："这里的气候和哈尔滨差别挺大的吧？夏天也不太热，海风大。"苏梅点了点头说："厦门的夏天好过多了。"

摆好了菜肴，母亲也没下楼来，苏梅怯生生地问父亲："要不要叫阿姨一起来吃饭？"父亲说："不管她，不管她。"

吃饭的时候，我说到了那个寺庙，父亲说庙里有个和尚是他好朋友，前两天还邀请他过去聊天。我说，没听你说起过啊。父亲说那个和尚是别的寺庙过来挂单的，可能住一阵又会去别的地方。

父亲把好吃的菜都挪到了苏梅跟前，他说："他请我过去聊天，我犹豫了一下，还是没去，怕聊着聊着，又鼓动我出家。"

我的筷子停住了，苏梅也惊异地看着父亲，父亲笑了笑说："哪有那么容易出家，我放手了，你妈妈怎么办？当然，我也怕聊多了，把和尚聊还俗了。他本来就是个酒肉和尚，经常约我外面一起吃饭，吃饭的时候百无禁忌，鱼肉都来，让他点菜，点的第一个菜准是大肠煲。"

我搁下筷子说："你怎么结交这样的和尚？"

父亲尴尬地笑了笑说："其实他们的生活和我们也没多少区别，他看到了我们家的状况，经常开导我，出家人无非就是个看破和放下。"

正说着，楼梯响起了脚步声，母亲从楼上下来了，她似乎又清醒了，看着我笑，看着苏梅笑，她还有些不好意思。苏梅招呼她一起吃饭，她摆摆手，我突然感到了陌生，那个我曾经很熟悉的母亲不见了，现在她和我连句话也不说了。父亲尴尬地招呼苏梅吃菜，母亲看了我们一眼，又回到楼上去了。

饭桌上，谁也没说话，父亲突然又用闽南语跟我说，那个和尚想来帮我们做场法事，他说可以帮助我母亲驱除心魔。我用闽南语回敬父亲："这样的骗人把戏你也信？"父亲见我言辞激烈，声音小了下来，他说："我知道不起作用，但也没有坏处，这个事情怎么说呢，它本来也就是个心理安慰……"

他的语气是如此低三下四，似乎在乞求我在苏梅面前不要失了仪态。苏梅吃惊地看着我们，我冲她说："这不关你事，是我们俩之间的事。"苏梅红着脸说:“能不能不要用方言，好见外的。”我用普通话跟苏梅说了一遍，苏梅说:“这也用不着发火，不愿意可以不做啊，不过我觉得试试也没事，又没什么损失。”

那天，吃完饭后，苏梅在屋子里转了好几圈，看着她漫不经心的样子，我知道她还在惦记着住宾馆去。趁着父亲收拾了碗筷，在里屋洗刷的时候，她劝我，以后跟父亲说话不要这么冲，他也不容易。

我说:“那怎么办？说都已经说了。”

“你可以当作忘记了呀。”

说到忘记，我又下意识一颤，说:“大脑这东西，其实厉害的不是记住了什么，而是忘记了什么。”

苏梅又宽慰我:“阿姨会好起来的。”

我苦笑了一下:“怎么可能！”

里屋传来了父亲搓筷子的声音，之后又安静下来，屋子外的潮汐声隐隐约约地大了起来，苏梅问:“是不是涨潮了？”说着，她推开了门，远处星火点点，苏梅雀跃起来，问我:“什么时候可以走？”

“真要住外面去？”

“嗯，你一起去吗？”苏梅说这话的时候，我知道她真的有点舍不得我了，我说:“那我去跟他说一声。”

父亲听说苏梅要走，他连忙摘了围裙，出来挽留苏梅，屋子里你来我往，一下子变得热闹起来。母亲又从楼上下来了，走到楼梯一半，她站住了，还是那样默默地看着我，我留意到她手上多了一张照片。我问她:“你下来吗？”她又摆摆手，掉头回了楼上。

父亲挽留了几个回合后，终于也放苏梅走了，他让我把苏梅安排好。苏梅突然提出来要去跟我母亲打声招呼再走，我们都说不用了，她却很坚决，让我一起陪她上了楼。

母亲的房间灯亮着，推门进去，坐在台灯前的母亲好像受了惊吓，霍地站了起来，她一站起来，跟前就多了一个很大的人影。我说:“苏梅要住到外面去，跟你来道个别。”她不知所措地看着我们，苏梅很客气地鞠了一躬，说:“阿姨，希望您多保重身体，回头我再来看您。”

这时候，父亲也进来了，他指着我说:“这是你儿子，还认识吗？”他说着，又指着苏梅说，“这是儿子的朋友，一起读书的，来跟你打招呼。”他说着走到了母亲身边，开始给她整理东西，我这才发现，梳妆台上铺满了照片。父亲对我说："都是你的，你每次去外面，我就偷偷地拍一张照片，洗出来给她。她经常拿出来看，搞得一塌糊涂。"

我和苏梅都走了过去，照片有几十张，大概从我读高中的时候开始拍的。从照片上看，父亲的拍照技术很粗糙，有的照片脑袋顶到了相片边缘，有的可能是偷拍，匆忙之间没对上焦，整个人看上去有点模糊。我忽然间醒悟过来，这四年，每次去北京上学，父亲把我送到火车站，都要在火车站前跟我合张影，当时我还觉得有些别扭，原来是这个用途。

我翻着那些照片，喉咙口涌上一股热流。母亲手里还抓着一张我高中时的照片，在我和照片之间来来回回地看着。

那天，从我家里出来，上车的时候，苏梅把我拦下了，她说："你别去了，我自己能解决。"我说："又不走，把你安顿好就回来。"

上了车，一路沉默，苏梅突然紧紧地拽住我手臂，毫无征兆地大哭起来，我也跟着悲伤起来。果然，第二天，苏梅就回了哈尔滨，她坚持没让我送，似乎我一送，她就狠不下心回家。

当晚，她给我发来了一条短信，说已经安全抵达哈尔滨了。看着那条短信，我有一股想哭的冲动。我母亲从楼上走了下来，她似乎又清醒了，这次她走到我跟前，递给了我一个红包，说还没给见面礼。我想说苏梅已经离开了，但话到嘴边，突然又咽了回去。

艾小米和她的五匹马

张　柠[①]

1

她身份证上的名字是艾晓梅，网名是艾小米，大家都习惯叫她的网名。

艾小米人缘好，朋友和同事都喜欢跟她玩。一起逛街，一起美食，艾小米从不吝啬钱财，不是抢着买单，就是随手将随身的精美配饰送人。艾小米的丈夫童智勇总是很忙，抽不出时间陪她逛街。独生女童玲儿也不在身边，大学毕业留在了北京。艾小米只好邀同事一起逛。艾小米喜欢跟年轻人一起玩，觉得跟她们在一起受感染，自己也变得青春洋溢起来。艾小米快五十了，一点也看不出来。她喜欢穿过踝的粉红色碎花长裙，头发乌黑，扎着一对小辫儿，远看像二十多岁似的，近看也就三十几岁的样子。皮肤白净细腻，身材一点也没有发福，最得意的还有她的头发，油光乌亮，不像同龄人已经开始花白。跟年轻的女同事一起逛街，经常有人把她当妹妹。同事成了她的陪衬，艾小米很不好意思。年轻的女同事背地里说："艾姐是看上去很年轻，我们才是真年轻嘛。"当面却说："艾姐啊，你那么年轻漂亮，魔鬼身材，你还让不让我们活了？"艾小米闻言越发感到内疚，好像是亏欠了别人什么

---

① 张　柠　学者，作家，北京师范大学文学院教授，文学创作研究所所长。著有学术著作《土地的黄昏》《文学与快乐》《民国作家的观念与艺术》《枯萎的语言之花》《感伤时代的文学》等十六部。著有长篇小说《三城记》《春山谣》；长篇童话《神脚镇的秘密》；中短篇小说集《幻想故事集》《命运十章》等，文学作品入选多种权威选本。

似的，为了弥补年轻女同事的精神损失，只好经常请客，包里还常备着一些小礼物，随手送给那些容易受伤害的、满脸青春痘的、贪吃的提前发福的姑娘们。

这天早晨，艾小米坐在镜前梳妆打扮，她突然大声喊叫起来：“老童啊，快来哟，出大事了！”正在洗漱的童智勇，听到艾小米的惊呼声，含着满嘴的牙膏泡沫冲到的梳妆台边问道：“出什么大事了？”原来艾小米在自己浓密的黑发中发现了几根白头发。她指着自己的头发说：“老童，你看看，你看看，我要老了！高堂明镜悲白发，朝如青丝暮成雪啊！”说完便扑到童智勇的怀里大哭起来。

童智勇说：“停停停，停！我的牙膏要掉你头发上了。”

艾小米不理，继续哭诉：“想到我的头发要变成你那样全是白的，我就不想活了！”

童智勇说：“咦？我记得你说过，我的白发很好看，很有沧桑感，很有风度啊。你不是说你爱我的白发，要跟我的白发厮守终生吗？”

艾小米：“你死脑筋啊，那是安慰你嘛，夫妻之间就是要经常相互安慰啊。”

童智勇：“既然白发不好，那就拔掉吧。我来数一数，看看有几根。”

艾小米赶紧捂住头发说：“不行，不能拔，你没听说拔一生七吗？”

童智勇一边刷牙一边说：“这样子呀？那就留着呗。”

艾小米说：“要死啦，你让我飘着白发在外面到处走哇？”

童智勇跑到卫生间去将牙膏泡沫吐掉，又赶回来说：“那就拔掉呗。”

童智勇要帮艾小米拔掉那些白发。艾小米吩咐童智勇，先用手机将白发拍下来，留作纪念。接着，她在那几根拔下来的白发面前默哀了一阵，把白发装进一个褐色牛皮纸信封里，用抄经小楷在信封上端端正正地写上：“多情易白发，沧桑老乾坤。二〇一九年三月二十一日，艾小米头上出现的第一缕白发”，一边喃喃自语：“艾小米呀艾小米，你也要老了呀！”说着又要哭的样子。

童智勇说：“小米呀，我求求你，别再拖时间，又要迟到了。”

艾小米突然喊叫起来：“迟到，迟到！我最讨厌上班了。每天连个懒觉都睡不成，半梦半醒就起床，赶到办公室，还要看我们秘书长那张油乎乎的脸，色眯眯的眼。你说我头发能不白吗？老童啊，我不想上班了。”

童智勇说：“求你放过我，快去上班吧，去办公室找同事聊，我没时间陪你。”

艾小米毅然地说：“不，老童，我决定，不再去上班了。我要退休。我要每天睡到自然醒。我要开始养生。我要容颜永驻。”

“退休？你想干什么？你一人在家待着？我带着你去我公司上班？”

“谁让你带了？我有手有脚能管好自己。”

“那好哇，你退吧，我看你要不了三天就会后悔，到时候不要怨别人。”

“老童啊，我毕业就进了这个庙，菩萨一样在桌边坐了快三十年，还不够啊？我怨过谁吗？做了十八年主任科员，我怨谁了？我们协会那个两颗门牙长期在外面纳凉的秘书长，看我不顺眼，设法打压我，给我小鞋穿，我怨过谁了？再说了……”

提到办公室里的事，童智勇知道大事不妙，赶紧设法逃跑：“好好好，我支持你。现在我要去上班，晚上回来再细谈。”说完落荒而逃。

2

厌倦了朝九晚五上班生活的艾小米，C省文联美术家协会干部艾晓梅，在工龄满三十年的那一天，申请提前退休了。退休之后的艾小米，每天睡到自然醒。起床之后，老童已经上班去了，早餐都准备好了，现磨的咖啡装在保温杯里，面包、煎蛋、水果在餐桌上摆得整整齐齐。

忙碌了半辈子的艾小米，如今一个人在家里享受清闲。每天吃完早餐，上网去浏览一圈，看看自己微博的点击量，再到微信朋友去圈挨个儿点赞，顺便去同事微信群插科打诨说笑话，兴致来了还会拍个浇花的“抖音”短视频，然后坐下来试着读点书。白纸上的黑字在眼皮底下跳舞，晃得艾小米头昏眼花直犯困，只好去看叶嘉莹的讲课视频，“林花谢了春红太匆匆，无奈朝来寒雨晚来风”。但她只听讲解，不听吟诵。她害怕自己心中的女神，变成说怪腔怪调古音的老头子。

时间就像海绵里的水，轻轻一挤就没了。做瑜伽的时间只能安排在午餐之后了。下午一般都会抄《心经》，或者画工笔花鸟画。童智勇从湖州带回来的狼毫小楷毛笔，乌木笔杆上刻有烫金“鼎堂遗爱”字样，是郭沫若先生喜欢的款式。宣纸是以自己手绘花鸟图案做背景的定制款。“康熙御笔般若波罗蜜多心经”字帖。设色本“芥子园画谱”和“故宫花鸟蔬果画谱”。艾小米沐手焚香，像举行“礼拜仪式”似的。与此同时，厨房里正在炖汤煮饭，等待早出晚归的童智勇下班。艾小米每天都要设法给童智勇一个惊喜，比如换一条裙子，改变一下发型，换几盆花卉，画几只怪鸟，然后等待童智勇的惊呼："哇，好漂亮啊！""哇，好有才啊！""哇，好意外啊！"

如果没有什么意外的惊喜，童智勇就要接受进门考试。艾小米打开门说："你先别进门，闭上眼睛，仔细闻一下，闻到了什么味道？"童智勇什么都没闻出来，只好瞎说："做了什么好吃的呢？好香啊！是红烧肉吗？"艾小米皱眉头："就知道吃。"后来童智勇弄明白了，闻都不闻，闭着眼睛就说："什么花啊？好香啊。"艾小米赞许地笑了，接着让童智勇再仔细闻，让他猜到底是什么花。童智勇就胡编乱造："腊梅花""栀子花""水仙花"，没有一次答对的。后来，童智勇想都不想就说："哇，兰花好香啊。"艾小米接着还要考他："哪一种兰花？"童智勇说："这道题的难度太大，答不上来，能不能提示一下？"艾小米说："刚从郊区花圃送过来的新鲜墨兰，这么浓的香味，也让你闻过好几次，怎么就记不住呢？"

艾小米要童智勇记住各种兰花的香味儿，蝴蝶兰的，茉莉兰的，纹瓣兰的，墨兰、蕙兰、春兰的。香味有差别，但很细微，没有敏锐的嗅觉难以分辨，尤其是对一个整天在外面忙个不停的男人而言，难度更大。童智勇比较喜欢墨兰优雅的香味，浓而不腻，艾小米说，已经不错了，能欣赏春兰的气味就更好。童智勇觉得春兰几乎没有什么香味，只有一丝隐约的青气。艾小米说，算了，不勉强你，这种花不是为你的鼻子长的。

童智勇努力地记住了一些比较典型的兰花香味，但过后就忘，而且总是弄错。艾小米决定采取强制措施，让童智勇闭上眼睛，再将不同的兰花，一盆一盆地端到童智勇的鼻子边，让他仔细闻，然后报出花名。她要童智勇死背硬记。童智勇说，不是建立在理解基础上的死背硬记，是没有用的。艾小米说，让你们男人理解花卉，那是不可能的，但是，考前魔鬼训练也有效果。

童智勇没有办法，只好使出屡屡得手的惯用伎俩：哄和骗。他说："城市街道上的气味太杂太乱太糟糕，我的鼻子长期暴露在污染的空气中，已经失灵了，对什么气味都没感觉。从前我说闻到了花香肉香，那都是瞎说。"

艾小米将信将疑，她让童智勇闭上眼睛，拿来一瓶"圣罗兰 opium"，放在童智勇的鼻子边，问他闻到了什么。童智勇摇了摇头。艾小米吃了一惊，说："你的鼻子真的失灵了呀！老童，你怎么了？要不要去医院检查一下啊？"童智勇睁大眼睛看着艾小米，又摇了摇头。艾小米让童智勇再闭眼，自己屏住气息凑，将脸凑近童智勇，把舌头伸到童智勇的鼻子前面。童智勇耸了一下鼻子说："我闻到了拿铁的味道，奶放多了点……还有你的发香和你的体香。"艾小米哈哈大笑起来，说："我以为你的鼻子真的坏了，看来只有食色还能救你。"童智勇说："还好，还好，我还有救。"

3

在家里享受了一个月的清闲，艾小米就有点耐不住了。两个月之后，艾小米已经觉得生活无聊了，经常到同事群去"吐槽"。住在同一个小区的同事兼闺密，也办了提前病退手续的文联杂技家协会干部席笑英，经常来陪艾小米，还试着要帮艾小米找点事情做。席笑英想了很多办法，都被艾小米否决了，情急之下，她竟然提议艾小米跟她一起去跳广场舞，去唱红歌。

艾小米有点生气，批评她说："席笑英同志，你能不能高雅一点啊？好歹也是个革命干部，不要把自己混同于普通老百姓。"

席笑英说："革命干部怎么了？地位变了，密切联系群众的作风不能变啊。我们申请提前退休，目的就是要让自己变回普通老百姓嘛。普通老百姓怎么了？艾小米呀，你好像有点瞧不起咱们自己呀？"

艾小米不搭理她，强迫症似的嗑瓜子。席笑英说："你嗑瓜子的时候很可爱，跟我妈似的。"艾小米朝席笑英翻了个白眼说："喂，不要把我说得那么老好不好？"席笑英说："瓜子吃多了也会发胖的。"艾小米连忙把手里的瓜子扔进装瓜子壳儿的碟子里，端起那只暗红色琉璃碟子，往厨房垃圾桶边走去。

席笑英一边刷手机，一边高声喊叫："要不一起跟团去欧洲旅游吧？德法荷比卢，五国七日游，一万五千元都不到哇，太划算了。去海南三亚游一趟也要过万呢。"

艾小米端着水果盘款款地走回来，说："不要说我又批评你了。你让我跟团去'欧洲五国七日游'？亏你想得出来。你愿意受那个罪吗？跟一群老太婆，跑到别人国家，叽叽喳喳到处乱叫，上车睡觉，下车撒尿，匆忙拍照，又不会外语，到了哪个国家也不知道。只认识一个地方，埃菲尔铁塔，凑在一起扯着红丝巾拍照，被人看猴子似的围观，还'茄子茄子'地咧着嘴笑。"

"妈呀！你怎么知道呢？跟去过似的。"

"还用去吗？看看微信朋友圈就知道了。"

“我上次去就是这样。时间安排得太紧，大部分时间在大巴上，膀胱受不了，能憋尿的占便宜。要不咱们选个‘十日游’怎么样？也是五个国家，时间会宽裕一些。”

“席笑英啊，我以为你会建议我们一起去欧洲自由行呢，结果你还是选择去扎堆。你这人啊，热心肠，又随和，但优点和缺点也都在这里，关键是看你跟谁在一起。只要三天不跟我在一起，你就变得庸俗不堪。”

席笑英真是好闺密，骂也不生气，赶也赶不走，隔三岔五到艾小米这里来报到，陪艾小米聊天。席笑英比艾小米还小几岁，却像妈妈一样唠叨。席笑英接过话头说：“我看你是在变着法儿夸自己。你这个人真难弄，哪个男人跟你过，算是倒霉，也就你们家老童能忍，要是我早就把你抛弃了。”

艾小米说：“你要是个男的，估计也蛮花心的。我们家老童头发花了，但心不花。你们家老阎在干什么？还是脚不沾地整天在外面奔跑吧？哎哟，挣那么多钱干什么？革命工作了一辈子，也该歇歇啦。”

老阎就是席笑英的丈夫阎浩然，也是艾小米的初恋情人。他原本是文联美术家协会的画家，但早就对艺术失去了兴趣，下海经商，承包省电视台的广告公司，亏本之后又回单位上班，后来又停薪留职，据说入了艺术收藏那一行。文联大楼里的人都说，艾小米和阎浩然两个，是郎才女貌天仙配，但就是没有缘分。在艾小米最理想主义的时候，阎浩然去经商；在艾小米开始务实的时候，阎浩然又回来搞艺术；等到再次下海去搞艺术收藏买卖的时候，艾小米已经嫁给了商人童智勇。

文联艺专毕业生席笑英，吹拉弹唱样样都能，样样不精，是个三脚猫式的人物，事不尽善，技不如人，像万金油，抹在哪儿都成。席笑英毕业分配到杂技家协会坐办公室，嘻嘻哈哈人缘好，同事说她“年轻貌美，有胸无脑”。遇到财运亨通的王老五阎浩然，两人一拍即合，席笑英就出嫁了。阎浩然的彩礼是郊区的一幢三层小别墅。后来因为阎浩然经常不回家，席笑英也不愿意住，就撂在那里，席笑英还是住在单位分的宿舍里。

对阎浩然跟艾小米的故事，席笑英也有耳闻，但将信将疑，从阎浩然那里也没有打探出什么，便试图到艾小米这里来刺探消息。艾小米倒是经常主动提到阎浩然的名字，却没有看出什么异样。久而久之，她不但也没有从艾小米那里弄到什么有价值的情报，反而喜欢上艾小米了。两个性格互补的人，自然就成了闺密。

听到艾小米提起阎浩然，席笑英说：“谁知道他搞什么鬼啊，整天神秘兮兮的。玩了一阵玉，后来又去玩什么封泥，说是唐代宫廷送密件时封口用的泥巴，珍贵得很。最近又改玩陶罐，慈禧太后的净手罐啊，光绪皇帝的夜壶啊，总之都是些脏兮兮的东西。我郊区那幢楼里，堆满了他从古玩市场淘来的瓦罐。经常一个人坐在陶罐中间笑。”

艾小米说：“老阎精神没问题吧？艺术收藏本来是好事，既是审美，又是生意。可是你老阎好歹也是美术学院毕业的嘛，怎么专门收藏那么丑陋的脏东西呀？唉，看来人也像苍蝇一样，有逐臭本能。什么时候见面，我要批评他。”

席笑英说：“我要把他带回家的那些脏东西丢掉，你猜他说什么？他说你丢啊，就等于把到手的钱丢进垃圾桶。我不信，他就带着一只据说是溥仪用过的尿罐，上了电视鉴宝节目，说要让文物专家来教育我。我亲眼看见，皇帝的尿罐子当场被主持人砸得粉碎。哈哈哈哈，笑死我了！不过话说回来，他交给我的钱倒是越来越多。可是我不要他的钱，我希望他在家里待着。他待不住，花脚猫，习惯性地往外跑。而且‘兴趣’也不高……咱们这种年龄，也很正常吧？”

“兴趣高不高，也因人而异。老童还是那样，精力旺盛，黏黏糊糊的，烦死了。”

“你福气好哇，碰上老童，任你横挑鼻子竖挑眼，总是黏着你。丈夫疼爱，女儿有出息，你想怎么样啊？还嫌生活寂寞无聊。让你养狗，你又嫌狗身上的气息和狗毛。你能不能改一改你那挑剔的毛病啊？这两晚我都没睡好，净在想你的事。要不这样吧，让你们家童玲儿生个娃给你玩玩，怎么样？”

席笑英的这个点子，倒是戳中了艾小米的心。晚上童智勇回家，艾小米就跟童智勇商量，让他出面叫女儿童玲儿回家一趟，要当面劝说童玲儿赶紧生娃，妈妈愿意发挥余热为她带娃。说完，艾小米斜靠在床头，耷拉着脑袋，做出一副愁眉苦脸的表情，点击女儿微信的“视频通话”，要跟女儿面对面聊天。又还吩咐童智勇过来帮腔，说妈妈生病了，女儿要赶紧回来一趟。童智勇对着电话大喊起来：“不要装病骗女儿回来了！你就是‘狼来了’故事里的那个人。以后谁信你呀？真烦人。”女儿童玲儿在那边笑着说：“妈妈又在撒娇吧？说明妈妈心态年轻啊。所以呢，爸爸不要烦，偷偷地笑去吧。拜拜。”童智勇见女儿挂了电话，赶紧溜到客厅里看电视去了。

艾小米说：“童智勇，你专门坏我的好事，我跟你没完！”

童智勇回到房间，靠在床头对艾小米说："小米呀，我要批评你了。当时你吵吵嚷嚷要退休，拦也拦不住。现在才过多久？就开始后悔了。这都是你的权利，关键是自己选择的后果，要自己来承担，不能老想到让别人承担。自己的问题要自己解决，不能转移到女儿身上。女儿生不生娃，应该由她自己来决定。"

童智勇的话说到了要害。艾小米是个好强的人。她决定放弃当外婆的念头，不去麻烦女儿，自己既然有能力选择，就有能力承担，请女儿和老公放心。想到这里，艾小米双手握拳，臂膀弯成直角竖在胸前，用力往下一压："耶！"自己给自己励志鼓劲。

4

童智勇下班回家，觉得家里的气氛有些异样。艾小米似乎安静了许多，既不缠着他唠叨，也不看电视，收拾完厨房就进了书房，丢下童智勇一个人对着电视综艺节目傻笑。童智勇悄悄走进书房一看，艾小米正在读书。桌上摆满了书籍，多卷本彩图版《中国器物文化史》《故宫珍藏图鉴》《中国古代物质文化》，还有《收藏学概论》。

童智勇说："哇，开始读书了？好事呀好事。很久都没有读书了，不知道的人还以为我们两个是文盲呢，哈哈哈哈。"

艾小米说："进来也不打招呼，吓我一跳。……童智勇，你知道的，我一直迷恋西方的东西，服装配饰，家居设计，还有建筑，就觉得人家的东西漂亮……"

童智勇抢过话头说："就是呀，我早就说过，你这人就是崇洋媚外。你说西方男人长得漂亮，你骂我是乡下土狗，土狗怎么啦？它叫田园犬。"

"跟荷兰牧羊犬或阿拉斯加雪橇犬相比，乡下土狗，好吧，田园犬，的确不漂亮，关键是没有个性，德国腊肠狗够丑的吧？但有个性啊。后来，我们广东贡献了一种奇丑无比的犬类，沙皮狗，但丑得有个性，也算是跟国际接轨了。这些年我的审美观念也在变。我说过，你的白发就很有派。"

"你说你是在安慰我。"

"别捣乱了，听我说。最近我的看法有所改变。"艾小米指着桌子上的书说，"人真的是需要学习，才能避免无知。最近我就在看书。前两年，有人搞过一个叫'侘寂之美'的时装秀，模特儿身上的服装，都是我喜欢的款式，棉布面料，颜色旧旧的，清新自然，不像西方的风格，有东方的味道。我不懂‘侘寂’是什么意思，就问办公室里的女孩，她们说是日本人喜欢的一种美学风格，意思是古旧、素朴、安静、低调、空寂。当时我说，日本人也很洋气啊。现在我才知道，那是对我们唐宋文化的继承和发扬啊！”

童智勇知道唐宋建筑的总体风格接近，但诗歌和绘画的差别还是很大的，他想在艾小米面前显摆一下，就说：“不要把唐宋搅在一起呀，差别还是蛮大的，所谓唐音宋调，各不相同嘛，一个像少年青春洋溢，一个像老年思虑深沉。”

艾小米拿起那本彩图版《中国器物文化史》说：“正像书中所说的那样，唐代的蓬勃纵恣之后才有宋代的素朴颓唐。就好比那些享尽荣华富贵的人才能看破红尘，就好比先有唐三彩后有五代柴窑和北宋汝窑，铅华洗尽，空无寂寞。我太喜欢宋明时代的东西了，雕版印刷，文人绘画，柴窑汝窑，还有明代家具，晚明画匠的作品。清代的东西俗一点，但宫廷收藏的玉雕也很可爱，还有皇帝御笔匾额，大臣写的对联。发黄纸张上的墨迹，就像长在皮肤上的胎记一样。日本人真精明，起名叫‘侘寂’。我喜欢‘侘寂’，但我更喜欢宋明时代的宝贝，可惜很多都流落海外。”

“不光是日本人，英法德俄意也都很精明啊，很多宝贝都在他们那里呢，我要是资本雄厚，一定要把流落在世界各地的国宝买回来。”

艾小米平时不怎么读书，除了上班，就知道吃喝玩乐，逛街购物，的确是跟文盲差不多。听了她的这番谈吐，童智勇才想起她是学美术出身的。不过听她的口气，好像对实物的兴趣要远远大于对知识的兴趣，说到具体器物和宝贝的时候，眼睛放光。童智勇突然发现，这不就是自己公司正在物色的人选吗？学历本科及以上，文博或美术专业。她怎么也开始关注这个领域呢？到底是恩爱夫妻心有灵犀，还是她看到我们公司的招聘广告？要不是聘了阎浩然做艺术顾问，他真想聘艾小米。

童智勇尽管学的是建筑设计专业，年轻时也喜欢舞文弄墨，是个“文青”，认识了另一个“文青”艾晓梅，两人一拍即合，理想、浪漫、唯美、穷酸。结婚之后，为了保证童玲儿的生活质量，童智勇决定下海做生意，进入了房地产行业，掘到第一桶金。这两年房地产越来越难做，他就跟合伙人一起准备转行。经过考察，他们打算做“古玩”生意，其实就是生产和销售“仿古”产品。所谓的“盛世搞收藏”，民间资本闲不住，又不知道往哪里投，很盲目。对于“仿古”产品，有钱的冤大头把它当古董，没钱的人把它当工艺品，反正自己不会吃亏。但他没想到，艾小米也打算加入这个诡异的行业。

童智勇试探着说：“没想到你还懂收藏啊。”

艾小米说：“什么收藏？我在谈艺术。”

童智勇说：“我怎么只听见你一直在说鉴宝呢？”

艾小米说：“收藏是一种病，积攒增值病，求全圆满病。收藏家就不一样了，那是鉴赏家、艺术家、历史学家。作为一个学艺术出身的人，我也不能整天空对空吧？要学习接地气，理论联系实际嘛。”

童智勇盯着艾小米看了半天，疑惑地问道：“要做收藏家？收藏文物还是古董？我告诉你吧，那就是个你骗我、我骗你的行当。阎浩然就干这个，他跟艺术界的人谈收藏，跟收藏界的人谈艺术。他介绍我认识一个自称身家几亿的人，拉我去参观人家的资产。满屋子破铜烂铁和奇形怪状的石头，每一件都标价十几万、几十万。加在一起的确有几亿，我觉得他是画饼充饥。”

艾小米摸了一下童智勇的头，笑着说：“看你吓成这样子。放心啦，童智勇，我不会要你投资的。但你也用不着妖魔化我们收藏界。”

“你说什么？‘我们收藏界’？你已经上贼船了？不会是真的吧？”

“什么贼船啊？你说话不要那么难听好不好？你的那个房地产行当才是贼船呢。我不过是提前做一些准备工作，学习一些收藏学知识，了解一下我国悠久的历史和物质宝库而已，一旦有机会，也不至于抓瞎。”

童智勇说：“你收藏什么？你主攻哪个领域？上古玉器？汉代封泥？唐代火漆？清代溺壶？皇帝书画？佛教法器？”童智勇把最近跟艺术顾问阎浩然学来的知识全部都用上了。

艾小米不接话，摸出手机，向童智勇展示里面的照片，其实都是从网上下载的。

“喏，你看，这块寿山田黄漂亮吧？色泽、质感、纹路，都绝了！”

“你做梦吧，哪有那么多田黄啊。”童智勇说。

“这块巴林鸡血石怎么样？太美了！”

“巴林鸡血石？美死你呀！”童智勇推开她的手机。

“这个青田石飞龙雕工真精细！鬼斧神工，巧夺天工。”

“你就那几个成语全用上了。”童智勇起身要走开，被艾小米按住。

“你看这个，明代的太师椅，线条流畅，造型简洁。我一见到宋代的陶瓷、明代的家具、清代的匾额，就被迷住了呀，太美了！”

童智勇心想，我的妈呀，全是自己跟合伙人打算仿造的东西，嘴里说：

“你的确是被迷住了，我觉得你是鬼迷心窍。”

5

艾小米独自在街上款款而行，鞋跟敲击铺满卵石的老街，碎花长裙在风中飘动，鼻子上架着一副变色太阳镜，缅甸藤宽檐儿草帽遮住了半边脸。艾小米感到，街两边无数双眼睛都在盯着她看，因而一举一动都不能太随便，要对得起大家。艾小米小心翼翼地走着，忘记了自己出门干什么。等她想起来的时候，已经错过了要去的地方两三个街口。艾小米不着急，折回来再走一遍就是了。

艾小米要去的“文化创意艺术街”，是这两年起的新地名，老地名叫“银雀街”，自古以来都是这座千年古城的中心。二十世纪八十年代以来有些衰落，近年来政府打文化牌，搞文化创意产业，于是加大投入，修旧建新，让银雀街焕发了青春，既为年轻人提供了新的就业机会，也给那些半死不活游手好闲的、手上有些老物件的市民，带来了生机。

银雀街是一条四五百米的步行街。艾小米走在街中央新铺设的玻璃栈道上，透过玻璃地面往地底下看，能见到两三米深处宋明时代的街道遗址，露出一排排青灰色的老砖和灰白色三合土。街道两旁都是文化创意工坊兼文创产品小店，还有不少金银宝石玉器店和古董古玩字画店。经营创意工坊的都是时尚的年轻人，出售自己的创意产品，手机配饰，办公文具。古董古玩字画店的店主年纪要大一些，穿着唐装，蓄着长须，漫不经心地睁着捕捉“猎物”的眼睛。

艾小米经常逛文创店，她觉得年轻人有创意，造型和色彩搭配都很现代。但她只看不买，觉得那些东西中看不中用，材质和价格都不够档次。她更喜欢逛古董古玩字画店，那些颇有年代感的东西，有质感、有内涵、有文化，但也不无遗憾，美学上有瑕疵。形式和内容都符合艾小米要求，并且能够让艾小米出手的东西，其实并不多，要碰运气，要慢慢淘。古董古玩字画店的店主见到艾小米，都热情地打招呼，围着她推荐新货，说来了一批清代的古董，有皇帝御笔的匾额，有名臣书写的对联，价格也不算贵。

艾小米发现一家叫“雪域盛昌”的古董古玩店，应该是新开的，广告牌上说主营尼泊尔、印度和西藏老货，便带着好奇走进了店铺。

女店主长得娇小玲珑，一看就是南方人，打扮却有异域色彩，手腕上和脖子上挂满了各色珠宝。她正坐在柜台前穿手串，面前摆着一个小藤篮，里面装着绿松石、红玛瑙。见到艾小米进店，她用带本地口音的普通话喊："索拉图，快出来，有客人。"

男店主应声从后面的小间里走出来。他看上去跟童智勇的年龄相仿，身材要更高大一些，古铜色面孔，宽脸高鼻子，一看就是雅利安人种，却说一口标准的京腔："来了？您随便看，随便瞧。"

大概是因为女儿读书和工作都在北京的缘故，听到北京话或者见到北京人，艾小米就心生好感，便问道："北京人啊？"

男店主说："您猜着了，生在北京长在北京正宗老北京。"又指着女店主说，"韦棋是本地人，我们就在这里落户了。"

艾小米盯着男店主看了两眼说："索拉图？是满族的吧？"

"不不不，我是正宗汉族，本名索敬明，索拉图是网名。我们祖先是殷商后代，周朝贵族，后来从凉州迁徙到了山东邹县。说来话长，我还是要跟您说道说道。义和团您听说过吧？我高祖父就是，响应朝廷号召，进京扶清灭洋。……"

女店主说："你逮住别人就吹你祖先那点事儿，是真是假还不一定呢。"

艾小米盯着一串项链看。索拉图伸出拇指说："有眼力。是牦牛骨的，材质并不特别金贵，但有些来历。"说着回头看了一眼女店主，接着说，"我跟韦棋在拉卜楞寺相识的那一天，洛桑法师送给我们的，是老物件儿。"褐黄色的牦牛骨串珠，老银制作的三通母珠，品相的确不错，艾小米动了一下心，但觉得整个项链儿大了一号，更适合男人用。

索拉图领着艾小米走到布帘后面参观，里面并排摆着几只带玻璃门的货柜。索拉图小声而亲昵地对艾小米说："还有很多宝贝存在这里，一般不对外开放，只给熟客欣赏。"玻璃柜里的东西比摆在外面的更精致。索拉图逐个儿介绍：鎏金绿松石珊瑚菩提塔，鎏金珐琅六角香炉，黑木镶八宝花鸟笔筒，核桃笑面佛头手串，都是清代宫廷里的老物件儿。这儿还有一些，是我们俩从尼泊尔淘回来的：泰国鎏金佛，纯银嘎乌盒，蜜蜡项链，绿松石手串。价格当然也不一样。

作为工艺品，这些东西看上去都很漂亮，但要说是古董，艾小米就有些拿不准了，像索拉图讲的祖先故事一样，谁知道是真是假？艾小米觉得自己刚开始入行，还是谨慎一点为妙。当然，也不能太拘谨，该交的学费还是要交。她突然被旁边上锁柜子里的一只玉石雕刻马吸引住了，让索拉图拿来看看。

索拉图说："我真服了您，藏在最里边的都被您瞧见了。算你行家。这个宝贝是元代的，玉雕回首马，你到书上查一查就知道。这是我跟韦棋到克什米尔旅游的时候，在斯利那加花高价买来的。这可是我的镇店之宝哇！没打算出手，您就隔着玻璃瞧两眼得了。"

这时候手机响了，索拉图摸出手机，一边走一边轻声说："喂喂，您说，嗯，快递收到了，嗯嗯，知道，他也来过，解释得很好。是的，不能太艺术，出得起价钱的人不关心这个，他们关心的是升值。好的好的……"

索拉图讲完电话回到店里，艾小米还在那里转悠，只好领着她回到柜子跟前，拿出那只"玉雕回首马"给她看。

艾小米摸着光滑圆润的玉雕回首马，爱不释手，嘴里却说："这是元代的吗？"

索拉图说："我说的元代，不仅指时间，还指人，也就是说，它不是汉人雕的。汉人的马见过吧？总是昂首挺胸，扬蹄腾飞的样子，一个字儿：假。"

艾小米想起美术史上的《八骏图》《五骏图》，的确像索拉图说的那样。

索拉图接着说："你看这匹马，悠闲轻松的样子，像贵族，这是蒙古人心中的马，是日常生活中的马，不是只知道打仗的马。"

艾小米又把它举起来，朝着光亮处照了一下。

索拉图说："这只马的石料其实很一般，杂质比较多，看颜色就知道，硬度也不够，所以才雕得这么精细，这么栩栩如生。如果真的是黄玉，怎么雕得动？"

艾小米觉得索拉图有道理，书籍插图中的玉雕，工艺的确不怎么样，因为技术和工具所限，也因为玉石太硬，也不可能雕得很精致。

索拉图看着艾小米满是疑惑的眼神，便要把玉雕回首马锁回柜子里去。艾小米连忙拿起手机拍照，索拉图赶紧制止："哎哟，我的姑奶奶，别拍照了！你没看到博物馆墙上都贴着'禁止拍照'的警示牌吗？来来来，加个微信吧，有事方便联系。"

艾小米跟索拉图加了微信，发了握手和鲜花表情，就道别了。

6

回到家里，艾小米老是惦记着那只"玉雕回首马"。她拿出手机对着照片仔细观察，这只"玉雕回首马"，土黄色夹杂着棕褐色，匍匐在那里，身材修长，姿势优雅闲适，马头朝后平放在身子上，四蹄蜷缩在腹部，但暗藏着一股力道，随时准备腾起的样子。还有腹部刀刻出来的肋骨纹路，一根根清晰可见。刀法跟元代画马大师龚开的《骏骨图》笔法特别像。这种刀法也足见这块玉的纯度不够。艾小米转念又想，玉石不纯有什么关系呢？我不缺玉，也不想买玉。我首先是看中了它优美的造型，还有优美底下隐藏着的古拙。这应该是更标准的“侘寂之美”吧。

艾小米给索拉图发了一个微信，问卖不卖，多少钱。

索拉图没回复，过了一阵打来电话：“您还惦记着我的马呢？本来就不是卖的，可是架不住您老惦记呀。您要是实在忍不住，我也只好忍痛割爱，这样吧，三万，不还价。”

艾小米知道这个价格有点虚高，但既然对方开出价来了，那就不用急着还价。她对索拉图说要跟老公商量一下，会尽快回复的。

席笑英来了，看到那只“玉雕回首马”的照片，说好看，比阎浩然藏在床底下的那一大堆玉雕要精致得多。听说是元代的，开价三万，席笑英大笑起来：“什么元代宋代？还三万元，骗鬼啊，想讹你这个有钱人吧？我老家那个村的人，从三峡库区搬出来之后，都在搞文化产业，一半人在仿造名牌文具，还有一半人在艺术史专家指导下仿造古董，汉代的马踏飞燕啊，宋代的瓷器茶杯啊，明代的春宫图，清代的鼻烟壶，要什么有什么。做完了埋在土里一段时间再挖出来，卖给有钱人。阎浩然也说，的确很挣钱。”

艾小米说：“我就说嘛，哪来那么多的古董老物件，把它当工艺品就好了。”

席笑英说：“那些整天在古董市场转来转去的人，自称收藏家，自欺欺人，买了假货也不承认，又把假的当真的卖，小圈子里恶性循环。这个建立在假的基础上的行当，就像一个烟雾缭绕的迷宫，据说水很深啊。”

艾小米说：“童智勇也说过，这个行当是一个‘你骗我我骗你’的行当，让我千万不要上贼船，我当时还跟他急呢。”

席笑英说：“童智勇当然知道，阎浩然也知道。他们两个都知道，就你不知道。他们两个最近走得很近，狼狈为奸，还经常在一起喝酒呢。”

艾小米当然不知道这些。她是一个迷恋自我世界的人，对外部的俗事漠不关心，她喜欢风景和花草，不喜欢农贸市场。她说这叫审美，童智勇说她反应迟钝。她这一类人都很自我中心，觉得世界的事物都是为她而存在的，取舍的主动权在她这里，童智勇和阎浩然和席笑英概莫能外。

在阎浩然和艾小米爱情火焰暗淡之时，在一个文学沙龙上，艾小米认识了阎浩然的文友童智勇。自那以后，他们的婚恋史就被改写了。艾小米跟阎浩然分手，嫁给童智勇。当时，阎浩然的兴奋点正在下海和创业上。这一切，就像一阵清风拂过平静的水面那样，涟漪转瞬即逝。后来成了邻居，两个男人见面点头，但心存芥蒂，没有什么深交。现在怎么又在一起“狼狈为奸”呢？艾小米说：“他们玩到一起了？没理由哇。”

席笑英说：“男人成为朋友的理由很简单，就是在一起干坏事，比如打架啊，偷鸡摸狗哇，一起搓背洗脚啊。你猜阎浩然跟童智勇为什么玩到一起？”

“他们一起干什么坏事？偷鸡摸狗？”

席笑英说：“他们在合伙办仿古工艺品厂，换句话说，就是做假古董，产供销一条龙。”

艾小米吃了一惊：“什么？我一点都不知道。我对老童的生意素来不闻不问。”

“你不闻不问，人家就懒得跟你说了，也是爱护你，怕你烦心。阎浩然说，童智勇的房地产业务还在，只是利润空间太小，想投些资金到古玩市场，他们就合伙了。”

艾小米问：“这个不算犯法吗？至少也是个诈骗犯吧？”

“犯什么法？他们没有公开说是古董啊，他们说是仿古工艺品啊，就像满大街挂在那里卖的世界名画和中国名画一样，那是普及艺术呢，怎么能说诈骗呢？”

艾小米说：“名画是正规出版物，而且价格低廉、明码标价，版权页印得清清楚楚。”

“人家的仿古工艺品也很廉价啊。就拿你那只‘玉雕回首马’来说吧，才三万元的价格？无疑是假的嘛。如果真的是元代的，那还不得十几万、几十万哪？你要是真喜欢，就跟他还价，一折，三千块。”

艾小米说：“一折？三千块？找骂呀？你也够狠的，我心里想着是五折呢。”

“不是我狠，是我了解行情。三千块他还要挣不少呢。你再去仔细看一下，如果真的是含杂质的玉石，哪怕是普通的石英材质，那也行。只要不是胶木粉压缩的就成。胶木粉材质的一千块都不值。”

艾小米觉得席笑英的分析很过分，就像索拉图开的天价一样过分。

7

席笑英回到家，把手机里的图片给阎浩然看，问这个“玉雕回首马”是不是他们仿冒的。阎浩然说不是。阎浩然说，他们的原则是“只仿冒做旧，不原创审美”。搞收藏的土豪是没有现代审美能力的，所以只要弄得古旧一点、有历史感就行。喜欢这种风格的人，一看就不是搞收藏的，估计是搞艺术的。

阎浩然突然想起来，他在那家“雪域盛昌”店，见过这只“玉雕回首马”。当时为了哄店主索拉图开心，就把这个物件说成元代的。他知道是索拉图在克什米尔那边淘来的，东西不错，但绝不是古董，更不是文物，很有可能是近现代的东西。席笑英问这件东西到底怎么样。阎浩然说：“看上去不错，造型优雅而古拙，姿态静中有动，而且不是汉族人的作品，应该是丝绸之路上某个国家的作品。”席笑英让他估价。阎浩然说：“价格很难估，自己喜欢就好，这个行当的买卖，就是买心情。不是你想买吧？”席笑英说：“我在网上看到这张图片，随便问问。”

阎浩然知道，村里长大的席笑英是不会买这种东西的。其实他已经猜到了，是艾小米想买。他自己曾经也动过心，想把“玉雕回首马”买下来，但一时没有拿定主意，就把它的年代定在元代，这样的话，索拉图就不会轻易出手。到时候想买的话，再把时间改过来就是了。没想到艾小米想下手。他本来想提醒席笑英几句，但转念一想，由她去吧，反正童智勇不缺钱。

艾小米在微信上跟索拉图反复谈判磋商，都没有成交。这一天，她再一次来到“雪域盛昌”。女店主韦棋不在，说回娘家去了，只有索拉图一人。艾小米要求他再把“玉雕回首马”拿出来看一看。

索拉图说：“您太狠了，没有那么砍价的。清代的也不是那个价啊，何况元代的。”

艾小米说：“我是学美术的，不是学考古的，我不管你什么朝代的，我只管它好看不好看。现在我喜欢上它了，才给你开出那个价。你卖还是不卖？”说完，用略带嗔怪的目光看着索拉图。

索拉图迟疑了一下说：“什么？不管朝代？那可不成，古代的是古董，现代的就是工艺品，两个系统，两个价格。”

艾小米说：“那你凭什么说它是元代的？有什么证据呀？”

索拉图一时语塞，转过脸去说："您要这么说，我还真不卖了。从克什米尔背回来，翻过天山昆仑山，越过葱岭帕米尔，容易吗？"

"这跟元代有什么关系呢？"

"年代也不是我定的，是省收藏家协会专家定的。"

什么收藏家协会专家？童智勇和阎浩然都是那个协会的。艾小米不想跟他争，缓和了一下口气说："我知道来之不易，所以才愿意出那个价嘛。"

"您要是真有心要，再加点，再加一千。"

"好，再加五百。"

那只"玉雕回首马"最终到了艾小米手上。

艾小米把这只"玉雕回首马"摆在书架醒目的位置上，看着它心情舒畅。

席笑英过来了，问是不是买了那只玉雕马。

艾小米本来不想告诉席笑英，但又知道迟早瞒不过，只好说已经买了。

席笑英问多少钱。艾小米说要保密。

席笑英说："我是怕你吃亏啊，你跟我保什么密？我们不是亲姐妹吗？"

艾小米被她的话感动了，只好告诉她说，花了一万块，其实是一万五千五百块。艾小米叮嘱席笑英，不要告诉阎浩然，告诉阎浩然就等于告诉了童智勇。

席笑英说："知道了，你放心吧。事已至此，我本来不该说什么，但谁让我们是亲姐妹呢。我觉得还是买贵了。我知道你脸皮薄，你要是带我去，我一定要帮你把价格砍下来。"

人到中年，有这样忠心耿耿的朋友，也是自己的福气。艾小米心里感叹着，拿出最好的茶来款待席笑英，她们一边喝茶一边闲聊。

艾小米说："没有办法，我就喜欢马。看了很多，都没有我中意的。好不容易碰上这只。你不知道，我童玲儿就是属马的。……我本来不想生孩子，害怕怀孕之苦，害怕生育之累，更害怕身子变形。可是偏偏就怀上了。本来想拿掉，又害怕疼。更主要的还是于心不忍。后来你知道的，生玲儿的时候差点送了我的命。"

席笑英说："玲儿多好哇！又漂亮、又聪明、又孝顺。"

艾小米说："还有，童智勇也是属马的。我很感激他。他为了我和玲儿，放弃他的专业去办公司，每天奔波，头发全白了。大家都说他养了两个女儿。"

席笑英说："我们家阎浩然也属马。真巧啊。"

艾小米当然知道，自己的初恋情人阎浩然也属马，只是不便说起而已。现在，玉雕回首马，加上童玲儿和童智勇两匹马，再加上阎浩然，就是四匹马了。阎浩然有资格加入这个行列吗？这对于艾小米而言，有些模糊，并不确定，或者说是潜意识的。

当年，她跟阎浩然分手得很突然，也很平静，就像他们俩相遇的时候一样平静，仿佛没有发生似的。艾小米觉得，跟阎浩然在一起的时候，自己像一根没有完全燃烧起来的树枝，隐隐约约地冒了几缕青烟，不温不火，眼看着就要熄灭。阎浩然也跟她自己一样，像一根潮湿的柴火，冒着不冷不热的青烟，燃不起火花。后来遇到热情又阳光的童智勇，是他照亮了她，把她点燃，让她变得火热而明亮。但每次遇见阎浩然，她瞬间就恢复到当时那种青涩潮湿的树枝状态，有一种隐秘的渴望点燃的冲动，同时伴随着逃离的冲动。直接的表现形式，就是批评阎浩然，否定阎浩然，蔑视阎浩然。当她听说两个男人最近混在一起“狼狈为奸”的时候，她听到的不是“狼狈为奸”，而是“混在一起”，当然，两人最好是合二为一……

8

小雨下了一整天，客人稀疏，韦棋和索拉图有一句没一句地聊着。

韦棋说：“最近那个经常到店里来的女士，好像是一个出手大方的人。”

索拉图说：“她是个挑剔的主儿，能入她眼的东西不多。”

韦棋说：“上次来店里，磨蹭了很久，有点不好意思，为了照顾我的情绪，就买了些廉价的绿松石手串，不是她自己戴，是送人的伴手礼。”

索拉图说：“她只看中了我们在克什米尔街边买来的那个玉雕回首马。我跟她说是元代的。她说她不管朝代，她只看造型。我觉得她根本不懂收藏，像个傻文人。”

韦棋说：“你不会把马卖给她了吧？我听你们在里面嘀嘀咕咕，只听见你说不卖，让她隔着玻璃瞅两眼得了。你真的卖了？”

索拉图说：“你回你妈妈家的那一天，她又来了，跟我磨了半天嘴皮子。我问她为什么非要买，她说她喜欢马，而且她的女儿和老公都属马，我就卖给她了。”

韦棋说：“什么？卖了？索拉图哇，你别忘了，你也属马呀。当时买它，不就是因为你属马吗？不就是因为那一天是你的生日吗？”

索拉图说："卖了就卖了吧，人家出了两万啊！"

韦棋说："不行！你给我把它买回来。"

索拉图说："是我属马，又不是你属马，为啥你要买回来？"

韦棋生气了："索敬明！我看你是你钻进钱眼出不来了，你见钱眼开六亲不认了。你赶紧给我买回来，否则我跟你没完……"

索拉图跟韦棋争吵的时候，艾小米正在欣赏她的"玉雕回首马"。

微信突然叮咚响了一下，艾小米一看，是索拉图的。

索拉图："在吗？"

艾小米："在呢，什么事？"

索拉图："咱们见个面？"

艾小米："有事这里说啊，还非要见面？"

索拉图："见面谈更好一些，我在银雀街东口的星巴克等你，好吗？"

艾小米仿佛看到了索拉图哀求的目光，只好答应赴约。但她不喜欢星巴克，嫌它太挤太闹。她让索拉图到银雀街西口的图兰朵咖啡馆等她。

高个儿索拉图，坐在角落里也很醒目。他给艾小米要了一杯拿铁。见到艾小米的第一句话就是求饶："求求你，把那马还给我吧，我给你两万，你转手就挣五千，行不行？"

艾小米说："怎么回事？元代的玉雕马升值了？想买回去再升值啊？我不卖！"

索拉图说："我的姑奶奶，我恨不得给你跪下了。卖给我吧。不是升值的问题，是我家韦棋下的死命令，要我必须买回去。因为我也属马，那是她给我的生日礼物。"

"哟，看上去人高马大的，也是个'妻管严'啊。"

"不是。她一向听我的。最近不一样了，我不敢惹她。"

"最近怎么了？有把柄给抓住了？还是她打算移情别恋？"

"别恋暂时还谈不上，有点想移情的意思。她的健身教练总是给她发微信。我感觉最近她的眼神儿有些散。"说到这里，索拉图右边脸上的肌肉抽搐了一下。

艾小米忍住笑，第一次仔细打量索拉图，脸部轮廓清晰，嘴唇线分明，下巴上黑多白少的灰黑胡子楂，显得很有年代感，对了，这也是一种"侘寂之美"。他也属马？不像，看上去不像跟童智勇和阎浩然是同龄人，大概是因为身材修长而显得年轻吧？索拉图被艾小米的眼神弄得有些羞涩，端起咖啡杯放到嘴边，但咖啡已经没了，他只好舔了一下杯口上的泡沫，把艾小米都逗乐了。

索拉图还在用期待的眼神看着艾小米。艾小米的确有点动心，这只玉雕马毕竟是人家的爱情信物哇。但转念一想，如果不把玉雕马还给索拉图呢？韦棋就会跟他分手吗？这也太荒唐了吧？何况在自己眼里，这只“玉雕回首马”，也绝不是一件普通的工艺品啊！童玲儿、童智勇、阎浩然、玉雕马，四匹马，现在又加上一个索拉图，就五匹马了，五马比四马好哇，《五骏图》，郎世宁，徐悲鸿……

随着索拉图的一声咳嗽，艾小米回过神来了。她突然站起来说：“索拉图哇，如果你的韦棋，会因为一个有肌肉无大脑的教练，就眼神儿散了，像鸡蛋散了黄儿似的，那你还不如趁早跟她分手呢。”说完转身就走了。

童智勇下班回家，发现家里静悄悄的，知道艾小米又在书房里用功。童智勇走进书房一看，发现她正对着书架上的一只玉雕马出神，便说：“好漂亮的马呀！哪里买的？”

艾小米说：“是席笑英从地摊儿上买来的，她知道我喜欢马，就送给我了。地摊主人说是元代老物件儿，叫‘玉雕回首马’。”

童智勇说：“雕工是不错，材质却一般，造型也很特别，跟一般见到的玉雕不一样。至于年代嘛，那就不好说了。”

艾小米说：“我喜欢。我给它取了一个乳名，叫五骏图。”……

咪咪花生

文　珍[①]

1

他来自一个南方的小城，到北京已经第十个年头。一直独身。

因为单身太久他时而产生幻听，总觉得身后有窃窃私语，议论他的种种不正常。“他对女的好像压根不感兴趣。”“表面正经的人私底下总特别荒唐。”“听说现在的年轻人流行用软件约炮。”“该不会是个同性恋吧？”

这些耳语就像微风吹动树枝一样暖洋洋地从他耳旁拂过，触感麻酥酥毛茸茸的，知道仍有人对自己的私生活好奇，感到冒犯的同时多少让人心情愉悦。他昂首挺胸地走在这些交头接耳声中，觉得自己像个古代的国王或者英雄。

但在现实生活里他当然是个废物。

2

他早就发现买房子买到顶楼本身就是一种不明智的行为。夏天太晒而冬天太冷，到处都是偷摸潜入的鬼祟的风。而且独居在三十层楼，比周围的房子都要高，望出窗外尤其有被世人遗弃的感觉。每晚他乘坐电梯上升时都错

① **文　珍**　作家。已出版有小说集《夜的女采摘员》《柒》《我们夜里在美术馆谈恋爱》《十一味爱》，散文集《三四越界》，诗集《鲸鱼破冰》，等等。

觉自己是要上顶楼去自杀。越来越高，越来越高，越来越高。他老是暗自希望电梯突然坏掉然后嘎吱一声掉下来。

而独居的最大问题则是睡眠。睡眠毫无问题的现代都市人实在是凤毛麟角，而他毋庸置疑属于最平凡的大多数。每天晚上他独自躺在床上，总会思考很多或大或小的问题。有时候蓦然想起某件早已尘封的陈年往事，有时候闭着眼罗列第二天的工作计划。有时候反复纠结白天说错的话和自己不够得体的举止——随着年龄增长他越来越在意自己的个人隐私，甚至刻意给众人留下神秘莫测的印象——有时候也会顺便琢磨一下领导和同事最近的言行。有时候则干脆只是饥肠辘辘，辗转反侧，拿不准主意起来上个厕所还是继续睡觉，或者干脆起来泡一包方便面，把原本不多的睡意彻底驱散在四十平方米的一居室中。

半夜上厕所时，许多次他都试图从墙上看到自己的过去和未来。坐在马桶上，眼睛一眨不眨地盯着早已谈不上雪白的墙壁，边缘发黄，顶上还有几条裂缝，就像所有人不光滑完美的人生。但粗看上去也都还凑合，过得去。此外还有几块水渍。他喜欢的就是仔仔细细地盯着那些水渍看，越看越觉得有一块很像小时候爬过的树，另一块则酷似几近完美无缺的心，几乎想掏出手机拍照。但拍了可以发给谁看呢？他又没什么朋友。

一个独居者的未来或许很像是被时间白蚁蛀空的粉末。扑簌簌的，悄无声息地往下掉粉。他想着：有一天老了，大概也只能如此呆坐在马桶上，盯着裂缝密布的墙壁发呆。看了又看，看不出个什么更光明的结果来。也不能坐太久：再这么坐下去就要便秘了。

3

春节前他在公司突然收到一张明信片，简单地祝他新年快乐。正面是一条林间铁路的照片，铁轨旁开满了蓝紫色的二月兰，花丛中还有一只很小的黄猫，非常可爱。邮戳显示是同城寄来的，没有落款。这件小事让他高兴了整整两天。他蓦地想起一个人来，虽然他也并不能确定是不是那人寄的。

但万一呢？

他今年第一次说好不回家过年——也实在不想再被亲戚围观催婚。而元旦刚过却突然病倒了，和这个平素过分健康的城市一样。整个高速运转的大都会仍然歌舞升平，而他却开始无日无夜地头疼，口渴，随时随地在顶楼房间里爆发出一阵惊天动地的咳嗽，黄绿色病菌在他的喉咙血管里以疯狂的速度繁殖滋生。从一月份开始有一种奇妙的传言，据说武汉那边出现了一种类似“非典”的病毒，那么他是得病了吗？但他今年还没有回过家乡，虽然离武汉只有区区二十公里。他习惯了不去医院看病，因此病得实在沉重了，也只是请了年假在家休息，并庆幸外卖的便利可以让自己不必出门……病情最重的时候，平台还是一如既往如同超级战士般随时随地可以拯救他的独居生活。稍微康复一点，就可以挣扎着起来做最简单的一人食。冰箱里肉菜耗尽，他就在 App 上下单买新的，再坐等平台快递小哥送到门口。去开门时多少总有延误，等换好衣服走到门口，信奉时间就是生命的快递小哥早已人去楼空，因此他几乎从不知道给他送来生活必需物资的人长什么样……这就是现代原子社会带来的极大便利。但换言之，也就很难有任何人知道他在城市某个角落的楼房顶层生病。

那些包裹总是静静地放在空无一人的楼道里。倒很像暗恋者送来的信。

他当然也没有告诉父母自己持续低烧，已经二十天了。

而那张明信片被他从公司带回来后，一直压在枕头下面。感觉稍好时也会在纸上写写画画，但这封信一直没有写完。就和明信片没有落款一样，信也没有抬头。

两个礼拜后，他的病情通过大量喝水睡觉，终于一天比一天好转。他有一天突然发现自己有吃饭的欲望：那天他大部分时间都站在厨房里，刚做完就狼吞虎咽地吃掉。吃完没多久又饿，复又回到厨房，一天整整吃了四顿，边吃边无法自控地微笑，庆幸自己终于回到了世界的另一边。

他曾病倒的这件事除了必须向之请假的单位领导，没有任何人知道并关心。但整整半个月年假就这样消耗殆尽，而那封信终于没有写完。和明信片一起，被收在了抽屉里。

4

一月中旬某晚他做了一个甜美的梦。梦见在雪白明亮的病房里，小学的班主任带着一大群人拿着鲜花和食品来探望他。醒后他想起自己还是四年级扁桃体发炎时有这样的盛况，但梦中那些拿着礼物的面孔却悄悄偷换成了长大后同事的脸。而小学老师的脸也变了，变成了他认识的一个女孩。那一刻躺在病床上的他既十分腼腆羞涩又感到格外幸福。

那个女孩是他在工作中认识的。

其实说起来也并非十分标致，长相最多称得上舒服。关键的是爱笑，随便说点什么就乐了，有时抿嘴，有时扬眉，眼角一弯，笑意像清亮的水一样源源不绝。他刚开始觉得解渴，看多了就更渴，进而暗自希望将水源占为己有，悄悄给她起了个外号叫作井。

他们都说井结婚了。但这和他又有什么关系呢？井每次到公司来他都特别热情，热情到周围同事为之侧目的地步。

他给井倒水时发现一次性杯子盛热水很烫手。下次她再过来，就特意换了新的大英博物馆的马克杯，他网上挑了很久才下的单，当面却什么都没有说。还主动替小井跑腿复印材料，楼上楼下，一叠又一叠。而这些原本可以交给实习生去做的。有时也会交谈几句。两个人都内向，这种一来一去就变得格外缓慢而吃力。但他愿意花费最大力气克服自己的社恐，只要能偶尔看到井溅出笑意的眉眼。在项目合作的一年里他们差不多俩礼拜总会见一次，他有小井微信，却也从来没有私下联络过。

有人暗自把这件不同寻常的事报告了领导。领导皱着眉头想了半天，觉得是别人还可能担心惹麻烦，是他影响却有限。便仍然让他负责与井公司对接的项目。

有一次井在等他签字的时候百无聊赖地在玩自己的手机壳。他很注意地看着：你的手机壳上有一只小猫。

是的。井说：我最喜欢猫。

话匣子就此悄然打开。他问：你家里也养了猫吗？

小时候养过，现在没有。我先生不大喜欢动物。

噢。有些人是不喜欢。他说：我也没养过。他们都说我一个人住，其实可以养只猫。

真的？那以后我要是有机会弄到猫就送你。

好，你给我我就养。

上午那份合同在哪儿，我看一下。话头被突然走进来的同事打断了。他抱歉地对她笑笑。在办公室里聊天就有这点不好，随时随地都可能被进来的人、突然的事打断。但什么样的人会无法忍受养一只动物呢？他由此开始不受控制地想象她丈夫是怎样一个人。也许是个粗心又大男子主义的人吧？对井一直喜欢猫的事置若罔闻。还有一种可能就是想要小孩，或者是猫毛过敏。无论哪种原因，他都替井感到遗憾。她那么喜欢猫，从手指无意识地摩挲手机壳上的猫咪就能看出来。说到猫咪她的眼神瞬间就亮了起来。

而她没有猫的同时，似乎也没有孩子。这个没人告诉他，是从井的朋友圈推测出来的。她从来不晒任何小孩子的照片，只偶尔转发社会新闻，以及一些和保护动物有关的文章。

5

他大病初愈之后，却发现全城乃至于全国人民日渐陷入了一种不可遏制的恐慌之中。来自武汉的消息确实了，那的确是一种新型的冠状病毒，而且传染性极强，发展极烈。一月二十四日，也就是离春节只差两天，武汉正式宣布封城。这下他想回湖北过年也回不去了。

他打电话给父母询问情况。我们这边还好。他们说，毕竟不像武汉，没那么多确诊病例。不过好多去武汉打工的人回来过年。

你们要当心一点。他在电话里除了如此苍白地说一句，也实在没有更多的话说。他自己都差点病得要去住院输液，好在竟然稀里糊涂已经好了，否则这时候去医院只能添乱，也加剧了传染其他病毒的可能。他没办法不替自己感到庆幸，又隐约乐观地觉得，父母也一定能够逢凶化吉。

他也想给井打电话，他知道她娘家也在湖北。但是想了又想，都找到通讯录她的名字了，终究没按下去。自从项目结束，已经半年多没有联系了。此时突然出现，会不会显得唐突？

过年了。天气仍然阴冷着不见起色，整个城市也一天比一天更显空旷。往常到了春节，北京几乎会走空一半以上的外来人口，而今年彻底变成了一整座空城。几乎大部分餐厅、电影院和娱乐场所都停业了。在这种千载难逢的战时情况下，他反而无法长久地关在家中与世隔绝，会偶尔到楼下绿地公园散步，因为几乎遇不到人。庙会演出之类的都停了，网上到处都是人心惶惶的传言，义愤填膺的追责，各地都在写封城日记，微博更是求医无门者的哀鸿遍野。他想如果此时病倒，感觉一定非常不一样，大概写遗书的心情都有了。

但疫情也开始督促他更认真地思考自己想要什么样的生活。

二月初某天，天气突然放晴，小区里的杨树已绽出了嫩芽。太阳照在那鹅黄新绿上，格外有一种轻盈迷蒙的气息。不论人类世界如何因肉眼看不见的病毒动荡不安，春天毕竟势不可当地到了。他莫名其妙想起井来。井此刻在北京吗？和家人在一起吗？每天宅在家里做些什么呢？他一直想象井应该住在朝南的房间里，养了好几盆美丽的绿植，每天早上总站在落地窗前给它们浇水，背影纤细端直。此时他暗自决定她的睡衣应该是温柔的鹅黄色。那么她丈夫呢？他穿着什么样的睡衣，和小井般配吗？这个他却想不好。更多更具体的情形他就不愿意想了，感到头痛。

他突然站定。正如许多次幻听到身后关于自己的议论一样，他突然听到了细若无闻的猫叫声。

他蓦地回过头去。那件淡黄色的睡衣从想象轻快地跃入现实，化身为一只黄色的小猫钻出落叶灌木丛，一动不动地在步道上，仰脸望着他。

6

这是一只怎么样的小猫呢。首先是瘦。瘦得皮包骨头，太大的眼睛嵌在瘦猫脸上，脏得几乎看不清楚眉目。但仍然能分辨出皮毛棕黄，同色环纹尾巴尖高高竖起，在冷空气里惊恐地不断抖动。它一瞬不瞬地盯着他看，随时做好退回到灌木丛里的准备；同时又绝望地咪咪叫着，大概已经饿了很久了，即便面前是个骗子、坏人、变态、虐猫狂，那也别无选择，只能冒着破釜沉舟的绝大风险，斗胆一试。

他蹲下身子：咪咪，咪咪，小猫？

一瞬间这只小猫看上去仿佛很需要人，并选择了相信自己。他心念一动：或许可以带回家看看？等养好了，再问井要不要。

也许她会高兴的。

7

他从来不知道光天化日接近一只猫竟然这么容易，比想象中要容易得多。只要蹲下身子，伸出手，那幼小无助的兽就会自己战战兢兢摇摇摆摆地走过来，温热的小身子一靠近自己的膝盖就开始呼噜呼噜，在自身充满恐惧的同时，先主动领受了让面前这个巨人放下戒心的和平使命。——不要害怕，我不会伤害你的。而你呢，你会在数九寒天给我一口吃的吗？

他轻轻地伸手摩挲小猫的头，皮毛粗糙，温热，呼噜声更加剧烈，几乎是战栗着急于让他了解，它信任他，需要他，渴望得到他的保护和一口吃食。这么多年了，他第一次奇怪自己竟从没有想过收养一只小动物。要不是井说喜欢猫，他大概也仍然会一直不动心的。但眼前这只猫正因为是一只猫，就和那个想象中淡黄色的身影发生了一点奇妙的关系。

他看不出来这只猫到底多大了，却无师自通地去最近仍然开着门的便利店买来了幼猫妙鲜包，牛奶，一次性纸碟。小猫狼吞虎咽，吃得极快，不断发出呜呜的声音。

慢慢吃，吃完带你去宠物医院，如果还有医院开门的话。他轻声对正埋头大快朵颐的小猫说，当心不要噎着。现在我们是朋友了。你好哇，小猫。

你好哇，小猫先生。

从大众点评上查到一家离这最近的宠物医院，打电话过去竟仍然开着门。他轻轻地提起小猫的脖颈，比他想象中还要轻许多——这动作还是小时候养猫残留的记忆。但那时父母认定他的主要任务是读书，所以养猫的回忆并不如何美好。那只亲戚送来的小白猫非常可爱，后来是被妈妈以影响学习为理由强行送人的。也许正因为父母管教过分严格，所以他后来才一直有一点双向情感表达障碍？这年头这些时髦名词真太多了。一个人总能为自己的性格缺陷找到无数原生家庭的借口，而这样也好。也好。

但现在猫又出现了。在他三十岁仍单身的这年。小猫再次从天而降。

8

给小猫做了全面体检，包括血检和便检，杯状病毒、疱疹、细小病毒和猫瘟一应皆无，基本还算是一只健康的幼猫崽——他一进门就忍不住问：它到底多大了？医生说，太瘦了，从一个月到两个月都有可能。其他问题都不大，就是有点贫血。

怪不得它的脸看上去那么奇怪，原来理应粉红的鼻头是苍白的，眼睛又那样大得惊人。

您真是好人，疫情期间还捡猫——前阵子不说动物也能传染病毒吗，好多人都把自己家的宠物扔了。帮忙按住小猫做体检的护士小姐口罩后面的大眼睛充满赞许。他心底一阵飘飘然，仿佛井本人在夸奖他。

检查完需要注意什么事项?

小猫不能洗澡，医生嘱托说。看上去再脏也不行，流浪猫普遍身体不好，一洗澡着凉很容易感冒，这季节人和猫感冒，都不是什么好事。

他点头称是，又问：什么时候打疫苗呢?

先带回去养一个礼拜以上，如果没有大碍，再来。

小猫像一朵脏兮兮的云偶尔停留在他怀里，掌心，口袋中。那么轻，软，弱小，不堪一击。他轻轻用手掌托着它，另一只手放在猫肚子上，能摸到一根根细细的肋骨和微弱的心跳。流浪猫有虱子又不能洗澡，只能在宠物医院做了初步的体外驱虫，也开了体内驱虫的药。但是肉眼可见几只黑点还在小猫头颈出没，也许刚点了药，正在做最后仓皇的迁徙。

不过从上午到中午，天空的颜色都突然变浅了，像老天爷懒洋洋地眯起眼假装午睡，其实注视着苍穹下一人一猫慢慢走回顶楼的蜗居去。

进门把小猫放下，猫顾不上警觉地查看四周环境，立刻跌跌撞撞地回头找他：那个刚刚收留了它的好心的巨人。他一阵心软，把刚买的碗碟洗好放在门口，再分别倒上猫粮和清水。离此前的户外野餐还不过两个小时，又是一轮新的、急迫到喘不过气的饕餮。

小猫慢慢吃，都是你的。不要急。他自觉像文艺片里自言自语的傻子，我打个电话啊。——如果没有捡到这只猫，他不知道到底有没有勇气拨通这个号码。

电话很快接通了。

喂?

某某吗。他差一点叫出井这个名字但好在没有，过年好。

是你啊——新年快乐，恭喜发财!

他此刻非常庆幸是正月里，这个电话可以顺理成章变成合作甲乙双方的礼节性问候。但电话的属性却容不得半点沉默，刚一走神，立刻就像泡过头的海参一样胀大了：有什么事呢?

那边是轻快的，天真无邪的口吻。和往常一样，他只能任由井那边先拾起言语断掉的线头。他也不是不嫌弃自己的。

我，我捡了一只猫。

什么？那边的声音这次货真价实地惊诧了。你捡了个什么，一只猫？

就是刚才下楼散步的时候，在小区里的灌木丛里捡到的。很小，医生说一个月到两个月都有可能，估计是母猫不小心弄丢了的。刚带它去医院做了体检，还挺健康的——你想要养吗？

你知道我家人一直不同意我养猫……等我和他们商量一下，如果同意养的话再给你打回来？

好的。等你。

放下电话他明显地松了一口气，低头看仍在进食的小猫，肚子肉眼可见地突了起来，显得四周肋骨更明显，像非洲难民纤细的四肢和鼓胀的肚腹。他担心撑坏了它，赶紧把碗碟盖住：不能再吃了，休息，休息一下。

而小猫的休息则就是把他的腿当作树干熟练地爬了上去。他想象不出来这只猫这些小小的把戏都是从哪里学来的，但是它明显一点都不认生，而且非常愿意亲人，很快地在他两腿之间蜷缩着睡着了，翻着圆滚滚的肚子，毛茸茸的猫头埋在他膝盖之间，相对脸来说太大的耳朵抽搐着。这样一只毫无提防的小崽。他找来了湿巾给它擦脸，擦了半天脸才逐渐清晰起来：原来只是糊满眼屎，其实模样很俊秀。这样一只毫无提防也不反抗的小崽，而他们才仅仅认识不到半天。都说猫是自己选择主人的，那么它们到底是靠什么判断善恶的呢？

井的电话迟迟没打来。在漫长的等待中他昏睡过去。再醒来时，窗外天都黑透了。小猫原本还在睡，立刻也跟着精神抖擞地醒来。

屋子里有另一个生灵的感觉着实奇妙。

9

此前他一个人孤独得不得了的时候也有。比如说下雨天，实在无处可去，只能在家看书。也是翻开一本看着看着就昏睡过去，效率极低。打开社交网络想不起来可以和谁招呼。好几天都不会有人打他的手机——除了推销保险和房地产的——而微信大多是工作通知。成年人没有朋友也许很正常，尤其在他这样一个同龄人多半早已娶妻生子的年纪——他甚至发现一个秘密：开客厅灯看电视远比不开灯看更容易入睡。譬如他就总是看着看着就倒在沙发上，等第二天早上醒来，才发现电视哇啦哇啦热闹了一夜。而脖子也窝了一夜，痛得不能转动。

而现在不一样了。现在他有猫了。

他一直忍着没给它起名字。比起收养，命名像更慎重的仪式。但在井没回电的两天后，他终于放弃送养的打算，决定给小猫起名花生——因为他最喜欢吃油炸花生，以及花生这种植物根系深扎于地底，果实一定要在绝对黑暗的环境里才能长大，十分羞怯。像他本人。

但这只叫花生的小猫熟悉环境之后却相当活泼，迅速探访了能把猫头塞进去的所有空间。日常游戏就是追踪定位他这个大玩具，从客厅一直跟到厨房，再从厨房亦步亦趋跟到厕所。在一个不用的小盆里倒了猫砂，它就飞快地学会了上厕所并埋好，猫类基因自带隐藏气味的本能被传承得相当之好。他每天都惊喜于小猫对与人类同居生活的点滴进步。头几天，它还总在夜里害怕地呜咽，渐渐作息和他趋于一致，每晚上床后，它就在床边的小凳上卧倒，不多时就传来了让人安心的呼噜声，间或在梦里咂巴嘴，仿佛梦见了吃饭。圆滚滚的小身体在夜色里像个毛绒玩具。早上他下床的第一时间它也跟着迅速清醒，神清气爽地在晨曦里做完全套猫式伸展体操，随之从凳子上一跃而下，上厕所，吃猫粮，开始一整天崭新的猫的探险。

井一直没回电话，他起初有点惆怅，很快也就想通了。大概还是家人反对没办法养吧；这样突然塞给一个不太熟的人一只活生生的猫咪——又不是什么别的小玩意儿，而是意味着十几年的承诺和照顾——实在是太唐突了。

但一个星期后她的电话突然来了。

和家里人整整吵了一礼拜，还是不同意。不过我担心你不知道怎么照顾奶猫，能不能让我过去看看小猫？

事实上他这几天已经和花生相处得很融洽了。其实一点都不难照顾，就是一只软萌的猫形天使，飞快练就了随时倒在拖鞋上卖萌的绝招。唯一问题是还没有洗澡，以及长大得过于迅速，小盆的猫砂越来越容易被扒拉到地板上了。

但是他当然喜出望外地说，好的。

10

半年前的某天，他下班从地铁站骑回自己小区，突然心血来潮地追着日落一直往西边骑去。骑了四五公里后，在道路的尽头发现了一座颇有野趣的小山，山这边是若干座看上去没什么人会买的烂尾别墅，而爬上山顶——最多只要三四分钟——再往另一边看，则能俯瞰到下方若干条铁路纵横交错，间或一辆火车开过来，若不是至少五十节车厢的黑黢黢的超大货车，就是颇有复古美学的绿皮火车。这附近大概有个煤矿。他站在山顶眺望着下面的火车和铁轨，突然觉得它们很像五线谱，而那些呼啸而去的列车则是点睛的音符。山坡下有很多槐树，会同时在这交响乐中轻轻摇曳，合奏出一曲温柔的歌。

在养花生之前，他曾经幻想过很多次带井一起去那里看火车。因为有次井和他说，她从小住在铁道边，父母都是铁路上的职工。后来去城里上学了，一下子听不到习惯的火车声了，头几个礼拜一直失眠。后来终于适应了，回家又开始失眠。再后来就到了更远的北京读大学。

北京市区也有火车吗？他记得她随口问。

有的。他说。春天还可以到北京北站专门坐S2去延庆看杏花。

这建议似乎有点过于浪漫和煞有介事了。其实根本没必要走那么远。即便某个黄昏和她抱着膝盖并排坐在这座野山的山坡上，五月槐花在夕阳中散发出阵阵甜蜜的香气，看下方纵横交错的铁轨，也一定会非常快乐吧：何况就在东四环边上，并非多么偏僻的市郊，就有如此富有野趣之地。附近的小孩子拿筐子在摘槐花，集满一筐交给父母做成餐桌的佳肴。他后来又独自去过几次，也曾适逢漫山遍野如火如荼的花事。只是一直没有和她说起过。

现在有了花生，也许可以带着猫一起去那里看看？反正整个城市都在疫情的阴影笼罩中，反而不会有人在早春选择去那样一个荒凉的地方吧？

井一小时后到达楼下，按门铃上楼，一进门就从帆布袋里接连掏出十个罐头来。看他一脸惊奇她笑起来：是这几天在网上买的幼猫罐头，昨天才送到。最近好多快递物流都停了。

你怎么过来的？

骑共享单车。

许久不见，再见面才发现井和想象中完全不一样，压根没穿什么黄衣服，就是最寻常的黑色长羽绒服，整个像套中人。里面的毛衣倒是黄色的——看到花生的喜悦也是货真价实的。她蹲下向它伸出手，小猫一开始飞快躲进了房间，这时竟也迈动着罗圈腿摇摇晃晃向她走了过去。

好乖。它叫什么名字？

花生。

这么巧，我最喜欢吃花生。

我也是。他无声地说。她没有抬头看他，所以没法发现他满脸都是无法自控漫溢的笑意。这个孤独的单人囚室现在陡然间有两个客人了，其中一个，还是井。

花生好可爱，就是太脏了看不清脸——不介意我给它洗个澡吧？我以前经常给我家的猫咪洗澡，不会感冒的。

他除了说好还能说什么呢：好的。

两个人配合相当默契地给花生洗了个热水澡，又像一对新手父母一样手忙脚乱地给它吹干了毛。洗完之后小猫堪称焕然一新，露出了黄白相间的橘狸猫本色，而刚才湿漉漉的样子则完全可怜得像一只水老鼠。

洗澡的时候发现花生身上有虱子呢。井说。

一直有虱子。不过第一天就去医院做了体外驱虫，应该大部分都死了。

怪不得水里漂浮那么多虫尸——亏你忍了这么久！

他讪讪地笑。自以为这嗔怪有一种亲密之意。

我只能待一小会儿，说是采购口罩才让出来的。

噢。你住的地方离这儿不算近。

还好，六公里在北京就不算远了，骑单车小三十分钟。等有时间再来看花生。它太瘦啦，你再给它喂胖点儿。

井来去如风，甚至连一杯泡好的茶都没喝完，也完全不是想象中促膝聊天的场景。就和突如其来一样，走得也格外仓促，接了一个电话后就立刻匆匆走了。但空气里仍然留着一点陌生的香水味，厕所里还充满了猫洗发香波混合水蒸气的氤氲——花生刚才曾挣扎着在镜子上印了几个清晰的前爪印，两个人大笑了很久。等再看到这一串可爱的印痕，他却在镜子前发了半天呆。太强烈的喜悦和太突然的失去都让他有点无所适从。手里还紧紧抱着花生——此刻已经是一只没有虱子、没有耳螨也迅速失去了临时的女主人的花生了，看上去也不无失落，哼哼唧唧从他手上挣脱开去，跳到沙发一小块绒布上，侧卧下来。它没有感冒，谢天谢地。

你之前有虱子的时候睡这，现在洗干净了还睡？他假凶它。

而花生一反常态，压根不搭理他。作为一只还没有绝育的小公猫，依它的看法孤独大概是可耻的，如此这般的独居生活是不够健康的，不让它拥有一个会洗澡会按摩会吹干毛的温柔女主人更是有罪的。

喂别这么势利好不好——她以后还会再带罐头来看你的。

但花生呜咽了一声，断然拒绝相信。

11

井后来果然再也没来过。与此同时，国内确诊日渐清零，境外数据却还在如火如荼地发展。到六月份，本市数据尚有一波反弹，但所有人已经不太紧张了。

而无论世界如何割裂成两级，他和花生一人一猫的生活依然静好，好到可以叹“帝力于我何有哉”。他有时问：你说井那次为什么会来我家呢？她对我到底什么感觉？

花生不响，他就接着问：如果我告诉她喜欢她，愿意和她一起养猫——她会接受吗？

他盯着猫头看，直到感觉圆脑袋教人不易察觉地左右晃动了一下。

我觉得也是。她那么好的人怎么会喜欢我呢。所以这就是个秘密——就像你的存在一样——理论上单身公寓楼不允许养动物。

花生不满意地打了个哈欠，意思是它毋庸置疑地合理合法。它现在越来越大了，已经变得健壮而且慵懒。

其实因为井喜欢猫才养你的……一个无形的秘密，就此变成了一个越长越大的猫形实体……不过还是很高兴遇见你，花生桑！

春天余下的日子越来越少。一天下班后他带花生去爬了铁路的小山，安静地坐在山坡上，而猫在笼子里，一同凝视晚霞。回家路上又拐去了久违的菜市场。这是一个很大的菜场，附近居民都喜欢去。以前去也就是在靠近门口的摊位匆匆买好菜走人，这次因为想让花生见见世面，索性走进去了。到深处才发现有两家鲜花店。他在其中一家挑了很久，买了一大束金盏菊，几枝紫罗兰和雪柳，卖花的女老板殷勤地给他包在一张发黄的英文报纸里，看上去赏心悦目，十分适合送人。——但他却无人可送。

六月的梅雨季节，即便在华北，也是很容易突然下起雨来的。室外电闪雷鸣，大雨如注中他只能竭尽全力保护手里的花和猫笼。报纸很快全打湿了，花束也随之变得沉重坠手：这大概是整整一个春天最不适合买花的一天、也是最不宜带猫出行的日子了。猫笼子在手上摇摇欲坠，彻底暴露在风雨中，一大汪雨水从他的伞边争先恐后地落下，又沿着笼门尽数倾倒在花生身上。自从上次井给它强行洗澡吹毛后，花生早已确信自己在这世上最可憎恨的事情就是把身体沾湿。因此它歇斯底里地大叫一声，在笼子中狂跳起来，让他抓不稳把手掉在地上，并就此把笼门摔开，紧接着从樊笼中一蹿而出，飞快地跑到了大街上。

现在它是健壮美丽的猫少年了，却丝毫不在意缎子般的金黄皮毛在暴雨中被打湿，颜色随即变得晦暗不明，重新回到了洗澡前的落魄。它甚至没再回头看他一眼。

而这样痛快的大雨好久没有下过了。混杂着花香、尘土，其他轰然腾起的一切人世间的秘密。他的猫和他隐秘的爱，他在世界上最深的依恋马上就要在大雨中自己生脚跑路了。到处都是双闪熄灭的车灯，昏黄朦胧的路灯，湍急的春雨和狼狈不堪的被浇得透湿的人，但没一个人像他那样即将遭遇一种情感的灭顶之灾。这个独居的男人因此在瓢泼大雨中惊慌失措，把刚挑好的花束随手塞给离他最近的路人——刚好是个受宠若惊的大姐——顾不上解释拔腿先去追猫。花生决定离开的这天，比遇见那天却要果断得多。很快它就在马路上跑得无影无踪了。长大后的花生。不再需要他、不再无条件信任他、依赖他的，花生。

他提着空笼子孤零零地站在马路边。雨大得像要把所有躲避不及无片瓦遮身的人拍死在当场，云黑如墨，天地瞬间变作山水长卷，路边的高楼逐次隐退在深深浅浅的墨色里，也包括一只不知六个月还是七个月的杳无踪迹的橘色公猫。

绝望中他终于拨通那个早已烂熟于心的号码。只有她知道他养了花生，还见过。此刻猫丢了，除了她，还有谁可以告诉?

那边一直没人接。待接通的长音在大雨中无止境地响下去：嘟——嘟——像打给火星一样毫无回应。生平第一次，他真心实意痛恨自己的处境，孤独到连一只猫都不愿与他做伴的地步。终于确信不会有人接了，想说点什么的渴望却仍一泻千里，于是不顾一切带着哭腔对手机说：快接电话……花生跑丢了，就在家附近的菜篮子市场门口……你说它会去什么地方？……我喜欢你。我一直都喜欢你。我是为了让你高兴才养猫的，为什么他不准你养你不生气？猫是世界上最懂得爱的动物……明明是你自己的生活，却受控于他人……我其实一直都知道他对你不够好……不会只有你手腕变紫的那一次……得多用力抓一个人，才会留下那么深的指痕？

喏，那就是个意外。他后来也不敢了。那边轻声打断了他彻底失控的长篇大论。

他猛然安静下来，长久无法发出任何声音。话筒这边和那头，好一阵子都只有沙沙的巨大的雨声，两个人都像被来势凶猛的雨势吓住了，不再说话。手机到底是在哪句话上接通的？雨后的世界会因此发生些许变化吗，这软弱多情的男人会因此得到稍许不一样的人生吗？……退一万步，走失的花生还能再找回来吗？它那么亲人，再变成流浪猫一定会很不适应吧？

他终于挂断电话，在大雨中号啕大哭起来。意想不到的是十五分钟后，一辆的士停在了市场门口。随即一个穿T恤牛仔裤的女人钻出车门，冷静地目睹了大型崩溃现场后，却只是走过去轻拍了一下他肩膀，就沿着马路边走边温柔地喊：咪咪。咪咪。

这原来才是井真正打算送给花生的名字。是全世界最常见的猫咪通用名，毫无任何稀奇之处，但有可能也是非常时刻猫唯一听得懂并反应过来的名字。老实说这名字念出来实在很像秘密：就像我们每个人都有成千上万个的那种，秘密。

洗　尘

储福金[①]

刘沁在微信给梁阅正发信息，说过些日子要回省城来。

梁阅正很快回了一个欢迎的表情，并回信息，说知道她一定有正事要忙的，但请一定空个时间，让他来请一次客，为她接风。

刘沁出国三十年了，已经在欧洲定居，也曾回过国，但那是工作需要，都在北上广深匆匆来去。梁阅正生活的城市，不在交通要道上，不是国内最繁华之地，两人也就有三十年没见了。

当年，送刘沁出国是在一个下雪天。机场一别，去处遥远。刘沁头也没回地提着包走了。年轻的刘沁，头朝前伸，下巴抬高，向上走台阶，胸脯挺着，迎着一点带着雪花的风，几缕头发在风中扬起。她就那么走了。后来梁阅正也弄不清了，送别应该在机场大厅里，为什么印象中会有台阶的。

三十年了，岁月漫长，他们从青春年华到奔花甲而去。人生最好的年华已度过。

刘沁那种不管不顾、不计较、不在乎的性格，与梁阅正是完全不同的。她认为梁阅正什么都好，就是太细、太柔，用现在的话来说，不像男人。

---

① **储福金**　男，江苏宜兴人。1952年生于上海，现居南京。江苏省作协专业作家，江苏省作协副主席。享受国务院特殊津贴专家。发表及出版长篇小说《黑白》《心之门》等十四部，中篇小说《裸野》《人之度》等五十多篇，短篇小说《彩·苔·怆》《缝补》等百余篇，散文集《禅院小憩》等三部。作品被译为英、法等多国文字。曾获庄重文文学奖、江苏省政府文学艺术奖、紫金山文学奖等多种奖项。

去时还是二十世纪八十年代，现在已隔着世纪了。

女汉子，这是后来才有的称呼。但梁阅正知道，刘沁并不合这个称呼。她就是刘沁。在他感觉中，是一个地地道道的女人。

他们最早是以棋结缘的，算是一对棋友。那时梁阅正迷棋，经历在棋上计较着一目一目的人生。刘沁也喜欢在棋盘上纵横捭阖。当时因中日围棋对抗赛，国内形成了一股热潮，梁阅正在热潮中接触了不少棋友，刘沁是他见过的最有围棋气质的棋手。围棋气质是什么，喜欢抠字眼的梁阅正也说不清。梁阅正工作得比较早，在一家出版社做校对。刘沁说他将来会是个有老学究气的人。刘沁有时会用一种尖锐的口气来形容人。

还有一位业余棋界的朋友常会给人定性，他叫大龙，是出版社的编辑。梁阅正带大龙见刘沁，给他们做介绍的时候，发现他们早已认识。大龙与刘沁在一起，感觉很合拍的，一个高个一个苗条，都会口出评议，让人记忆深刻。有时候两人说话的口气是相近的，似乎一唱一和，有着默契。当初他们三个都还年轻，没有结婚。梁阅正曾想，刘沁会与大龙配对，大龙长得帅气，很有女人缘。但刘沁却和自己走在了一起，梁阅正有所疑惑，偶尔向刘沁提起，刘沁觉得奇怪，她根本不会喜欢大龙，不知道为什么他会有这样的想法。梁阅正讪讪一笑，心想也许是他们俩的气质太相像了，反而相斥吧。

那时他们棋下得多，大龙与刘沁在棋上的风格也近，都喜欢行大场做大空。大龙的棋天马行空，难免有疏漏。而刘沁有着女性的细腻，前后照应，但一旦缠斗起来，也杀得痛快。在梁阅正的感觉中，刘沁坐在棋局对面，直着细高的身子，拈子轻落，面容端庄，优雅迷人，入心的形象无可比拟。

梁阅正与刘沁性格有差别，这反差在棋上，很是明显，俗称棋如人生。梁阅正在棋上重视实地，但却不喜欢搏杀，一旦交战，便会费神长考，有大龙在旁边观棋，会吐一句：长考出臭棋！还有一层不同的是，刘沁下完棋也就丢开了。而梁阅正每下完一盘棋，总会在脑中复盘，想上半天。

梁阅正记忆深刻的是，他与刘沁有一次到海边参加棋类活动。活动结束，他们就到海边的一个小城待了一晚。那天黄昏，他们在海边看落日后，沿着海边散步。海风吹起她的丝巾。一层层海浪不住地翻滚着卷过来，她扬起手来，大声地呼喊：吹很大很大的风！而他跟着她，弯腰去捡一个个贝壳，嘴里说：做很小很小的事。像是她唱他随，对应一联。这情景，便在他日后的记忆中定格。其实海边总有风，那天风也不是很大，梁阅正捡到的贝壳并不多，随捡随丢，只有几块摊在手上。回来以后，也记不得搁到哪儿去了。

吹很大很大的风！仿佛是她的一种呼喊，也像是应着一种召唤。

此后不久她就出国了。多年之中，很少联系。梁阅正偶尔听到消息，她在欧洲做着大事业，一会儿是这个国家，一会儿到了那个国家。直到有微信联系的时候，他才知道她的一个名头：华人联谊会的一个副会长。而梁阅正在出版社做校对，几十年都没有变，每日的工作便是一行一行去检错校漏，在一本本书的校样中，找出一个个很小的错字漏字来。

若说刘沁出国后便把梁阅正断得干净，也不尽然。她去国外几年后，曾给梁阅正寄来一包材料，那是介绍欧洲各种语言特点的，欧洲的语种丰富，有英语、法语、德语、西班牙语、塞尔维亚语等，刘沁知道梁阅正醉心文字语言，那意思是他可以出国做这一方面的研究工作。材料的首页是一张单子，标明出国必须要做的功课。有几处介绍、推荐与证明项，都打了红钩，自然不需要他考虑的了。刘沁没有一句希望他出国的话，梁阅正心里明白。他虽然对西方由字母组合成的拼音文字有所了解，但无兴趣。而汉语那基于象形发展而来的表意文字，才能让他生出无限的想象。所以那包材料他小心地锁在了一只樟木箱里。十多年后，他年逾不惑时，收拾家中，打开过箱子，他的家中因天天清扫，几乎是一尘不染的，但那包材料上面，却有从樟木箱盖细细的隙缝掉下的薄灰，那一刻，两滴清泪洒落于岁月之尘。

联上微信时，刘沁和梁阅正都已经是五十出头的中年人了。她似乎很忙，很少谈她的工作。她似乎判定他还在做校对，也不问他的工作，只谈家常。一般给他发些链接，主要关于卫生和健康的。先是关于空气质量，PM2.5 之类，后来是饮食中的添加剂，苏丹红与瘦肉精之类。梁阅正没有感觉她变得琐碎，而是感受到在国外人对国内人的关心，人到一定的年龄，健康便是人生最重要的事。

生死事大。

刘沁发信息说要回来已有一段时间了，外面树叶的色彩都变了，由浅绿变成翠绿，变成深绿。从出版社宿舍楼的窗子看出去，院里的树长得高，三层楼房的窗外都是树叶遮阴，有着鸟鸣，而不见鸟影。梁阅正没有急迫见她的感觉，已经隔了三十年了，并不急在一时。只是在他的心中始终粘着一片，他从来都是不急不躁的。

梁阅正面前铺着一叠纸，是他看惯的排字印刷体，他校正完了最后一个字。这是这本书的第一校，他相信其中的错句和错字都已订正。他闭上眼睛，静下心来，先前的文稿与他改动后的文稿，似乎都到了他的脑海中。一个一个的字像铺了砖的路，延伸出去，长长的，明亮亮的。仿佛卷起过一阵大风，他的感觉便随风而行，风过处凸出的、凹陷的都平整了。这是一个老校对才有的感觉，由岁月与经验构成。但又属于他一个人的独特感觉，早年每下完一盘棋，他独处复盘，棋局便在脑海中显现出来，一步步，黑白交错纠缠，都似乎如图如屏。

接下来，画面变成了立体，那是由文字组成作品的情景色彩。眼前的画面是飞扬的，随性的，甚至有些混浊的，作为作品呈现出来的特点，难说好坏。眼下的这种感觉，梁阅正确定是新作者带来的。老作者的文字叙述，往往是平和的，由文字组成的画面，大多缺乏想象的情景。然而新作者的作品一旦想象空幻，落不到生活的地面来，便如飘在空中的漂亮气泡，看着好看，并不实在。眼下这一类空幻的作品多起来，相比之下，那些贴着地面的作品，却缺少了想象的力量与才气。梁阅正不喜欢故事性太强的画面感，因为如今太多的影视剧形成了程式化的故事画面。其实文学欣赏没有喜欢与不喜欢，他只是不愿见到重复，过度的生活画面与过度的故事画面都让他有重复感，也就不能引动他感觉中的立体画面。既有处处实地的文字，空中又飞动着隐隐的形而上的翅膀，才使他生出丰富的意象来。

这部作品从情景上有混乱处，但没有什么重复感，这样的作品他难得看到了，让他有兴趣在感觉中触及作品画面感的深处。从仿佛飞扬着尘土的画面中，看到很有潜力的才情，让他有打一个电话的念头。不是打给作者，而是打给交他校稿的总编。他的总编往往会把有价值的作品交给他校对。他在校对后生出立体的画面感的作品，往往结果是好的，出版社也就能收获文学界乃至社会的好反响。

早年，他校对作品，总是把看作品的感受告诉编辑，由编辑与作者交流。当初大龙便是编辑，现在成了总编。大龙一直把好作者的作品交给他校对，希望得到他对作品的看法。另外单是校对，经他的手不会有一个字的错误，现在有电脑勘误，但汉字的表达有多重性，凡电脑与他的校对有不同处，便只会是电脑的错误。

曾经有过一次，他觉得作品中的形象让他激动，作为编辑的大龙外访不在，忍不住他就和作者联系了。接电话的对方是一个中年作家，一声不响地听完他多少有点词不达意的看法，只是应了一句：按照你的想象改，出来的是另一篇作品了，你为什么不自己去写呢？

梁阅正明白，有些作家囿于自己的经验与思想，作品的风格是固定的，所以他后来不再与作者谈自己的想象。而这一次的书稿，直接由大龙指派，请他看一下，并让他与这位笔名鹤鸣的女作者谈一谈看法。这到底不是他的本职工作，加了微信，就在微信上留了一段文字，谈他对作品的想象。

收到鹤鸣的留言：你见一下我吧，我很想当面听你说一说。很难想到你是一个……校对。

梁阅正回了一个抱拳的表情，作为婉拒。女作者的作品引动了他的兴趣，但他已经没有了对作者的好奇心。

梁阅正对窗静心时，门开了，进来的是大龙。一般来人，梁阅正都会起身来迎，偏偏这位总编来时，他只是朝他一笑。

大龙根本不在意，说："你又坐禅修行啦，起来起来，都到下班时间啦，我请你吃饭。"是不由分说的领导式口气。

梁阅正便起身跟他走。出版社自有食堂，食堂里有领导用的小餐室，大龙吩咐服务员去拿几个菜来，服务员立刻应了去了，看来习惯了他的需要。大龙从边柜里拿出一个开过盖的酒瓶来，看来是他没喝完存在这儿的。他嘴里说着："现在不准公款吃喝，这是我私人的酒，习惯要喝两杯的。你陪我喝。花自己的钱，也就不信会犯了事。只还是要避人耳目，咱们慢慢喝，喝到食堂里其他人都走完了，再出去……"

梁阅正在对面坐下。大龙当了总编后，他们有好多次在这里一起吃饭聊天。

等菜的时候，大龙点上一支烟，吞云吐雾般地抽起来。他知道梁阅正不抽烟，也不管他，只顾自己抽着。烟酒自是大龙的癖好，上了瘾的。说起来，大龙有人生三大好，还有一件，便是女人。

"听说刘沁要回来了？"

"她也告诉你了？"

"我是从朋友圈中看到的。她当然会对你说，要不告诉你的话，这女人也太没味道了。"

他们因下棋而熟悉。大龙当了总编，也就很少下棋了。按说，他的年龄到这个位置，不再有上升空间了，他也不做努力，只是他在社会上路子广，熟悉的人多，活动能量也大，亲朋好友托他的事多，人情关系，能帮到的他都会出手，也就很难清闲。梁阅正却是一次也没有找过他。梁阅正在单位是个老校对，又没有家庭琐事，不用求人。大龙曾经说过：你空有我这个领导朋友了，不是用不了，是用不到。正因为这样，他们的关系很单纯。

回顾人生，梁阅正进印刷厂后与编辑大龙搭档，大龙每看中一部作品，都会来问梁阅正的看法。当年，出一部作品不容易，编辑提出意见，会让作者改上好多遍，作者也舍得费力一遍一遍改。梁阅正也就有了看作品展开想象的习惯。多少年过去了，当初的不少作者成了大名家，有了大影响，大龙也做到了出版社的总编。

三十年中，大龙结婚成家有孩子，接着离婚重结婚，结婚又再离婚，用大龙的话说，蹉跎了许多的岁月与人生。他是一个能在官场上行走的，也许没有家里的事，他还会再高升一步的。一直到如今，大龙看到什么有潜力的作品，还会让梁阅正校一校。有时找梁阅正聚一聚，谈一下人生。在饭桌上，也都是大龙说得多，梁阅正听得多。两个人是难得的知交，慢慢地话题便是感叹岁月流逝，感叹生活的烦恼与无奈。

不过在旁人看起来，大龙是个顾惜朋友的人，毕竟两个人的地位不一样了，一般升高了的人，只会找同阶层的朋友，并不是看不起下一层的朋友，而是阶层不同，谈的话题多有不同，有相同的经历与经验，才谈得投机。

大龙最近有点烦。他结了四次婚，又离了四次婚。眼下正是他的空窗期。他还在壮年，五十多岁事业有成，有社会地位，经济上也宽裕。但这年龄又处于紧迫期，他清楚，只要过了花甲之年，他残剩的优势便丧失了。人一旦到了六十岁，感觉就是老人了，另外他会退休，不再工作，也不再有权力了。常有人说道：官员一退休就老得快。他对梁阅正说过，已是秋后的蚂蚱，趁着这最后的几年蹦跶一下。

大龙也不是经常找梁阅正喝酒聊天，以往总是在他将要离婚之时，那时他确实烦恼。大龙并不是那种有了新欢与旧欢决裂的人，都是与妻子过不下去了，下决心之时，向梁阅正吐露一下烦恼，也是向好友知会一声。他结一次婚，便留一个孩子，离婚自然要与女人做一下切割与安排。说是再不找了，但一旦离了婚，他的心思便投入获取新猎物中，用他男人的魅力，去吸引下一个。他其实还是个老式男人，并不新潮，把自己弄得很烦很累，依然有劲。离婚也有惯性，自第一个以后，有了旧的参照，以后熟门熟路，离婚的方式也就简单了。最后几年，离婚的频率相对高了。

这一次大龙找梁阅正，谈的不是离婚事，而是面临的女人事。对付女人，他有本事。梁阅正见过他正交往的姑娘，看上去很小，最多二十多岁吧。她穿着时尚，大龙喜欢把自己的女人打扮得漂漂亮亮。那穿着打扮，让她显得比他以前的妻子都年轻。梁阅正本以为，大龙的年龄越来越大，快到老年了，女方的年龄也会大，偏偏他找的女人越发年轻了。传言眼下女人挑拣实际，喜欢嫩草被老牛啃，愿的是男人有社会能力和经济能力。这传言看来真实不虚。先前曾有人传大龙与一个女作者有关系，那女作者四十岁左右吧。听闻此言，大龙愤愤地对梁阅正说：那么老的女人我怎么可能要！已有白发的男人嫌三十多岁的女人老了，口气太狂，却是现实。

大龙这次找梁阅正谈的便是这个年轻女人。大龙说她嫌弃他了，不是嫌他的年龄，却是嫌他的“嫩”：本以为你都结婚了好几次，应该对女人的经验丰富了，没想到还是老一套，不过尔尔。

她的意思是大龙这么个高颜值的官员，自然阅人无数了，会是个与众不同的男人，却不知他只有结婚的这几个女人，而她睡的男人比他多到不知哪儿去了，还须她来教他几手方式、手法，实在令人失望。

大龙感叹道，女人还真需要有一个观念束缚，真想念三十年前的女人情态，而女人一旦没有了贞洁观，开放起来，比男人还甚。因为女人只要愿意，得到男人更容易。

“原以为得到便是得到，却不知人家丢了你，一点心理负担也没有。”大龙最后叹了一句：“人生到底什么是得到，什么是丢失？我现在和你一样，都只是两手空空。但你还是内心色纯，而我已是满面风尘了。”

梁阅正虽没经历过婚姻事，但他有着对大龙的男女感受的理解，似乎也身经情劫。他有感悟能力，不必亲历。

“旧时说，终日打雁却叫雁啄了眼。”

梁阅正觉得大龙用语不精确，但习惯了他的用语，只是摇了摇头。

大龙酒喝得多了，话语中便有了做总结的口气：“追求快乐，往往得到的是不快乐。越追求快乐，也就越不快乐。你别以为，做个缩头的懦夫，尘世的业便离你远了。你躲不开的，没有亲历，你不会有真切感，最后你会被一个简单的女人诱惑，避无可避，弄得痛不欲生……”

“反倒是我，久经沙场，烦恼即菩提，反而容易解脱，哪一天放下欲望的屠刀，便立地成佛了……”

梁阅正有时觉得，眼前的大龙与远远的刘沁身影重叠着。

刘沁还没来，梁阅正去见了女作者鹤鸣。是大龙给他下的任务，下任务的理由是：作为出版社的员工，应该为出一本好书而尽力。到梁阅正答应下来时，大龙又笑着说：美女作家看上你啦，打了几个电话给我，就想和你谈一谈。人家可是姑娘，你怎么好狠心拒绝的？

梁阅正与鹤鸣约在出版社楼下城市广场的咖啡厅见面，梁阅正提前一刻在靠窗的位置坐了，要了一杯绿茶慢慢喝着，从落地窗看出去，街对面是一家洗车行，一辆一辆小车排着队钻进洗车机中，出来的时候干净光亮。

车在洗车机中移行时，那喷下的水似暴雨围裹，如泻，如瀑，如无天无地。在梁阅正的生活中，没有可比的感觉，但在梁阅正的想象中，曾经有过一次，记不得在什么时间了，那一刻，他身体出了一点状况，心境特别孤独，静默中，他内心世界无数之物，雪花似的飘落，如无穷无尽。那是积尘，即隐即藏，即生即出。那一刻他明白，他的心并不是清静的，并不是不染尘埃的。

鹤鸣挎着一个长带的包站到他面前的时候，他还心生疑惑，不知这本来可以拒绝的见面，他怎么会接受的。是因为刘沁的来而不来吗？她朝他点点头，坐到他的对面去，他叫来服务生，为她点了一杯咖啡。他感觉像是相亲，他还从来没有接受过相亲，一直认为相亲是落后的联姻方式。对着鹤鸣，他开口便谈作品，谈作品让他生发出的许多想象，谈作品对生活的表现。她写的是现实城市生活，这几年城市变化很大，如何用想象来表现这变化的生活？表现生活是容易的，表现想象也是容易的，要让想象与现实结合起来，是最难的。

梁阅正平时与别人在一起，总是听得多，说得少，要别人问到他时，才会答话。这一次有点反常地说个不停。说着的时候，心中牵连许多相连与不相连的念头，这是岁月带来的附加物，对事物的理解多了，便会生出联想的浮念。

“你有这样的文学想象力和生活的理解力，为什么不自己写？”

这句有点熟悉的话，让梁阅正停了口，去看她。这之前，她在他面前，他并没有注意她。印象中，她很瘦，看上去显小。他从她的简历中知道她大概三十出头。与她秀气的容貌不同的是她的声音，有点沙哑的女中音。要说特别处，是她苍白的脸上的一双黑眼眸，如乌漆所点。

他去直视她的眼睛，她像是躲避着，不能说“躲避”，躲避是不正确用词，她只是害羞似的微微低下了眼帘。“害羞”这个词也不正确。在这个场合，这个语境，这个情景中，他想不到她有害羞的理由。

“你如果不习惯创作的话，我们可以合作。”

梁阅正默然。对他来说，生活的惯性是人生最大的无可奈何。

说女人是桃色，梁阅正多少年远离这种色彩，但桃色往往重叠，与女作者见了一面，第二天便接到刘沁的电话，说她已回国内，明天将到省城。

看见刘沁的时候，梁阅正是知道她来才认出她的。毕竟相隔几十年了，她脸上的细纹与妆色，还有身上的装束与香气，都加深了陌生感。这只是一开始的感觉，慢慢接触后，看多了，旧时的形象又回来了。和她这个年龄的女人相比，她的变化应该是小的。

看她上台阶的时候，那半仰着头下巴向前微挺的样子，还引动着他以前的感觉。

上车的时候，他们对视一眼，她的眼眸乌黑，眼光深深，一下子融入了他的整个身心，里面无边无际，牵连着长长的岁月。仿佛倾诉了许多，又仿佛什么都没有说。

“晚上还有一个活动，可以迟一点去。”

一上了车，她就这么说。他能想到，她毕竟是一个活动家，由自己而非别人来接她，是曾经的情侣的一种亲近。

火车站在一个湖边，车驶出停车场，很快上了高架。将到下班时间，路已经开始有点堵，他开车在车流中往西北方向去。高架在一片高楼中穿插，新楼的玻璃墙映着西天的光闪着亮。微信上聊天时，她曾问过他，知道他还住在早年出版社的宿舍里。早年，出版社的条件好，照顾准备结婚的梁阅正，给他分了一套两室一厅的公寓房，后来房改，梁阅正只用万把元就把房子买下来了，算有了自己的产权房。刘沁还记得他的那套住房，在路边的一个小坡往上爬几级砖阶，再上楼房的二楼。楼的旁边有一条隔巷，墙壁似乎薄了一点，上了楼道，能听到巷子里流动的风声。

梁阅正开着车来接她，刘沁有点没想到，却也不觉奇怪。眼下中国城市里的绝大多数家庭都有车，这是刘沁知道的。

“不是往你出版社的家里去吗？”

“不是。”

“你想把我劫持到哪儿去？”她的声音里带着一点笑意。

旧时的她完全回到感觉中来了。他转头看了她一眼，也带着了一点笑意。她抿抿嘴唇，头又向上仰了仰。

车下了高架，进入辅路，已到了城边，依然有一幢一幢建筑，街面不是那么热闹了。

她的整个少儿时期，都生活在这座城市，现在却已认不出此地为何处。每一次回国，去的都是大城市，对那种扩展的变化，已不再惊奇。但是她生活过的城市变得完全陌生，多少还是有点不适应。

还是和以前一样，他们在一起时，她的话多，他的话少。有时她说着国外的生活，他会应着一声“嗯哼”，这是他出国旅游时学来的国外礼仪。

刘沁有点惊讶他的车开得娴熟，能在车群中钻来钻去，却又开得很稳，这是她想不到的，感觉他的行车与他过去的性格不同。也许他今天想向她显示一下车技吧。梁阅正告诉她，如在上班的时间，路上会更堵。

“习惯赶时间啊。”

她说，国外就是路堵，行车的秩序也是很好。

车开进了一个小区的铁栅栏门，就见一座座形状相同的两层楼房，每座楼房都围着一个小院，小院里有种着菜的，有圈着小池塘的。

他停了车，引她进入了一个小院，院里栽了几棵树，有桃树，还有枇杷树。眼下枇杷树正结着有点青绿的小果子。

他在这里还有一个家，这也是她想不到的。

“现在国内的人真是有钱。”他开院门的时候，她感叹了一句。她肯定知道国内的房地产市场，住房比国外的还要贵。

“这里算是你的度假之家？”

“算是吧。我不是每个星期日都来，太远了。”

“不远，国外有钱人都在城外买别墅。住在城市里公寓房的才是穷人。”

“我并不是有钱人啊。这里原是郊野，荒得很，刚开发砌房时，房价并不贵，我花了几十万元就买下了，你知道我喜欢清静。我一个人过，积了一些钱，就用来买房了，没想到这几年城市就发展过来了，更没想到房价后来会涨得那么高。”

在城郊的小山边上，这一套看来近乎别墅的两层小楼，梁阅正只要假期有时间，便来住住，侍弄一番，住久了，栽的树结果了，养的花盛开了。

从北门进入，她参观小楼，楼里简单朴实，干净整洁。看得出他并无刻意之处，却又不乏收拾。房子里没有那种人不常住生出的腐木味道。他给她倒了一杯茶，一边在开放式的厨房做着菜，一边与她说话。她打开了南面大门，春末的村野草木香气夹着泥土的气息传进来，她觉得似乎这一刻才真正回到了国内。

门外屋前用瓷砖铺了一块高地，作为阳台。阳台上面搭了一个雨棚，下面摆了一张长案桌，长案桌的一边放着一个榧木围棋盘，还有那有点旧了的紫红漆的一对木棋盒，那还是她过去接触过的东西，引动着她旧时的记忆。

梁阅正屋里屋外出进着，变戏法似的端来冷菜盘与热菜碗，一盘盘、一碗碗放在案桌上，中间还摆了一个电磁炉，炉上是一锅鸡汤，汤里放着当归、黄芪、红枣等。炉边放着几个不锈钢盆，盛着洗净的蔬菜，可以自选往汤锅里放。这顿饭菜，对刘沁来说并不稀奇，当年她身体不好，他就为她做过药膳，她看多了他做菜的样子，还一直馋着他做的菜。

他端菜的时候，她打开棋盒盖，食指与中指拈着一颗子，放到棋盘上，动作依然是熟稔优美的。她显然不是准备下棋的，按围棋的规矩，是黑棋先行，但那颗子是白棋，孤冷地搁在了盘上。梁阅正在对面坐下了，刘沁说，已经多久没有摸子下棋了，她都记不清了，似乎离开了他就没有再下过。欧洲很少有人下围棋的，根本没有对手。偶有棋友去国外，见了面也只是谈国外生活，没有了下棋的时间，也没有了下棋的兴致。她有一副棋，似乎只有掸灰的时候才看到它。到网上开始有弈站时，她图新鲜上网下过几次，但很快发现网上的对弈根本没有与人下棋的快感。虽然知道网上的对手也是真实的人，但围棋称手谈，对面坐着的人有呼吸，有音容笑貌，有情感的交流。到最近，人工智能阿尔法狗一出来，打败了世界上所有顶尖的高手，她突然发现，原来谈到围棋的高雅，以及围棋的文化，那种形容下棋意味高深的说法并不存在，那些曾经在棋盘上谋一局争一先的感觉，似乎是可笑而没有意义的。下棋只是一种计算的技巧，一种高级费时的智力游戏。

“都是家常菜。”

“你总是做得精细。”

为这桌菜，他确实费了工夫。他也不怕费工夫，一边做菜，一边想着将要来的她。做鱼的时候，想她是一条自由自在的鱼，在有红珊瑚、绿海草的蓝色大海中游动，而他则是一条河湾中的鱼，望着自己嘴里吐出的一个个气泡。

他给她倒了一杯白酒，是当地品牌的原浆酒。她原来是会喝一点的，略喝多了，便会脸红红的，不住地笑，憨态可掬。那时他怕她酒喝多了伤身，但又想看她喝多了的情态。现在他准备了酒，只是不知讲健康之道的她，会不会喝。她并没有阻拦他，由他倒了酒，也没要他劝，两人举了举杯，她就喝了。

一旦喝了酒，气氛很快热起来，他也说了不少话，从阿尔法狗谈到人工智能的发展，有些工种都是夕阳产业，校对这一行肯定是要被取代的，好在就算发展再快，他也已近退休年龄了。

她却是说得少了，似乎只顾着吃。桌上多是她早年喜欢吃的菜，特别是那盘油爆虾，做的时候，梁阅正还有过犹豫，他从她在微信上发的链接，看到过油炸食品是会影响健康的说法。然而，她根本没在意这些，盯着喜欢的东西吃，那盘油爆虾，她几乎是一个人吃的，面前堆了一堆的虾头与虾壳。她过去的习惯便是只吃她认为好吃的东西，出去了几十年没有变化。一边吃还一边点着头，馋相毕露。或许正是外出了几十年，再也没吃过，眼下要补吃回来。或许她是在他的面前放松了，只管顺着口欲，便是口福难得，健康事小了。

她依然禁不住酒力，喝了一点脸就红了，使她涂了脂粉的脸色显得自然了。一开始让他嗅到的那种国外香水味，被酒与菜的气息盖了。人有适应度，往往不喜欢的习惯了也就不觉得了。

她吃得津津有味。她告诉他，已经多少年没有这样吃过了。西餐对她来说，味同嚼蜡。虽然欧洲也有许多中餐馆，但那些只是给中国游客吃的餐，并已程式化。回国来，饭店里招待的，似乎是山珍海鲜，却没有家常的味道。她说话直接，对他而言，都是实实在在的，这多少年，在他的感觉中，无可替代。

她往汤锅里放豆腐，说豆腐在欧洲被称为“中国奶酪”。她说到了她的工作，除了联谊，还有给国内单位开邀请信，联系访问事宜，并做接待；也给欧洲人来中国游玩提供帮助，都是与旅游有关。这些年国内的人真是有钱，出国旅游一批接着一批，有的国外热点城市，街上见得多的就是中国面孔。她问他的熟人可有旅游计划，她可以帮着安排，派留学生导游，介绍风土人情与文化古迹。

他想到和朋友曾谈过组团北欧旅游，不过这点小事不用烦她。但她却有兴趣，说让旅行者吃好住好玩好，可不是小事。晚上有旅游公司的人来接她，就是和她谈开辟新的旅游线路。当然，这些联系与安排会收一定的费用。

“当时出国，就是想有变化。而今，高速交通、手机支付，国内的变化太大了。前几年我就看到国外城市的大屏幕上，闪动着巨大的字：去中国，那里有着数不清的机会！早知这样，我又何必出国？错失了变化最大的岁月。”

喝多了酒，她不光脸红红的，还浮着憨笑，当年他曾几次见过她喝了酒后，一个劲地傻笑。这多少年中，她大概喝多了洋酒，多了耐酒力与自制力。在他收桌子的时候，她点起了一支烟，细细的烟卷夹在了食指和中指间，他没有想到她会抽烟了，他记得大龙曾说过的一句话：抽烟的女人与不抽烟的男人一样讨厌。她抽烟的样子一点不让人讨厌。他去欧洲旅游时见过女人抽烟，听说她们认为抽烟有减肥的效果，不知是也不是。她的姿势也让他感觉到一点新奇，有着一种沧桑感，又有着一种亲近感，流落到海外的她在眼前抽烟，有一种真实感，又有着一种虚幻感。

梁阅正端来山茶，这是小山人家自种自制的新春茶。梁阅正住在这里，除了收拾，就是爬山运动，看到山茶，便买了一些来喝。茶初喝时有点微苦，回味却是甜的。刘沁深吸一口，那清茶滋味仿佛都化入体内。桌上没有了锅碗盘盏，她双臂伏在桌上，身子靠他近了。女性暧昧的气息带着岁月的尘埃，透过来。他们的脸靠得近，她毕竟是朝花甲之年去的人了，虽然妆化得好，但他能看到她脸上的皮肤有点松弛。前尘往事般的过去，那个直着身子对着棋盘凝思的形象，恍如隔世。

是不是年岁大了，重聚应该是欣喜与热络的感觉，都显得淡了。她独特的女人味依然在，年轻时代的肉体感遥远了。

她似乎轻轻地叹息一声。

“我老了。”

“你还不老。”

“我老了。你还不老。”

手机响起来，她接了电话说道：车已在小区门口等她了。多少年在欧洲国家，节奏是慢的，没想到国内这么赶时间，车还早到了一会儿。

她似乎还延续着欧洲的习惯，不像要马上动身，反而靠他近了，伸出手来抚着他的脸。她的手薄薄的、滑滑的、暖暖的，浮起着许多过去的记忆。

“你还是以前的模样。基本没有什么变化，仿佛在静止中。我在国外过着以前想象中的生活，一直在奔波，飞来飞去，与各种人物打交道。我从没有这样自在、轻松。有一刻我真想回来，在你这里就这么生活下去……”

她的话触动了他。两人的眼对眼，他再一次感觉着她眼光中的一片天地，过去、现在、未来，融会了整个人世红尘。

他在这里所做的接风安排，潜在的意识中，有着多少年的希冀，连着当初在这里买房时的愿望，似乎点点在深层潜藏着，却一直影响着他的生活，此时浮了上来，又似乎隐隐感觉空幻。就像当年酝酿了半夜的一句情话，到她面前的时候，才发现什么都说不出来，合适的理由不知在哪儿丢失了。这些年他生活在现实中，却依然有着想象。

“眼前的现实我像看棋局一样，看得清楚。来的时候，我发现你这里的生活设施不够，短期还好，时间长了，肯定不便。城市还在发展，不少地方扬起着建筑的灰尘。这里也不是安静的桃花源，现在就能听到那边院里传来的中国式大声喧闹。”

他一声不响，静静地看着她。

“这么多年，你一直……这样生活。而我已是曾经沧海了……忘了我吧，趁着还不算老，成一个家吧。”

他清楚她的意思，这“曾经沧海”，不是诗词中的沧海，而是生活中的沧海。当初她在国内时，便有多少围着她的男人。那时的国内还是旧的男女风气，她和他最亲近。出国后的几十年，她经历的男人，与大龙经历的女人一样，是曾经沧海，已满面风尘；而这“忘了”，也不是字面上的意思，而是彻底割断。只有她这样的女人才会说得如此决绝，却又有规劝他的一重关心。

她走了，他提着给她的野山茶与两本装帧精致的袋装书去送她。刘沁收了野山茶，说袋装书虽不重，但毕竟要行几万里呢，再说现在看电脑与手机多，也没有时间再看书。

回头来再坐到院中的桌前，此时，这城郊的小区，树影婆娑，灯色朦胧，特别的安静。梁阅正让自己静下心来，于是心中的世界慢慢展开。

海天上一轮明月，风把所有的云都吹干净了，海天一色的深蓝明净。他隐隐地听到有海浪的拍打声。

舞　　者

孟小书[1]

过把瘾

1

“你们看我身后的那个人，长得像不像张明？”叶子说完，帆儿往后面看了看。我赶紧低头，扒拉了一口饭。帆儿看了半天，也没找着叶子说的是哪个。

“不能是他吧？他不是在美国呢吗？”帆儿说。

“没准儿人家回国了，也说不定。”叶子说。

“你那么肯定是他吗？”帆儿说。

“百分之八十吧。”叶子说。

“爱是不是，爱回来不回来，跟我也没什么关系。”我说。

“谁也没说跟你有关系呀。”俩人几乎异口同声。

“你说，如果他真回来了，你俩还有可能吗？”帆儿说。

雨淅淅沥沥地下着，柏油路上湿漉漉、亮晶晶的。这种天气，配上这种问题，真是略带伤感啊！

此刻，服务员恰巧上了剁椒鱼头。这是今天的主菜，帆儿和叶子没再追

---

① **孟小书**　毕业于加拿大约克大学。著有长篇小说《走钢丝的女孩》，作品集《满月》。曾获第六届西湖·中国文学新锐奖，第二届钟山之星文学奖，十月文学奖。《当代》杂志社编辑。

问下去，纷纷将筷子扎向鱼头。这家餐厅汇聚了南北几大菜系，以辣为主。恰巧我们仨都喜辣，也都喜欢在味蕾上寻求点刺激。馆子不大，位置也合适，是我们的指定聚餐地点。但自从去年帆儿开了一间钢管舞教室，叶子忙于她的个人画展，我们仨就很少相聚了。

曾经，我总带张明来这间餐厅，也不知道他是否喜欢。反正，他什么都得听我的。我一边吃着鱼头，一边回想，张明除了我，还喜欢什么？他似乎对一切事物的评价只有“还行，还不错”。两年过去了，他在我的印象里变得很模糊，或许他的形象就从未清晰过也说不定。

帆儿一直向我们抱怨除了每个季度要对付昂贵的房租，还要处理女会员们之间的纠纷问题，简直就是费力不讨好的工作。我和叶子也都曾是她的会员，我们都办过年卡。在那里也学会了不少动作，在外行眼里，我们已经相当专业了，甚至可以卖票演出了。

鱼头吃了大半，叶子又突然想起之前的话题：“你说，张明要是回来了，你俩还有可能吗？”

“没可能吧。”

“那如果当初你不来我教室学钢管，你俩会分开吗？”帆儿问。

“不知道，可能也会吧……”

2

这是老 what 酒吧最后一天营业，我和张明坐在门口，喝酒。今晚没有乐队演出，很多老顾客和老板的朋友前来“道别”。这个 live house 酒吧开了十多年，很多现在成名的乐队都是从这里走出去的。这里也蕴藏了很多人的记忆和过往。这其中，就包含了我和张明的。酒吧对面就是一所重点中学。张明说，以后咱们孩子要是能在这上学就好了。

我不知道该说什么。家里一切大事都是他说的算，我没什么意见。主要还是懒，懒得去想那些“大事”，懒得去做决定。

老 what 离筒子河边儿不远。每个月我们都会来这酒吧一到两次。每次酒喝得差不多了，都会在筒子河边儿上走一走。张明会自顾自地说着那些金融职场上的事。我不爱听，但也从来不会打断他。那些都与我无关。那什么与我有关呢？我也不知道。我是土生土长的北京孩子，独生子女。父母早年间已经为我打拼好了一切，什么都不用我发愁，什么也都不需要我发愁。父母对我唯一的要求就是找一个对我好的，有不错工作的男人嫁了。张明是南方人，能吃苦。在北京多年，终于把自己拼成了一个中产，就连说话口音也变了。他对我也好，是那种让我挑不出毛病的好。所以他特别符合我爸妈的要求。

以前的我，活得如一盘散沙，多亏有张明拖着我，我真的很谢谢他。但有时候我也会心里发慌，不知道张明看上我什么了。可能是因为我好看，也可能因为我是北京本地的。

搬了家后，这个酒吧离我们就远了，每次开车要一个小时。但我们都喜欢这儿。我跟他说，咱俩去筒子河边上走走吧。

张明说："这最后一天营业了，还真有点舍不得……"

我象征性地点了下头，心不在焉地望着旁边故宫的高墙，想着自己要是会飞檐走壁应该挺酷的。

张明牵着我的手，不自觉地反复摸着我手心里的茧子，说：

"闭眼睛还以为拉着一个男人的手呢。你那个钢管舞练练差不多就得了。"

"那不叫钢管舞，叫钢管技巧，懂吗。"

"行，钢管技巧。有个爱好是挺好，但是也别用力过猛。万一受伤了怎么办……"他小心翼翼地说。

"怕我受伤？我看你就是封建，思想守旧。你就是认为这是不健康的，你说你这脑子里一天天都想什么呢！"我愤怒地大步向前走，他就小心翼翼地追，尽量和我保持一个不会再激怒我的距离。我自己也不清楚到底在愤怒什么，并且如此地理直气壮。

起初，张明对我去学跳舞的事特别支持，去跳跳舞，换个心情，也能交几个朋友。张明一开始只是知道我去学跳舞，但他不知道我是去跳的什么舞。他没问，我也懒得说。也许就是这点，他不该对我去学钢管舞有任何的质疑。

餐厅里又进来了一对男女，他们看上去都很疲惫。坐下后，两人都没有翻看菜单，男人随口说了几个菜，女人盯着某处在发呆。他俩一定也是这儿的常客。我看着他们，有种似曾相识的感觉。曾经，我和张明也是这样，他点菜，爱点什么点什么，跟他吃饭能吃出个什么花儿来？

"其实，张明那会特别烦你。他总觉得我去学钢管是你教唆的。"我说。

“其实，张明烦我这件事，我多少也能感觉出来。”帆儿说。

“他这个人就这样，心眼儿特别小。而且好像特别怕我去工作，怕我出门。我每次说去找工作的事，他都小心翼翼地劝我在家待着挺好的。你们说这是为什么？”

“你这么不踏实一人，怕你一出门就跟别人跑了吧？”叶子说完，我们仨全笑了。

3

和他在一起没多久，我所在的公司老板被抓了。从没工作到现在已经脱离社会三年了。这都是张明的主意，他说，别找工作了，咱俩该计划一下要孩子的事了。你挣的那点钱还不够付阿姨的工资呢。我曾经认为，他一切的主意都是正确的。张明有一份不错的工作和不错的收入，我们也有一辆不错的车和不错的房子，我们父母双全，婆媳关系也不错。我三十，张明三十五。在别人看来，我的生活近乎完美，但我依然还是不高兴。帆儿跟叶子说我有病、不知足，我觉得她们说得特别对。

跟张明的这几年，不知该用什么词汇来总结。好像和他过了很多年，又好像一天也没和他过过。很梦幻，很朦胧。我们结婚七八年，有时候觉得张明特别好，有时候连话都不想跟他说。有时候觉得就跟张明这么过下去就算了，有时候觉得还是赶紧离了吧。有时候觉得他就是根鸡肋，认真想想，他真的就是块鸡肋。之所以跟他耗到现在，就是他没有一个让我说得出来的毛病。但又觉得他浑身都是毛病。当然了，也许有毛病的人是我。很多个夜晚，我会借助微弱的亮光，凝视着张明的脸。深夜似乎在与我窃窃私语，向我诉说着生活的寂寞与无聊。向我诉说我的存在是毫无意义的。

就在我怀疑自己的存在价值时，帆儿突然跟我说她要把工作辞了，想开一间钢管舞教室。我和叶子都劝她要冷静，铁饭碗不能丢。帆儿说，是，她要好好想想。于是，两个月以后教室就开了，我和叶子也都踊跃地办了卡。与此同时，叶子也开了个人画展，虽然没什么人买，也没什么人看，但她却乐此不疲。画展持续一个月，她假装忙得不可开交。那段时间，我每天也挺忙的，早上张明去上班之后，我便把自己收拾好，去帆儿的教室练钢管，把自己练得满身是伤后，再坐车到798，去叶子的画展混一下午。晚上等张明回来后，一起在到外面觅点东西吃。如果心情不错，会在家做点饭。我不知道，这种看似充实，但毫无价值，像膨化食品一样的生活能维持多久。一个月马上要过去了，叶子的画展也接近尾声，这意味着我下午将无处可去。为此，我很恐慌、不知所措。

我曾与张明探讨过要找工作的事情，但总是被他那种小心翼翼的语气和态度所安抚。好像我的一切焦虑都是庸人自扰，甚至不值一提。我是怎么被他劝服的，至今我都回想不起来，但每当想起他那小心翼翼的态度时，却总有一股火憋在心里。

接下来的日子，叶子又把自己藏在她的画室了。我每天除了教室几乎没去过什么地方，然而有趣的是，我对钢管舞却产生了一种依赖。具体地说，它叫钢管技巧，与钢管舞不同的是，它的难度以及危险系数颇高，属于一种极限运动。它不仅挑战的是身体的力量和柔韧，更是一种突破心理恐惧的运动（但无论怎么跟张明解释，他就是不懂）。帆儿的教室除了中午和晚上有课以外，其余时间是空着的。除了上课的那一小时，我都在教室里“混着”。帆儿要是在的话，我俩就一起训练；她要是不在，我就在教室里睡会儿，或是叫个外卖吃。总之，我喜欢赖在教室里。它像是一个避难所，可以让我暂时逃离原本乏味的生活，以及那个永远小心翼翼的张明。

两个多月过去了，我的钢管技巧水平突飞猛进，身体也有些细微变化。然而，我却全然不知，就是在老 what 最后营业的那晚，才发现的。

那天晚上，我和张明都喝了些酒（我喜欢和他一起喝酒，只有喝完酒的他，才稍显可爱些），我们都有些伤感。我手里握着一瓶没喝完的啤酒，与他一起在筒子河边儿散步。在路口转弯处，我看见了一个路牌，目测那路牌杆儿和钢管的粗细差不多。我说，给你表演一个吧。张明说，行，来一个。我把手里的酒瓶递给他，走过去，双手在屁股兜上擦了一把手上的汗，又甩了甩双臂。

张明说：“准备动作还挺像那么回事的。”

他根本就不知道我要干什么。

我右手抓住杆子，与眼睛平行，左手抓在杆子底部，右脚一蹬，大头朝下地翻了上去。做了一个完美的撑杆翻。

张明：我 ×！

我撑了两秒，下来了。又甩了一下肩膀。

这一举动把张明给吓得瞬间醒酒了，又恢复到那个让人熟悉、让人厌烦、小心谨慎的张明了。

首先，他清了一下嗓子。

我知道，他又要开始那一套陈词滥调了。

“我说媳妇，咱以后能不能……”

“不能，你闭嘴吧……”

张明就真的把嘴闭上了，一口将我剩下的酒都喝完了。

4

一年前的晚上，我和帆儿在老 what 喝完酒，她就在这个路牌杆上做了一个撑杆翻的动作。当时我就醒酒了。我问她是怎么办到的，她晕乎乎地说她也不知道。我当时发誓，未来我也要做出这个动作。那时的我很激动，从来没有如此渴望过想要干成一件事。帆儿给我设计了一个训练计划，我就严格按照她的计划来。一周练五天，周末休息。除了管上的动作练习，还搭配着有氧和力量训练。

第一次帆儿教我一个大头朝下的动作时，吓得我冒了一身冷汗。

我说：我会不会摔死呀？

帆儿：摔不死，求生欲会救你的。

后来，这句话一直徘徊在我耳边。每当我在钢管上觉得命悬一线时，是求生欲将我死死拉住。再后来，每当我被生活的寂寞和无聊压得奄奄一息时，也是求生欲让我重获新生。

半年过去了，随着身体逐渐的变化，生活似乎也发生了些许改变。这改变是微妙的，也是无法言说的。

我从那根杆上下来后，活动了一下用力过猛的手指，跟张明说：“咱们离婚吧。”

张明似乎没听清，两眼直勾勾地看着我。

我又重复了一遍：“我说，咱们离婚吧。”

“啊？”张明的表情变得有些惊讶，之后面部便开始扭曲。

说完“离婚”这俩字，我突然特别同情他。他没做错什么。

离婚这事在我脑子已经存在了很多年，但一直都没勇气说出来。但不知道什么原因，当我从那个路牌杆上下来的时候，“离婚”这个词一下就脱口而出了，并且底气十足，像是张明做了什么对不起我的事一样。我双目炯炯有神，像夜里的浣熊。张明被我坚定的目光吓坏了。他突然意识到，我是认真的。他心中的不解和疑惑将他的嘴给堵住了，半天说不出话来。

我说：“我这辈子从来没靠自己干成过一件事。小时候靠父母，结婚之后就靠你。有时候我都不知道活着有什么意义……”

后来我开始有点语无伦次。每次我喝完酒，说话就这样，词不达意。越说越不着边儿。其实我就想表达一个意思，我就想知道这辈子能不能干成一件事，哪怕是离婚。

张明知道我有点喝多了，但也知道我说的都是真的。我们都很无助，都帮不了彼此。在这一点上我们达成了共识，毕竟结婚这么多年，这点默契还是有的。

“这应该是咱们在筒子河边儿最后的一个晚上了吧？”

“可能吧。也真是巧了。”

“我真怀疑你是故意的。”

“随便你怎么想。”

那天夜里，我和张明坐地铁的末班车回家。我们坐在列车的尾部车厢，一眼就可望到头。其他车厢里零星地坐着几个低着头的乘客。我盯着杵在地上的扶手杆。张明知道我在想什么，他说，冷静啊，大庭广众之下，控制一下你自己。

我说，现在只有大庭，没有广众。这简直就是为我而设的个人舞台。

张明不敢相信自己听见了什么，力争把那小眼睛睁得很大：

“我看你是练钢管练出毛病了。”

我又来了一个撑杆翻。张明说，我从地铁扶杆上下来的那一刻，身上似乎在发着光。我说，那光是什么颜色的？他说，是金色的，而且特别耀眼。

他又说，离婚这事我同意。

我看着他，很难过。

“我祝福你，秦梦。”

“我也祝福你，张明。”

到站了，我下地铁。张明的面孔突然变得遥远而又清晰。

5

“我俩没什么共同财产，也没有孩子。很快就办完了手续。”我说。

“你后悔吗？”叶子问。

“也许以后会后悔吧。”

“我支持你离婚。”帆儿说。

“嗯……我知道。”我说。

“不，你不知道。其实……有一件事儿我一直没告诉你。”

“说吧。”

“你来我教室没多久，张明就来找我。他说能不能别再让你去我的教室，也别再怂恿你学钢管舞了。我说为什么，他说太危险，说你现在在备孕中，万一出现什么事故呢？况且，钢管舞这个东西，怎么都会让人和夜场联系起来。我说，那你直接去劝秦梦，跟我说有什么用。他说你不听他的。我又说，这些恐怕都不是重点，我想听你真实的想法。”

“张明确实跟我说过孩子的事，但每次也就是说一下而已，但完全没有到备孕的程度。”我说。

“我知道，如果你在备孕的话，我们怎么可能不知道？所以我才觉得这个不是他真实的想法。”

“况且，张明平时也并没有表示出，他对我学钢管舞的事有如此之大的意见。”

“你这么说，我倒是想起来了。有一次，咱俩去上中午的课，但那天我有事，上完第一节课就先走了。出门就碰见了张明，他见着我慌慌张张的，说他正好路过这。就上来看一眼。”叶子说。

“张明中午来过教室？他的公司离教室有三十多公里！等一下，他怎么会知道教室的地址？我从没告诉过他，他也从来没问过。难道他在跟踪我吗？”

我们面面相觑，都一时说不出话来。

“张明真的很爱你，他这辈子估计最害怕的就是你离开他。所以一直都小心翼翼的不是吗？”帆儿说。

“但我最恨的就是这一点。每当他露出小心翼翼的神态时，他都显得那么卑微。我讨厌男人卑微的样子。其实……我也不知道未来是否会后悔，但说出离婚的那一刻，真是太过瘾了。这辈子第一次干成了件‘大事’。”我说。

“还记得刚才进来的那个人吗？”叶子说。

我点点头。

“那个人真的很像张明。”叶子说。

“只是长得像而已吧。”我说。

“是吗？可那人看了你好久才离开的……”叶子说。

小龙虾

1

这间钢管舞教室很大，很空旷，说话会有回音。十根被擦得铮亮的钢管立在教室中，旁边放着保护垫、干手液、镁粉和几个波形泡沫轴。斯斯和彤辛来早了，她们向前台小姑娘打了招呼，便去更衣室换衣服。她们是这间教室的老会员，钢管技巧在外行人眼中，已经相当专业了，用帆儿的话说——已经到了收费级别。帆儿是这儿的老师和老板。她们两人迅速把自己脱光，换上了运动内衣。

她们的身材不苗条，多余的肉全被挤在了运动内衣的外面，但她们却丝毫不在意，对着镜子相互展示身上的淤青和伤疤。这时候，又一个姑娘走进更衣室，准备换衣服。是个新面孔，以前没见过。这姑娘见了只穿运动内衣的斯斯和彤辛，有点尴尬。赶紧躲进了更衣室的角落，把帘子拉上了。

“前两天练‘超人’大腿根儿都快磨出茧子了。”斯斯说。

“我前两天练倒立撑，肩膀又给扭了。脚背也磨破皮了。”彤辛说。

“我也是，脚背都留疤了，估计好不了了。而且你的肩膀扭了，就该休息。”斯斯说。两人语气略带炫耀，边说边走出了更衣室，开始活动筋骨，擦镁粉，准备上杆儿。这时候，突然走进来一个男人。他看上去三十多岁，头发半长且油腻。佝偻着后背，走向前台小姑娘。

“这男的不是变态吧？”斯斯小声跟彤辛说。

“不能是吧？那这变态胆儿也太大了，这光天化日，不怕我们报警啊？”

“我觉得像，谁大夏天的还穿皮夹克？你看他的腿，也太细了吧，赶上你胳膊了。再看他后背，跟小龙虾似的。”

“他不会吸毒吧？”

说话间，新来的姑娘从更衣室走了出来，那男人佝偻着身体走了进去，显得很兴奋，并与新来的姑娘打了个照脸儿。斯斯和彤辛以及新来的姑娘同时看向前台，几个姑娘迅速聚集到了一起，嘀嘀咕咕。

“怎么回事呀？他怎么就进去了？”斯斯问。

“人家是来学钢管舞的。”前台说。

“啊？同性恋？”彤辛说。

“好像不是，人家一下就了办了一个半年卡。”前台说。

“咱们这还收男会员呀？”新来的姑娘说。

“招啊，我们也得交房租哇。”前台说。

“会不会是以学钢管的名义耍流氓的？”斯斯说。

“那这也太贵了吧，半年卡也小一万呢。你们放心，我会留意他的，万一有点什么风吹草动的，我立刻报警。”前台说。

“那你说他穿什么练啊？”新来的姑娘说。

“不会也跟咱们穿得一样吧？”彤辛说。

几个姑娘捂着嘴，窸窸窣窣地笑着。

“他要是敢跟你穿得一样，你就立刻报警啊，简直就是变态。”斯斯说。

这一场“秘密”谈话，瞬间让新来的姑娘融入了小集体中。

这新来的姑娘做了自我介绍，她叫小白，在一家互联网公司工作。

这时，男人穿着一条黑色的四角沙滩裤，一件黑色的跨栏背心走了出来。低着头走到了教室的一角。

2

他叫史男，三十六岁，单身，在一个照相馆里做照片后期修图。他在这间照相馆干了十年。由于常年驼背面对电脑，导致他现在再也无法挺直地站立着，并且他有严重的颈椎病和腰椎间盘突出，近视高达900度。他每天重复地在做同样的事情，工作枯燥乏味，但又无力去改变什么。他只身一人，除去每月的房租和维持基本的温饱，额外的钱都存了起来。这些年，也存了不少钱，可他不知道这些钱能用来做什么。

史男是个早产儿，从小体弱多病。他严重贫血，肤色惨白，经常从椅子上站起来会头晕眼花。他暗恋过许多来照相馆里拍艺术照的女孩们，都是那种身材高挑、样貌时尚阳光型的。史男对于这些女孩来说，就像一只发了霉的臭虫。从她们的眼神就可看出对史男的厌恶。史男幻想着自己是她们的男友，幻想着和她们谈恋爱、吵架、旅行、做爱、分手。史男的房间里，贴满了她们修图之前的照片。分手过后，他会在照片上画一个叉。对着这些照片打飞机，算是他的一个爱好。

这天，史男像往常一样走在上班的路上，突然看见一个长发飘飘、身材高挑，牵着一只萨摩耶的女孩在发宣传单。史男双手插兜，突然把头缩了起来，加快脚步（通常，他见到这类型女孩时，都会快速闪躲，就像见到可怕的怪兽般）。可就在这时，女孩突然把传单递给了他一张。她的手真是白皙呀，还透着一股香气。这一瞬间，史男似乎就爱上了这个姑娘。他不敢抬头看她，拿着单子就走了。他越走越快，甚至小跑了起来。可没跑几步就喘不上气儿来了。他以最快的速度，钻进了照相馆，坐在了自己的位子，心脏震耳欲聋地蹦跳着。待他缓过来时，他将宣传单扣在了脸上，用力闻了闻，似乎那姑娘的余香还停留在这里。

这是一间钢管舞教室，地点就在附近。宣传单上一个姑娘穿着运动内衣倒立在一根钢管上。这一天，他魂不守舍，一张图也没修。晚上，他躺在床上，依然在看这张宣传单。他眼前似乎有一道光，一闪而过。他猛地从床上坐起身来，做了一个决定。

3

今天帆儿的课，一共有六个学生。帆儿见了史男也有些诧异，但她还是完美地控制了自己的表情。

"请新来的同学往前站。"帆儿说。

史男低着头和小白走到了第一排。随后，帆儿便带领大家做热身准备。

热身完毕后，帆儿走到他俩面前问："你们是第一次接触钢管技巧吗？"

两人分别回答"是"。

帆儿看着史男，走到他的身后，将他的肩膀用力向后掰。史男一开始很紧张，可到后来，却疼得叫了出来。

"你这个驼背还是挺严重的，你先去压压肩膀。"帆儿说。

史男走到了教室后面，一边压肩膀，一边偷看这些姑娘们。

斯斯和彤辛开始了自由练习，彤辛继续做倒立撑，斯斯两步爬到了钢管顶端，做了一系列的旋转。史男惊呆了，被两人的动作震慑到了。他甚至不敢相信自己的眼睛，她们是怎么做到的？需要多大的力气才能将自己在高空中旋转起来？史男把手放到了钢管上，这是他第一次触碰它。它是坚硬的，也是冰冷的。他用力握了一下，身上莫名地冒出了许多汗。他看着镜子中的斯斯和彤辛，又看了看被她们身体挡住若隐若现的自己，那么的丑陋、猥琐、油腻，他突然厌恶起了自己。

帆儿走了过来："你的驼背慢慢训练会好起来的。"

"真的吗？"史男说。

"只要你努力，只要你想改变自己。"

帆儿开始教史男几个基本的舞步，和上杆技巧。史男试了几次，都无法将双脚同时离开地面。

"他妈的。"史男暴躁地骂了句脏话。

"别着急，你现在身上没有肌肉，多练几次就好了。"帆儿随便应付他了一句，就立刻去教别的学生了。

斯斯和彤辛在一旁又开始了窃窃私语，其他几个女同学，也都分别用眼神暗地里相互交流着。史男对此毫无察觉，他仍在努力练习，也许他并没有意识到，这是他第一次如此迫切地想要学会一件事情。

一节课很快结束了，他仍是无法做到双脚同时离地。此刻，他的脚面已经开始红肿起来。女同学们纷纷走进更衣室，窸窸窣窣地在讨论着什么。史男走向了前台。

"我要办年卡。"

"你确定吗？我建议你先办一个月卡试试。如果万一……"

"没什么万一，我就要办年卡。"

"我们年卡是一万六千八。"

史男二话没说，刷了卡。

这天晚上，教室的会员群像是炸了锅，都在议论史男，并给史男起了一个名——小龙虾。他的照片也都在群里传散开了。

史男回到家第一件事，就是对着墙上的照片打飞机。第二件事就是决定要努力学钢管。他看了看课表，认真地规划着自己的训练时间。他从未感到心情如此愉快过，洗漱后，又换上了上课的衣服，趴在地上，做开肩训练。

4

一个月过去了，谁都没有想到，史男居然可以劈叉了。史男的努力大家是有目共睹的，这一个月里，即便是下了课，他也会趴在地上开肩或是压腿。柔韧课上，所有人都在期待史男的竖叉，当他压下去的那一秒，教室里居然响起了一片欢呼声。史男当时就流泪了。然而，这仍然没有获得斯斯和彤辛的半点好感，反而让她们觉得史男更加猥琐了。一个男人，这么努力地学劈叉，是想干什么？他那两条干巴、弯曲的双腿，简直就像两根长树杈。

夜里，史男写了一段很长的文章，内容大意是他通过钢管舞找到了新的自己。他要感谢帆儿和柔韧老师。还要感谢斯斯和彤辛，是她们激励了自己。这篇文章他洋洋洒洒写了七八千字，甚至连他小时候被欺负的事也都涵盖在内了。之后，他做了一个文件链接，发在了朋友圈里。发出去后，他又一次哭了，然后把墙上贴的照片全部都揭下来，扔了。

小白有他的微信好友，看到文章后捧腹大笑，又立刻转发到了会员群里。小白特意“@”了斯斯和彤辛，说，看小龙虾还要感谢你们呢！斯斯和彤辛立刻回复道，小龙虾真是个神经病，又说了一些讽刺他的话。这时候，突然冒出了很多平时在群里一言不发的会员，她们开始指责斯斯和彤辛，说她们不应该这么嘲笑别人，大师兄的努力和进步都让她们很感动。于是，群里再次炸开锅，吵得不可开交。史男瞬间成了教室里的风云人物，上课时，姑娘们都喜欢围着他，请教他。他再也不怕看见那些穿着运动内衣，身材高挑的漂亮姑娘们了。而斯斯和彤辛在这次事件后，从会员群里退出了，再也没有出现在教室里了。史男也终于被拉进了会员群。

又过了三个月，史男居然可以站直了，虽然还是有些驼背，但后背的那个大包已经不见了。这天上课，帆儿突然说下个月是店庆两周年，教室会请学员们表演钢管技巧、吊环和瑜伽，希望同学们可以踊跃参加。大家都将目光投向了史男。

“大师兄，你快报名啊！”

史男已经被亲切地称为大师兄了。

“就是的，大师兄你参加吧。然后带着我们训练。”

史男比谁都渴望参加比赛，假装犹豫了下，同意了。教室里又一次欢声四起。

参加表演的一共有十五名会员，他们几个成立了一个小群。每天晚上约着一起练习表演的动作。磕磕碰碰的又是一个月，身上的淤青似乎成了他们的勋章。随着店庆时间的临近，他们训练的强度也在逐渐加大。史男干脆辞掉了工作，整日泡在教室里。有一次帆儿看着史男说，不然你来我店里上班吧？史男高兴坏了，说让他干吗他都愿意。帆儿说，你当前台得了，现在这前台小姑娘不太会来事，把好几个会员都得罪了，而且她自己也不喜欢钢管。我看你挺合适的。就这样，史男每天就顺理成章地，正式地泡在了教室里。他喜欢这儿，除了训练，他会把每块玻璃、镜子和地板擦得锃亮，定期给钢管做检查，看是否有松动的情况。

店庆这天，很热闹，教室里摆了酒水、甜品台，还请来了专业DJ和摄影师，就连灯光也做了特殊处理。这间教室足足挤下了七八十人。帆儿做了开场讲话后，就迎来了第一场表演，是四个姑娘的双人吊环表演。史男在人群中挤来挤去，不让自己闲下来，一副很忙碌的样子。但其实也没什么他要做的，只是内心的紧张无法让他停下来。终于到史男的表演了，他要和三个姑娘做钢管技巧表演。他穿了一条藏蓝色平角运动内裤，上面穿了一件紧绷的白色运动背心。他尽力将自己挺直，站在灯光下，音乐响起来了。他和姑娘们交换了下鼓励的眼神，他两步爬上钢管，在空中尽情地翻飞着，迎来了一阵又一阵观众们的掌声和惊叹声。这一刻的他是那么的美，谁会想到这就是当初那个猥琐的小龙虾呢？

网络事件

1

不知道为什么，张思媛脑子里总是出现一个画面，或说是一个场景：她开着车，以80迈的速度与对面迎来的车狠狠相撞。这个场景每天都会重复一次，并有着切肤之感。骨折、头破血流之类的痛感贯穿全身。即便她从未撞过车或受过重伤。她是一个惜命且热爱生活的人，就连擦破皮都很少出现。那么，骨折及头破血流是种怎样的感觉呢？她躺在床上，已经是早上九点半了。她看了看手机，打开了直播软件，用被子遮住了一半脸，睡眼惺忪，对着手机屏幕向粉丝们眨眼睛，这是她向粉丝们说早安的一种方式。昨夜，她的粉丝数量又增加了五百个人。十分钟过后，她关了手机，下线了。环顾了下房间，思索着，今天要直播些什么？

张思媛是黑龙江人，具体是黑龙江哪个村子的，她谁也没告诉过。她有八分之一的俄罗斯血统。她长得其实挺好看的，眼睛大，鼻子高，身材也很好。唯独气质和审美品位差了些。但作为女主播，谁会在意这些事？手机的美颜和修图软件会将其不足完美掩盖。被手机滤镜软件打磨过后，她就是一个聚集青春可爱，优雅气质和完美身材于一身的漂亮姐姐。她是主播界的元老，也是一个超级网红。

她是怎么红起来的，这挺难说的，也挺莫名的。起初，她是吃播的主播，所谓吃播就是直播吃饭的。她把手机架在餐桌上，面前摆一些再普通不过的饭菜，她慢慢悠悠地吃，偶尔会和观众们互动下，评价下饭菜的口味。有时可以吃一个下午，观众们就不厌其烦地看她一个下午。就连她自己也没想到，吃饭竟会是一件如此受欢迎的事情。随着吃播粉丝量的增长，她逐渐把饭菜的档次提高了，由家常便饭改到了餐厅里，有时候去川菜馆子，有时候去粤菜馆子。偶尔还会叫几个朋友和她一起录。内容上有了改进，粉丝量自然也就逐渐上涨。粉丝们会送她礼物，少则十块二十块，多则上百上千块。这样算下来，每月也会有个小几万的收入。这对于张思媛来说，简直都快被钱给拍晕了。

张思媛对待直播这件事，越来越用心，把它视为了一种正式工作来看待。她仔细研究网络上的各大直播平台和直播网红的内容，又将自己的直播范围扩展了些。她走哪录哪，就连坐地铁也会一直举着手机。观众们喜欢她，也喜欢看她再平淡不过的生活。一次，她睡着了，手机就一直开着，足足录了三个小时，后来内存不够和电量不足，关机了。等她醒来再翻看手机时，发现粉丝量再一次暴涨。

“小姐姐睡觉时真好看。”

“小姐姐不要着凉哦。”

“你的眼睫毛好长呀。”

“……”

这些粉丝留言有男有女，年龄不详。这一次的睡觉直播，让张思媛获得了五万块钱的收入。就在这时，她又有了一个奇思妙想。

2

张思媛本命叫张大丫，张大丫从小就喜欢表演，喜欢唱歌跳舞。小时候在村子里跟着师傅是学二人转的。她的天资很好，师傅很喜欢她。她长大后考到了北京一所艺术学校里学民族舞，毕业后留在了北京。她给自己取了一个新的名字——张思媛。之所以叫张大丫是因为，在她一出生的时候，她的脚就格外的大，在她十七岁的时候，就要穿四十一码的鞋了。她一米六八的个子，却有一双四十一码的脚，虽然说算不上什么缺陷，但作为一个舞蹈演员来说，比例确实有些怪异。

她从东北到了北京，从张大丫变成了张思媛，无论她走到哪儿，穿得再怎么像个城市人，只要拖着那双大脚，她就是张大丫。

由于她的大脚，张思媛毕业后一直找不到工作，无论是舞蹈剧团还是舞蹈工作室她都去面试过。人家一看到她的脚，都觉得比例不好。人长得倒是挺好看，身材体形都不错，可是往那儿一站，就是觉得有点怪。后来，她又去了一间幼儿舞蹈班面试，这才勉强算是有了工作。但工作了两个月，她还是辞职了。她实在不喜欢小孩，两个月已经耗尽了她所有的耐心。

想要在北京继续待着，总要有一份工作，否则就得回村里继续当二人转演员。一天晚上，她走到后海酒吧一条街，突然在一个落地玻璃窗外，看见里面有人跳钢管舞。她觉得挺有意思，以前只在电影里见过。她走了进去，点了一瓶啤酒，坐在了舞台旁边，盯着那个跳舞的女孩。不过，那女孩一看就是在糊弄事儿，肯定也从没学过什么舞蹈。只是一直围着钢管随便扭动。她想：这也许会是个不错的挣钱方法。那女孩儿下了台，被两个保安护送到了后台，就再也没出来过了。张大丫又想：这样的工作真是既轻松又安全。

第二天，她在网上开始寻找钢管舞教室。就这样，她来到了帆儿的教室。

3

张思媛的存款不多，是曾经在学校读书时，利用假期回老家表演二人转攒下来的。教室的会员卡费用对于她来说，简直已经贵上了天。她思来想去，还是办了一张三千块钱左右的季卡。张思媛对钢管舞的认识，仅限于在电影里和那晚后海酒吧里表演的那种程度。她认为，三个月就能出师。然而，帆儿的教室是着重于钢管技巧，这是一项极限运动，危险系数极高，并且对身体素质也有颇高的要求。张思媛完全没有做好心理准备。

上第一节课，张思媛就被老师的热身运动给累垮了。接下来的课程更是让她措手不及。她虽有过四年专业的民族舞训练，但对于这项极限运动来说，完全是两回事。她坐在地上揉搓快磨出水疱的双手和双脚，抬头看着钢管顶端那些能把自己旋转起来的学员，突然对钢管有了种敬畏之心。她越看越觉得有意思。

三个月的季卡钱不能白交，练习钢管技巧成了她的主要任务。每天刻苦训练，希望早日出师。张思媛四年大学还是没有白上的，短短三个月时间，她的钢管技巧水平几乎和老师不相上下了。正当她准备去酒吧面试的时候，主播这个职业一夜之间突然冒出来了。

4

主播这一行业的出现，让张思媛产生了一个幻觉——她的命运将从此改变。

这天晚上，她捧着手机刷了一晚上直播，觉得极其无聊。直播内容无非就是吃饭、美妆，毫无技术含量。可下面的粉丝却前呼后拥，不断给主播送五块十块的"礼物"。张思媛开始好奇了，她仔细算了一下，一个小时内，主播竟收到了两千块钱的礼物。她一边刷手机，一边思索着，准备自己也试试。就这样，张思媛开启了她的主播之路。主播做了短短几个月，收入竟达到了数万元。张思媛又想，如果想要粉丝量再一次暴涨，继续直播日常内容，恐怕会很难。

接下来，张思媛的奇思妙想就是要直播钢管舞的平日训练。她再次到了帆儿的教室，办了一张只有 6 节课的次卡。对于现在的她来说，钱已经不是问题了，之所以办了一张次卡，是因为她不确定粉丝是否对其直播内容感兴趣。她要先试探下。第二天，她带运动内衣来到了教室。她占了一个角落的位置，把手机放到了一个隐蔽、只可录到她自己的位置上，开始直播。上课时，她动不动会和粉丝互动，以及跟踪浏览量。效果让她非常满意，仅仅这五十分钟的直播，让她又赚到了两万块钱。

六次课的直播，让她赚到了十万元。紧接着，她又在帆儿的教室办了一张月卡。张思媛知道，粉丝对钢管直播的热衷度也就一个月左右。一个月后，她就要继续另想其他新鲜，更能吸引眼球的内容了。可就在这一个月里，发生了一件事。在一次上课时，由于她做的动作幅度过大，整个胸部从内衣里蹦跳了出来。粉丝们先是惊呆了，纷纷截屏。还有一名粉丝，疯狂送给张思媛近十万块钱的礼物。张思媛立刻从管上蹦下来，整理好自己的衣服，看了下手机。接下来的十几分钟，她的心情有如坐过山车般。先是浏览量的暴涨，粉丝数量也在持续暴涨，频频收到了上万元的礼物。正当她快被礼物“砸”晕时，她的账号突然被查封了，原因是有裸露内容，涉黄。收到的礼物也一瞬间被没收了。她知道这种事在所难免，重新再申请一个账号，或是另寻其他直播平台即可。反正她有庞大的粉丝量，换去哪个平台都一样。她打开微博，准备写一个更换账户的申明。可就在这时，微博出现了大量她的不雅照片，人们纷纷在照片下面留言，内容不堪入目。

张思媛把自己关在家里，一个星期没出过门。走光事件让她想去自杀。直播生涯算是到头了，那么接下来，她在这个城市还能做些什么呢？难道要继续学钢管，到一个酒吧里去表演吗？又或是回到村里继续表演二人转？她又想到了那天晚上，后海酒吧里，站在台子上表演钢管舞的那个姑娘。她从未如此绝望过。

这个世界就是如此疯狂，而这种疯狂却淋漓尽致地体现在了张思媛的身上。在她觉得人生走到尾声时，有电话来了，是朋友给她发的视频，她在另一个直播软件上，因为那段走光视频而红了。这段视频被人剪辑过，裸露的内容已被减去，并且拼接上了大量钢管技巧和之前当邻家小妹妹的视频。两者的反差，让她再次走红。各大网站纷纷发来了邀请，甚至时装周也要邀请她去。

张思媛竟然从此走出了国门，登上了国际舞台。在某一次的国际时装周上，她代表中国网红接受采访时，一个男人突然冒出来大喊：“你是张大丫？”那男人把脸突然凑上去，使劲看了看，又低下头瞧了一眼她的大脚，说：“没错，你就是我们村的大丫！我认得你这双大脚。”张大丫无力反驳，在场的记者蜂拥而至。

满　冬

李约热[1]

一

满冬和涂响是大学同学，这一天，他俩见面。

涂响刚刚失恋，这个晚上，他讲他离去的女友，满冬则讲自己最近碰到的一些人和事。

满冬说，我才懒得安慰你，你又不是第一次失恋，而且我呀，也不怎么同情你，恋爱这种事情，神仙都管不了，自己种的果就自己享用吧。

满冬和涂响经常被人误会是一对儿，很遗憾，他们不是，两人眼神对在一起不到两秒，就要笑场。他们是这个城市里，关系比较铁的同学，仅此而已。

这个晚上，涂响讲他女友的部分我们可以省略。满冬讲的她碰到的人和事，我们得好好听一听。不是说涂响的事情就不值得我们关心和同情，像涂响和女友这样的失恋故事，电影电视，书里书外，很多很多，男主女主失恋失得已经毫无新意。满冬很了解涂响，不出半个月，涂响定能满血复活，谁要是再跟他说他上一任女友，他会很快转移话题，从受伤到伤口愈合再到疤痕消失，一气呵成，玩儿似的。

---

① **李约热**　小说家，现居南宁，有多篇（部）作品发表、出版。作品曾获广西文艺创作铜鼓奖；《小说选刊》奖；《北京文学·中篇小说月报》奖；《民族文学》年度作品奖；全国少数民族文学创作骏马奖；等等。

满冬说的她碰到的事情，是从春天开始的。

二

春天，满冬感冒，来医院急诊科看医生，一个拄着单拐的中年男人，排在她前面，排队的人很多，一时半会儿轮不到他们。男人有点着急，一下歪头看前面的人，一下转头看急诊室门口，那里坐着他的女人。

忽然间，男人对着满冬笑，我去那边看一下，我排在你前面，你帮我证明。他说。满冬笑着点头。男人艰难地移到急诊室门口，在一个干瘦的女人身边停下来，他在跟她说什么，然后伸手到脚边的行李袋里掏出水杯，拧开，递给她，女人摇摇头。他坚持让她喝水，她还是摇头，他只好拧紧水杯的盖子，把水杯放到袋子里，然后慢慢拐回来，在他就要走到满冬前面的时候，后面有人不干了。

插队，前面的人不要插队。有人在后面喊，大概是刚刚加入排队长龙的人，开始是一个，后来是几个，声音都很凶，前面的人不要插队！

男人觉得委屈，喊道，我没有插队，我刚才就是排在这里，不信，你们问她。男人向满冬求助。

满冬对那些人说，他没有插队，他就是排在我前面。

后面的人不相信满冬的话。你们是一伙的吧，票贩子，一个塞一个前面，你们自己给自己证明，你当我是瞎呀。

满冬没想到自己在他们眼里竟成了票贩子，不久以前她看到一个视频，一个女孩带父亲在北京的医院看病，怎么排队都排不到自己，在医院里哭诉："这里是北京，北京首都哇。"当时满冬看到这里时，还流下眼泪。没想到自己竟被当成票贩子。她向排在她身后的人投去征询的目光，希望他们能站出来做证。奇怪的事情发生了，他们好像看不见似的，把目光投向别处。他们有一部分大概觉得多一事不如少一事，另一部分觉得他们的前面少一个排队的人，他们，或者他们的亲人就能早一点看病，他们巴不得拄着单拐的男人是个"插队分子"呢。

满冬只好跟那些把她当票贩子的人争辩，我不是票贩子，他也不是，坐在那里的那个女人是他带来看病的，他刚才就排在我的前面。

后面的人还是不信，你们都是一伙的，坐在那里的那一排全是你们带来的好吗。他们不讲道理到了这个份儿上，拄着拐杖的男人生气了，我就是插队了，我就是插队你们又怎么样，我就是排在这里你们敢把我怎么样。他的头因为生气而不停地抖动。

你看，承认了不是，插队都插得那么嚣张，你不能排在那里，你凭什么插队。有人冲过来，把男人推出队伍。男人举着拐杖挡他们，这下他就挨揍了，男人还手，哪里打得过他们。满冬哭着喊，不要打他不要打他，要去拉开那些人，自己也挨了两拳，她蹲在地上哭。怎么会变成这样，他们是把他和她，当票贩子打了。这个时候，惊人的一幕出现了，那个刚才连水杯都要自己男人拧开盖子的生病的女人，用自己最后一把力气，疯了似的冲过来，用身体护着自己的丈夫……

春天还剩下个尾巴，满冬接到一个电话，是拄单拐的男人打来的。这个世界的缘分无处不在，简简单单地去医院排个队，一桩意外事件就把她和他连在一起——事情最终被医院的保安平息，很简单，打人的人被带到监控室，看录像回放，那个拄着单拐的男人并不是“插队分子”，最终他们道歉，赔钱。

这件事情只是一个引子，最终改变满冬的引子。

三

在涂响面前，满冬说，男人给我打电话，说他的老婆快不行了，想见一见我，不知道我能不能满足她的愿望。说老实话，我第一反应是有点害怕，我和他夫妇俩的交集，也只有半天时间，打那以后，我忙自己的事情，在医院里发生的事，要不是接到他的电话，我都不会想起来。我没有拒绝他，也没有答应一定去，只是问了他家的地址，他家在老城区，其实离我住的地方不远。一个人临终前，想见的人，肯定是自己的亲人，我觉得她想见我这个陌生人一点理由都没有，是不是在不清醒的情况下说的。最后我想，这是一个人在这个世上最后的一个愿望，说什么都要满足她。

四

老城区永远都是热闹的，满冬很久没有逛老城区了，站在这里，她就看得见自己住的那栋楼，很高冷地立在自己的面前。对，是高冷，在四周高冷的大厦映衬下，满冬站着的地方显得烟火味十足。男人住在二十世纪八十年代建成的单元房里，外墙墙体斑驳，黄色的墙漆差不多变成很脏的白色。满冬提了一篮水果，去找他们家。

五

满冬对涂响说，一路爬上楼道，我就猜得出那个男人的身份，失去了单位，残疾，靠晚上在楼下摆小摊过生活。老城区，很多都是这样的人，有很多人发财了，也有很多人艰难度日。果然，我猜得对，他平时就是在楼下，摆摊卖十元钱三双袜子那样的商品。

六

满冬来到男人的家里。两居室，一屋子的旧家具，新一点的是饮水机，总之，看得出，这个家庭的日子，节俭得不能再节俭。男人一脸的歉意，你看，还让你破费，真是很不好意思。他说。

满冬说，我住得不远，很方便的，你不要客气。也难得大嫂想见我。说到女人，男人的脸色就黯淡下来，摇了摇头。

男人把满冬引到女人的病榻前，低下头，跟她说，来了，她来了。

女人的脸只剩下一张皮，但是眼睛还亮着，她被厚厚的花被子盖住，知道满冬来了，从花被子下伸出她的手，那手也只剩下一张皮，满冬害怕，不敢去握。男人低下身子去握女人的手，女人的手在男人的手里挣扎，男人明白她要的是什么，手松开，这时候满冬的手勇敢地伸了过去。

那只手冰凉冰凉，死亡是一场灾难，这场灾难，绝对是从手开始的。满冬想到灾难来临时大厦倾倒的瞬间，飞沙走石，铺天盖地，相比之下，她手中的这只冰凉的手如此安静，毫不声张，世界上很多灾难，原来就是这样悄无声息。想到这里，满冬反而不害怕。

女人嘴巴蠕动，想说什么，但是已发不出声音。这是满冬第一次面对一个濒临死亡的人，那天在医院，她飞身护住自己丈夫的画面再一次出现在满冬脑海里。

昨天还讲得了话，今天就不行了。她把她要说的，都说给我听了，看到你，她就满足了。男人说。

七

涂响这个时候暂时忘掉自己的“不幸”，他和满冬见面的地方，是这个城市的“地王大厦”最高一层的西餐厅。他来这里非常的方便，因为他就在大厦里上班，他是一个公司的人事总管，经常一副铁面无私的表情，训斥手下，唾沫横飞。当然，那只是他的一面，他的另一面，则留给了满冬，他跟她诉苦诉得很痛快，这个城市，好在有满冬这样的同学，要不满腹心事还真不好跟谁说。涂响更多的时候一个人站在这个城市的最高处，有时候脑子一闪而过，如果自己从这里飞身而下，落在地面上，会碎成几块？这样的念头近来经常出现在脑海里，特别是宿醉后第二天，感觉一切都是那么无聊，很想飞身下去就这样一了百了。他也经常为自己有这样的想法感到吃惊。有时站在窗边，会下意识地抓住什么，生怕有人把自己推下去。满冬说，我自己也会有这样的念头。连满冬都这样，涂响才觉得自己没有什么不正常。

涂响说，一个陌生的女人，她临死之前为什么要见你？是因为那天在医院里你为她老公做了你应该做的事吗？她要表示对你的感谢？将死的人，一般都被病痛折磨得不成样子，怎么还会想到你。

满冬说，最初我也是这样想。但是她想见我，不是为了感谢我。

涂响说，那是不是想继续得到你的帮助？还有求于你？

满冬说也不是。

涂响说，那我就搞不清楚了。

满冬说，我是二十年来，除了她丈夫外，第一个她想见的人。

涂响说，她得的是什么病啊？

八

回到那个春天的午后。满冬握住女人冰凉的手，这个时候，女人闪亮的眼睛，涌出泪滴，男人为她拭擦。

男人说，我觉得她的病好了。

满冬觉得奇怪，她的病这就好了？

男人说，以前只要有一个人来到她面前，她就冒冷汗，脸色惨白，会虚弱得坐下来透气。她想见你，而且见到你后，以前的症状完全没有了。

原来是这样，她是怎么样的一个女人啊。

女人这个时候甚至露出笑容。

你看，她笑了。男人说，非常的欣喜。

那只冰凉的手有了温度，那张只剩下一张皮的面孔泛出红晕。

丈夫对妻子说，我说嘛，她肯定会来的。这回你输了吧。

妻子点了点头，松开了满冬的手。

来到客厅，拄拐的男人给满冬倒了一杯罗汉果茶。他对满冬说，我和她打赌，你会不会来，结果你来了，我赢了，这么多年，我终于赢了一回。

刚才他对女人说这回你输了吧的时候，满冬还觉得奇怪。

你俩之间还打赌？满冬问。

有时候是在心里打赌，有时候说出来。这么多年来，我一直都是输。他说。

怎么这样说？

她很坚强的，只是，她不信任任何人，她如果不坚强，她早死了。男人没有直接回答，而是夸自己的女人坚强。

一般喜欢打赌的人都有一种游戏的心态，这对贫困的夫妻，对付生活的难，就是用这种游戏的方式。这得有多坚强。满冬几乎猜得出来。这个不相信任何人的女人，她的脑子里一直都写满怀疑，因不指望任何人而心安理得。而她的丈夫，则反着来，他也许是在做戏，他肯定是不想让自己的女人一直坠入深渊，让她坚固的内心还存有一丝期待，这丝期待也只有他能给？在医院里，他被那些把他当成票贩子的人殴打的时候，他是怎么想的？她又是怎么想的？挨不挨揍是不是他们当天的“赌盘”？夫妇俩就在相信与不相信的“赌盘”里，把日子过下去。满冬的脑子，更多是那个飞身扑向自己丈夫的女人，当时她是多么的绝望呀。只要有一个人来到她面前，就要冒冷汗，脸色发白。这到底是为什么？

满冬说，这么说来，我做了一件大好事，她为什么会这样？

她看到一起凶杀案，十六岁的时候吧，吓破胆子了。

原来是这样。她害怕跟人接触，是因恐惧而起。所以她不相信，不相信，不相信。不敢上街，不敢生孩子，甚至，甚至，不出去工作。

但是她很依赖我。拄拐的男人说。

对一个女人来说，这就够了。满冬说。

九

在地王大厦最高层。涂响听满冬说拄拐男人和他妻子的故事。

没有对比就没有伤害，涂响想到自己，他突然很羡慕这对夫妻。他很羡慕那些磨难的时候能一起闯关的夫妻。他小时候，住在野马镇，他爷爷喝酒后跟很多人说，野马镇他最佩服的就是老黄，老黄是本地人，在广州工作，二十世纪六十年代被下放回野马镇附近的村里，他的老婆，一个广州女人，也跟她回来，两个人上山打柴，老黄挑一担，她也挑一担，到镇上卖。老黄喜欢喝酒，卖完柴火就到供销社喝半斤米单酒，有时觉得半斤不过瘾，就喝一斤。他醉在街边，老婆也不恼，拿把扇子，赶飞来飞去的蚊子，和野马镇街头那些醉汉的老婆一样。涂响的爷爷在涂响小的时候曾经给他讲了很多的故事，古代的有薛刚反唐、薛仁贵征西，现代的有蒋介石下野、李宗仁当王，外国的有一千零一夜、鲁滨逊漂流等。很奇怪，这些古今中外的故事，他一个都没记住，广州女人跟落魄男人回乡挑柴的故事，他记得特别的牢。大概是因为这个故事就发生在野马镇吧。涂响长大后变成一个情种跟他爷爷讲的这个故事有很大的关系。

涂响说，很佩服这个男人，成天和一个厌世的女人生活在一起，如果是我，肯定受不了。唉，抵抗生活里面最难的部分，同样得需要天分，我就是缺少天分的那个人。这个男人有多难啊，他们是怎么过日子的，靠打赌吗？

满冬说，他们过着最简单的生活，打赌真的成了两人之间最重要的生活内容，我觉得最难的还是这个女人吧，她和她丈夫打赌，都是选择最坏的那个结果，她每次都赢，其实她是希望自己输。每次都赢，这人世间的规矩，都被她猜透了，你说她得有多失望，她备受煎熬。

涂响说，所以说你那天去她家，是她最最高兴的事了，她终于输了，满冬你变得很高大呀！

这是我之前想不到的事情，满冬说，去见她，其实是很容易的一件事情。但是在她心里，肯定是比登天还难的事情。尤其是陌生人与陌生人之间。

何止是陌生人，熟人之间的相助也是可遇不可求啊，涂响回忆自己最需要帮助的时候，他竟也灰心起来，他最难的时候就是借人钱的时候，那时候，老家建房子，他需要十万块钱，他身边的那一帮酒肉朋友，他一个一个地掂量，最终还是没有跟他们开口。那是他自己跟自己在心里打赌的结果。要不是满冬今天跟他说拄拐的男人夫妇俩打赌的事情，他都忘了自己也曾经这样拿人性来揣摩，揣摩的结果都是像女人那样绝望。后来十万块钱还是满冬借给他的。想跟朋友们借钱的事后来他跟满冬说了，他说他害怕拒绝，他说如果朋友们拒绝，他跟他们关系就完了，他又是那样害怕失去他们。那个女人有拄拐的男人，而他呢，则有满冬。

这个世界真的不是很糟糕。

涂响第一次自己跟自己打赌是因为要借十万块钱，男人和女人第一次打赌不是因为自己的事情。

满冬说，那天在电视上，一个骑电动车的女人被一辆小车撞飞，撞成重伤，小车司机肇事逃逸，交警还有家属征集目击者，但是很多天仍然没有人站出来。因为事故发生在白天，男人认为，肇事者一定逃不了。女人说我不信，现在的人多一事不如少一事，他们会因为要去交警队录笔录耽误半天的时间而不愿站出来。果然目击证人最终没有出现。直到小车司机几个月后良心发现投案自首，那些目击证人才跟着冒出来。

打那以后，需要打赌的事情便慢慢多起来，有时候是别人的事情，有时候是自己家的事情。每次都是男人输。也奇怪啊，很多的坏消息都被他们碰到了，莫不是他们拿来当“盘口”的事情，都是疑难杂症，无药可救。

一直到满冬出现。

后来，这个女人死了。

这个时候，在地王大厦顶层，涂响第一次听到叹息声，叹息声是自己发出来的。

十

入夏不久，男人打电话给满冬告诉女人死去的消息。男人说感谢你。满冬有些难过，她一个人走在老城区的林荫路上，脑子里还想着自己穿着春装去男人家串门的事。街上全是穿短衣、短裤、裙子的人。这个城市的夏天闷热，挡不住人群熙熙攘攘。

把自己全捐出去的想法就是这个时候产生的。

当时她什么样子的心情呢？肯定不是让世界充满爱的心情，是虚无，是对自己“到底还能做些什么？”这个问题的一个小小的回答。想到要把自己捐出去，她突然就兴奋起来了。她当场就打电话跟朋友咨询。很快，她就出现在红十字会的办公室里。她大概是这个城市里捐献者中最年轻和最漂亮的吧。说老实话，像她这样的人，很长时间才出现一个，她从接待她的工作人员眼中看出这层意思，让她无比的骄傲。她觉得自己太前卫了。签字之前，她想她应该把这个消息告诉自己的爸爸、妈妈。她对工作人员说她想跟爸爸妈妈说一下，毕竟身体是他们给的。这时候工作人员紧张了起来，脸上有“煮熟的鸭子就要飞了”的表情。“煮熟的鸭子要飞”是后来满冬对涂响描述的。这个比喻不大妥当。成年人捐献器官，只要自己愿意，是不用家属同意的。工作人员小声地提醒她这一点。满冬笑着说，她只是让她的父母知道他们给她的这具身体，最终都去了哪里，不管他们同不同意，她都要捐献。果然她的爸爸妈妈在电话那边大声反对，黑发人跟白发人谈死后的事，多多少少有些不吉利，她父母以为最近是不是发生了什么事情，使女儿做出这样荒唐的决定。他们在电话那边追问，非常的担心。她反复地解释，爸爸妈妈的情绪才平复。爸爸最后赌气地说，反正我们肯定死在你的前头，你想怎么捐就怎么捐。爸爸怕她对这句话有误解，又说，要捐你就捐自己的，不要捐我和你妈妈的，我们要留全尸去见祖宗。满冬在这边笑哈哈地直说好。

这些年来，满冬爱上长跑，满世界跑马拉松，个人生活方面呢，男朋友基本上一年换一个，所以涂响跟她说自己失恋的女友时，她一点都不同情他。跟涂响不一样的是，涂响喜欢跟她倾诉，她呢，最多是自己哭几场，然后去跑场马拉松，这事就算过去了。并不是她不想结婚，是她始终找不到合适的人。眼下她正在跟一个北方人在一起，他俩是跑马拉松的时候认识的，她也一度想跟他成家，但是出问题了，不久前的一天，他突然跟她说，房租她也要担一担。她觉得很惊讶，他收入不错，并不缺这个房租哇，而且满冬现在挣的钱，也是准备要拿出来买他们结婚时的婚房。她也没跟他闹，说好哇好哇，我负担一半房租。满冬在心里想，他是把她当合租人了，不对，他已经不喜欢她了，房租只是一个托词。这样一来，裂痕就在心中出现，她现在正在找房子，等房子租好，就搬出去。

十一

在地王大厦顶层，满冬把自己“裸捐”的事跟涂响说了。

涂响说，好哇，哪天我也去把自己给“捐”了，反正死了什么也不知道，死后有什么没有什么，一点都不重要。人为什么痛苦，就是活着的时候，知道自己有什么，没有什么。说到这里，涂响兴奋起来，他说，我这一辈子，做的最有意义的一件事，大概就是跟你一样，把自己捐出去这件事了。涂响当场就跟满冬要了红十字会的电话。我要把我“捐”了。他说。

满冬说，你可先别冲动，这可是一件严肃的事情。我还要跟你讲比这个更有意思的事情，因为捐器官这事，就像你说的，反正死了也不知道，管他器官在那里，遗体在哪里，除了让自己活着的时候觉得自己对别人还有用处之外，死后怎么样一点都不重要。你猜，这是一件什么样的事情？

涂响说，器官捐献，遗体捐献，已经很了不起了，还有什么事情比这件事伟大。

满冬说，当然有，你猜猜。

涂响说，我猜不出。

满冬说，最伟大的事，是做对别人有用的事，又备受煎熬。

涂响说，你都做了什么事？你都受了什么煎熬？

十二

秋天，在签捐献器官协议不久，满冬参加了一个公益组织“临终关怀小组”。就是给各个社区，那些因年老、因贫病去世的人送最后一程。她是在朋友圈里看到招募消息的。以陌生人的身份，出现在一位弥留之际的人的面前，告诉他（她），我们来看你。就是这个小组要做的事情。很简单。但是，又不简单，因为，没有人愿意让他们这些陌生人进入自己家中陪伴自己将死的亲人。

怎么去接近弥留者悲伤或不悲伤的亲人？

他们被当成“做死人生意的人”，所谓做死人生意，就是丧葬公司的“一条龙”服务，从去世到入殓，都要收钱。

拒绝是简单又粗暴的，他们直接就被推出门外，几个女人前几秒还在亲人旁边哭，后几秒就对着他们破口大骂。说他们闻到死亡的气息就像狗闻……这样的比喻真的是让人匪夷所思。

一直到现在，他们都没有成功过。

十三

在地王大厦顶层，涂响说，这就是你说的备受煎熬。

是呀。

那你还要去做。

这事对我很重要。

怎么个重要法?

对我来讲，捐献器官也好，捐献遗体也好，参加“临终关怀小组”也好，甚至是跑马拉松，都不是为了别人，都是为自己。

这话怎么讲?

因为只有这样，自己才觉得心安和舒服。对，是舒服。

这时候，满冬的手机响了一声，有信息发过来，她看后对涂响说，花园小区二栋一位老人快不行了，小组通知我现在赶去那里集合。

这次会不会成功?涂响说。

要不我们打个赌?满冬这个时候想起那对经常在家里打赌的夫妇。她说，你赌成功还是不成功?

涂响说，我赌成功。

满冬说，我赌不成功。

涂响说，但愿你输我赢。

满冬说，要不你跟我一起去。

涂响说，去就去。

满冬和涂响站起来离开座位，这个城市的风光尽收眼底——城市像一张巨大的席子，有人哭泣，有人呼呼大睡。

温温恭人

张心怡[①]

“温温恭人，如集于木。惴惴小心，如临于谷。战战兢兢，如履薄冰。”

她到达那里的时候已经将近九点，是雨天，伞七零八落地斜靠在书店门口的架子上。读书会，读者走掉了一半，她随意就找了张靠近出口的位子，一坐下，困意袭来，她在灯光下面有点恍惚。那个小说选刊的编辑正坐在台上，他时不时地点点头，一会儿低头看看自己的鞋子，一会儿用手指轻轻地敲着茶杯。

她是来找他的，他们在微信上聊过几次，他隐约说过，要转载她的一篇小说。他真的说过吗？现在她盯着他，对记忆产生了怀疑。微信上，他把活动简介推给了她，却什么也没有说，她想了想，也没有回复，却直接过来了。或许可以在现场搭上几句话，她想，不过，如果是她先开口的话，她该说些什么。他的目光漫不经心地扫过观众席，她觉得他没有看到她，他甚至不知道她长什么样子呢。可是她感到自己的手心微微地出汗了。

她假装听得入了迷，目不转睛地盯着他身旁的对谈嘉宾，这样的角度让她感觉好受些。她在看着，起码就知道他不是在看她。可是他似乎感受到了那个凝视不动的目光，把头微微地偏过来，她猛地一低头，假装在包里翻找

① **张心怡** 1993年生，福建泉州人，毕业于复旦大学创意写作专业。在《上海文学》《山花》等杂志上发表若干小说、散文。出版小说集《骑楼上的六小姐》。

什么东西。短发月初刚修剪过，她现在迫切地希望，它能够像藤蔓一般地覆盖下来，遮住她羞赧的脸颊和意味不明的淡淡笑容。

什么东西被她翻到了地上，她又俯身去捡。她默不作声地扫了一圈，觉得又有男人在看她。她的动作放缓下来，深呼吸，耳边响起心理医生的话，她嗫嚅着用唇语对自己说，你没有做什么表情，你是个好姑娘，你不是那个意思。

她抬起头，惊讶地发现眼角流出了几滴眼泪。有那么短暂的几分钟，她获得了平静，感觉脸上一定绽放出过某种柔和的光泽。然后转瞬即逝，又变成一种黯淡的模样，显得很疲惫，随时想要从出口那里离开。

走。逃走。

两年前，继父是忽然间去世的。他去要账，从二十一楼坠楼，唯一的记账本丢失，欠款人逃跑了，至今逍遥法外。从此母亲开始失眠，每晚临睡前，她会找些理由打语音给乔佳珊。乔佳珊洗完澡，把手机扬声器打开，边擦拭身体，边嗯、啊地回答两声。当乔佳珊的声音变远，母亲就会异常紧张地问她，你在听吗？阿珊。乔佳珊嗯了一声。母亲叹了一口气，她说，你还是一个人吗？我看你的脾气越来越古怪了。

母亲颇含期待地问她，你今晚去哪里了，这么晚。

她说，加班呢。

噢，电话那头拖长了语调，我算了算，你这周五天都加班。

是吗？乔佳珊说。

乔佳珊不太愿意接母亲的电话，她一开口就是絮絮叨叨的抱怨，关于那套老公寓房的每个部件，似乎都在日复一日地脱落。她说，下水道又堵住了，洗澡的时候，稍不留神，就会有水从浴室里漫向客厅。厨房的灯也坏了，她现在独自一人做饭，一到晚上就乌漆嘛黑的，什么也看不清。她可以去找个工人，或者带个移动手电上厨房，可是她什么也不做，只是在这里陈述无数件生活琐事的困难。乔佳珊不打断她，也不接话，等她说完了，她只是说，是吗？然而每天晚上，在她的抱怨之后，乔家珊都会重新回到那个地方。她看见刚满十岁的自己，站在那个用了很多年的不锈钢浴缸里，细细的、直杆般的双腿，平板的胸脯，母亲笑眯眯地，在往她的身上挤泡沫。水果味的沐浴露，粉红色的浴球打出一团团蓬松的泡沫，她把它们小心翼翼地抹在身子上，整个扁平的裸体都被遮住了。在一片温暖的灯光之中，母亲抬起了头，她忽然说，太可爱了，我叫你爸爸过来看看好不好？你就像一只小绵羊。

那个男人站在门口，她的记忆里开始出现一些调试电视机画面的雪花。他圆圆的眼睛闪了闪，先是露出了某种惊讶的表情，然后因长久抽烟而发黄的牙齿，随着嘴唇上下翕动起来。她想象着他像某种金鱼一样，吐出了几口泡泡。他说了些什么吗？每当回首往事，母亲都会兴奋地说，你还记得吗？那个……

不管她记不记得，乔佳珊一律都说不记得了。

睡前她觉得懊恼。她平躺在床上，盯着出租屋里的婚房彩灯。窗外是绵延不断的雨声。她该逃走的，在活动结束前早一点点，从门口悄无声息地溜出去。可以很自然地给他发个微信，我来了，有事却要先走了。这或许有点傻，也可以不发短信。可是她一直听到了最后，等人潮退却之后还呆呆地坐在椅子上。他的微信发过来了，她还有得选，可以假装没看见，上了地铁之后再回复说，哦，我刚刚没看见，已经在回家的地铁上了。尽管这也有点傻。最傻的是，她回复说，嗯。然后他就朝着她走了过来，他说，去喝一杯吗？

在酒吧里她点了红茶，他把自己的鸡尾酒递过来，让她尝一口，她没有拒绝。酒精像潮水一般涌上她的面颊，他们俩挤在靠近入口的一小排沙发上，外面的露台有乐队在唱歌，有醉酒的男女，还听到女人在哭泣。她紧张兮兮地盯着门口，只要再进来一位顾客，把身体塞进沙发里，他们的身体就会发生摩擦。他侧了侧身，把杯子再次递过来，她感觉到他温热的鼻息扑在她的脖颈上，痒酥酥的。

她抿了一口，在黑暗中皱了皱眉头，他似有若无地盯着她看，哈哈大笑起来，把杯子再次伸到她的面前，摇了摇里面的液体。像个孩子似的说，那是他用吧台上的调味料调的。感觉怎么样？他贴着她，又一股热气扑来，因为灯光昏暗，他看不清她的表情，她在发热。不由自主地，嘴角咧开，微笑起来，眼神发亮，她感觉到自己应当说些什么，然而他们只是一直坐在原地等灯亮。音乐在回潮，乐队转场，她俯下身来系鞋带，为避免显得慌乱，故意拖延了一会儿，等自己的神情平静下来。几秒，脚下的地方全亮了。她直起身子，他们对视了，她从他眼里的愕然中感觉到了自己的不对劲。

她明白，她把事情搞砸了。她借着要上厕所的理由，逃走了。

初中三年级，乔佳珊第一次走进学校的心理咨询室，她还记得具体的气候，潮湿的南风天，阴雨连绵，心理咨询室地板的瓷砖蒙上了薄薄的一层水雾。她在门口险些滑倒，那个三十岁上下的男医师对着她滑稽的样子扑哧一笑，事情从这里开始变得不同。她坐在座位上，一直低着头，没有办法看那个男医师的眼睛。终于，当她抬起头来，他温和的目光使她浑身发冷。一寸一寸地，先是泡在冰水里，然后开始急速地发烫。她的手上都是伤口，那是她自己发明的转移注意力的方法。这一次，她用指甲深深地抠进肉里，却发现眼前这个三十岁的男人扶了一下眼镜，用一种更加宽容的眼神看着她，你不要那么紧张，他慢慢地说。她想，他知道了。几秒钟之间，她觉得心脏里有一部分的空气被抽走了。

她盯着地板上唯一一小块被阳光照亮的地方，开始流泪，一直到咨询时间结束。他耐心地等着她开口，最终不耐烦地用食指敲打起了自己的耳垂。她有一种耻辱感，从一开始就是。她的耻辱在慢慢地转化为愤怒，他说，这样吧，我有一个师妹，我推荐给你。

她一个字也没有说，他却说，我有一个师妹，我推荐给你。她想，他知道的。

她对那个女医师说，我一看到男人就紧张。怎么个紧张法？她问她。

她抬起头看着天花板，像梦里，一闭上眼睛就回到那个破旧的浴室，母亲每次都大惊小怪地说，哎呀，阿珊你好可爱，我叫你爸爸过来看看。乔佳珊憋红了脸，咬牙切齿地说，不要。她小小的身体硬邦邦地站着，浑身被涂满一层厚厚的雪白泡沫，像个被展览的小丑。她恨恨地说，不要。抓起淋浴头来，水珠溅到了浴缸的外面，溅到她母亲若有所思的脸上。

她对女医师说，我觉得害怕。

她说，我怕我做表情。

有的时候，洗完澡，手机响起来，乔佳珊以为是语音，接通了，却是视频。她和母亲，面对面地对视了几秒钟，她觉得尴尬。母亲用一种天真的目光盯着她看，脖子那里一圈汗涔涔的水珠子，她说，我刚上完瑜伽课回来。不去洗澡吗？乔佳珊问她。不急，她咽了一口凉水，突然间对着电话喊起来，哎，你人呢？干吗让我看天花板？乔家珊伸手把屏幕调回来，她小声地说，我穿衣服呢。屏幕里，她的脸洗过之后显得更苍白了，母亲用亮晶晶的眼睛打量着她。你变憔悴了，阿珊。她说。是吗？乔佳珊躺在床上，她暗自想，可以在什么时间点截断这个对话。母亲说，你能不能打扮打扮你自己，你看你脸上的毛孔多么大。乔佳珊笑了笑，我要挣钱，我没有时间护肤上瑜伽课，她不知道自己的语气里流露出了多少讥讽。但电话那头已经变得有些激动，她说，我睡不着才上的瑜伽课，你不明白？我也很辛苦，她继续说，你不要以为只有你辛苦。

乔佳珊用一种毫无起伏的声音说，我知道，我一直都知道。她听自己说话的声音，有一种模糊而遥远的感觉。

知道什么？她母亲的语气缓和下来，工作怎么样？她说。你每天加班究竟在忙些什么？

她不是没有想过这个问题，她每天忙忙碌碌，在做些什么？一进公司，她就发现老板特别喜欢她，把她从原部门调离出来，我要亲自带你一段时间，他神秘地对她说。她点点头，走出董事长办公室，觉得自己的步伐迟缓而僵硬。她不想升职，不想出头，不想受重用，只想下班后回家写她的小说。每天在公司里，她低着头走路，几乎要把扁平的身板贴到墙上。忽然有一天晚上，她在钉钉上收到了老板的私信，让她改一篇稿子。

她三下五除二就改完了，对她来说，那是相当容易的事情。后来，稿子越来越多，他总是问她，你可以吗？佳珊。每次改完，老板都忍不住赞扬她，佳珊，你文采真好。

她成了老板的御用文人，每天，写一些各具功用的公文。除了行政工作，她还要承担上课任务。暑假，是培训机构的旺季，她一走进教室，几十个小朋友齐刷刷地抬起头盯着她看。她觉得窘迫，第一个动作，是先背过身去擦黑板。她教他们写作文，在夏天的空调房里，因为学生人数太多，越讲越燥热，她觉得自己的身体都要燃烧起来。“心思不能言，肠中车轮转”，有一天读到这句诗，她痴傻傻地站着，很久之后，忽然间转过身说。来，她说，我们一起来读读看。有学生问她，老师，你怎么哭了？她看着他们，觉得自己像在哭，也像在笑，我哭了吗？她说，那我大概是在哭。

我会在脑海里造句。

她看着她，忽然间她明白了，这个女医生并没有更好。

什么？

词语，句子，段落。不由自主地。我和某某人，做某些见不得人的事情。

她没有笑。仁慈，她想到了这个词。或许，她只是还没反应过来而已。因为她又紧接着问了一句。

什么？

什么什么？

她的语气忽然就冷淡了，变得冷淡又严厉。她怎么能够不明白？

我会做表情。她觉得自己再一次被侮辱了，再也不想多说一个字。

从什么时候开始呢？

从什么时候开始？例行提问，她想。乔佳珊狐疑地转过头来，好像听不懂这句话。不记得了，她说。

有一天晚上她睡不着，像往常一样去敲母亲的房门。敲了一会儿，却毫无反应。她想开口叫母亲，但想到母亲曾经的嘱咐，以后但凡是我和你爸爸在一起，有事情你就找他，不要找我，你明白吗？她犹豫了一下，还是躺回了床上。她不明白，她想，她拿不准继父对她的态度。

母亲邀请继父来观看涂满泡沫的她，他也笑。每天去买菜前，他都会询问她想吃什么，但不一定买回对应的菜。他不把存折放在婚房里，而是放在自己母亲的卧室里。有一天下午，她放学得早，看见他在里面和老太婆嘀嘀咕咕。乔佳珊停在了房门口，从老式木门的悬窗上，看到他爬得高高的身影，把一个小小的木盒子往房梁里藏。然后他一扭头，从俯视的角度，看到了门外的她。他慢慢低下头，目不转睛的那副样子，她一辈子也不会忘。

她又翻了一会儿身，还是睡不着，于是她绕到阳台那里，打算去开窗户，偷偷喊母亲出来陪她。她推开窗栓，看到母亲光溜溜的臀部裸露在床单外面，面朝下趴着，扑哧地低声直笑。继父坐在她的腿上，他也在笑。乔佳珊觉得自己的身体不由自主地在发抖，她颤抖着合上窗栓，钻回被窝里，脑子里是一大片白色的雪花，她睁着眼睛挨到了天亮。

从读书会回来的晚上，是夏末的某一天。乔佳珊凌晨两点醒过来，喝了半杯水。凌晨四点又醒了，她听到楼下驾驶垃圾车的嗡嗡声，隐隐约约，并不十分清楚，但她觉得自己的脑子已经完全清醒了。她想起自己投稿的那篇小说，写的是一段童年的经历。因为这一段童年的阴影，导致了当下的一场家庭谋杀。他读完这篇小说立马就给她打了电话，他说，你好，我是小说选刊的编辑卢照邻。她想象着他那激动的样子，事实上，他的声音里完全听不出任何起伏。他说，前面写得比后面好很多，谋杀的那一段有点假。她迟疑了一下，然后说，哦，是吗。她以为他会接着问，那些写得好的童年经历是真的吗？他没有问，也没有表示出好奇，就凭借这一点，从那时开始，她就把他引为知己。

他斟酌着，慢慢地说，继父这个人物，我觉得还有发挥的空间。

她点点头。才想起在电话那端，他是看不到她点头的。他迟疑着说，你怎么不说话了。

她很想知道母亲失眠的原因，是否就是继父的死。很多次，在语音电话里，她想开口谈这个问题，但都欲言又止。继父去世的那一年，距离她离开清濛求学工作，已经近十年。十年，他和母亲，他们之间发生的事情，乔佳珊一无所知。她忘了是在哪一年，一下飞机，她惊讶地发现赵龙开着他的教练车来接她，而坐在副驾驶座上的就是母亲。一路上，他们说说笑笑，乔佳珊坐在后面，发觉自己插不上一句话。

一路上，她盯着窗外，想起母亲几个月前对她说，正准备去考个驾照。在这几个月漫长的通话里，为什么她一个字都没有提到过，教练就是赵龙。许多年前，赵龙就已经开始做驾校教练了，乔佳珊有点懊恼地想，她竟然忘记了。

车停下来，赵龙转过了头，前面的巷子拐进去就是你们家了，他说。而她犹豫了一下，不自然地说了声，谢谢叔叔。

早在他转头之前，从后视镜里，她就默默地打量了一会儿他。奇怪，过了这么多年，他的头发已经都参差发白了，她还是像当年一样，叫他赵龙叔叔。

父亲去世，她还记得具体的年份，一九九九年。那时候她和母亲还住在父亲单位分发的宿舍里，她把被褥从儿童床搬到了大床，记得母亲常常抱着她，哭泣着入睡，最喜欢说的话是，阿珊，从此之后我就只有你了。她不记得是从什么时候开始，在母亲的身上慢慢地发生了一些变化。母亲开始描眉，身上有了某种似有若无的香味，她把她安顿入睡之后，又找个理由出门去。而乔佳珊的入睡都是假的，实际上，每晚她都强忍着睡意等她回来。冬天，母亲一钻进被窝，就会有一股冷风灌进来。她感觉到另一个扎实而冰冷的身体躺在她的旁边，出门之后又回来的母亲，像是个陌生人。

一九九九年，母亲还不满三十岁，皮肤没有松弛，身材也没有走样。她像未出嫁前那样，喜欢穿旗袍，显露窄窄的细腰和圆滚滚的臀部轮廓，年幼的乔佳珊默不作声地跟在她后面，从小她就知道，母亲远比她漂亮。赵龙是母亲的高中同学，他结婚后，分配的宿舍就在同一幢楼的楼上。父亲去世后，最艰难的那几年，赵龙常来楼下帮忙，换灯泡，通下水道，甚至和母亲一起做大扫除。逢到乔佳珊独自出门的时候，就会有邻居凑过来笑眯眯地问她，她们家和赵龙是什么关系？有一次她没有假装睡着，而是很响亮地翻了个身，转过来问母亲。母亲沉默了很久，然后小声地说，可惜你还那么小。

十岁那年，乔佳珊还那么小，就感觉到了厌恶。后来，这种感受只会越来越强烈。到乔佳珊二十五岁，母亲开始对她一片空白的恋爱史显露出困惑。她说，乔大作家，就没有你看得上的人吗？这种口气，想使气氛显得活泼些，却只会适得其反。

只有这一次乔佳珊犹豫了一会儿，母亲敏感地问她，你今晚去哪里了，这么晚？

加班呢，她心虚地说。

她发觉自己一整个夏天都在想他。

他对她难能可贵的理解，他给她的小说所提出的一针见血的意见。小说里，没有明说，但她隐晦地让母亲成了凶手。其实继父在跳楼之前就服毒了，他在家里喝下了什么有毒的液体，然后去要债的时候，一时失去重心坠了楼，并不是被欠款人推下楼的。女儿知道母亲的所作所为，却知情不报，实际上，她们俩是同谋。

后来，她又在微信里联系了他，她对着手机屏幕发了半小时的呆，最后变成一句客套的、毫无魅力的简短问话，问他能否给她的这篇小说提出一些意见。她所担忧的事情没有发生，他马上就回复了，发过来的意见很详细、扎实。他说，故事逻辑不是非常清晰，以至于有些不合情理的地方。为什么母亲要杀死继父？为什么女儿也想让继父死？继父是个什么样的人，他做了什么不可原谅的事情？

她说，好的。他们又聊了聊，关于作品。但他没有再提起过要转载的事情。

她无法原谅自己那天晚上的失误。他喝了酒之后，疲惫的神色，对她流露出的那种亲昵的语气和神情，现在似乎荡然无存了。一切都公事公办，她甚至毫无自信，他是否还记得她。

写得一般，在想象中，她看到他回头对自己的同事这么说，一个新人作者，也没什么才华。

秋天的时候，在一个青年作家采风活动里，他往南走，去了福建广东。路过清濛，他给她发了几张图片，他说，跟你小说里写的一样。简短扼要，没有多余的话，没有表情，没有具体的事件缘由，是一句不请自来的问候。盯着屏幕，她看了许久，发现自己的手有些微微的颤抖。她所担忧的事情没有发生，她想，他并没有在意她所做过的表情。他说话的语气让她觉得安全，那天下午在公司里，老板特别看重她，让她作为唯一的新进员工参与了管理层的务虚会，然而整个会上，她都在想他。轮到她发言的时候，所有人都目不转睛地盯着她，直到那一刻她才意识到自己身份的尴尬，几个男人也盯着她，她充满恐惧地发现自己又开始发抖。她勉强地小声说了几个观点，听起来更像是在自言自语。会后，老板反而问她是不是不舒服。她一直低着头，几乎是嗫嚅着挤出了两个字，没有。老板意味深长地看了看她，她有一种坠落的感觉，好像自己亲手毁掉了什么东西。

那天晚上她梦见了他，梦见坐在他的腿上，他五官的每一个细节都异常清晰地浮现在眼前，那拥抱的感觉使她的身体在睡梦中也在微微发热。他的胡子刺着她的脸，她用胳肢窝紧紧地夹着他宽厚的双肩。半夜里，她又醒了，但躺在床上，没有起身，沉浸在一种迷离恍惚的感觉之中。白天在微信里，他说，清濛真是个奇怪的地方，虽然是晴天，走在街道的骑楼下面，总疑心外面在下雨。听起来都是些废话，但从没有人会这么说话，除了他。他是没有在意过她做的表情，还是，看到了表情，却原谅了她。仁慈？不，她知道他是不同的。

后来，少女时期那些离奇的梦境，断断续续地回来找过她。她梦见故乡很多熟悉的地点，她认识的一些男人，仿佛经历过的场景，她不由自主地做出那些不自然的表情。词语、句子、段落，她和某某人，在某某地点发生了关系，像填词造句的游戏，一刻不停地替换着宾语，她羞耻得浑身发抖，被定格住，动弹不得。这些临时组成的句子在她的脑子里奔跑，她徒劳地望着它们，越想要扼制，它们就越随兴释放、难以把握。最后是他。他和她，他们俩，并排坐在酒吧的角落里，尽管周围一片漆黑，她看不到自己的脸，却意识到那种熟悉的感觉正在靠近她。他问她，继父做了什么不可原谅的事情？让母亲和女儿都想杀死他？她一下子清醒过来，刚才蒙眬的感觉像潮水一般褪去。平静了，她觉得，现在好多了。这些梦持续了一整个秋天的时间，她却渐渐地不再感觉到害怕。从他的朋友圈里，她知道他回到了上海。但他并没有特地再来约她。过了一阵子，他出了新的小说集，忙着跑宣传，他们之间的距离隔得更远了。有时候，她会出现在有他的读书会现场，有时候，会悄悄地到他的微博上点个赞。他持续地发送各地的图片给她，有时候是他主动的，有时候是她要求的，但他们都没有深聊过。总有一天，她隐隐约约地觉得，他们会再重逢的，只是要再等等。

快到冬天的时候，有一次打语音电话，母亲忽然间提出，要到上海来找她。她说，我的失眠有点严重，在清濛吃了很多药也不见效，我想来上海看看医生。她们中出现了一个比正常情况下略长的停顿，两人都有些慌张。乔佳珊并不相信她，差一点就脱口而出，你不会舍得给自己的身体喂安眠药的吧？母亲试探性地问她，你有空吗？

她说完嗯就沉默了，像是故意的，电脑那头仿佛有些不高兴。于是她小声又问了一句，又恶化了吗？

还好的。

最近发生了什么事吗？

没有。

没有吗？乔佳珊还想问什么，但最终没有说出口。

挂上电话，她想象着自己问她，赵龙陪你一起来的吗？

无论用什么语气，这句话都像是挖苦和讽刺。

她太了解她了，母亲会像根弹簧一样地跳起来，觉得自己被冒犯了。

在馄饨店，她要了两碗馄饨，闷声吃完了自己的，在想着要说些什么，发现母亲把馅都吃了，皮剩在了碗里。乔佳珊惊讶地盯着她看，她不好意思地笑了笑，我不吃那么多碳水化合物的，她说，我怕长胖，最近在减肥。母亲起身去结账，她没拦她。等母亲坐回位子来，细细地端详了一会儿她的脸，又忽然间把手从下面伸过来了，捏了捏她的腰身，笑嘻嘻地说，你胖了，这么年轻，身材还不如我。乔佳珊想附和性地笑笑，却发现自己的脸很僵硬，小时候那种厌恶的感觉又涌上了心头。她想起那天，她无意中推开房门，发现母亲正蹲在地上剪照片。有一些是她和父亲的，有一些是她和赵龙的，她抬起头，茫然的眼睛里都是泪水。合影，她愤怒地把对方的头剪了下来，竟然仍然把自己的头留在上面。在她更小的时候，父亲刚刚去世，母亲会成日里盯着自己的照片，对着乔佳珊自言自语，妈妈漂亮不漂亮，可是这么漂亮有什么用？

母亲在浴室里洗澡，水流开得很大，没有间断过。她想象着她边打泡沫边放水，兴许还对着镜子审视了一会儿自己的腰身。乔佳珊坐在床上发呆，忽然间就想起了自己的小说，还有卢照邻的意见。是哪一年？她见到的继父？又是哪一年，她见到的赵龙？母亲剪的照片里面没有继父，那么，大概她是先认识的赵龙。为什么赵龙没有成为她的继父？她想起母亲对她说过的话，用的是一种略为得意的口吻。她说，很多男人都想娶她，但不愿意接受乔佳珊。忽然间，画面切到十岁那年灯光昏暗的浴室。乔佳珊茫然地直立在喷头下面，浑身涂满泡沫，等着继父从主卧里走过来。继父眯起眼睛看了看她，她想竭力笑一笑，但因为刚刚等得太久，泡沫沾在皮肤上都有些干了。过后，她有点委屈地对母亲说，有点不舒服。母亲愣了一下，像刚刚回过神来，反问她一句，你说什么？她摇了摇头，在浴室的镜子里凝视着自己的身体，肥皂泡沫顺着大腿往下滚，她瘦瘦小小，皮肤红红的，眼珠子也是红红的。

可是奇怪，她没有哭出来。那天目睹了窗户后的那个画面，回到房间里，失眠了一整夜，却仍然没有哭。她只是显得阴郁，沉默寡言，开始喜欢把自己关在房间里读书，作文写得很好，但数学很差，成绩也一般。母亲和继父的感情并不总是很好，他们常常吵架。有时候，母亲会对她说一些埋怨的话，她说，你就不能活泼一点，可爱一点。抬起头，像是在哭，等了一会儿，却没有眼泪流下来。她叹了口气，你整天闷声不吭地沉着个脸给谁看呢。

水终于停了，母亲在浴室里哼起了歌，听不出是什么。过了一会儿，她举着一瓶蜂花护发素出来了，脸上是一张笑皱了的面膜。天啊，你还用这种老土的牌子？她大惊小怪地说。

天啊，母亲扑哧一笑说，我也会做表情的，这没什么大不了的，就因为这你就要去看心理医生？母亲说，别傻了，还有一个多月就要中考了。她们并排躺在床上，她一只手轻柔地抚摸过乔佳珊的背部，试图安慰她。从前我走在街上，她说，总是会有莫名其妙的男人前来搭讪。一次，一个中年男人尾随了我一路，最后他忽然走上前对我说，小姑娘，以后脸上不要挂着那种笑容，会被人误会的。这个故事，乔佳珊听过了很多遍。小时候她安静地坐在一旁，听母亲和她的姐妹淘津津有味地讲结婚之前的往事。母亲笑着，把身体靠到椅背上，伸出了手臂，一副无可奈何的样子。她说，不让人笑，难道要愁眉苦脸的吗？

现在，母亲在床上做起了睡前瑜伽。乔佳珊拿起一本书摆在膝头看，翻来翻去，什么也没读进去。她从来没有想象过和母亲掏心掏肺的场景，现在她们两人睡在这间布置成婚房的出租屋里，一躺下来，头顶就是硕大的婚房彩灯，一时间都有些慌乱。乔佳珊最终还是说了，她问，你和赵龙怎么样？什么怎么样？母亲听起来没有抵触的口吻，还时断时续地哼着歌，过了一会儿却不唱了。她躺下来，把被子的一角攒在下巴上，捂严实了。

两年前，继父的葬礼上，继父火化的时候，赵龙又出现了。他太热心肠了，马不停蹄地忙前忙后。乔佳珊想，赵龙像是母亲的家人，而她自己从上海坐飞机赶回来，拎着个简易的行李箱，到葬礼上点了点香，像来参加葬礼的宾客。亲朋邻居们的口吻都是阴阳怪气的，过了这么多年，还是有人悄悄问她，赵龙还没离婚吧？她母亲和赵龙是什么关系。

两年过去了，有一些她不知道的事情发生过，当下也正发生着。她伸手关掉了灯，躺着，轻轻地喘气，过了很久，母亲忽然间就开口说话了。她说，你什么时候出一本书给我看看？乔佳珊犹豫着，不知道回答什么。母亲穷追不舍地又问她，你最近还写小说吗？

她终于再次等到了他的微信，他说，今天会来她住的区域附近参加一个书店的活动，问她要不要来玩。好哇，她几乎是立刻就回复了。过了几分钟，母亲的微信进来了，她问她今天能不能早点回来吃饭？她想煲只活鸡给她吃。她低下头，快速地回了个短信，我要加班。忽然间就有了一种心痛的感觉。

她到得很早，发现他给她留了个靠前排的嘉宾席，几乎都是圈内的人。

她一坐下来，旁边的男人就问她是怎么来的？她很大声地说，是被邀请来的。结果他竟然突兀地笑了，我是问你是坐什么交通工具来的。她很惊讶地看了看他，她说，我走路来的。过了一会儿，她补充了一句，坐了公交车，又走了一段路。他俯下身，想说些什么。这时活动开始了，她看到了卢照邻，激动地往前倾了倾身子。他慵懒地走上台，外面下了雨，看得出他的头发有点湿。旁边的男人问她，你认识卢照邻？她笑着，点点头。他仔细地看了看她的神情，试探性地问，你是他太太？这下轮到她转过头来，盯着他看了。她不记得自己是点头了，还是摇头了。台上的嘉宾很多，她看了半天，发现原来是个诗歌朗读会。台上的嘉宾读完，台下的嘉宾还要读。轮到乔佳珊的时候，主持人热情地说，请你介绍一下你自己。她不记得她说了些什么，脑子里嗡嗡地一直有什么东西在叫，她说完之后，大家还是鼓掌了。掌声雷动之中，他看到了她，他给她使了个眼色，然后她一低头，看到手机的微信消息。他约她结束后去喝一杯，用的不是问句，而是祈使句。她几乎是立马回了两个字，好哇。感觉到自己的身体已经开始微微地发抖，不是一阵一阵的抽搐和战栗，而是冷热交替的，像被雨淋湿了似的。她觉得身体的温度忽高忽低，也许要生病了呢，她想。

继父死的那天，也是雨天。他去要账前，本想在家里吃饭，可是饭还没好。他一边抱怨着，一边支使母亲先给他打一碗热汤。炖的是小母鸡，很香，他三两口就吃完了，肚子饿，没有吃出什么奇怪的味道，一切都很平常。理论上来说，空腹，肠胃会吸收得更快。刚走到债主楼下，他已经明显感觉到不舒服，等坐电梯升上二十一楼，脑袋里已经变得晕乎乎。他和债主没有谈上两句，忽然之间，就从二十一楼的窗台上消失了。债主吓坏了，他想，他本来就还不上钱，这一次，是百口莫辩了。于是，他从他随身带来的包里，拿走了那本唯一的记账本，连夜离开了清濛。夜晚开始了，母亲吃完饭，没有给继父留饭，把碗筷都清洗干净，呆呆地坐在电视机前，等着到点了就回屋睡觉。按部就班，一切都很平常，她仍然记得在睡前给远在上海的女儿打个语音电话。慌乱之中，语音按成了视频，女儿说，你的脸色有点苍白。是吗？她笑了笑，可能是因为最近失眠。女儿说，这么巧，我也失眠。

她想着自己的小说，里面人物的嘴脸都浮现在眼前，像活过来了似的。他曾经给过她很刻薄的评价，他说，你写的小说里，根本就没有人物。后来的几次管理层务虚会上，老板这么介绍她，这是小辈中文采最好的一个。他毫不掩饰对她的赏识，曾经开这样的玩笑，如果有一天乔佳珊你也做了某个部门的领导。乔佳珊想，真是好笑。一切都很平常，只是偶然，像掷骰子一样，她没的选。

她走到书店门口等公交车的时候，还听到里面的朗读声。她想，等活动结束后，他来找她，却发现她不辞而别，会是什么心情。母亲跟她抱怨生活上的琐事，鸡零狗碎的，她从不理睬她，她以为赵龙会来修理的。

她忽然间就有点心疼她。像小时候一样，失望过后还是会原谅她，只是心底里暗暗地瞧不起她。一边忏悔，一边瞧不起她。很奇怪，又有点羡慕她。

从小到大，乔佳珊都习惯了沉默。十岁，她亲眼见到继父把手放到母亲的屁股上，他嘴上说的是，真是个尤物，自己还不知道。后来，每当继父站在她的身后说话，乔佳珊都觉得他在盯着自己的屁股看。成年以后，乔佳珊再也没有穿过短过臀部的衣服。像掷骰子一样，这不是她的错，她没得选。

她曾经最激烈的反抗也不过就是，在母亲钻进蚊帐之后，抗拒性地把她的身体推开。年幼的乔佳珊扭过身子，像发烧似的颤抖起来，你闻起来臭臭的，她小声说。

可是她没有告诉过她，在她回来之前，发生过什么。乔佳珊安静地躺在黑暗里，脑子里闪过无数种想象，最后它们都变成了一些词语和句子。她和赵龙在一起，乔佳珊一边想，一边发现自己的手和脚都在变得冰凉。她不动弹，不哭不喊，一直这么默不作声地躺下去。直到门吱呀一声打开，她的胃里翻涌上一股恶心的感觉。

她倒希望在继父的死里面，母亲真的扮演过什么角色。她希望自己也能参与其中，像小说里一样。

你身上臭臭的。她甚至都没有说过，你走开，这样的话。

乔佳珊坐了公交车，又走了一段路，到了家门口。走到家门口，犹豫了一下，没有进去。她无所事事地晃荡到楼下的咖啡厅里，点了一杯咖啡，打算一直坐到天亮。回去也睡不着，她想这又是一个熟悉的失眠之夜。她和母亲，将共同眺望头上的星空，熬到天明。

去听他的演唱会

林　森[1]

“去不去？”

“什么？”

“演唱会。”

“谁的？”

“躲山里了？张学友哇。”

隔着电话，隔着大半个海岛，信号没被风吹弱、没被太阳晒化、没被山林阻挡，小孟几乎看到了曾翔脸上的鄙夷，看到他竖着标志性的中指，看到他嘴角没变而眼角一跳一跳，像是里头潜着一只迷路的虫。小孟不知道怎么答，最近，微信朋友圈热闹得很，连门口卖农家猪肉的油漉漉大叔、修电动车的非主流小弟或者有着标准发型定制表情的公务员同学也都沸腾了，张学友演唱会开始售票的消息让很多跟“粉丝”两字不搭边的人纷纷涌出，朋友圈阵阵神仙混战。就更不用说小孟那个小圈子里的人了，海南岛上，搞原创音乐的就那么几个人，一听说“歌神”降临，恨不得拎着香烛、纸钱、鞭

① 林　森　《天涯》杂志副主编。主要著作有小说集《小镇》《捧一个冰椰子度过漫长夏日》《海风今岁寒》《小镇及其他》，长篇小说《关关雎鸠》《暖若春风》《岛》，诗集《海岛的忧郁》《月落星归》，随笔集《乡野之神》等。曾获茅盾文学新人奖、人民文学奖、百花文学奖、华语青年作家奖、北京文学奖、长江文艺双年奖、中国作家鄂尔多斯文学奖、海南文学双年奖等，作品入选收获文学排行榜、中国小说排行榜、《扬子江评论》文学排行榜等。

炮和一只泛红油亮的烧猪去膜拜。小孟又没瞎、没聋，他在朋友圈的发言是越来越少，可偶尔还是会用拇指刷一刷的，每看到一条相关的消息，耳边就响起“一路上有你”“你知不知道知不知道”什么的，赶都赶不走。这种感觉特别恐怖，尤其是在编曲的时候，张学友这病毒般的旋律毁了他所有的努力——本来想出一段极好的旋律，哼着哼着就跑偏，拐到“一路上有你”“你知不知道知不知道”上去了。这段时间，每到写曲之时，他只能关掉手机。照目前这形势，关机的时间会越来越长，因为他接了一个活儿。他的一位高中师兄，目前官运亨通，成了省城一个区的区长，前几天约他见了一下，准备叫他写三首宣传歌曲：一首反映这个区的历史文化、一首献给青年志愿者、一首定位广场舞神曲——让大妈们轰得蚊虫失魂落魄、轰得大爷们心神不宁。无论如何，张学友的声音，对他那三首还处于构思阶段的歌曲都是一种毒害，对曾翔邀约一同买票，不好直接拒绝，他只能甩锅给基站：“现在信号不好，听不清，挂了。”

小孟不知道自己还能不能叫“小孟”——喊“老孟”为期尚早，但那个“小”字也让他心戚戚焉。黑发辞别镜子，白发不约而至，而且荒漠化形势严峻，发际线迅速后移，若在清代，已经不需给前半球剃发了——这情况还能叫“小孟”？有一次，跟陈慕喝茶，陈慕望着他的头，以新闻主持的腔调念道：“我们一次次追逐，不过追逐满头稀疏的落雪。”小孟后来回想多次，“满头”“稀疏”“落雪”，这些词全是恶毒讽刺，却讽刺得诗情缓缓，比较高级。没办法，很多时候，他还得跟陈慕见面。陈慕嘴巴恶毒，人却很好用，早些年，每当小孟和曾翔出了新歌，陈慕都是最先而且唯一一个给他们写乐评的。陈慕常说：“我给别人写文章几块钱一个字，给你们白白写了几万字，相当于送你们一间小户型首付了。”陈慕的“好用”不在写乐评，而在写歌词，小孟接了什么“任务”，一筹莫展的时候，找上陈慕，他往往能写出最合客户心理的歌词——他的尖刻里有着可怕的洞察力。别看他讽刺别人头发白也能说出“我们一次次追逐，不过追逐满头稀疏的落雪”这样愁肠百结的话，他正能量起来，是标点符号也符合社会主义核心价值观的。小孟能忍受陈慕，还有一个隐藏的原因，他没跟别人说过，那是属于他自己的彩蛋。大学刚毕业回省内的时候，他跟曾翔一块租房住在一个城中村的旧房子里，两人把各自的音乐设备一凑，成了一个简易的录音棚，工作之余便是埋头写曲编曲，那时他内心慌乱，估计曾翔也一样——虽然曾翔把心事隐藏在两撇不知何时又冒出来的小胡子背后，像一个发福版的陆小凤。在那兵荒马乱的时间里，陈慕有时过来串门，看出了点什么，临走时，不经意冒出些话来：“海南小地方，也有小的好，无论做什么，熬着熬着，就跑到前面去了。很多事情，排队也会排到我们。”这毒鸡汤让小孟很多次展开手指间的白发时，还能洗洗脸，挺着黑眼圈出去见人。

——这话当然也在某种程度上，害了他。

想起来，小孟跟曾翔认识很早了，那还是网络论坛时代。读大学时，有大把时光需要挥霍，两个从海南岛到不同省份读书的人，在网上遇到了，都有玩音乐的爱好，竟然远隔重洋，合作写歌。现在回听，那些歌当然是幼稚的——现在可能也成熟不到哪里去——但那打发了他们很多不眠之夜，消耗了大量多余的荷尔蒙。配乐设备买不起的，就在网上找各种破解软件，模拟各种乐器的声音，歪来扭去，竟也编出了一首首曲。两人毕业回海南，在一个城中村租房住一块，接过不少商业歌曲的活——比如一些房地产的歌，整天在电台上播放，他在公交车上听到前奏响起，猛地站立，差点跟乘客们宣布：“这……我写的！”租住的城中村全是村民的自建房子，街巷犹如迷宫，走着走着，就回到一片荒野——很多次，小孟还在那村里发现一片巨大的菜地，菜地边上有茂密竹子、啃草的牛，这一次次篡改他的时间感和空间感。小孟和曾翔，窝在房间里写歌，在一个桌上吃饭，就差睡到同一张床上了。陈慕过来后，眼神怪异地看着他俩，说：“我要写篇小说，《两个男人的城中村》。”

小孟没想到，很快地，他和曾翔都搬离了那个城中村。曾翔到省内一个门户网站上班，而他，先是到电台去，在一个工作室负责录音；后来他跟人合股创办了一个专门推广农产品的文化公司，这文化公司解散之后，他成立了个工作室，拍起了短视频，接一些宣传片的活，档期闲置的时候，他把人拉出去练兵，拍一些行将消失的人与物——所谓的“记录民俗与文化”。而曾翔依靠家里的支持，凭借在媒体工作的敏锐嗅觉，在海南房价飙升之前，买了好几套房，当起了寓公。曾翔目前最大的兴趣，就是查询东南亚的各种旅游路线，时不时在微信上晒出他晃荡在那些国家的身影。小孟也在匆匆之中结婚、买房，有一次开车路过那个城中村，看到那里已在城市建设当中沦为一片废墟，心有所动。他停好车，专门去寻找了当年的菜地和竹丛，那被轰炸过似的工地，掩盖了一切。回到车上，他想起当年陈慕那篇《两个男人的城中村》。里头一些陈慕胡说八道的虚构，有时会入侵他的记忆，让他记不清哪些真实发生过，哪些又属于小说家的不怀好意的冷笑。比如，小说中，住在城中村的两个男人，曾有过四手联弹——小孟想起来，他们根本没有钢琴，哪来这么矫情的联弹？可小孟又迷糊了，钢琴没有，便宜些的电子琴倒还是有的。小说的结尾，其中一个人走丢于城中村的那个菜地，被茂密竹子遮盖，另一个遍寻不见，这无疑是小说家的故弄玄虚——可小孟仍然有些迷糊，他当年确实走进去过那片菜地，被竹子隔开了一个真实世界，确实有蒸发的错觉。

视频工作室成立后，他第一时间就想起去拍那个城中村，可面对那片工地，村民四散了，唯有一间空荡荡的旧祠堂无人光顾，落满灰尘、遍布蜘蛛网和各类蚊虫，没法下手。他只好带着队伍去拍了另外一个被规划、即将被拆迁的城中村。片子倒是拍完了，也在公众号上发了出来，引来了一些怀旧者的掌声，可他却备感尴尬。按照之前的政府规划，这个村是很快就要被拆迁完的，可传言并没有最终落实，抓了几个负责拆迁的官员之后，赔偿款一直没落实到位，那个断手断脚的村子还顽强地不肯断气。这就让小孟的片子，失去了某种力量——他所有的表达，需要一个城中村的消失来垫背。

小孟不是一个会应酬的人，那天师兄叫他去见面，安排在一个环境安逸的咖啡厅，他还是觉得不自在，又不得不去。视频工作室折腾了一年多，停掉之后，他干回老本行，跟一个朋友合开了一家音乐工作室，给人写商业歌曲、办儿童的音乐培训。培训班只能保证不饿死，还得接一些商业的活儿。这个成了区长的师兄，张口闭口正能量、价值观，小孟极力想跟上他的思维，发现并不同频，只好放任自己胡思乱想。师兄的精神倒也不难领会，他们要求写的那三首歌，曲是没什么好审核的，曲子不会有什么不得体的表达；而歌词，则要给他们看，上会通过后，就可以谱曲了。这师兄不知道是在练铁砂掌还是什么的，说两句就拍拍小孟的肩膀，离开的时候，小孟觉得自己矮了三厘米；一会儿又觉得不对，应该是高了三厘米——肩膀肿了。跟师兄的会面，让他一直走神。他得在脑子里回想某些旋律，才能从师兄的口沫横飞里坚持下去。

县城的KTV里，空荡荡的。人都走光了，只剩他一个。一起来的，都是舍友。他们住的，不是学校的宿舍——这座县中学，竟然没建学生宿舍。很多家不在县城的学生，只好寄宿在校园周边的民房里。有些民房能塞下三四十号人，像一个大的养猪场。这一次，是一个爱买彩票的舍友中奖了，请舍友出来唱歌。唱到一半，那些人鼓动着，离开了KTV，找地方按摩去了。就剩下他一个，面对着所有人点下的二十多首歌，一首一首往下唱，像开一个人的演唱会。

他从未这么奢侈过。

一种人去楼空的奢侈。

——这是独属于他自己的回忆，可在一次闲聊之后，陈慕就把这一段刻录了，塞进了那篇《两个男人的城中村》里。当然，后续的事他没说，陈慕也就虚构不出来：他隐隐约约记得自己唱了半个小时后，就被返场的舍友拉走了，强行把他塞进KTV隔壁的按摩院味道暧昧的小隔间里。在舍友们的起哄中，一个衣着暴露的女子在他身上抚摸起来。女子还问了一句能不能把牛仔裤脱了，裤子太硬，没法按。隔着衣物，他整个身体，在女子的手指尖摁掐下绷紧。他忍不住痒，说了一句让舍友喷饭多年的话："你能帮我按按鼻子吗？我有鼻炎……"这话一出，相邻床上，一位已经褪下裤子，陷入某种癫狂之境的舍友从迷醉中笑场，几乎要摔到地上。

他们四手联弹，他们的手指在琴键上跳动的时候，不会撞到一起。他们的手总是在最适宜的缝隙里穿插，他们带起空气的震颤。有停顿，在迟疑，像忽然涌上岸来的潮水，像一声又一声的叹息——他们是在那时那刻暂时屏住了呼吸吗？昏暗的房间里，并不存在的第三者，似在期待他们的手握在一起。就像并不存在的第三者，在期待着，他们一起走入城中村中间那片菜地，消失于一个迷雾重重的早晨或一个晚霞落满的傍晚。或者是，在一个漆黑的夜，如一点雨掉入长河。

——当年陈慕把这篇小说丢给他们两人看的时候，他们恨不得把陈慕捆起来，丢到城中村那片鱼塘。可静下来的时候，小说里写到的一些画面，时不时冲上来，搅乱了小孟的脑子。陈慕文字里的带偏能力，让小孟后来在搬离那个城中村的时候，几乎是迫不及待——好像急于证明他跟曾翔特别清白。

…………

小孟不断在脑海中重复这些画面，师兄的口沫横飞与扬扬自得才能被拒绝与屏蔽。师兄的每一句话，都应该在庄严会场的主席台上讲出，都应该是对着日报记者的采访才说出……这并没有什么不对，只是容易被带偏的小孟，需要在心里修建一个充满弹力的世界，才能保证自己在听师兄讲完后，他仍是自己。小孟说："师兄，我回去做个方案，发你看看，你认可了，我们就开始？"师兄伸出肉乎乎的手掌，又给了小孟肩膀狠狠的一击："你呀，什么都好，就是话少……这样，对你拉业务很不利呀。"小孟苦笑："所以，还得请师兄照顾哇，不然得饿肚子。"

——师兄走后，他最迫切的一件事，是找个药店买瓶跌打油，抢救被师兄拍残的肩膀。

歌词是陈慕写的。师兄那边，召开了会议，讨论了歌词的初稿，提出了修改建议，需要把很多政策性词汇塞进去。陈慕呵呵呵冷笑，花样吐槽喷往小孟的师兄，有的庄严肃穆，有的荒诞滑稽。小孟说："能不能少说两句？毕竟是我师兄，就算不是师兄，也是客户，得根据人家要求来交货嘛……"陈慕嘴上带刺，该做的修改，他毫不含糊，改到最后，他总结道："我明白了一个道理，改到我不愿意署写词的是我，肯定就通过了。"前后折腾了两周，师兄终于发来两个字："通过。"小孟长舒一口气，所有压力都转到他头上来了，他得给这些词套上旋律——望着那些磕磕绊绊揠苗助长的词，他不得不承认，无论是阅读还是哼唱，修改后的歌词都不太顺畅，像给高速路铺设了减速带——陈慕嘴贱，得理不饶人，确实是因为他"得理"。陈慕真的不愿署本名了，他取了个笔名"小力"。

如何给"小力"的词套上旋律？小孟哼唱、哼唱、哼唱……无论如何哼，最后都以一句张学友结尾，小孟把额头撞到墙上。小孟怀疑自己的音乐工作室迟早也干不下去。早先的农产品包装设计公司，没做多久就解散了，后来总结经验，他发现并不是做得不好，而是一些理念太超前——他想把农产品当文艺产品来卖，可海南岛上有这种品牌意识、品牌影响力的公司还不存在，包装很好、宣传也很精准，可产品就是卖不出去，急得那些老板拉来一箱箱产品，堵在他们工作室门口。关门三四年后，类似的包装和营销倒是越来越多，甚至形成了某种风气，而那时，小孟正拉着自己的视频工作室在拍片。小孟发现，自己把视频工作室也经营得不像在做生意，闲暇时候，把队伍拉出去拍摄一些关于民间技艺的纪录片，花费在自娱自乐的纪录片上的时间比拍广告片的时间更多，视频工作室倒闭也就成了必然的事。之后一年多，很多微信公众号，开始流行各种小纪录片，带动流量的同时也有了不少的广告收入——他又抢跑，被判出局。重新做回音乐后，陈慕刻薄地嘲笑他："你以为你之前老失败，是因为理念太超前？不是，是你太文青，或者说太假文青，生意不当生意做，偏要玩情怀，该死。"——所以，他咬着牙，也得把师兄那三首歌里的个人想法摒除，顾客至上嘛。

可，怎么又胡乱想起了张学友？

"歌神"张学友的巡回演唱会每到一处，之所以会引起轰动，不仅是因为他的歌唱得好，更是因为几乎他每场演唱会，都有各种逃犯在现场被逮。这种"神迹"，在互联网引起了奇怪的效应，很多人点开相关的新闻，不是看他唱得好不好，而是关注又有什么逃犯被抓住了。小孟想过何以会出现这种逃犯效应：当年张学友的歌曲环卫工人般横扫大街小巷的时候，卷走了多少人的听觉记忆，这其中也包括后来成了各种逃犯的人。当张学友全国巡演，那些逃犯也忍不住要去一睹少年时的偶像——即使网上传出的各种逃犯被抓的消息，也未能掐死他们的愿望。甚至，越是警察出没，有些人越是怀着赌博般的快感——本来不一定要去的，更得去了。小孟因为接了师兄的活，害怕被张学友的旋律洗脑，有意排斥听觉干扰，可越是闪躲，关于演唱会的消息越是袭来，张学友的声音越是阴魂不散。他一坐在工作室里，面对着那堆乐器，张学友就闭着眼睛、翘起兰花指、喉结抖动：

"你知不知道，你知不知道……"

当年住在城中村，经常有些圈内的朋友来看小孟和曾翔，有不少人还邀他们登台跑场。数学好的还给他们算过，坚持一两年，可以赚下多少多少钱。小孟和曾翔也不是没动过心，两人花了很长一段时间，把省城的娱乐场所都跑了一遍，就是想看看哪里更适合。谁知道这一阵跑下来，两人越来越沉默。曾翔问："接不接？"小孟说："不是太想……"曾翔说："虽然我们没身价，也觉得跑这些场有些掉价儿。"两人便没再想过这事。也不乏当年一块玩的哥儿们，有后来大红大紫的，或者是参加了国内的某个选秀，或者是在网上踩中某个点成了超级网红。最神奇的，是有一个家伙，参加一个节目获奖之后，小孟发短信祝贺，那边回了俩字："谁啊？"这人声名鹊起之后，开始卖弄叛逆人设，几乎每场表演都砸吉他甩头发，后来在网上发布一首涉嫌地域歧视的歌曲，被相关管理部门重罚不说，还吊销了他的表演资格。他最低潮的时候，小孟在几个酒场上见过他，他总是眼睑乱闪。小孟低声告诉他身边的朋友："看好他。"没过多久，那家伙还是酒后开车撞天桥，虽没伤到他人，但酒精度太高，还是把自己赔进去了。出来之后，那人脑子就开始不太正常，圈内朋友都躲着，偶尔谈到，都心照不宣地跳过。那人最崇拜的歌手就是张学友，之前在KTV里，把张的每首歌都唱得几可乱真。小孟有时心想，他会去看张学友吗？

最让小孟觉得惊奇的，是H也随着张学友的演唱会出现了——小孟想起她都不敢直呼其姓其名，只敢用陈慕所命名的H来代替。其实，H和他已经有好些年处于失联状态，失联的原因小孟都难以启齿。两人在高中时候，相处过一段，大学天各一方，各有际遇，分手是自然而然的事。有一年暑假，H和他约好，各自从学校返回海南之后，两人见一见，把事情好好谈谈。H先回到的省城，订好了酒店，他半夜匆匆赶到，忙完所有杂事之后，两人躺在床上，他竟完全没有跟她更进一步的欲望。是的，两人都赤身裸体，一左一右四眼相对，却谁都没有下一步动作，太怪异了。他准备跟H好好谈一谈这事，一直没开过口。也就是从那之后，两人再未联系过，不知多久后，手机号码也删了。

当H加他微信，他花了很长时间去想她的脸，徒劳，想不起……他只能想起两具相对无欲的身体，疑惑那晚漫长的尴尬到底是如何度过去的？H在微信上发了个笑脸表情，说："我买了张学友演唱会的票，两张，要不要一块看？"小孟愣了好久，手指在表情符号那儿东奔西跑，也没选中合适的。她又说："如果是别的人，我也不去听了，张学友，就想叫上你一起。"他想起了高中时候的事：她父亲因病过世，几乎把她击垮，她很长一段时间精神状态很差，班里很多人轮流盯着她，他只是其中一个。可自从有一回她抱着小孟痛哭之后，一切都不一样了，两人经常用同一个随身听听磁带，张学友的歌声，就是那个时候，通过一副耳机在两人一边耳朵响起。每次拔下耳塞的时候，他都觉得那只耳朵是麻木的，他当时没在意，心想那就是青春。这些回忆扑来的时候，他也就没法拒绝了，摁动键盘上的"H"键，出来的第一个字就是"好"，他发送了过去。

很快回一个字："嗯。"

小孟就没法安心给师兄的那三首歌编曲了，无论怎样，张学友不断回响耳边——而且，只是当年听耳塞的左耳。他终于忍不住，跟H约了个地方见面，本来挺正常的事，他却心跳加速，地点换了两三回，就有了偷偷摸摸的紧张，还是把地点放在市郊的海边。车停下之后，他远远就看到了她，好像多年没变，却又那么陌生。不知道怎么打了招呼，两人在沙滩上逛了十几分钟，他说："上车吧。"她默默跟在身后。他驱车驰骋，几分钟后，速度降了下来，他指着一座雄伟的建筑："张学友的演唱会，应该就是在这里开吧？"她说："嗯。"他说："叫我看演唱会，你不后悔？"她说："可能会。但不叫肯定更加后悔。"他不说了，呆呆望着那座运动场，好像可以看到一周后，熙攘的人群把那里塞满，灯光从运动场的顶上射出，把夜空割得破碎。

提前预演这画面的时候，小孟有些怅然。两人钻进车里，H握住他的手，两人在座椅上靠得很近，小孟闻到某种气息，车厢的封闭让气息瞬间膨胀。小孟准备向前，准备靠近，想象了某种进入……他眼前有些恍惚，是不是当年那一晚的按兵不动延续到了眼前这一刻？跳跃的时间感，撩拨着他的呼吸，他指尖的动作加快，像是编曲时弹奏电子琴的黑白键，他正要用力……他知道，这力气一旦使出，洪水便会决堤。水位即将淹过警戒线，她浑身触电，猛然缩身；小孟也一震，像是酒醒了，停住了……被撩拨起来的欲望瞬间退潮，当年那晚的无动于衷的倦怠感又再次出现。在此时，让人兴奋的气息也成了某种不好闻的腥膻味。他赶紧坐到驾驶位，来不及整理衣衫，把车发动，车子渗入夜色。两人无话，直到下车，她才问了他一句："演唱会还看吗？"他望着她，好久之后才说出一句："微信上回你。"可几天了，他没回，她也没问。那几天里，小孟在家里看到妻子，内心愧疚，好像自己出轨已成事实。

陈慕满脸瘀青出现在小孟面前，小孟没想到那竟然是他。陈慕虽说不会把自己收拾得油光可鉴，但他有些轻微的洁癖是毫无疑问的，他常常翻着书，就去洗一下手；聚餐时，上来三包纸巾，最后发现全被他扯出来擦拭，在面前堆成一座小纸山。而眼前的陈慕，显然已经无暇顾及脸上形象，或者说这已经是他打理后的最佳形象了：左嘴角和右眼角黑黑一团，额头正中央还有一个鼓起来的包。小孟还没开口，陈慕就说："知道你想问……这是被打的。"小孟更好奇了："被打？"陈慕说："有个写东西的，说我一篇小说里影射他，找我理论，我解释说不是也没用，最后就动手了。不过，他脸上黑得不比我少。"小孟笑出来："你们文人……干脆叫武人好了……"陈慕说："猪脑袋，我都说了写的根本不是他，他认死理……"小孟说："你真的没一点影射人家的意思？"陈慕憋了好一会儿，把话咽回去了。小孟说："老实说，我也不信，毕竟，你是有先例的，当初你写《两个男人的城中村》，我和曾翔也想把你装麻袋，丢鱼塘里喂塘虱鱼。”陈慕眼睛圆了起来：“你们也较真？”小孟说：“主要是很诡异，我和曾翔两个大男人，本来没啥，被你写之后，见面都有些尴尬……用现在的话讲，本来挺直的，被你掰弯了。”陈慕笑了：“我看不是掰弯了，是把你们拆散了。”瘀青在陈慕的笑脸上绽放，小孟恨不得一拳头挥上去，给增加点灰度。心中闪过陈慕那小说的一些片段，小孟有些惆怅，他竟中毒般地念念不忘：

巷子曲折，即便住了三个月，返回这个村子的时候，他还是会迷糊，常有没法穿越迷宫的烦恼。无计可施时，他只能拨打电话。话筒里传来熟悉而略带嘲讽的声音：“又要带路？”接着，那声音会问他，左边或者右边竖立着石头还是竹丛，再之后，就很简单了，电话里的声音是精准的语音导航，让他几步左拐几步朝右，最后，笑嘻嘻地说：“往三点钟方向看，对，看到那面墙没有，断了一半的那墙，走过墙，就是巷口……”看向那堵不知道修建于哪个年代，又不知道倒塌于何时的断墙，好像电话中发出声音的那张脸会笑着从断墙的缺口处浮现出来。

——他真的有几回在那些巷子中迷路，打电话给曾翔问询过，并被在饭桌上谈笑。也就是说，陈慕并非全是虚构，但那张从断墙中浮现的脸是什么意思？恐怖片还是爱情故事？

时间不是均匀流淌的，而呈块状——假若不是这样，往事被回想时，便不会磕磕绊绊，一件事跟另外一件事之间相隔好久，得跳跃着才能接上。

他想起上次同学会见到H的情形，她躲在一群欢腾的人的背后。是的，无论是在什么样的学校读过，无论哪个班级几个人，总会产出一两个特别热衷组织聚会的人，他们像渔网一般，有本事把散落各地的人捞出来。若是知道H会来，他会不会还有勇气来？但还是来了，他想起那次两人躺在一块却没有任何进一步动作的画面，尴尬滚雪球般变大。他的屁股不断位移，在同学们的鬼哭狼嚎中，他接近她。她当然看到了，身子象征性地晃了晃，并未移动。他从啤酒味飞扬和杂音交错之间穿过去，和她一起靠着——他返回了旧日子。

临近高考的那一段时间，校园里发生的任何事，都有可能引爆敏感的他们。比如说：初中部的一群学弟，冒着夏天的雷雨，在操场上踢足球，雨水的冲刷让他们激情燃烧更旺，他们的喊叫在绵密的雨的缝隙里穿梭，可一道闪电劈下来，把南边守门员劈成一块黑乎乎的炭，所有的声音也被劈没了。之后几天，守门员的家人在操场上烧香点烛，把那当成了坟地，学生们又是悲伤又是后背发冷。比如说：和他初中一个班的J，终于还是疯了——J被世纪之交横扫神州的邪教所蛊惑，暗地里悄悄地研习功法，自称某大神转世，夜里在宿舍的床头摆上自己照片焚香跪拜，舍友夺门而逃。J被父母用一辆三轮车推回家了——他说所有的双数车轮，都来自恶魔之眼。比如说：高考前最后一次模拟考的时候，全校的高中生都上街了，他们举着横幅标语，抵制当时从国内各省蜂拥而至的“高考移民”，同学们的声音响彻县城的上空……由于高考逼近，这些事在他心中一次次引爆，在H那里，更是这样。击垮H的，是高考前一个月，她父亲病逝了，那段时间里，班上的同学轮流盯着她。又轮到他盯着她了，正是同学拥上街的那天，他按捺不住，眼神注视着人流，这或许是他这辈子离某种“传奇”最近的日子。口号从同学们口中决堤而出时，他却只能盯着她。她看出了他的蠢蠢欲动，说：“你去吧，我没事，我不会寻死。”他几乎是逆反般地说：“你怎么知道我想去？我才不去。”她说：“那，你就好好看我吧！”两人在三楼教室的窗边，看着校园里涌动的人潮——他忽然觉得，没去也很好，至少，除了他俩，没人以这样的角度，见过这场景吧？再之后呢，已经是高考之后了吧？聚餐后集体唱歌，四大天王的歌是热门，尤其是张学友，他的《吻别》被好多同学点，被唱了好几回了吧？他和她是什么时候吻上的呢？是在张学友的歌声的催发之下吗？嘴唇轻触，他想到那个被雷电击中的学弟——原来，通体触电是这样的？

…………

——他靠着她坐下来，这些块状的记忆此起彼伏。这是他在和她那次无欲的尬躺之后的再一次相见，他想了好久，不知道第一句话该说什么。他的嘴唇挣扎许久，只说出："我住 ×× 村，你知道那地方吗？"声音那么吵，也不知道她听清了没有。他再次想到那城中村里的迷宫小巷，那从博尔赫斯小说里拎出、铺设到这里的分岔小巷，尽头是一堵断墙，断墙边上竹林丛生。谁的笑脸等在断墙的缺口处？

——这些段落让小孟差点拎酒瓶去找陈慕，他怎么能把一些喝酒时讲的胡话，添油加醋写出来了？而且，这并非草稿，是发表后的样刊，一种白纸黑字的确证，一种经过编辑、校对、排版和印刷的郑重其事。她当然不叫 H，她有她的姓名，可自从被陈慕写下之后，她就不能不是 H，她怎么可能不是 H 呢，即使小孟喊着她的名字，心中还是一愣一愣地想到"H"——这被陈慕的文字重新建构的 H。现如今，也没几个人读文学杂志了，她大概率不会读到这故事，可一想到这些段落已在一本杂志上出现，那永远是一颗埋而未爆的雷，他如坐针毡，万一，她真的读到了呢？万一别人读到了，传给她听呢？更为可怕的是，本来，陈慕写的这些，有着大量的虚构，可小孟已经越来越没法分辨哪些是事实、哪些是虚构，他变成了没法从虚构里挣脱而出的人。小孟不得不对着陈慕的鼻青脸肿叹气："她约我看演唱会了。"

"她？"

"H。"

"哦？这事还有下文？续集呀……"

"我跟你说，不能再编这事了，否则……我让你没法敲键盘。"

"你们……你……你也是搞音乐的，艺术的虚构，你分不清了？"

"是你分不清。"

停了一会儿，小孟问："对了，曾翔最近怎么样？好久没他消息了。"

"你没听说？"陈慕吐出的字、皱起的眉头，意味着某些事已把小孟远远抛弃。是的，曾翔已经有好一段没出现在朋友圈了，他那些满世界跑的照片也好久没更新了。曾翔出国不少，可跑的都是东南亚，他说那些灰秃秃的热带城镇里，抵达的时候，不是在异域，而是返回了海南岛的二十世纪九十年代——曾翔的出游，是时间旅行，是和以前的自己相遇。

陈慕说："他最近麻烦很多，处理不好，就会引火烧身。"

"啊？"

"这两年市里很多地方不都在改造嘛，他老婆那边一个舅舅，有一栋房子处于被拆范围。据说赔偿没谈好，一直处于僵持状态，他舅舅的茶馆老有人来砸场什么的，曾翔的老婆让他出面，他没法子，拍了照片、写了文章，利用自己的媒体人身份，把这个在网上曝了出来。事情闹得不小，不少自媒体更是瘟疫一般传播，失控了。因为这事，他被单位停职了，据说他的照片和文字，很过激——我也没看——反正给区里、市里带来很多麻烦……他的事怎么处理，不好说……”

“啊，我怎么不知道？”

“你闭门写歌嘛。”

小孟忽地一跳：“曾翔舅舅房子在哪个区？”

陈慕苦笑，沉默好久，说：“不是冤家不聚头，你师兄当领导那个区。”

想到曾翔身陷泥潭，而他还得给师兄写欣欣向荣斗志昂扬的歌，小孟浑身燥热——耳边响起当年曾翔在电话里为他指路的声音。陈慕看出了小孟的心事：“你只是编曲而已，歌词可都是我写的。我乱取了个笔名，但总还是出自我之手。我总觉得我是叛徒，背后给插了一刀。接个活不容易，大家都得先活下来，我脸皮厚，无所谓。这活你接的，后面要不要继续做，你决定。真要做，你最好也取个笔名……”

陈慕掏出一瓶跌打药水，倒一点在掌心，就往自己脸上的瘀青涂抹，紫黑色的瘀青上，覆盖了一圈的深棕色。这药水味道刺鼻，可呛到一定程度，又变得很好闻了。陈慕也不像是在涂抹了，一掌一掌，是对着脸上的瘀痕下狠手——那张脸若不是他自己的，他就有谋杀的嫌疑。有几句什么话涌到小孟的嘴边，又退回去，他不甘心，翻箱倒柜，想把这几句话再找出来，可它们越过围堵消失无踪，他唇边只留下空荡荡的颤动。小孟和陈慕点了满屏的歌，都没拿起话筒，任由歌手在那哼哼哼，“背景音乐”成了“主唱”，撬开的啤酒也没喝几口，没一会儿，冰凉消失，酸涩加重。

从什么时候开始，主旋律的歌和流行歌曲之间，出现了重大的裂痕？——小孟不是音乐家协会的领导、不是某个大型音乐公司的高管，可他有时也会蹦出这样的疑惑，更可怕的是，他竟然还冒出某个妄念：这两者能弥合吗？比如说，给师兄那个区里写的三首歌，是不是能借鉴一点张学友式的流行曲风呢？在为那三首歌谱曲的时候，他忍不住，再次刷起了朋友圈。H没有再主动联系他，曾翔也未再出现，陈慕则是时不时晒着文学杂志的封面和目录——那是他的样刊，那些从他眼前闪过的人，都会在他的眼睛里留下剪影，被他揉捏、变形，成为某篇小说里的人，在一个由文字组成的世界里重生。张学友的演唱会只剩下两天了，“歌神”在朋友圈的热度再次升温，他携带着那些金曲和旧时光，让以往一有公共事件就撕裂的朋友圈，出现了和谐共处的感人画面。

手中的那张票是那天 H 下车时留下的，她当时落荒而逃，像后头跟着一只鬼，高跟鞋也没能减缓她奔跑的速度。在车里看到她跑得像醉酒客，小孟苦笑不已，何苦要出来把残存的好感全都打碎呢？

这张票摆在手心，他不能不在演唱会开场前出发——他没有跟 H 确认要不要去。保留悬念吧，直接凭票进场，到时相邻的位置有人站着还是空荡荡，便成了薛定谔的猫。其实，他是担心，一旦确认了，无论她亲口说出“去”或者“不去”，都会熄灭他前往的勇气。前往演唱会现场的路，远远地就各种管制，小孟打开了手机导航，计算着和目的地的距离，只要在步行范围内，他就停车，走过去——他不会把车开进那黑压压的人山人海，天旋地转。

车停好，沿着海岸线向前，随着灯光的变亮，人越来越拥挤。当然还是年轻人多一些，可若细看，人群中其实散落着不少中年的面孔，他们肌肤松弛面色暗沉，可这一切都被藏在夜色里。“……我们一次次追逐，不过追逐满头稀疏的落雪……”他几乎是哼唱出这句陈慕的嘲讽，他给这句话谱了曲、录了音，他的嘴角时不时会自动滑出。排队安检之时，他想到了网络那些逃犯在张学友演唱会上落网的消息，今天会有逃犯被逮吗？他想：那些逃犯，挺可爱的，冒着那么大风险，也要来见偶像，也要在旧日金曲中返回当年的街头……这些逃犯，也是多情的人啊！他故作轻松，眼神却四窜，想打捞 H 的身影。朋友圈里那些晒票的人，曾满屏满屏地冲刷他的眼，而此时呢，全是陌生面孔。前面的队伍猛地乱了，一群人围聚，传来阵阵争吵，不知道发生了什么。

不少人要硬挤上去，潮水荡漾。

凭票找到位置，右边还空着，那便是 H 的位置吧？她还会来吗？小孟觉得有些荒诞，到底是什么，让她曾残存某些幻想？而到底又是什么，让她幻想破灭，再次逃开？——这其中一定有什么不怀好意的细节决定着这一切，可到底是什么呢？有什么事情就发生在眼皮底下，却又全被忽略了呢？耳边全是喧闹，眼前全是人影，不少人还领了荧光棒，开始挥舞，也有点亮手机屏幕来挥舞的，甚至有人打开了手机的“手电筒”，一束束光，切割着运动场的上空。小孟一直注视着右边那个空空的位置，一有人要挤过来，他就凑过去:“不好意思，这里有人坐的。”挤过来的人，眼神狠狠，闪开了。小孟一直没留意演唱会是怎么开始的，除了开场时安静了一会儿，可以听到张学友的开场白，后面就被杂音给淹没了。

前奏开始，张学友开唱了，那些歌太熟悉了，观众们没有不懂的，全都跟随着喊。这就苦了小孟，他只想好好听歌的——倒也是听到了，只不过是鬼哭狼嚎的大合唱。张学友卖力地在台上演唱，音响也好得出奇，可没办法，大合唱就在耳边，张学友被消音了。听不到也就罢了，前头的人都在摇来摆去，灯光闪烁的舞台上，张学友的身影也被遮挡了。他干脆拿出手机，刷起了朋友圈，网络拥堵，好一会儿才进去。朋友圈里已经满屏全是这个演唱会的现场——那些“朋友们”躲藏在眼前这些陌生人里面，用照片、视频和文字，直播着眼前的一切。

有曾翔，他没有多说话，就拍了一张舞台上的灯光，也不配文字。——他又发微信了，他的麻烦解决没有?

有陈慕，他传了一张门口的拥堵照，文字是:“逃犯出现了?”

甚至也有区长师兄，他的照片明显要清晰得多，舞台上的张学友，也拍得比较大，他的文字是:“位置不错。”

甚至有那个酒驾后就精神不太正常的岛上歌手，他发出来的照片分辨率不高，配仨字:“见偶像。”小孟在他的照片里找半天，也没找到他的偶像在哪。

…………

他翻看好久，没看到H的朋友圈出现，他不甘心，点进去看，原先的信息也没有了——他被屏蔽了。H忽然出现，给了他一张票，继而彻底消失了。他不得不在记忆中翻检，那天两人见面，到底是哪个细节，让她要把他剔除殆尽?他倒不是还对她有什么想法，只是单纯觉得，自己一定有某种失败透顶在她面前完全暴露了，他得找出这“失败”。张学友又唱又跳，那不是卖力，是卖命——网上传言他股票大亏，所以才用那么多场全国巡演来“续命”，倒也不是没有道理呀。

全场忽然就沸腾了起来，本来的大合唱，变成了阵阵欢叫——原来，舞台上的大屏幕，正播放着现场观众台上的画面。摄影师把镜头对准了一对对情侣，当情侣们发现自己出现在大屏幕上，又是错愕又是惊喜，情侣们很快地互动起来，他们拥抱、接吻甚至流泪。画面切换着一对对貌似“情侣”的人，接吻一次次在大屏幕上呈现，每一次拥吻，都激起现场的欢呼。此时，张学友正在唱着《她来听我的演唱会》，这首歌成了现场情侣们“发情”的催化剂。也有害羞的，互相盯着好一会儿，亲不下去，镜头就一直不移开，直到他们终于在全场观众的见证下，亲到了一起。最让人沸腾的，则是镜头对准一对男女的时候，他们还没反应，旁边两个男的，已经紧紧地拥抱在一起，手指在对方的头发间穿插、出没。小孟不得不望着自己右手边的空荡荡，望着H留下的空无——如果她在，镜头会不会扫到这里？如果镜头对准，他们会不会拥吻？

他忽然想到了那一直没给师兄完成编曲的三首歌。在此时，曲调一点一点冒涌，抗衡着张学友的哼唱、也抗衡着现场的闹腾。他起身，说：“抱歉，让一下，我出去一下啊……抱歉……”演唱会现场最热闹的时候，他直接退场。背后是燃烧的人海，眼前则灯光渐暗、海风渐强，他走向自己的车。他等不及了，掏出手机，打开录音，哼唱起来，不是唱张学友，是陈慕改了无数遍以至于满是补丁的歌词。此时，这些歌词缠绕成曲，从他口中争夺而出。在此前，他为这些歌词配过无数种曲子，可怎么唱都有一些词过于碍眼，像是粉嫩的脸上的一颗弹珠大的黑痣；现在，他好像找到了安放它们的旋律。走到车前，也没开门，他倚着，对着手机唱，声音虽低，也是在开演唱会。

——歌词满是口号和大词，而他唱得缠绵悱恻。

停车处灯光暗淡，演唱会现场则像一颗巨大的光球，夜风把张学友的声音轻微地送过来——在此时，张学友的嗓音压住了所有的杂音，只为他一人演唱。倾听张学友，果然还得一个人。风从海上来，咸味在此变弱，他坐到车内，打开了内灯，从左车门内侧翻出了一个信封。从信封里掏出一本杂志，书页翻卷，是吸了水又晒了光后的不平整。这是陈慕丢给他的一本样刊，上面就有陈慕把小孟、曾翔和H揉碎、注水、重塑而写下的那篇《两个男人的城中村》。他有时恨陈慕恨得牙痒，这杂志倒一直没丢，翻到熟悉的页面。小说开场，陈慕写下：

> 物流车抵达村口，巷子太小，没法再开。就地卸下，行李竟堆积了那么多——毕业典礼后，东西能卖的卖、可丢的丢，剩下的竟还有这么多。他轻松地乘飞机回来，这些纸箱慢慢颠簸而至，可他终究要把省下来的力气，在此时全都挤出去。这个市中心的村子，建有祠堂，每有一点水泥覆盖不到的缝隙，就有竹子长出，气焰

嚣张。他开始犯晕。没办法，得打电话叫一同租住的哥儿们来帮忙了。此时的他，知道自己将会很累，可他满怀信心，纸箱里有他买的一些音乐设备，都是心爱之物，他将用它们奏响乐曲，走到灯光聚焦的舞台中央。

九 号 线

禹 风[1]

一

油轮设计师施丰能总在傍晚走出九号线松江新城站，晚霞洇红西边楼群，鸽子飞翔。

松江这地方空间广阔，人口密度适中，空气质量优于市区。一方水土养一方人，没“上海”这名字时就有松江府，前身华亭县，建县至今已历一千五百多年，传承为今日老城区；新城前身则是一望无际水稻田，十来年前才仿英国城镇而建。

施丰能走出地铁站，把公文包放到小广场地上。他望着火红西天，脱掉墨绿灯芯绒西服，撸起白衬衣袖管，往上慢慢举手，伸了个懒腰。他身高一米八，戴黑框眼镜，瘦长脸皱纹深刻，胡子刮得双颊铁青。

他今天不急着从地铁站打的回家；虽然仍正常上班没放假，他却有度假心情：太太带着儿子飞德国去了。儿子考上了法兰克福大学，当妈的去支付一切费用，并要为年轻人编织一只挂在洋树梢上的巢。

施丰能想到这些，嘴角泄出了一丝冷笑，没恶意，甚至带点赏识，却很

① 禹 风 复旦大学学士、巴黎高等商学院硕士。在《人民文学》《当代》《十月》《花城》《广州文艺》等杂志发表长中短篇小说。作品多次被《小说月报》《小说选刊》《中篇小说选刊》及《北京文学中篇小说月报》等文学选刊选登。曾获“2018山花双年文学奖”，作品列入“2019年收获文学排行榜”。

有讽刺意味。他被忽视了：太太有了更重要的使命，暂时顾不上管他。事实上，他将被忘却般“野放”近两个月。

施丰能又撸下袖管，把西装一抖，穿回身上。

“难得！”他瞟着车站外一长排等客的橘色本地出租车，“难得自由自在！”

他终于笑了，长脸变圆些，露出还算整齐的牙齿。一个转身，迈开了腿，先走走再说。去哪儿？随意吧。

凡夕阳洒落的地方都金灿，夕阳下的本地石楠叶子亮晶晶，活像一条条沾着涎津的狗舌头；秋天的夹竹桃显得寂寥，花季早远去，等候它们的是难耐的冬天；大马路中间绿化带里成排紫薇已开败了一阵子，现在结着淡绿发黄的种子。

施丰能坐到街边暗绿色长椅上，欣赏嘉松公路连绵不绝的车辆。当年他上到远洋油轮跟船考察，先坐甲板长椅上看了整个太平洋，接下来又看了整个大西洋。

太太和儿子暂时离开自己飞去地球另一方陆地，他日常生活里又出现了一片空旷无物的洋面，他回忆起远洋生活的寂寥，却又莫名地跃跃欲试！嗯，近两个月单身生活，嗯，自由，久违的，拿它不知道怎么办的自由……

首先就是今晚。施丰能点点头，立马就去吃一顿啰。一个人吃饭和全家一起吃饭完全是迥异的人类行为。

吃饭前，得去一下酒类专卖店。喝白酒还是喝红酒？吃西餐还是吃中餐？

有一点是肯定的，他不可能呼朋唤友，呼朋唤友的日子早已灭绝。如今，老婆儿子在身边就三口子聚餐；他们去了远方，他只有独斟。独斟有独斟的趣。

第一个自由之夜，别奢求太多，就这样吧。

施丰能一个人独斟于小楼餐厅，似乎同他素不相识的邓小桔疲惫不堪地在九号线松江新城站入站处和站务人员发生了激烈口角。

邓小桔可不是任人摆布的，你们到底要查什么呢？为什么所有包包都要放到机器上透视？人有没有隐私？你们拿出搜查证来呀？我手里这包包够小的，不用你们打开看，更不能放到传送带上，那传送带多不卫生！

她最后昂首走过了检查点。到底是东部大都，你一旦占据了逻辑制高点，对方肯定就睁一眼闭一眼。邓小桔想，不是我不讲理，如果每个人你们都狠狠查，我一定也配合，否则凭啥挑我？我长得犯规？

邓小桔长得一点也不犯规。实话实说，大部分认识她的人都觉得她相貌别有一番风姿。她和别人不同啊，她天生属于少数派，上天给她的不给别人，给别人的呢，她也不稀罕。

当然，如今她已人到中年，不承认自己正在变老是不识相的，何况家里有负累，简直像甩不脱的几只山蚂蟥天天附膝盖上吸血，她不能不感到涣散，如此这般一种恐慌。但她还没蝉儿那种被秋风吹僵的厄运临头感，她尚在观望，情形似乎对她不利。

她看见九号线地铁驶入车站，透过车厢玻璃看，地铁上的空座已寥寥无几。她两手都提着包，她感到绝望，要知道从松江新城到达她的目的地马当路站要行驶一个多小时。

她已在人来人去的医院里站立了接近一天一夜，没怎么坐下过，也没捞到哪怕半小时的睡眠。邓小桔有种想哭的情绪，她心里储满了水，只要任何人惹她一下，她就要溅泪了。她咬住下嘴唇，等地铁开门，她告诫自己要克制，要有一个大都市女人的腔调。别示弱，但也别再控制不住自己向人示威。

车门打开，周围等车的人不由自主抢着向车上挤，丝毫不肯礼让下车人。邓小桔矜持地侧身让开，让车上乘客先下，她带着对那些抢座者的鄙视和漆黑的失望最后一个走入车厢，她只能找到一根立杆了，快把背靠在上头吧。她深深吐出一口气，如水泻地，实在撑不住了。

她心里愤恨：为什么在这城市活了半辈子，现在姆妈想在家门口看病却排不上号了，住院也等不到床位了？

她还没想通这问题，姆妈的病势不容她继续僵持，她只能把老娘送到松江的第一人民医院分院来治疗。市区的专家一周两天到松江分院接诊，这制度总算还能为姆妈在城里找到诊疗机会，争到住院资格。

别问为啥没人来替换她看护老娘：父亲过世了，她是独女；她没子女，离婚之后，自己也独守空房了，谁相帮？

至于邓小桔后悔不后悔离婚，她对自己清清明明说："缘分如此，缘尽无分。"明白人嘛，打落牙齿肚里吞。

过了大学城站，乘客越来越多，邓小桔蹙紧了眉头，头晕腿颤，身上虚汗。她决定放弃，到下一站先挤出车厢找座喘息。

不过到了下一站她并没下车，她眼前金星乱冒，不敢动弹，身上大汗淋漓。她怕自己晕倒，把手里大包松开落到地下，那是带去医院后发现没用的杂物；她紧紧攥住自己小包，里面有姆妈的医保卡，还有一万多元现钞。她担心一旦松开手，晕过去，这些重要的东西会被人拿走。

她顶不住了，咬牙晃身要在七宝站下车。正弯腰捡自己东西，一个刚坐到空位上的年轻男生站起来："阿姐，侬是不是不舒服？来来，侬坐。"

邓小桔感到一阵松弛，那白净男生二十多岁，牛仔裤白衬衣，满面神采。他俯身帮邓小桔拿东西，有个胖胖中年女人却一屁股坐到他让出的空位上。

邓小桔疲惫地笑了笑，她眼前金星不冒了，人很虚，却清醒了些；她摇摇手，示意不要和那女人计较。这时候另一个年轻女生扯扯她袖子，站起来把座位让给了她。

邓小桔坐下喘过了气，从包里掏出湿纸巾抹汗。她想第二天一早还得挤地铁赶松江来，早上八点主治大夫查房，查完后家属得和医生会面，讨论病人病情和治疗方案。

坚持住！邓小桔对自己说。

坚持，坚持，直到倒下为止！

二

施丰能的父亲曾是远洋运输轮正职船长，他虽不能带儿子出海远洋，但两年一次回上海母港时他有权让老婆孩子住船上来。只要家属乐意上船，他本人无所谓一定回苏州河边海员公寓。

说句老实话，海员公寓的条件未必有他那船长套间好，公寓甚至还缺乏他习惯消遣的种种东西。

这位干瘦多皱纹的父亲已习于海上生涯，他的心从不属于这长江口城市，他和儿子谈论的都是那些遥远的外国城市。此外，施丰能发现，父亲同他母亲的关系也异常贫瘠，仿佛他俩只是一锅持续不断供应的食物的天然分食者，而他施丰能，恐怕仅是偶然性的产物——某种生活事故的无害后果。

老施船长对儿子还挺够意思。他一发现儿子开始批评他的船，便对儿子发生了某种兴趣。他搜查海员公寓，找到了儿子那种稚气批评的"培养皿"：一批从旧书店淘来的关于船舶的旧书和从图书馆借了不归还的船舶设计图。

船长点点头，对施丰能说：“侬老卵的！有本事呢，设计条像样的船出来，让阿爸老头开！”

他私下给了儿子一笔可观的零用钱，交代说：“你可以拿这钱随便花，如果花在女小囡身上，也不是不可以，但下次就不给了；如果花来研究船，我见你一回给你一回。”

后来就不说了，施丰能天生更爱船，想设计一条自己的远洋轮。

他考上了海运学院，到浦东上大学。那时候，浦东是没夜生活的地方，晚八点，浦西红男绿女，浦东从没奢望过什么“大开发”，都洗洗睡。

海运学院周末虽有学生舞会，却只许娱乐到晚上十点；平时夜里，黑沉沉校园啥也没有，连夜宵也无处觅。你若不肯睡，走廊里有只高高吊着的昏暗灯泡，你可以闻着厕所臭气，捧本厚书，熬夜。

施丰能对妻子回忆大学时代：“有句话千真万确：监狱是最好的读书地。”

临近大学毕业，施丰能对自己能去什么地方工作完全没把握。那年头毕业生自己不找工作的，都等着学院统一分配。老头施船长从外国发回一个电报问他想去哪儿上班，施丰能晓得老头儿有法道，老实不客气回了七个字：船舶工业研究所。

船舶工业研究所当时算效益好的单位，不愁吃不愁穿还管分房子。施丰能在研究所待了十年，和所里一位女同事结了婚，住进分配来的一室一厅，过太平日子，直到他觉得这种太平日子散发土腥气，埋到了自己喉咙口。

这时候他想动是好的：时代更新，外国公司来了。外国公司需要堪当亚洲业务的设计人员，施丰能先从研究所跳槽到一家韩国船企，后来丹麦来的欧洲人更大方，他们肥厚的橄榄枝让他再次移动，而他们懒惰和亲切的天性终止了施丰能自己也不喜欢的改换门庭。施丰能在丹麦船企待了下来，一待就差不多二十年。他有了自己设计的远洋油轮，还不止一条。

作为国内业界声名鹊起的设计师，他一出手就是大船，这让他无法拒绝妻儿对大房子的向往。他保持了低调，在松江新城这种远郊区买下复式公寓。

日子连绵不绝，真像海浪般互相间没空隙，不让施丰能片刻喘息思考。

长久以来，他第一次面对生活中的停顿：老婆和儿子飞走了，给他一段独处时间。

第一晚他喝了白酒，白酒最能让人松弛。他找不到什么特别理想的餐馆，他坐在一排排年轻人中间，形单影只。

他一边喝酒，一边大啖平时老婆禁止他吃的辣菜，还旁听隔壁桌上谈话。

回到冷清清复式公寓，懒得上下跑楼梯，简单洗洗，他就仰在客厅沙发上看碟。他喜欢看惊悚片，一连看了三部，没关电视机，睡过去了。

早上还按千年不变的生物钟醒来，浑身酸软，不得已热水淋浴，打车奔九号线地铁站。

早晨的地铁站怕是城里最望而无趣的地方：没睡醒的人们木偶般候在玻璃门口，样子像丢了壳子的蜗牛；手里食物散发气味叫旁人难受。

施丰能今天心情好，同情地铁线上芸芸众生。他等地铁时有闲心观察四周，想统计一大清早能有多少人看上去和自己一样愉快。这时他看见了萎坐在等候区铁皮长椅上的邓小桔。

邓小桔几乎一路站立着刚到达松江新城站。

她完全受不了了，在这里喘气续命。

施丰能首先被这女人的病态所吸引：她正在受折磨？她脸色苍白，皱起了鼻子，闭着眼睛，嘴角抽搐，露出门牙……她的手紧紧攥住自己的小包，也许里面是重要东西，她怕自己晕倒？

施丰能决定放过正在入站的这班地铁，他想尽一个路人的责任。

如果这女人昏倒，他会马上招呼那边挥着小旗子的车站管理员；若管理员需要帮一把，他也可做力所能及的事。但他主要想帮生病的女人看住她的包，不要被人浑水摸鱼拿走。

施丰能仇视小偷和骗子，如有机会与小偷或骗子对敌，他会勇不可当。

一个男人认为自己是勇士，这是必需的。但凡男人最终选择当了胆小鬼，也未必不能理解，事后要酌情而论。无论如何，没什么妨碍施丰能站在这里，为这不舒服的女人站一会儿岗。

邓小桔昨晚仍忙到深夜，她必须为姆妈做一些汤羹，姆妈只接受自家口味。老太太病入膏肓，其实还很挑嘴。

她的理性提醒她做好心理准备：姆妈这种病，日子不会长了。她能做的就是暂时忘怀自己，把老人服侍好。

凌晨她就从全身性难受中醒来。也许半夜洗澡着了凉，她发烧了。

可恨九号线地铁在马当路站根本不会让人找到空座，她发着烧，竭力提着两只有汤水的锅子，冷汗涟涟；座位上坐着的人们全低头摆弄自己手机，没人抬头观察她。她咬紧牙关，竟一路站到佘山才有位子空出来。她坐下去那时候，感到自己一屁股坐到棉花上，晓得不对劲了。

她出了车厢又在地铁站坐下，竭力对付自己的晕眩，感觉阵阵冷风；她闭着眼想熬过去。她不知道有个中年男人打量着她，准备在她突发昏厥时帮她忙。

施丰能和任何男子一样，既然没立马等到邓小桔病发，就顺势打量起她长相来：略显丰满的一张鹅蛋脸，脸颊处丰满出来。最有特点的是眉毛，这眉毛肯定没文过，就是天然的两道弯，黑而神气。她的病容减低了肤色亮度。她偶尔睁开眼，是丹凤眼，烦躁而隐忍的眼色……

施丰能觉得这女人的眉毛很有表现力，隐隐撩动了自己的什么情愫。说不清楚，一种悠远的情愫，仿佛远在岁月深处。

他觉得偷偷打量别人不礼貌，就掂量起情势来：真有必要悄然守候这个陌生人吗？女人嘛，有各种各样出乎男人意料的可能性。自己可以走开了，别自作多情，也许就是一个痛经案例，关心多了成笑话。

新一班开往浦东方向的地铁已进站，施丰能慢慢移步进了车厢，找个位子坐下，他还可以看见铁皮椅子上病态的女子。他垂下眼帘，等待车辆发动。

车等候在车站上不动，他开始数数，一、二、三、四、五、六、七……他像只青蛙从荷叶上跃起，叫旁人吃惊地冲出了车厢。车门合上，地铁即时驶离了车站。

这瞬间，这站点上只有三个人：远远站立的管理员，跳出车厢喘气的施设计师，以及睁开眼看着施丰能的邓小桔。

施丰能直视邓小桔，像个牵线木偶移动脚步。他走到邓小桔身边空位坐下；邓小桔的眼睛刚才跟着他移动，现在看住他鼻尖。

“不好意思，你是不是不舒服？”施丰能开口，“需不需要我通知地铁管理员？或者，我能帮你什么忙？”

邓小桔看着他，绽开一丝仿佛和生病无关、脱离了病态的微笑：“我们互相认识吗？”

“噢，”施丰能觉得这微笑有种魔力，像古代的一朵莲花飞来吻在自己嘴上，“我，我只是看你样子像生病，我想我应该帮忙。”

他感到一丝尴尬。

“其实你不是。”女人的笑意更深了，笑解除了她的病容，脸盘散发出柔和的光，“你是想来搭讪我。”

施丰能甩了下脑袋，他自取其辱。

反正，无论被人当成什么，这是自己这两天荒腔走调造成的。他倏地站起身：“对不起，很抱歉唐突你了，再见！”

邓小桔咯咯笑出了声：“坐下吧，施丰能！如果我没认错人的话。”

施丰能瞠目结舌。他回转身，仔细打量这突然摆脱了病态的女人。她在笑，笑着看自己，眼神很亲切。他恍然想起了什么人，不真实，很模糊，仿佛池塘里泛起一个暗影，还不能确定就是鱼。

她的笑容的确给他一种熟悉的感觉，那咧开的嘴唇恰到好处地衬出珍珠般的牙齿，很像莲花的花瓣托出完美的莲蓬……时光飞转，落下隐约烟花，有种酸楚的感觉像吞了芥末般刺上眼睛。他眼前出现一张蓝紫色的糖果纸头，一只放在眼前旋转以释放花环的万花筒，还有一块小小但斑驳的雨花石……

施设计师不敢相信自己已到了五十开外年纪，眼前这陌生女人的名字一个汉字一个汉字地在记忆里浮沉，他先打捞出一个“桔子”，而后是“小”和“邓”。

“邓小桔？是你？”他笑了。有颗潮湿的子弹以超低速旋转着射来，射中他那感知时间的神经中枢。

他听到胸前某个地方发出“噗”的一声。

三

施丰能一旦投入设计事务，喜欢把自己锁在办公室里谁也不见，戴耳机听交响乐。

他记起邓小桔这名字，登时耳边都是悠漫的乐曲，各种各样的时间（直线时间曲线时间、个人时间公共时间、人性时间反人性时间、有效时间垃圾时间、被牢记的时间被忽略的时间）在九号线地铁站里飞舞回旋，缠绕在一起。

邓小桔是他小学一年级到三年级时的同班同学。那是差不多四十年前的事。

邓小桔欢笑着看施丰能：“怎么你还是老样子？你两只老虎眼看人的样子没变！”

施丰能有点羞涩，“老虎眼”是邓小桔描摹他外貌的独创词，四十多年间无人提起，他喃喃说：“那时候，我俩可真是好朋友！”

说完这句话，他脸红了，他想起正是他自己主动切断了和邓小桔的友谊，断交的原因匪夷所思。

他俩一起走出了等候空间，回到地面层。施丰能问：“你没事吧？我请你去喝杯咖啡？”

邓小桔一路慌乱地偷偷修饰着自己，这边抹一下头发，那边掸掸衣服，这些天她太狼狈，模样全部坏掉了！她笑吟吟说：“我要赶到第一人民医院去，我妈住院了。要是你下了班有空，我们倒可以聊聊。”

两个人在出口处交换了电话号码，邓小桔挥挥手，对施丰能一笑，旋过腰肢，要走。施丰能脱口而出：“等等！是你妈住院？你阿姨好吗？”

邓小桔收起笑容，慢慢说：“阿姨很多年前就不在了。”

施丰能眼前那个戴着黑框眼镜和蓝色有檐工人帽的女人形象一下子风化成粉，他无言可对地点点头：“哦，对不起。你路上小心，下午我们通电话！”

他是通过她阿姨，一个街道生产组女工，才认识她的。

设计师先生这下子神不守舍坐在开往浦东的九号线地铁上，来自发霉的二十世纪七十年代的雨淋湿了他；别人肉眼凡胎看不见，其实他像只落汤鸡，羽毛湿透，坐在他风起云涌的回忆里：

海员公寓前头弄堂里有栋六层楼房子，这旧房嵌在海员公寓和对面373弄12号楼之间。施丰能家六平方米大的阳台正巧位于那六层楼房的屋顶平台斜上方。站在阳台上，施家人看得见生产组工人们在每层楼道里走来走去；有几个工人还有钥匙能打开铁门，上到屋顶平台，晾晒大家做好的牛皮纸信封和马粪纸板。

那个戴黑框眼镜的女工有钥匙，她每次看见站在阳台上的施家母子就挥手招呼：“你家男小囡好看哟，眼乌珠像桂圆核！”

施家姆妈听了舒心，细绳子吊小竹篮下去，请这女工吃切好的苹果。

女工的外甥女有时会来，小姑娘跟着阿姨跑到屋顶平台上，满屋顶兜圈。她粉红裙子白衬衣，脸蛋白净净。但凡她看见海员公寓那阳台上站着的男孩儿，会笑，挥挥手。不过，施丰能和邓小桔那时没互相说过话，他们彼此留意，保持观察，就像屋顶上那些野猫：我眼眶里有你，你眼梢有我，观望着，琢磨彼此。那年代的午后蛮长的，那时候的黄昏宁静。

邓小桔终于怀着愉快的心情和想同姆妈对话的欲望来到了住院部。第七层内科病室的门紧紧关着，家属们都被赶到门厅休息室里坐。大夫正查房。

邓小桔选了个阳光里的座位坐下，太阳光兜头射她额上，她谁也看不清，像被笼在时光的茧子里。四十多年又怎样呢？阳光是同样的。

只要记忆的丝线被扯动，秘藏的感受就散发着旧气味被摊开，像被遗忘在铁皮罐里的陈年脆蛋卷，摊开时不但吸满时间的水分且布满绿霉点……

邓小桔记得小学一年级开学那天她主动和施家儿子说了话。老师吩咐大家到教室后面搬椅子，邓小桔搬椅子路上对傻站着的施丰能说："喂，你好，你想心事呀？"

施丰能跟在她裙子后面去搬他的椅子，他在她背后说："我坐你旁边？"

她点点头，回头对他一笑："我喜欢和长得干干净净的人坐一起。"

九号线地铁正停靠小南门站，施丰能正巧回忆起邓小桔当年那嫣然一笑："我喜欢和长得神气的人坐一起。"

他为这回忆笑了；地铁车厢里坐他对面正偷偷观察他的一个女学生看见了突然迸发的这一笑，她觉得这真是典型中年人的笑，似乎很甜，形式却还是苦笑。那种不敢相信、不敢应承和不敢得意的腔调，显得又笨又可怜。

施丰能又跳跃式想起后面的一些日子：邓小桔为人大大方方，她总穿整洁的单色裙子配白衬衣，身上淡淡馨香，像只合起翅膀的蝴蝶坐在他右边。

他忘带铅笔盒的日子，她慷慨地借给他削得尖尖的中华牌 2B 铅笔和有水果香味的橡皮擦。每次他想发脾气，或想起什么事觉得没劲，邓小桔眉毛一挑，给他一个淡淡却明媚的微笑，像一泼水落在炭火上刺刺响。

地铁驶入世纪大道站，施丰能出车厢换乘二号线，二号线到达他陆家嘴的办公楼。他走在换乘人流中，觉得今天是不同凡响的一天，有原初的清洁的光射进灵魂。

主治大夫是个黑脸膛老教授，也许多年从医经验让他收敛掉了多余表情。他翻看邓小桔姆妈的病历和化验报告，不动声色，有点像数学家做繁复心算。邓小桔面对主治大夫静坐，等他示下，她有不祥预感。

大夫抬起头："家里能负担大额医疗费用吗？"

邓小桔僵在那里，无法回答这问题。这问题啥意思？姆妈作为退休职工，本有医保卡。

大夫自顾自点头："七十八了，七十八的年龄，也许不算高龄，但也……"

"大夫，你的意思是不是……"邓小桔硬起心肠问。

大夫轻微点点头："晚期。年纪又这么大。"他看了邓小桔一眼，"生命有规律，子女要想开。"

早上遇到施丰能的一点喜气此刻还蛮抬硬，积在心头暂没被冲散。邓小桔像所有女人一样，先扑进电梯下到医院草坪上掏出手绢，才呜呜哭了一阵子；擦掉眼泪鼻涕，她补了口红和眼影，没事人一般回进病房看姆妈。她今天不担心没话讲，她要给姆妈讲讲一大清早的奇遇。

姆妈好端端靠在大枕头上，脸蜡黄，精神倒还在，正和病友聊天。邓小桔走进去，姆妈递给她一只削好的青苹果。

"姆妈，侬晓得我地铁上碰见谁？侬就算想到头晕，也想不到的！"邓小桔笑说。

姆妈仔细端详她，仿佛松了口气，冷冷答："世界上那么多人，叫我怎么猜？"

"还记得起施丰能这名字吗？从前我说起过。"邓小桔一心想说故事了，想必姆妈全部忘记了，可以从头说起，很能打发陪护病人的寂寞和愁思。

可惜万事都不如人意，只听姆妈喉咙里哼一声："怎么不记得？我记得一切。这不是那个听你说自己长大会变丑就马上不理你了的男孩子吗？这种人，现在难道有出息？"

一点点才怯露绿意的快乐被姆妈随手揪掉了嫩头，邓小桔噎住了讲不下去，同时，她这才回忆起后面那些事，那些事在她意识深处属于另一个男孩儿，那个后来对她失去兴趣的施丰能。

"也不晓得呢。"她装笑，"看上去像个工程师什么的样子，心还挺好。他没认出我，我在车站上不舒服，出冷汗，他想帮我叫地铁管理员来。"

姆妈的注意力完全转移了："你不舒服？这几天连累你了，你的身胚也是不灵光的。唉，要不你快回去躺着吧。这里有护工可以请的。"

施丰能等地铁二号线时回忆起了自己和邓小桔最要好的那些日子。

那些日子里他俩不仅在教室里开开心心聊天，交换作业本，有商有量，放学还一起玩。两个八岁孩子腻在一起互相喜欢，没人说闲话，要说就笑说"由他们去"。

邓小桔的阿姨点了头，同意邓小桔下课后去施家做作业。阿姨会在生产组六楼探出戴蓝帽子的头，甩长辫子喊："小桔子，我下班喊你，你就下楼！"

施丰能站在地铁车厢里，想起邓小桔阿姨当年抬头呼唤的怪模样就不由得笑了。这车厢里一位正无意间观察他的老阿姨心想："哟，这男人笑得奇怪！心里啥好事？"

施丰能在家里向邓小桔展示自己的宝藏。他拉开五斗橱属于他的那只大抽屉，请邓小桔看大海。

抽屉里先铺了报纸，报纸上摊开一层奶黄色细沙，当然是父亲从遥远的太平洋岛屿拿玻璃瓶装来给他的。沙粒上有一只大油轮的小模型，油轮的大烟囱高高竖起，漆成黑色，非常老卵的！油轮四周不但有各色各样贝壳，还有五颜六色的珊瑚柱子和布满细纹的珊瑚块。

"哇！"邓小桔张开薄薄红唇，淡淡叹息，"好看！"

施丰能好几次昏头昏脑对邓小桔说："喜欢哪样？侬拿去！"

"是吗？你肯送给我？"邓小桔每回都欣喜地看着他，但从不伸手。

抽屉里最后还保留了完整"海图"，她只接受施丰能分享给她的动物巧克力。动物巧克力装在长方形包装盒里，要从侧边慢慢抽出来。

"哇！"打动人的不仅是巧克力，先是覆在巧克力盘上的半透明油纸。这油纸多么考究，散发甜甜香味。

施丰能说："所有狮子、老虎、大象都归我吃；所有兔子、羊、猪和猴子都归你。"

…………

邓小桔问了护工服务价，帮姆妈找下了护工。她觉得自己要睡着了，眼皮粘在一起。她在病室角落蜷在姆妈病床脚跟，将就着合一合眼。病友都放低了嗓门，可怜她。她一睡就到了半梦半醒之间，看见小时候的施丰能渐渐收拾起温暖笑容，变得不可理解的冷漠。

她自然还记得自己那次发疯，那可不是梦。

她不晓得自己为什么那样做，她当时就想那样做呗，想对施丰能说出那几句话。

好倦哪！我对施丰能说了什么？

扑腾在睡意里，她捏住了姆妈病床栏杆，记起那往事。

那一天从学校放学出来，还没走进施家；她请施丰能喝一瓶橘黄色的橘子水，说："告诉你一个秘密，你不会对别人说吧？"

施丰能摇摇头："不说。你和我两个人的秘密。不告诉别人！"

她那时必定是发疯了，她说："我害怕。我们家的女人都有遗传毛病。就是、就是我长大了会变成脸上毛茸茸的毛人，变得猩猩那样子丑。"

“你瞎说。”他笑了。

“没有，这是阿姨告诉我的。”邓小桔想把谎话圆到底，“你看我阿姨，她戴着黑框眼镜，每天晚上都要刮脸。”

“啊？”施丰能的橘子水瓶子哐当掉在水门汀地上，跌成粉碎。

快要在姆妈脚跟睡着的邓小桔脸上露出了一丝尴尬，她抵抗着浓重睡意问自己：“到底为什么小孩子要说可怕的谎话？害人的谎话到底从哪里跑出来？”

施丰能出了地铁站，顺着马路朝大楼走。他漫不经心瞥一眼东方明珠塔，踏上了圆形过街天桥。这个早晨他最后一次兀自发笑：“我上当了？这邓小桔没变丑八怪嘛！其实她还挺有气质，她的鼻子是希腊式的！”

擦肩而过的一个女人看了他一眼，偷笑：“这大叔有问题，大清早笑得这么暧昧？这年纪了，不晓得危险？老房子要是着火，消防车也救不了的！啧啧。”

施丰能走进办公楼，跨进电梯时心情黯淡下来，他责备自己小小年纪就没经受住友谊的考验。

就算邓小桔变猿人又怎样？难道她变难看了就不是朋友？当年她对我不是很好的嘛，她把自己的万花筒和雨花石都送给了我。

他同前台打过招呼，推开自己办公室门。电话马上响了：“老板，你太太有留言。”

四

施丰能记得公司曾有一位两度入职的年轻设计师，在这公司运气不佳，两回加入都像大象跑进瓷器店，打烂了很多微妙的东西，最后搞得自己立脚不住。他对这倒霉的年轻人还颇有好感，只帮不上他忙。

他曾试过帮他一下的。那人第二次入职后不到半年就再次一筹莫展，施丰能巧妙不露痕迹地请他喝过一杯，告诫他：“不能忽视时间与时间之间的缝隙，一不小心，人会莫名其妙陷进去。”

当然，正如他事先预料到的，那人没听懂。

“在你上次入职和本次再次入职之间相隔了五年。”他对那年轻人指出。

“嗯哪。”那人点头。

“你需要做的是什么也不做，就是好好地看，看明白现在是怎么回事。”

“是呀，是呀。”那人诚恳地点头。

施丰能当即明白自己的金玉良言被当成了耳边风。

如今，施丰能想告诫自己吸取那人的教训。

人世间的事是这样的：哪怕你天天劝诫别人，搞得像个牧师，你劝诫别人的事往往倒容易发生在自己身上，叫你不但叫屈，且羞愧无地。

你和邓小桔已经是典型的陌生人了，就算她认出你旧模样，又如何？

你和她之间隔开了四十年，这简直就是隔开了茫茫人世，几乎成了两世为人，就算碰到，理应擦肩而过。

不过你们竟约好了下班见面？等于约了吃晚饭嘛。这是个风险事件，别忘了时间的陷阱！她不是那个她，你也不是那个你！

施丰能回复了妻子的一些提问，没和她通话，通过微信留了话，也给儿子的微信留了几句。然后，他告诉妻子今天晚上有应酬。大概十点才会到家。

按部就班处理事务，他总是有条不紊的。中午吃什么呢？他本想去江边德国餐厅吃烤猪膝，却改成到正大广场吃石锅饭套餐，省下时间到负一层家居超市挑一样礼物送邓小桔。空手去见邓小桔不得体；当然对礼物本身要善加考虑，保持好分寸。

事实上，他在家居超市逛了一小时，买下一套千元价格的日本烧制欧式骨瓷茶具。

邓小桔可怜兮兮只在姆妈脚边睡了一小时。她感到自己热度被压下去了，人说不上舒服，至少难受得少些。她服侍姆妈吃过午餐，姆妈想睡午觉。邓小桔说：“那我回家喘口气了？明天一早再来？”

她出医院，打的直接回九号线地铁站，搭上驶来的那班车。下午这时候，车厢里全是空位。她闭目养神，想让自己彻底退烧。她觉得自己嘴里有股味道，身上也有了难闻气味。她想到家就洗澡，弄干净再去楼下美发厅洗发；时间够，就把头发做一做，换身出客衣裳。

这样子会不会让已是大叔的施丰能有想法呢？自己是不是有点失态呢？邓小桔在地铁上一摇头，清醒过来。

不过也不能一副腌臜模样出去同人怀旧吧？施丰能毕竟是……是所谓发小嘛！多年未见，肯定是上帝安排着又见到的，至少要把自己弄得干干净净山青水绿。

她打定了主意。

施丰能大约下午四点打来电话，她正洗头，手机特意放手边，终究还是擦脸抹发，有点手忙脚乱。

“咱们就在你家附近见好了，哪里我都可以打的去的。”施丰能体贴说，“本来觉得你身体不好，改天见也好。既然上午说了，就还是打电话给你。你行吗？”

“我没事。”邓小桔对着话筒笑一声，“就九号线附近找个地方吧。”

他们约了在日月光吃西餐。

放下话筒，施丰能开始整理桌面。他是个极有条理和尊崇纪律的人，不把自己办公桌文档什物收拾归类到让人觉得条分缕析他不会离开。此外，带着疑惑不明去办下一件事是不道德的，这是他对自己说下的一条规则。

因此，他紧接着干了一件秘事，他对自己说：“还是搞清楚为好。”

他缓缓打开办公室门，眼前出现归他领导的那七个雇员。他特意安排他们坐在他视野里办公。

他装作漫不经心，却心怀叵测打量侧对着他坐的设计助理玛丽覃。

玛丽覃是个二十七八岁的未婚女人，身材高挑，曲线分明，一头黑发大波浪，发色鲜润。施丰能瞄一眼她大腿和臀部，觉得心里一阵麻痒，后颈部泛起热火。他从没和玛丽覃说过超越分寸的话，也绝不同她单独相处：玛丽覃对他而言是有毒的。他一看到玛丽覃就明白自己还没老，只是某种麻木挺有来头地笼罩住了自己。

看过玛丽覃，他关上门，闭眼想了想早晨遇见的那眉眼漂亮的女子。他想起童年时的邓小桔，一朵茉莉花；他又想想现在的邓小桔，不，并非茉莉花干，还很好，但不拥有玛丽覃对他具有的那种天然力量。他自言自语：“这是很好的事情啊，像有机会伏下身子，仔细看看从前原初的自己嘛。”

走出办公室，他行路不紧不慢。经过大堂咖啡厅，要了杯意大利浓缩，仰头喝下去。

他眼前飞舞起一张糖果纸头，那纸头也许是邓小桔从前送给他的吧？记不真了。但他能细细回忆起蜡质小纸片上紫色的繁复花纹，那一片夜的紫色中有一轮弯月，柠檬黄。

昔日，宁静地蜷伏在遗忘之尘下。他现在兴冲冲去和一位分享过往昔的人一起拨开灰土，有幸探视对大多数人已不可得的过去。

邓小桔是唯一能和他分享童年的人。如果没邓小桔，那一段岁月只能继续沉睡并最终石化，现在，他俩可以合作把童年复活，如同从土窖起出几十年前的茅台，一起喝。

出门时邓小桔遇到意外之事：前夫刘粤迎面走来，对她招招手："你在家？"

邓小桔微微吃一惊，她以为离婚之后很难再见到刘粤了。他这是来干啥呢？

刘粤若有所思上下打量她一番，脸上露出她很熟悉的那种腻笑："打扮成清秀女学生，这是去见谁呀？"

酸酸口气登时叫邓小桔心火升起，那眼光看她也和其他人不同，仿佛看到她衣裳里头去的，一点没敬重。邓小桔声音不高，冷冰冰："全世界人都可以问我这问题，独独你，没问的资格！"

刘粤唰地收起笑容，瘦脸黑了一黑，他在外企当着高管，平时没人敢顶撞他嘲讽他。他沉沉脸，端正自己："听说你妈病了？我来看看，需要我帮忙吗？"

"不需要。"邓小桔回答。

停了停，又说："跟你没关系了，不是你妈。"

"何必这样呢？"刘粤挺一本正经地看着前妻，"离婚是你开口的，不要对我怀着敌意。我过来，是好意。你，你自己身体也不好。"

"好不好，跟你都没关系了。并不是谁提出离婚，离婚就是谁的选择。"她伶牙俐齿，"愿意赖着不动，成天吃腐食的人，绝不是好人。"

刘粤往后跳开一步，摆摆手："随你，随你说。我不是来斗嘴的，我带了些钱来，你给妈妈……"他从口袋里掏出两沓钱，应该是两万元。

邓小桔扭头看了看，周围没人。她回头对刘粤说："你回去吧，我不缺钱。这些事，如今同你真没关系了！"

刘粤僵持了一分钟，点点头，收起钱："跟我没关系了呀。你提醒得好，邓小桔。但和谁有关系了呢？跟你现在出去见的人吗？嘿嘿。你办事挺麻利的呀！"

"不关你的事！"邓小桔蹬了一脚，地上扬起灰，脏了她鞋子。她转身回家换鞋，把刘粤晾在公寓门口。

五

施丰能早到，站在西餐社门外抽支褐色卷烟，眯缝眼睛打量红男绿女。

抽着西班牙带回来的这种卷烟，施丰能意识到自己最近一两年算松懈下来，刚有一点怡然心态。本来他像轧棍卷在机器履带上，愿意不愿意都随着咔啦啦转，消耗得很。有一阵子几乎撑不下去，到医院治发烧，青霉素皮试一针下去，立时间听到叮叮咚咚，人软下去瘫在地上，豆大汗滴额上淌……

不经意间海运生意全球复苏，很多人欣赏他设计的新式油轮。他为枯燥无味的油轮设计了一个现代化奢享区域，船员可以桑拿，也可以烧烤，还可以飙歌……万里航行，孤独必须可以享受，他是设想着养老院里老年痴呆的阿爸做的这些设计，欧洲上司觉得船员会喜欢，船东们和董事会也许更喜欢。当然，他的设计还不至于让油轮成为邮轮。

银行账户春江水暖，小溪汇流大河。他恍然大悟婚姻的瓶颈可以被陡然增加的财富疏浚。已经习惯抱怨和责备的女人忽然看见宽松的前景：自己有能力请长假（脱离公务）带着儿子离开老公（及繁重的家务）出国度过一段自己能做主的时光。幸福不多来，来了要抓住。本来儿子就是老公之后的永久情人，虽然这情人已在跃跃欲试，但毕竟暂时还无力脱离她的怀抱（老公也未脱离，似乎昏死在这怀里了）。

施丰能虽觉得“有钱能使鬼推磨”这话带恶俗动机，但确实感谢钱币帮忙他从一片黏稠的生活浆液里探出头，透过了气，休养生息了。

好比从前不知不觉投资在一只波澜不兴的油轮设计业股票上，快亏死时候，股票陡然拉出漂亮长红，让他作为一个专业人士实现了“咸鱼翻身”。施丰能想，自己就是走了这狗屎运，现在翻过来了。

邓小桔迟到了。她没打来电话解释，已经比约定时间晚了二十分钟。

施丰能从不喜欢客户迟到，但邓小桔不是客户。

他怜恤地记住邓小桔今天早上还一脸病态，他反而想自己是否叫她为难了。如果邓小桔迟迟不到，他可以打电话问候她，取消这顿饭，也许这么做更合适。他知道自己不是怜香惜玉，这是上帝给他的一次机会：十来岁时他做得不像好人，现在他也许可以弥补。

邓小桔迟到了整整四十分钟，并非故意搭架子，因为碰到了刘粤嘛！施丰能一下子像没认出她，她往他面前一站，露出明媚的笑，他才回过神来，分辨了她一下，大声说：“哦！看我这眼神，我大概看花眼了。”

他看上去一点没着急也没生气，这让邓小桔放下了心，忽有些隐隐得意。她闻到他身上一股柑橘香水的气味，这是早上肯定没的。

面对面坐下，施丰能看清了邓小桔。眼前这女人和早上地铁里的女子应该不是同一个人！难道换了人？施丰能瞬间紧张起来。怎么一回事？

他本来真的不想多往邓小桔脸上看，现在不得不偷眼看了好几回。她没化浓妆，几乎都没怎么化妆，只是她气色看上去十分滋润了，皮肤吹弹可破，比早晨遇到的邓小桔年轻了很多，绝不像年过半百。

“你没生病吧？”他切近地问，“上午你看上去很憔悴的。”

邓小桔轻快地翻开餐牌，她感到施丰能偷偷打量她好多次，这令她更神清气爽，不得不快活。

一切顺利，真正的老同学重逢。

不计算人的过错，把久远年代任何不愉快撇到一边；让我们荡起双桨，划进旧日金色池塘。

“还记得你家住海员公寓几零几吗？”她顽皮地笑问，“我前些日子走过那儿，海员公寓还在，外墙重新贴过砖；不过我阿姨生产组那栋楼没了，现在是个停车场。”

“应该是这样的，时间的魔术是这样的，”施丰能想说“油轮每次驶过同一个经纬度船长都认为不是同一个太平洋”，不过他觉得这样人家听不懂，“时间的魔术会把东西位移。”

他接过送上来的开胃酒，放一杯在邓小桔面前：“我按照门牌号回去找过海员公寓，那个门牌号你猜现在是什么地方？一个彩票站！”

两个人对视着笑起来，乐不可支，想想也是，彩票站？别逗了！那可是真的！

一瞬间，施丰能看见了时间迷雾里真真的邓小桔；邓小桔看见了傻乎乎的施家儿子。时光轮盘刺啦一声变给他们一个魔术。

“然后我一个楼房一个楼房看过去，明明这个是海员公寓嘛，名字不叫海员公寓了。叫啥不重要，怎么大门没了？真是别扭，本来朝着马路开的大门消失得无影无踪，现在人都从朝苏州河堤的门厅进出。那地方本来没门呀，本来啥也没有，是道墙壁吧？就像什么人伸手进我脑袋偷偷把记忆拎出来动过手术。你明白？”他说，表情生动。

邓小桔几次三番随着他的倾诉点头微笑，她觉得自己是唯一能证明施丰能这些回忆的人。

“记得那个有钥匙上生产组大楼屋顶的老头儿？”她歪过头问他。

“瘦瘦，留着斯大林式胡子的那老家伙？”他马上记起来，“他跟我说他年轻时在东北服役，见过苏联大兵，还吃过老虎肉。”

“那当然可能是真的。”她点点头，“后来，你大概不知道，他爬上海员公寓顶楼，从楼顶上往苏州河里跳。”

“啊？”他瞪大眼睛，“那怎么可能？隔着河堤呢！”

“是呀，死在河堤上了。胡子浸在血水里，像一把红色的刷子。”她皱眉，“这人为什么自杀？据说炸生产组的楼没事先公告，他不知道。他把所有养老钱都藏在楼里什么墙缝里，全炸没了！”

他想起老头儿站在生产组楼顶看他家阳台，她和他就在阳台上，老头儿呲开干裂嘴唇笑：“这不是小黄带来的闺女吗？怎么上到阳台上了？嫁过去的？”

他和她一起绷着脸，拿吃剩下的苹果核丢那老头儿。她紧紧闭着嘴，薄薄嘴唇发白。

此刻，他看了半老徐娘的她一眼，她也沉浸在回忆里吧？她笑嘻嘻咬着下嘴唇，看着送上来的头道醋渍小鱼。

“呃，你妈妈怎么样？还好？”施丰能觉得不能不触碰一下人道主义主题，这也是应该尽到的礼数。

笑容像被夏日阳光照到的水渍，倏然干枯。邓小桔好比被他扯了一把，一甩头，烦恼地抬起脸。他后悔自己过于急促地换到这话题上。

“姆妈？”邓小桔迷茫地摇头，“她躺在医院里，我把她交给了护工。”

除非男方有很霸道的目的导向，或处在明显主宰地位，和女人的舞局里，他很容易放弃方向选择，被舞伴导引到事先没预测到的位置去。

施丰能一开始谈起邓小桔的姆妈，一个可怜的晚期癌症患者，西餐社里属于他俩的画风就全变了。就像你对着窗口不断抛出氢气球不断抓住气球的绳子拉它回来，意外地没拉住绳子那次，氢气球就飘出窗口，脱离了你的控制。无论它在你视线之内流连多久，它已不属于你，慢慢飞到你难以企及的范围去了。

邓小桔刚才已喝了些他推荐的法国红酒，谈起可怜老娘，忍不住又喝了更多。和所有正常人那样，施设计师同她一起复盘了那个癌症案例，像讨论一艘油轮的内部结构般细细论证了所有可能性，然后两位老同学食不知味地推开盘子。

他对她说：“躲不开的事呀。人人都要面对的。你自己要保重。”

邓小桔并非故意，她只是一时间难上心头。喝红酒喝得顺口，放下杯子眼眶红了。

“怎么了？”他不由得拍拍她手背。

“没事。就是觉得吃不消了，挡不住了，应付不下去呢！”她摇摇头，看看东边，又看看西边，最后看着自己的盘子。

这种无助施丰能感同身受，一个女子，柔弱着，坐在你面前。从前，你们曾经是很好的朋友，两小无猜。

施丰能谨慎说：“家里人要互相分担一下呢，不能一个人挑。”

邓小桔眼里闪过一丝泪光，西餐社做背景音乐的爵士舞曲打了个滑，正叫人心悠起。

“只有你一个人管老娘吗？”

于是，他得知了老同学的境况。

他心里一凉，立马觉得自己一脚踩在坑里。

他忍不住先嘲笑自己：太可笑了，老婆刚离开一两天，就碰到了青梅竹马，就一起晚餐，然后人家正落难！而且，无论怎么逻辑推理考证，邓小桔不是主动来招惹他的，一切全是天意。他一个脚印一个脚印踏踏实实自己踩了一整天，踩到这个坑里了。

难道施大设计师这么一个体面人，到了现在这时候，能够站起来随便吹个口哨，然后谢谢这女人，说声再见，消失在他自己的夜幕中？

一阵隐藏住的羞耻，又一阵侠肝义胆，接着是跳跳跃跃的自我设想。施丰能心里这些激动邓小桔都没感受到。

邓小桔现在的心思全跑到松江住院病房去，老娘没多少日子了。

夜晚往松江方向的九号线地铁能找到空座。施丰能刚才在西餐社已把礼物送给了邓小桔，现在又替她提着这套有点分量的瓷器。邓小桔放心不下姆妈，还是想去松江医院里看一看，毕竟头一天用护工，她不能够放心。

“今天本来很糟糕，可碰到了你，我过得很开心。”邓小桔侧身看着施丰能眼睛说。

她扯扯自己衣裳，现在要完成的就是得体地同他道别。

仿佛一个头冲下的跳水，刺入年轮的池塘深处，欢笑过了，感慨过了，怀旧结束了。

前面是自己避无可避的坎，要自己咬牙去挨，去熬，去拼。

施丰能虽还坐在身边，同一列地铁却送他去不同方向。她需要拿出最明媚的笑容，送给满有温情的、忽略了裂缝、接续了友谊的这位中年船舶设计师先生。让他带着愉快回去他的家。

施丰能突然不合时宜地开玩笑说："我说，小桔，看来你没变成什么女毛人嘛！"

六

触碰这个敏感点是为什么呢？邓小桔的微笑僵死在脸颊上。今天她回避了一天，即便姆妈一指头触上来，她也勉力装成听不懂。她这样辛苦地回避，是为什么呢？

那时候她毕竟只有八九岁，如果是十八岁，那也不用想了，十八岁的男生和女生间发生那样一件事，没什么神秘。

本来她已吞下了自己酿的苦酒。是她自己十三点呀，好端端同待她蛮不错的施丰能编什么故事呢？什么故事不好编，要作践自己和自己家女人，说全家女人将来会变毛人！

当然，起因是当年报纸上到处报道的那个毛孩，太吓人，看过就不会忘。遗传的，自己完全不能选择，做好事吃素也逃不掉。成了毛孩还有啥救？一辈子被人看成猩猩咯。她为那毛孩感到痛苦，做梦自己雪白手臂上也长棕红色长毛，吓醒了就心不定了。

她问过阿爸自己要成了毛孩怎么办？阿爸抿着老酒哈哈大笑，发烫的手心摸她头发："毛孩？你要是毛孩，阿爸送侬到西郊公园猩猩馆去。来看你的人都要买票，阿爸好买老酒吃！"她哼了一声，又去问姆妈，姆妈瞪大眼睛，也笑了："只脑子天天想啥怪么事？侬要是毛孩，国家来抱得去，发给姆妈一大笔钞票！"

现在自然晓得阿爸姆妈听见小孩稀奇话忍不住好笑，同她讲戏话，那时却不懂，心里冰天雪地。之所以后来和刘粤一起不想要孩子，除其他原因，怕养不好孩子、懂不了孩子也是个起了作用的心病。那时候，她多想听人对她讲："侬是毛孩有啥要紧？欢喜侬的人照样欢喜侬呀！"

记得自己对施家儿子编了这一套，那白生生的家伙当场伸出舌头缩不回去。他倒是相信了，看他说什么？没想到他什么也没说，看上去第二天就把这事忘了。

不过，小姑娘的心是天下最多愁善感的，他照样笑，照样调皮，不过她敏感他瞳孔深处干枯了，本来星星点点的晶莹像结了冰，毛茸茸的，没灵气，像不能碰，碰了会落下去，露出细密孔洞。

结局是一场电影，学校组织整个年级去平安电影院看《五朵金花》。邓小桔带着一个小包，包里有一包烤扁橄榄，有五颗亲戚送的日本巧克力。她想借着黑暗凑到施丰能耳边，告诉他那个可怕的故事是瞎编的，然后，然后塞一颗橄榄到他嘴里，不让他发出感慨叫自己难堪……那样，那样不就圆满解决了？

她落座时自然而然伸手占住了身边空位，同学们都习惯了，那是施丰能的位子。他们两个，要好着呢！

可是，简直让她有生以来第一次尴尬到哭：施丰能穿一件咖啡色灯芯绒上衣，一条黑白格子长裤，从电影院阶梯下面往上走来。他的眼睛没寻找她，他一张脸没啥表情，像被人修理过似的。他走上来，离邓小桔还剩两排，邓小桔几乎就要招呼他了，不过，那天她怎么也发不出声音，喉咙像麻掉了，她眼睁睁看着他左手一转弯，坐到男生堆里去了。

有个男生还推了他一把："怎么了？你不是爱和女生坐一起吗？"

施丰能恐怖地沉默着，没发出声音。

后来的情节没刻录在记忆里，她只记得这让人悲凉的友谊的终结点。他俩后来还谈过什么没有？他俩还是同桌，难道后来不说话了？

不知道，忘了，一切后来都不在记忆里了。像一刀下去，断裂才是主宰一切的大痕迹。其他没必要记得。

这是邓小桔最最原初的一道伤痕。在这之前，生命光滑柔嫩，没有疤痕。

邓小桔后来上高中读到诗句"最是那一低头的温柔"，猛然从鼻腔深处发出一声极粗鲁的"哼"，吓了周围人一跳。她心里想：去他妈的什么一低头的温柔，一低头嘛，是为了回避，彼此不要眼睛看眼睛，眼睛是杀人的扳机。

她忘记了其他，记住了自己如何低下漂亮而温柔的眼睛，不去看走近来的施丰能。一直到他小学转学，俩人各奔东西。

难道，今天，四十多年过去后，这也可以被原谅?

多么轻薄呀，多么不成一回事呀，就在九号线地铁车厢里，他怎么能若无其事地调笑这道伤疤？你听，你听："看来你没变成什么女毛人嘛！"

邓小桔愤愤地想："来了！晓得人都是卑贱的。他想一句话摆平记忆。"

施丰能说过这一句，见邓小桔仿佛正想心事，没听见。他等待了微妙的一瞬间，就放弃了这话题。

车过七宝，他们开始谈论一个安全话题：护工。施丰能母亲已经过世，当过远洋船长的父亲现在住在杭州的养老院里，他的日常全部由护工照顾。

地铁终于抵达了松江新城站。他俩并肩走出车站，夜里等客的出租车排成一条明亮的长龙。轻风拂面，空气叫人精神一振。

道别时刻到了，漫长岁月里，他们在同一个城市却从不相遇。今天是多么特别的一天，缘分，盘底已久，猛然迸发，金风玉露一相逢。

邓小桔优雅地抚了抚长发，对看着她不言语的施丰能说："谢谢你的礼物，谢谢你请我吃晚饭。好了，你该回家了。多多保重！"

她看见这男人眼眶里掉出一滴混浊的泪水，顺着脸颊急急淌下，路灯光照亮了泪珠的轨迹。

她的心弹跳了一下，难言的苦楚大边乌云般膨胀，她感到自己有犯晕的可能，急忙想稳住自己。她伸手平衡身体，一只手伸过来，握住了她。

施丰能说："你身体不好，这样拼不行的。喏，不要说了，我陪你去第一人民医院。我还有朋友在院里当医生，我可以帮你做掉一点事。"

"不！"她响亮地喊了一声。她立刻感到自己声音过于响亮，像显露了对他的负面情感。

"不能给你添麻烦的。"她赶紧解释，"你有你的家，你有你自己的事。我们只是老同学，这样麻烦你是不合适的。"

她挥挥手，走开几步："施丰能，就这样了，你快回家！我们以后联系，等我忙完我这一段！"她朝头一辆出租车走去，拉开车门："师傅，第一人民医院住院部。"

司机翻下计价器，前门打开了，施丰能乐呵呵坐下，对司机说："走吧，走吧，去医院。"

他回过头，习惯了一番车厢里的黑暗，看见了邓小桔凝视他的眸子，他咧嘴一笑："最近我特别空。你别不好意思。我想过了，你这样真的撑不住的。给我一个机会，让我做点事！"

邓小桔没回答，出租车在新城欧式建筑间穿行，简直让人以为到了外国。

站在住院部大堂，施丰能气定神闲，顺手又接过了他送给她的瓷器："我再解释一下，你不要误会。是这样的，正巧我太太刚带着孩子去欧洲，这些日子我都没家务。哈哈，上海男人，没有家务，你懂的。既然如此，我不帮你一把都不像样了，是吧？"

邓小桔看着这男人，他变得和白天的施丰能不太一样。她点点头，迈开腿，带他往姆妈病房去。

"哎，你妈不认识我吧？不用介绍了。"施丰能说，揿了电梯楼层。

他发现邓小桔冷冷看着他，他定睛一看，只听邓小桔说："晚了。我妈早就知道你施丰能了。今天上午她还记得你，说'不就是那个听说你长大会变丑就逃之夭夭的人嘛'！"

"喔哟！"施丰能在没旁人的电梯里摆出一张尴尬脸，捂住了额头。

夜里病房静悄悄，病人都缩在房里，不到走廊上来，家属也习惯陪在床边；走廊里走动的多数是护工，偶尔护士进病房看视病人。

邓小桔请的那个"一看二"的女护工先看见邓小桔，她跑上来压低声音打招呼："怎么来了？我以为你今天不会来了。老太太有点不舒服，我请护士给她打了止痛针，现在睡过去了。"

施丰能跟着邓小桔走进病室。病室里横放三张床，窗户很大，是南墙的一半。三个同患绝症的老太太都已躺下。邓小桔端详她姆妈，施丰能站在床脚也看了看：老太太已隐隐有骷髅相，嘴虚无地张开，好不容易刚睡着。

退出病房，施丰能打听他认识的医生，要了那医生的门诊时间预约表。

他俩在走道正中家属休息厅找座位坐下，窗户外的新城有明晃晃灯火，也有可观的黑黢黢树林。风从窗户吹进，秋凉叫邓小桔打了个哆嗦。施丰能开始问邓小桔姆妈的病历，问着问着，设计师的细密性格呈现出来。

邓小桔微笑说："你这么研究病人？我妈又不是一条船，不用一个个船舱检查的了，她生了癌，是绝症。"

"不，"施丰能说，"这方面你听听我意见。国内医院总按泛例经验判断个体病情，如果想最好地诊治你妈，我们还得把她当完全的个案，也就是说，先别听任专家医生下判断，要把你妈目前的整个身体状况搞清楚。癌，一样都是癌，但按个人情况治疗会不一样的。"

邓小桔点点头，手指抚摩前额："说得对。但我不懂医学，医生呢，又不会听我的。”

“我明天一早就找熟人，我跟他建议，请他帮你落实。”施丰能说。

看看腕表，邓小桔站起身：“我要赶地铁回去呢。明天一大早还要过来。”

他们跟着下楼，走到住院部前面小草坪上。秋虫还在唧唧，夜确实凉下来了。施丰能耸耸肩：“别怨我多管闲事，你上午还在生病，这样搭着九号线赶来赶去，会出问题的。这样，你别客气，我替你在前头五百米的开元大酒店订个房，你今晚就住下。明天一早我来找你，带你见医院的熟人。”

邓小桔没回答，她想赶九号线，但来来回回确实望而生畏。就算如此，住大酒店还是奢侈，更不适合任由施丰能埋单。

她说：“那好吧，今晚特殊，下不为例。不过，我自己付账。”

“我同你说了别客气。”施丰能摆摆手，“我公司和这家酒店有协议价，你拿不到。何必多花那冤枉钱？何况，松江是我地界，算我偶尔招待你一回。这是小事。”

两个人就沿着新松江路往大酒店走去，很像一对在九号线车站搭识的男女当晚就去开房。

施丰能拿着邓小桔身份证到前台办登记时她坐在大堂咖啡厅，施丰能已随手叫了咖啡。

她啜着热腾腾咖啡，眼前是准五星级大酒店的安适空间，到处装潢得美轮美奂；有个不知什么地方冒出来的男人在替她办事，出钱招待她，安排她度过一个孤独但舒适的夜晚。

“他会不会找借口进我房间呢？”她顺着惯性琢磨起这种可能性。她不知道是咖啡还是这种可能性让她觉得身体发热。

施丰能潇洒走回来，把房卡放在她咖啡杯边上，端起自己那份咖啡：“房间带两份早餐，我明天就不在家做早饭了，过来蹭一顿。”

他大方自然地笑笑，舒展身体，伸半个懒腰，看看自己的公文包，又看看他送给她的礼物。

邓小桔顺着他眼光看见脚边那沉甸甸一套瓷器，她心里叹息一声。是了，也许就因为这瓷器了，他会很自然帮她提上去，提到她门口，然后……

门自然会打开，礼物自然要放进房间，一个中年男子富有经验、百般温存，一个离婚女人承蒙他照顾，又同他是从小有瓜葛的，蓦然重逢，难道板起脸，把人家推出去？

邓小桔觉得自己这年龄这情形，找一个世故的婆娘来旁观评点，可能要说她今晚走运了呢。

邓小桔忽然感到了暗中升腾的浪漫气氛。她板起脸，隐藏心绪。

施丰能一口一口喝完咖啡，他咂巴一下嘴，抬眼看看邓小桔："你今天累了，早点休息，明天我们再讨论其他。"他站起来，拎着自己的公文包。

邓小桔茫然也站立起来，礼物还搁在地毯上。

"我就不送你上去了。"施丰能点头说，"这东西有点重，我买的时候考虑不周，要不我先拿回家，明后天带到市区去？"

"不不，不。"邓小桔绽开笑容，"我能拿，说不定今晚还有时间打开欣赏欣赏。"

"没到艺术品的程度。"施丰能并肩和邓小桔走出咖啡厅，"我看见这些瓷器，想起你小时候送给我的万花筒，那些花样，你记得？所以就非买下不可了。"

"谢谢你。"邓小桔看着他眼睛道了谢，转身走进电梯，又一笑，按了楼层。

施丰能风度翩翩缓缓转身，嘴角漾起笑纹。他走到前台，再次重复他的叮嘱："我客人所有的消费都由我支付，请你记清楚，不能收她一分钱！"

前台女生答应着，心里揣摩这一男一女的奇怪关系。她本以为男人会一起上去，半夜出来，或者不出来。可他竟然走了？可惜了，这么贵的房费！

她目送施丰能走出玻璃转门，看他往南边走。

路灯下，秋风吹动他西服下摆，那有点驼的高大背影，好不落寞惆怅。

七

邓小桔推开客房门，没捂嘴就哇了一声："好漂亮！"

她放下东西，跑出房间，特意绕回电梯口，一留神看，果真，是酒店的商务楼层，难怪刚才房卡上瞥见早餐有两个地点可选。

他这么有心！

邓小桔瞬间放下了医院里挨着最后日子的姆妈，她心里暖洋洋还喜洋洋的。透过房间落地窗，她眺望松江新城的商业中心：那里，夜生活正活泼泼开展，红男绿女在霓虹灯影里漫步，人工小湖映射波光，小孩子骑着电马打转，有些在软垫上弹跳……人们正在活，死亡离姆妈虽近，离大群的居民们还远。日子普普通通，但普普通通的日子里，人们像知了吮吸树液般从时间里索取快乐……

邓小桔换上浴衣，从小冰箱取出瓶橙汁，喝了几口。发烧的感觉渐渐消失，她舒坦多了，力气慢慢回转身上。

她垂下眼帘看着这奇怪的一天中得到的礼物，想把它打开。

这礼物是不是来自四十年之前？一道道年轮竟没绕死她最初的情愫。

这是上帝的礼物吗？她喜悦地觉着是，却又惊惶，浑身不得劲，好比鱼儿看着水中扭动的肥虫，怕虫里藏着利钩。

想那么复杂干吗？打开看看好了。

她打开了礼物，里面是整整齐齐一套描花骨瓷茶具。杯盘碟盖，蓝花镶紫瓣，纤细的黄色花蕊，欧式画派，是虞美人还是幽谷百合？

她把茶具配成套，放在茶几上，托腮细细看。她看见自己和施家这个白生生的儿子站在阳台上，轮流把万花筒放在一只眼前，闭起另一只；转动纸筒，叹息颜色万千变幻……她记起了天边晚云，如茶具上的花朵镶着亮色的边……那时辰，那种风光，那两小无猜，早过去了，只在记忆的深井里留个波影，无从打捞。

不，记忆是可以打捞的！譬如她和施丰能一起，彼此合作，彼此珍惜，就打捞得起来，且宛如昨日。

施丰能可不像邓小桔想那么多那么细，他一路快走，在秋风里走得汗水直流，回到了自己的复式公寓。他楼上楼下走，翻找一些医学资料，洗澡，自己做咖啡，坐下打开电视看新闻，扭开台灯和太太在微信里聊必须处理的事，又看医学资料，上网查证，记录网上的病友经验，察看公司邮件，回复，吩咐下属，请第二天上午事假，最后看了看儿子学校的一份账单……

他躺在床上，秋夜有月色，月光透过窗帘落在床前。

往昔是一种什么物质？为什么早已过去的东西能触动人的柔肠？

他回想今天看见的中年妇女邓小桔，她和记忆中的小女孩邓小桔难道真是同一个人吗？

“你想，”他对自己说，“就好比你看股市行情，你判断得清清楚楚：上升有量，下跌无量，健康走势，不急着兑现离场，后头还会有新高。第二天上升下跌都没量。第三天下跌了，量更小。你会很放心呀，机会都是等来的，看谁笑在最后。第四天这股票放量下跌，原来的浮赢擦光，还套住了。经过慎重考虑，股票质地是好的，是绩优股，你决定熬一阵，风雨之后见彩虹。你熬了很久，股票年报出乎意料地亏损，种种客观原因。你已损失了很多，难以断臂了结，决定相信未来。然后，两三年后，这股票市价竟连续低于面值，被退市了。你的投资蒸发殆尽……”

“一个聪明人，能相信自己的判断吗？”施丰能在黑夜中摇头，“跟着感觉走，掉在坑里头，跟着理智走，理智无厘头。人，其实什么也不能信。”

他自言自语：“尽我力帮她吧，也尽力保持距离。再一次重申，我只想远程治疗四十年前的那个伤口。”

四十年前的伤口属于她，也同样属于他。他睡着了，发出均匀和安心的鼾声。

早上七点半施丰能就赶到了宾馆，他打通邓小桔电话，听她精神抖擞说马上下来。

他俩今天都很中看，男的气定神闲风度翩翩，女的气色转佳精心修饰过。他换了体面的外套，皮鞋擦得锃亮。

秋色颇好，人仿佛沾到桂花的冷香。

一起吃早餐，邓小桔喝着红茶，忽然笑：“你们公司和这宾馆有协议价，那你的同事有时会住这宾馆吧？如果这会儿看见我俩，他们要误会了。”

施丰能说：“是呀，这个时代是图像时代，拍个照，人人看得出特别的意思，还满世界传来传去。”

他俩相视而笑，互相没看出什么忌讳焦虑。

邓小桔说：“我无所谓，只怕添你麻烦。”

“让上帝决定吧，很多事，人自身没必要担忧，担忧也解决不好。”施丰能回答。

邓小桔点头，脉脉看他一看：“你这话说得！好成熟！”

专家门诊这时候人挤人，施丰能决定晚点去打扰熟人。他俩先到了邓小桔姆妈楼层。邓小桔姆妈已会过了查房医生，护工帮衬着吃过了早饭，正恹恹地倚在摇高的床背上。

施丰能寒暄叫了声“伯母”，邓小桔看见姆妈盯着施丰能看了几秒钟，把眼睛转开了。

下楼时邓小桔晚出病房一步，她告诉姆妈施丰能来帮她找医生，姆妈说：“跟人打交道，从小看到大，人有秉性的。侬不要太烦劳人家，欠人情是债，为生癌的人欠人情一点没意思。”

邓小桔听得窝火，发作不得，说：“你那几句老一套，我听得耳朵起老茧。”

她走出病室，跟在施丰能身后。从背后看，施丰能高大厚实稳重，给人很好印象，特别靠谱的感觉。姆妈简直太岂有此理了，从不从女儿的角度想。她竟然至今还对前女婿那浑蛋挺欣赏呢！

医生看见施丰能，热情地站起来招呼。他看了那些病理报告，摇摇头：“好的一面也是坏的一面。依我看，会挺快的。快了，痛苦就短。”

医生介绍了一个进口药，可以显著减轻病患的痛苦，不过这药松江没有，也不能医保支付，得去市区的医院总部自己掏钱买，价格令人咋舌。

两个老同学无心无绪直接从医院往九号线地铁站来，今天施丰能没提公文包，只帮邓小桔提着那套骨瓷茶具。

“你得想开。”施丰能觉得邓小桔浑身抽紧了，紧得她话也说不出，“这是天意呀，没办法想的。”

“嗯，我能想通，”邓小桔长长吐出一口气，“谢谢你的医生朋友，姆妈有了这药，少受点苦，我心里也安了。”

施丰能等来九号线地铁，本想抢个座位让邓小桔坐，可惜他不是有爆发力的人，抢不过年轻人。邓小桔朝他摆摆手，施丰能低声说：“你站这一头，我站得离你稍远些，这两排，只要头尾中间有人站起来，我们就去坐下。”

两个人隔开两三米各自靠在一根杆子上，你看我，我看你，眼角瞄着座位上有没有人站起，慢慢地，彼此都好笑起来。施丰能手里提着瓷器，也不觉得重。

他恍惚间眼神越过了邓小桔，看见自己的太太站在另一节地铁车厢里。太太无声地瞪着他看，眼睛水汪汪。她历来是个不张扬的女人，长得不难看也不出挑，从来不和自己丈夫争短长。

施丰能想太太应该在欧洲，急切间也到不了面前。自己还没丢失什么分寸，尚无可指摘处。不过他承认这两天的事类似艳遇，身体肯定没出轨，心应该也还好，只算有点悸动。邓小桔是上帝四十多年前埋下的一粒种子，他渐渐不晓得拿她如何是好。

停了一站，无人下车，从邓小桔身后上来一个瘦小女人，穿着不伦不类的旧腈纶运动服，邓小桔正看施丰能，施丰能忽然看见那女人四处张望，脸部肌肉斜向右边，她的细小的五官忽然间地震般乱抖，怪异得像发癫痫。

一个人的五官怎么做到同时乱抖的？施丰能好奇得很，却发现这女人已从邓小桔衣兜里轻轻掏出手机来。

像条鱼那样一溜，女小偷溜到了施丰能身边，向这一头尚未关闭的车厢门冲去……

电光火石之间，施丰能空着的手伸出去一扯，扯住了女小偷的运动服，小偷正巧卡在关闭的车门之间。女小偷奋力一挣，挣脱了施丰能，往外一蹿，车门反弹打开，施丰能跟着冲了出去。

邓小桔不晓得发生了什么事，车门关上，地铁驶出了车站。她摸手机想打电话，手机没了，恍然大悟。

女小偷身手像泥鳅般活络，眼看要溜走。施丰能想这手机不能丢，邓小桔正在落难，丢了手机岂不是雪上加霜？他大喝一声“抓小偷哇”，一纵身扑过去，他身材高大，又不好意思压到女小偷身上，伸出长臂猛一推，女小偷一个狗啃屎，翻倒在地。

众人惊呼，施丰能不管不顾，先把地上邓小桔的手机抓到手里；女小偷一个鲤鱼打挺，头冲到施丰能胸口：“手机是你的吗？是你的吗？”

“手机是你偷一个女乘客的。”施丰能压抑自己的恶心，冷冷地说。

一个头发乱糟糟的大汉冲过来一把抱住施丰能，女小偷抓住施丰能手，用力抢那手机，在他手背上狠狠咬了一口。施丰能坚持着不肯放弃，大汉卡他脖子越来越重。

正扭成一团，对面来车跳下邓小桔。邓小桔二话不说，冲上去揪住女小偷就是两只耳光。施丰能对围观人群喊道：“受害人来了！手机就是她的。”

男女小偷分头奔逃，像鸟，瞬间没了踪影。

邓小桔接过自己手机，拉着施丰能紧张兮兮：“你受伤了！”

他手背上一排细密牙印，血淌了下来。

邓小桔拉着施丰能从马当路九号线站出来：“我家就在前头，上去处理一下伤口。”

她家在一栋很现代的高级公寓里，六楼。

踏进门，施丰能放下瓷器，看见很明朗的客厅。客厅靠窗的部分隔开成画室，有画到一半的国画，在画架上。

邓小桔拿出医药箱，纯水机放水，冲洗他伤口，涂上碘酒，包了纱布。

施丰能踱到窗前看那国画，画的是鳞次栉比的江南楼舍，烟雨蒙蒙，石子路上有穿着旗袍的女人打油布伞走路。远处自然有汩汩小河。

“你画的？专业水准哦。”施丰能说。

“吃这碗饭嘛。”邓小桔说，“我在画院工作。”

女画家的房间显出精心维护的洁净和某种与落寞接近的品位，墙上的画作也都是孤孤清清那番调子。施丰能抱着胳膊看画，邓小桔坐下，在茶几上泡茶。

八

邓小桔的“大红袍”很不错，两个人都又渴又不安，喝了好茶，慢慢感到舒服，一种就此不想动弹的安适。

四十年的时间叫她成了个挺不错的画家，他想，岁月真是从容不迫，把每个人塑造成各种早就决定好的形状，任谁也没能耐说不。

“谈谈你的四十年可不可以？”他微笑着看泡茶的她，“想必总有些朗朗上口的故事吧？”

“我的四十年？”邓小桔显得困惑多于感怀，“发育、读书、画画、嫁人、离婚，没孩子。就这些。”

“把我当外人了吧？”施丰能摇摇头，“四十年嘛，无从说起是真，没东西可谈，那不可能。”

他四处看看，笑道：“你家里没 K 歌设备。想起我的四十年，我就想拿话筒唱。好歹也过了这么久啊！”

邓小桔站起来，从书橱拿出一本极厚极厚的画册，放在他面前：“我画了四十年，你要看，都在这里头。”

施丰能事后非常后悔随意打开这本画册，他觉得自己天真了，画家的画册，好比一般人的日记，比日记更赤裸裸。你去翻开女画家的画册，后果自负。

他翻了两翻就愣在那里，嘴惊讶地张成一个小小圆洞：这是她很久之前画的一幅油画。

画上有个旧五斗橱，五斗橱的一个抽屉拉开着，里面是海沙、船模和珊瑚块。五斗橱上，放着万花筒。小男孩儿扑倒在旧地板上，小女孩跪着，拿听诊器听他脖子……

后面还有她的自画像，各种表情，有几幅没穿衣服，是裸体。

他啪地合上画册，跳起身转了个圈。

“找洗手间？”她戏谑地问。

他坐下，重新打开画册，这次他发现她先先后后画了不少婚礼和葬礼。这些人物众多的画很有特色：每个婚礼的男女主角都不般配，不是透着滑稽就是显得伤悲；而葬礼则喜气洋洋，死人一脸快活，活人如释重负。

“你的四十年里，最让你负疚的那件事是什么？”邓小桔问。

他愣在那里。

“很私密，不能说，是吗？”她极温柔地问。

施丰能张口结舌，说：“首先我一下子想不起来。”

“然后，想起来也没法告诉你，只能说相比这件事，我对你的负疚就微不足道了。”他微微一笑，归于严肃。

“是吗？你对我也有过负疚？”她喃喃自语，拿起了小茶杯。

“那么，说点快活事情吧，四十年里，你有过多少快乐的事？”她歪头看着他。

“快活？各种各样的快活。你要知道哪样呀？说一样变态的你听，要不要？”施丰能跷起二郎腿，接着翻画册。

“最好，就说变态的吧。”邓小桔往后一仰，头靠在沙发上，看着他。

“别恶心哦，”施丰能说，“那时该还在学校读书吧，家里米袋子老生虫。告诉你米袋子里一般有哪些虫：首先是软体的米虫，那是小蛾子的幼虫；还有一种比芝麻粒大点的甲虫，有个长鼻子，叫米象，这个你可能见过。这些全不稀奇，我那年看见有袋米里孵出一种腿特粗的黑甲虫，米粒那般大，全身黑硬壳子，带灰条纹，像豆。我就发明了一件令我快乐的事：我先倒一杯水，把粗腿甲虫扔进去，看它会不会蛙泳。喔哟，你没看到这虫子到了水里，还挺悠然的，像现在那些贪污犯到海南岛洗海澡了……”

邓小桔托着腮，眼珠子亮晶晶看他，笑了。

“当然，看虫子下水只是好奇，不是快乐。我越看越气，这虫子太壮太硬，水治不了它，捞起来一松手它还跑回米里。我就想了高招，我渐渐往水杯里兑开水，等水接近八十度那是最完美的。粗腿虫子一扔下去，它壳子粗嘛，一下子感受不到全部热量，还摆着臭架子慢慢划水。猛然它就一烫，哎呀呀烫啊烫啊，呵呵，你没福气看见它们表演武术呢，那个热闹，拳打脚踢。这虫猛，大概会在烫水里发疯一分钟才摊开脚随波逐流。所以呀，我看得喜不自胜，尤其是拿来一大碗烫水，一把扔十五六只虫子进去，喔哟，不能说，不能说，比街上大妈们跳‘小苹果’还好看！”

“你真是！”邓小桔笑着摇头，“你说这种给我听，很容易。其他你就不肯坦诚了。”

“你还想知道什么呢？”施丰能问。

“你太太是什么样子？有照片吗？我很好奇能长相厮守的夫妻。”邓小桔两只手放在膝盖上，文雅地歪头问，还带着一丝笑意。

“问这干吗，我看不出有满足你好奇心的必要。”施丰能低头翻她画册。

有张画跃入他眼帘，这是仿萨尔瓦多·达利的超现实主义，画面上女子的头发根根绽开，每根头发上都有一个小男人抱着头发的曲线在努力做爱；女人穿着保守的古典中式服装，一张脸空无表情，甚至鼻子都是透明的，露出鼻孔和鼻梁的生物学结构。

他凝视着这幅画，感到有种深藏在情绪底部的大东西在浮出，就像俯瞰动物园北极熊池子，白中带黄的熊皮慢慢从混浊池水里浮上来。

“正如你无法对我解析这幅画，你也不至于要我有能力解析自己的生活。”施丰能看着邓小桔说，“生活就是存在主义的，不是我们制造的。”

他无意中又翻到她的裸体自画像，他急忙想翻过去。

“好看吗？”邓小桔问道。

施丰能没回答，他缓缓抬起头来。

邓小桔站起来，一旋身：“我去弄点吃的，吃完了我去医院，你还要上班吧？”

“嗯。”施丰能答应着。

到了办公室无心办公，这在施设计师而言是破天荒第一次。

邓小桔为啥要问他那个问题？难道女人真是直觉的主人？

假使邓小桔不用那种洋气的腔调问他，也许他也可以同她聊聊自己局部的婚姻生活。但邓小桔太明显不是问他“过得好不好”，而是好奇他“幸福不幸福”。

嘿，她有什么资格问他这些呢？

不过，这证实邓小桔童年时必定喜欢过他的。

按时间的长远步骤，若没发生那愚蠢的毛孩事件，他也许会成为邓小桔的第一个男友，同她发生亲昵的行为？

说起男人和女人的亲昵，这方面他在犹疑。大概二十年前，他还笃信爱情，这二十年来，看着年轻人，观察，了解，琢磨，他认定他这代人界定为爱情的那番情愫已灭绝了。

新人类已完成了情感清洗，把脆弱和伤人的陈旧爱情扫荡一空。他们的爱情已成为男女无差别游戏。

玛丽覃在他视野里走来走去，今天她打扮得特别撩人，身上曲线全被服装强调到九分，还有一分在她的体态里出没。她就是个在办公室浪费色相的妙人。

才想了想玛丽覃这样的女孩子，太太电话就打进来，他接了。

老婆带着儿子在法兰克福附近的米尔腾伯格小镇旅游，打电话不但是报平安，对家里还不放心。她唠唠叨叨提了不少琐事，都要施丰能去办。平时施丰能常不耐烦这些，今天样样答应，还认真在便签纸上作了记录。他关照太太不要舍不得花钱，偶尔出门，玩个尽兴。

挂了电话，他想起四四方方小院子里的花草几天没浇水了，家里用过的杯子碗碟也没洗过，客厅里到处摊着碟片……

家庭生活到底是怎么一回事呢？

你和一个或几个人分享了自己的隐私，分享了自己的巢穴，不再有完全自由自在的权利。别人也在照顾你，同时把她或他们自己毫不掩饰地袒露给你，让你很快就忘记她或者他们曾魅惑你的美。你终于看清人全是肉做的，个个会流口水淌鼻涕飙泪尿失禁便秘长痔疮，身上藏不住各种丑陋和顽劣，不久她或他们也在情绪失控时恶狠狠指出你身上同样的斑点和疤痕，这些东西日复一日折磨着你的家庭成员，大家忍不住全要发疯……

现在老婆和孩子正巧远在天边，还会在外头消磨些日子，施丰能收回了自己的巢穴，像一只终于独居的水獭；他可以买回一大堆垃圾食品，直接忽略老婆天天严防死守的反式脂肪酸和果糖，也不需要计较地沟油。假设往后像老婆扬言的那样她要长期陪儿子在德国，他一个人能把日子过出滋味来？

施丰能发呆想这些，没注意有人在他办公室门口探脸。

“老板，跟你说几句话行不？”玛丽覃笑容可掬。

“进来，坐。”施丰能伸右手在脸上抹了抹，“有事？”

玛丽覃的衣服轻托起她的丰乳，拢不住她具有反重力特征的翘屁股，她身上不全是香水味，还有一种微微辛辣的骚女人气味。她顺手拢了拢直裙，姿势有些暧昧，坐到施丰能眼前。

“老板，我有点小想法跟你汇报。你看我在公司时间也不短了，现在就面临两难。要是待下去吧，我的位置和收入比不起我那些闺密呀，你知道她们能力可不如我，只是运气好，找到高薪高职的公司。我目前特想有机会升职加薪，你看有希望吗？实在不行，我也只好到人才市场看看去呢。你知道，我是很开心跟着你设计船舶的，虽然只是当助手。”

她说完了，聪明地带着亲切笑容看施丰能。施丰能自己从没这么对上司赤裸裸提过要求，他有点为玛丽覃感到不得体，但也有些佩服她。毕竟是两代人，年轻人越来越简明，也是好事。

玛丽覃看他犹豫，忽然若有所思慢慢绽开一个挺腻歪的笑："老板，听说你太太和孩子出国游学了，你一个人好自由喏！真让人羡慕。要是有机会，带我这样的素人出去见见世面哦？"

施丰能心里啧啧称奇，问道："什么是素人？"

玛丽覃捂嘴一笑，吐吐舌头："素人嘛，就是我这样子的没见过世面的，像你太太，就是熟妇。哈哈。"

不等施丰能再说什么，玛丽覃像条小蟒蛇那样华丽地慢慢竖立起来，身材真是与众不同啊，曲线连女人都要受引诱。玛丽覃轻移莲步往外走，到了门口，像美国电影女主角那样，长臂搭着门框，屁股蚂蚁般翘着不动，上身慢慢转回来，露出高挺胸脯线条，对他飞了一眼，原来她还穿着红色高跟鞋哪！

施丰能认为自己不吃她那一套，但小心脏扑扑跳，血脉激荡。

现在的女孩如此直接？要是自己帮她一把，她真会爬到床上来？

有可能，施丰能意识到这是质地粗糙的真实，是当今生活的质感。你喜欢或不喜欢，你要交易或者不要。这就跟麦当劳或肯德基一般，快速，简洁，合算，两不相欠。

他忽然把邓小桔和玛丽覃对比了一下。只能这么说：邓小桔是和他同时代同款的人类。在同款人类里，邓小桔也是拔尖的，她有灵气，非等闲女人。

你看看她画的那些画！

九

邓小桔姆妈用了进口药减轻了疼痛，暂时处于脆弱的稳定。医生赞同病人的提议，说邓小桔可以暂时调整休息几天。

邓小桔回到家，整整两天足不出户，在床上躺着蓄力。

第三天醒来，神清气爽，身体明显缓过来了。

她想起了施丰能。那天电话联系，施丰能听说医生让她好好休息，便说："你好好歇歇，有事随时打我电话；我嘛就不来打搅你。"

看来此人言而有信，继续表现出靠谱的品质。姆妈说人啊从小看到老，也许说得对，记得小时候施家这小男孩儿做事就蛮有决断的；当然，一旦感到恐惧，他拔腿就跑，也很果断。

邓小桔这半辈子过下来，虽也同意姆妈很多老话，不过更重视自己的经验和教训。她不认为自己有资格鄙视施丰能，她那时不该去试探他的人性，谁也不该试探一个小男孩儿的人性。

当了画家之后，她画了很多人，她知道最成功的那些作品都画出了人心里的无奈。

人性是低劣的，只适合去原谅去怜悯，不可苛求指责。

她拿起手机，打通了施丰能的电话。施设计师正在九号线上赶往公司，听上去他乐呵呵，心情轻松，没啥压力。

"你若有空，这天气秋高气爽，我到了办公室，处理下公事也就能出来；我可以同你到处走走，大家散散心。"施丰能如此回应养足了精神的邓小桔。

"也不能走远吧？"他体贴说，"最好就是九号线附近地方走走，有事的话，就下地铁线。"

邓小桔兴致上来："今天工作日，城隍庙想来人少，要不我们去逛逛九曲桥和豫园？"

"哦，这个好的，"施丰能响应，"不知道有多少年没去了。记得小时候，你阿姨带你和我去过，我没记错吧？"

当年阿姨只带着这两个小孩出去玩过一回，先到城隍庙，后来一直跑到外滩。看了黄浦江之后，女孩儿和男孩儿还意犹未尽，阿姨走不动了，在九江路找面店吃了面，后来坐27路公交车回家的。

邓小桔还记得过程，只不记得在城隍庙那儿自己到底看了啥做了啥，记忆像被虫子蛀过的书签，布满空洞。阿姨不在了，现在要问，只有问问这个施丰能。

约好在地铁十号线豫园站出口等，她放下了电话。

"看，梨膏糖和五香豆！"邓小桔兴奋地喊了一声。

两个老同学走进城隍庙景区五香豆商店，找了半天，没什么五香豆卖。

"五香豆已经没人吃了！"卖货老阿姨说，"梨膏糖倒还有，就嫌太甜！"

施丰能还是要了五种经典梨膏糖，他和邓小桔满口甜腻走在林林总总的商铺间，觉得那股糖味和记忆中的全然不同。不过，终于有样不可能变化的老古董出现在眼前：九曲桥上照旧挤满了人，露出叫人舒心的清淡石色。池塘里五彩游鱼争相咂巴游客扔下的面包屑；湖心亭老茶馆挑出一面红黄店旗，活像旧梦，依然吉祥如意。

“我想起来了，”邓小桔如释重负，“我以为我老年痴呆提早发作，老也想不起往事，可现在我想起来了。”

“我也想起来了。”施丰能微笑说。

他俩想起一张老照片，黑白的，但照片里的人物现在以彩色和鲜润的模样苏醒到记忆中。

那是邓小桔的阿姨给他俩拍的一张照。

邓小桔说：“我记得我爬上很陡的木梯子，楼上房间很多木格子窗户，然后听见阿姨和你在楼下喊我，我站到了窗口。”她说着，眼睛眯起来。

“是呀，我们大声喊，”施丰能说，“你阿姨还跳呢，差点把黑框眼镜掉到池塘里去。你出来了，就站在窗口。太阳照在你身上。”

阿姨让施丰能站到九曲桥石栏杆边，侧脸望向茶馆楼上，阳光照亮了他鼻梁，远景里是茶馆楼上的邓小桔，一个扎着两条小辫，穿着白色连衫裙的小女生。小男孩儿神情忧郁，小姑娘笑得灿烂……

这张照片后来邓小桔带给施丰能看过。邓小桔使劲回想说：“我没留照片，照片在阿姨手里。”

阿姨很久之前就因为心脏病去世了。她的遗物早消散在时光之中。

他俩沉默了，一起走上九曲桥，朝着湖心亭茶室走。

上得楼来，楼上客人不少，但还有空位。靠窗看风景的位子都有人占了，服务生把他俩带到中间圆桌边。施丰能一眼看见靠楼梯一侧留给评弹演员坐的高背椅，急忙问：“评弹有吗？”

“先生莫急，大概再过一刻钟开演。”服务生问，“喝什么茶水？”

“记得你姆妈喜欢听听评弹的。”邓小桔说，“她开着老式收音机，评弹慢慢播放；她削苹果给我们吃，红苹果皮从她水果刀上吊下来，在白盘子里一圈绕一圈，从不曾断开的。”

送上来的龙井倒还不错，在高高玻璃杯里碧绿生青上下滚腾，喝一口，随你什么样子紧张的人，都会慢慢松弛下来。

人松下来，就好听听评弹了。

上楼来表演的并非什么老先生老太太，竟是二十多岁一男一女两个年轻人。男生提着小三弦，女生托一把琵琶。施丰能看那小小一对妙人儿，男的丰庄富态，女的凝重内敛；他悄悄对邓小桔说："这两个，有点气派。"

游客来自五大洲四大洋，没人懂什么评弹，只是举起手机拍演员的长衫和旗袍。施丰能觉得这样子没人会好好表演，对牛弹琴有啥意思？他特意站起来，走过去打招呼。

"两位好，今天表演哪个曲目？"

小演员猝不及防，倒过来问施丰能："先生喜欢什么？你尽管点。"

穿蓝底白花旗袍的女演员笑道："阿叔倒是喜欢听啥？说来。我会的话就给您演。"

施丰能受宠若惊，却一下子想不起来。他努力愣怔了一会儿，笑了："记得我妈常听《杨乃武与小白菜》？"

"晓得了，您请坐。"两个小演员喜上眉梢。

吴语哝哝，咚嘀隆嘀咚，一曲评弹绕耳。

施丰能喝着龙井，耳听评弹，想起自己那当了一辈子远洋轮船长的阿爸。要是阿爸在养老院能听一场评弹，岂不是好？

他转脸看邓小桔，她陷在沉思里。

穿旗袍的女演员说好听的苏州话，她说为大家再演出一段《啼笑因缘》……

出了茶楼，施丰能忽然觉得一切不一样了，他感到自己两只脚变长，更深地站进久远的往日里，像荷花下的藕，落定淤泥中。

邓小桔擦去莫名其妙流的泪水，踮脚眺望豫园那边的葱郁。

施丰能："去吃点东西吧，你喜欢小笼还是生煎？"

没想到从城隍庙地段走出来，两个老朋友意犹未尽。

施丰能讲："好是好，九曲桥也还是九曲桥，终归商业区，味道和从前不一样。我还是觉得没体会到小时候的光景。"他耸耸肩。

"大多数老弄堂都拆了，就是留着的，也翻新改建过，过去的味道的确难找。不过，如果你感到遗憾，我记得我写生时去过小南门一带，那里还是挺自然的旧区。你想去，我带你去？"邓小桔问。

自然，九号线通往一切有意思的地方。

他俩走出九号线小南门站，王家码头路穿过横道线，右转进入巡道街。没走几步，正看到一栋有老虎窗的老式楼房门口上演告别大戏：有辆普通轿车泊在窄小马路边，隔着马路，对面狭窄人行道上放两张圆玻璃桌子，撑起遮阳伞，有个胖女人和一个瘦男人拿着茶壶坐在桌边。有一个男人扶着个七老八十的老阿爷出楼，两人手里都拖着拉杆箱。老阿爷对着街坊大挥手："大家再会再会，下辈子再见啦！"

施丰能和邓小桔立定了看。

也许这老头儿要去养老院，也许搬去和儿子住，反正，他赖着不进轿车，眼泪汪汪，一个劲儿喊再会。街坊面上都有些尴尬，对面喝茶的夫妻挥手说："你倒是坐到轿车里再喊再会呀。"

这小街就是原来的规模，几步路就穿越小路；路边的房子都很局促，沿着路边就是有人住的房间的窗户。施丰能走到药局弄，指着路肩说："邓小桔，记不记得我们小时候男生都打弹子，五颜六色玻璃弹子，就在这路肩上一磕，开始瞄准。"

邓小桔笑道："我知道你来了就会回忆的。我们过去住的地方比这里高级些，但男孩子玩的游戏全城统一的。还打刮片呢！"

"岂止岂止？我们还玩抽贱骨头、拍香烟牌子、飞电影票和斗田鸡什么的。"施丰能说，"女生玩的东西单调些，什么跳房子啦，跳橡皮筋啦，还有踢毽子。"

又逛了几家小烟纸店，沿着梅家弄穿到复兴东路上，两人登上人行天桥，回望这片保留下来的旧弄堂，时间的飞云在眼前乱渡。

"像是直接从小时候出来，回到今天。"施丰能感慨。

"像我们从小分手，各自去旅游，马可波罗式的旅游，看尽天下风景，现在回到了出发点。是吗？"邓小桔看看他。

施丰能觉得邓小桔形容得好，他听了感到悲，也感到奇妙，他觉得邓小桔像一个历经幻景的女子。

不知道怎么一来，邓小桔伸出手，施丰能握住伸来的手，他们心无芥蒂手挽着手走过了人行天桥，朝四牌楼路走进去。四牌楼路可是老街，前头又是城隍庙了。

一个中年设计师和一个中年女画家，不是夫妻，却手挽手走在四牌楼路上，一副安安适适模样。

十

施丰能在四十多年里很多次问过自己，他自然一片模糊，不晓得自己当年为什么把邓小桔的“秘密”那么当回事，以至于想要躲开她。

他记得清清楚楚：邓小桔带着一种颤抖的恐惧，告诉他她将来会变成丑八怪。她说这是命定的，家里有遗传史。

没重逢邓小桔，施丰能对这件往事的思考就是纯哲学或纯人文的，他不慌不忙地琢磨这件难解的往事。

虽然怀着一种羞耻，对邓小桔抱有某种歉意，但事情早已过去，在生活里“事如春梦了无痕”，没人会因此否定他攻击他，他可以以此悄然自责，或能让自己变更好，但无须因此丢脸。

施丰能曾认为那件事反映了自己的虚荣。

不过，他也觉察到这个解释不全面：虚荣的话，等邓小桔变丑再逃开也来得及。为什么她那时一点不丑，还非常美，他就赶不及地回避了她呢？这里头到底有什么自己也不懂的隐情？

这一点，施丰能长期参不透，想想也就搁下了，没这闲工夫胡思乱想。

也就是最近这些年，施丰能儿子长大了，夫妻俩发现儿子若一离巢，他俩很难回到原先彼此知冷知热的状态。双方都互相尊重没有外遇，但就是方方面面再也说不到一块儿去了；即便饮食，这些年没在意，竟然也吃不到一起了。施丰能吃得荤吃得杂，施太太吃得素吃得淡，还总在不多几种食料当中选。她也不把吃当成大事，想起来怎么健康就怎么吃。施丰能屡有埋怨。

如果深究的话，夫妻俩是可以离婚的，因为性生活也已停止很久。但施丰能没主观能动性，太太也没这心思，日子就按惯性过下来。难道上一辈人不正是如此过了一辈子的吗？

但施丰能因此对自己有了新思考新发现。他偶尔想起邓小桔，对陈年旧事有了一种尝试性的诠释：和邓小桔疏远是因为自己天性里的完美主义倾向。也就是天生不想要不能算作最好最理想的东西。

他判定自己天性里自爱过多，不是贵人命，却有不怕天高的自我期许。得不到最好的便心生不满。为显示自己配得上，放弃不要总可以的吧？

不是接近完美的，一律不要。通过自己强调品味和挑剔，显出有过人眼光。以这种方式追求完美，接近到自己可以原谅自己的地步。

当然，所谓“完美”的标准完完全全由他自己采纳。一个男孩儿发育成男人，体能上长大，然后心智跟上，这过程犹如肥壮的天牛幼虫在枇杷树干里当钻心虫，不断膨大变态，能把一棵树蛀空蛀死，人也会祸害四周的。如果“完美”的标准不在自己手里，例如遵循《圣经》吧，那人可能很苦，却可以成圣，而这绝非施丰能的期望。

男女之间，施丰能从少年到青少年，又到成人，嬗变成中年人，一路走来，他追求“完美”是不变的，但体现他“完美”标准的女角却千差万别。有的极其清纯，仿佛无法踏足之池塘里的莲花；有的却肉感亲善，如饥肠辘辘者遇见的热狗；也有的纯粹是气质神秘，令无聊的灵魂产生刺激……施丰能的成长岁月最大的缺陷也是最大的获得：他没来自父亲的管束，母亲对他放任宠溺，父母都尽力供给他足够金钱作为父母之爱的替代。

施丰能自认天性算好，他行为举止遵守法律，并不因种种规矩感到拘束。他历来也表现出重感情的特征，他的男性老友们只会因为渐渐疏远而同他减少来往，从没因激烈冲突而断交，他持奉“义气”，不肯做坑朋友的事。

对女人，他起初坚信爱情，向他憧憬的女性展示柏拉图式的倾慕，那种爱情简直人畜无害。

等他发现洁癖式的追求只会带给自己少年维特的烦恼，他陷入过无尽的青春期惆怅和迷惘。好在荷尔蒙指标的提升帮助了他，他在大学里终于意识肉欲是突破爱情瓶颈的核动力。

他追随周围男女共同的趋向获得了人生最初的能量释放，而后有一个短暂阶段能量飚升到峰值，令他从此无法回眸这段叫人尴尬的罗曼史。打个比方，他尝试了酒吧里尽可能多的鸡尾酒，才摆脱酒精的诱惑。

欢乐遗留的惆怅和痛苦刻下的疤痕渐渐叫长大成人的施丰能变成一个平衡的男人。那一个阶段他回想起邓小桔时已心平气和：邓小桔肯定排不上他最愧疚的对象，邓小桔只象征着疯狂人生的第一个三岔口，他只是选择了一个方向走下去而已。如果他没顾及邓小桔的感受，他之后更有其甚，他甚至能不顾及某个女人同他匆促暗结的小生命，不顾及另一些女人对爱情发生的初次绝望……没改变的，是他一旦恐惧未来时逃离的决心和速度，邓小桔不过是第一个见证他秉性的女人而已。

施丰能原谅自己的理由在旁人看来也许厚颜无耻，对他自己却是铁的纪律：

“这样下去就不完美了。”他如果接受上帝审判，一定会把这人生信条当呈堂证供。

仿佛得到“完美”是他的天赋人权，而因他的“完美”而沦陷的人都是可以自行重适人生的俗物，忘了一开始的时候他当她们是与众不同的仙子。

当然，施丰能原谅自己的时候还有其他的哀怨：总有比他更热爱“完美”

的女人在他下手之先弃他如敝履。他认为他破碎数次的小心脏已为他对别人的残忍付出了对价。

他和他妻子都只有唯一一次婚姻，彼此都在“对的时候”遇到了“对的人”，于是，都市人相安无事的婚姻再添新章。

施丰能感到自许的是他婚后过得很检点，他的行动忠诚了他的配偶和他拥护的婚姻道德，这保护彼此，也让他不用去思考自己的稳定到底是因由忠诚还是出于疲惫。

施丰能送邓小桔回家，一直送她进家门，喝了她一杯咖啡。离开的时候，邓小桔像一个女艺术家那样从容地拥抱住他，在他脸颊上亲了一吻。他没回应，他随即没有表示地离开了。

坐在回家的九号线上，他不停用手绢擦拭自己的脸颊，他感到害怕，他还从没有过把他推开的东西再捡回来的经验。他看到太太送孩子去德国在他漫长的婚姻旅途中留出了一段需要独自穿越未知的探险，充满不确定性，就像把一艘超过服役期的旧油轮推入可能掀起惊涛骇浪的太平洋航线。

刘粤不声不响打开门，走进邓小桔的公寓。他手里还有一套钥匙，邓小桔并没追讨。

邓小桔正站在画室里画画，她看见刘粤，手一收，“嗐”了一声，却没停下画笔。

邓小桔创作很多幅画的时候刘粤都在一边，他喝着茶，喝着酒，喝着咖啡，或吃着什么东西，不声不响地观看邓小桔画画。邓小桔可以在刘粤的注视下画出任何她想画的东西。然而，别人从不被允许旁观她画画。

刘粤没打断她画画，他轻轻把钥匙放在茶几上，从黑大衣口袋里摸出一包食物，穿着大衣靠在沙发上。

那幅正接近完成的国画画的是被大风雨吹折的一排牡丹，牡丹正盛开，鲜艳的紫红色伏地，花冠缀满肥大晶莹的雨滴，深色牡丹叶子很肥硕……

“没事，这花。”刘粤轻轻说，“太阳一出，断掉的枯了，新的花苞会长得飞快。”

邓小桔无声无息，只挥舞着画笔，过了几乎半分钟，她才从鼻子里哼了一声。

刘粤津津有味啃着自己带来的那包东西，飘散一股酱牛肉的香味。

邓小桔放下画笔，退后五步看画，满意地嗯了一声。她转过头，居高临下看准了刘粤。

刘粤触电般把架在茶几上的腿放下，人坐正：“我来还你钥匙。”

“放茶几上吧，我倒是忘了缴你的。”邓小桔冷冷地说，“天气冷了，玄关衣橱里还有你忘了拿的滑雪衫，今天拿走吧。不然，我也扔了。”

“呵呵，”刘粤笑道，“赶尽杀绝吗？又不是飞机航班，二十分钟清理完。”

“刘粤，你也是个外企高管，说话可不可以像个男人？我可没亏待你。”邓小桔中气十足，话风里蓄足了后劲。

“我走。”刘粤叹口气，“新欢面前，旧爱成屎。”

“你什么意思？你还有什么资格……”邓小桔语速飞快，没想到却被刘粤高声打断了。

“那男人是谁？怎么以前一点风声都没有哇？邓小桔，你这是才离婚就出门乱搭呢吧？”

“你！”

“别否认，邓小桔。我已经成全你了，不过至少我还可以说几句。你是个什么样的女人，还能在我刘粤面前装？我一直在成全你呀，你总知道的吧？你就是个玩弄别人感情的女人，不是吗？看看你的画册！”

“刘粤，请你尊重自己。你怎么前头不发作，现在倒来发作呢？你还想要什么吗？”

“我要？我真要你什么了吗？你最值钱的东西可能就是那些画，可我要过吗？留着吧，女人！你那些见不得人的都在画里。我对得起你，我不会点穿的。”

刘粤站起来，傻站着，忽然摇摇头，往自己嘴里疯狂塞酱牛肉片，咔咔地咀嚼，喉头上下耸动，咽不下去。一低头，全吐在地上：“我呸！”

邓小桔不言不语，泪水溢出眼眶，挂在腮上。她身体僵直像尊塑像，看着前夫。

“你没爱过我，我可爱过你！”刘粤冲到玄关衣柜，扯出自己的滑雪衫，夸张地穿到大衣外头，“如你所愿，我和我的东西都从你眼前消失好了。”

他拉开门，闪了出去，倏然又推门而入，关上门，打量着邓小桔。

“呵呵，我明白了！你画册上那些鬼魂全都到齐了吧？葡萄架下面举着白葡萄酒杯那个美国佬出现过了，和你在划艇上荡起双桨的那个现在胖成猪猡的家伙被我赶走的，差一点带你去深圳的那个老色鬼也不敢再来了，呵呵，他可吃进你不少习作……现在这个让我猜猜，大概只能是你青梅竹马了吧？你倒从哪里都能把这些旧货捡回来？”

“请你尊重自己，刘粤。你是不是在跟踪我？”邓小桔向他走来，伸出手。

“别碰我！”刘粤大叫一声，往后跳开，“邓小桔，我告诉你我心里话：你病了，你是个病人！你的心暖不过来了。别装，承认了吧！”

他大笑一声，拉开门冲出去，门哐当在他身后合上。邓小桔的私密空间里马上只剩下她一个人。

邓小桔站了一会儿，拿出扫帚和畚箕，打扫了房间。她从放在卧室的酒柜里拿出白兰地，走进画室；她换了画布，取出油画颜料，往玻璃杯里倒入酒浆……

很快，画面上有了影像轮廓：一艘巨轮在浪涛里起伏，海面宏大，没陆地出现在视野；她往天海之间添的不是海鸥，是一些不可能在洋面上存在的黑乌鸦。乌鸦翅膀收拢鸟喙却张开，像在呱呱乱叫……

十一

也许出乎意料，也许一切都在医生的诊断之中：邓小桔姆妈的状况急转直下，进入了弥留状态。

邓小桔开始连续陪伴，衣不解带，留在急救中心病室外等医生随时询问和通告。施丰能临时向上司请了几天年假，他家在医院附近，就此做起了邓小桔的后勤支持。

邓小桔最难面对的是值班医师就种种抢救措施咨询家属意见：癌症晚期病人进入了弥留状态，所有指标都已恶化，医师却还是谨慎地要求家属在种种治标不治本的抢救措施下签名表明放弃积极治疗。邓小桔哀哭了一回，对施丰能说：“你叫我情何以堪？”

施丰能这时的回答就显示了他出现在邓小桔身边的重大价值。

施丰能问：“这些抢救措施能让你妈从癌症中复原吗？如果不能，又能叫她在痛苦中多活几天？医生说一两个月？那好，这一两个月里她能从昏迷中醒来吗？如果答案全部是不能，我们除了放弃所谓‘积极治疗’，还能做什么对你姆妈更好的选择？老人、癌症晚期，你最好的孝敬就是减少她的痛苦。”

邓小桔小鸟依人偎着施丰能：“没你直说这些话，我简直要疯了！”

还好，只三两天工夫，邓小桔姆妈就过去了。施丰能帮着邓小桔把她母亲遗体送入医院太平间，帮她议定了由殡仪馆处理后事，打发了医院里讨要小费的护工和运尸工，置办了一套医院太平间推销的寿衣，算是完成了在松江医院这边的种种必经流程。

邓小桔抹泪说:“烦劳你也够了，接下来是我家亲戚之间的事。你好好休息，等我忙过了姆妈后事，我们再见面。”

回到办公室，知道有一小段时间不会和邓小桔见面，施丰能不但没感到轻松自如，反像被丝线牵住了心，总不由自主猜想邓小桔在干什么。

他越来越觉得邓小桔不是以姿色迷他，而是散发着深深的亲切感，就像，就像他俩是很久前走散的亲人，比亲人多一丝男女间吸引力，总让他希望时刻能看见她。

邓小桔很丰富，比他认识的大部分女人都丰富。她出现在你面前，她的丰富既跟着她，也留在她大量的画作里。施丰能明白，他一看见她的画册，就爱上了她的画。所有那些画，都和他本性的审美相符。她仿佛画出了他种种梦境，不仅梦境，包括他对天堂和地狱的潜在认知。她能画出让他感官和灵魂同时悸动的画面。

施丰能忍不住想了想，若是一个油轮设计师有一个画家妻子，生活会有什么不同？他没想象出其他，但他认定他俩可能会乐于一起登上远洋船，在海上、在波涛和风浪里度过长长的岁月，走遍世界每个角落。他可以设计更好更现代的船，她可以画出海和天，画出远走天涯的人物和他们的灵魂。

正是在这时刻，在做了这番想象之后，施丰能对自己失望到了极点，他明白自己可能过不了这一关，他正不可挽救地陷入邓小桔的深坑。

他希望自己可以抓住邓小桔办丧事的空当，让自己有最后的机会挣脱出来，就像一只蜻蜓挣脱原先那显得不怎么起眼的蜘蛛网。不过他并没什么信心，内心深处，他差不多已缴械投降。

施丰能周六一早坐九号线赶往松江南站，搭高铁往杭州探望阿爸。

施丰能知道阿爸的老年痴呆和别人略有不同，他似乎还保持着某一领域的智慧，并非对周边环境全然无感。养老院在西湖不为人所顾的一个僻静角落，阿爸有独立公寓套间，还有专职护工护理。

施丰能记得阿爸那一年回家，在海员公寓遇到过邓小桔。阿爸挺喜欢邓小桔。

他坐出租车到达养老院，先到办公室代阿爸结清了该付和预付的款项。驻院大夫出来同他聊了聊他阿爸的身体状况和精神状态，结论还好。女大夫开玩笑说："他现在是老风流，好几个大妈围着他转，还争风吃醋的。"

大夫陪着去老头儿公寓，老头儿人不在房间，房间里已打扫得干干净净，还喷过空气清新剂。施丰能打开阿爸的衣橱和抽屉，看见除了衣物，烟斗烟丝，还有从来不肯放弃的航海图和航海日志。

女大夫笑说："船长大人的东西你还是别碰，他要发脾气的。他如果在房里，我们是不敢进来的，他会喊叫。"

走出公寓楼，在两排大柳树之间石径上走一会儿，前面就是活动中心。只要老人不病，医生建议他们每天必须一起共度五小时以上。室内不能抽烟，可以看电视、打扑克、玩象棋、围棋，也可以打麻将。什么也玩不了的老年痴呆症患者，常坐在阳光里彼此呜呜嗯嗯。

一进门，施丰能就看见了老船长。老船长坐在一摊秋日阳光中央，周围围着几个婆子。这实际上看起来好笑的，怎么说呢，非常像公鸡带着一窝母鸡。

护士把船长搀起来，带他到门外望得见湖泊的地方和儿子一起喝茶。船长顺从地吊在护士臂弯里，伛偻着腰，低着头，踮起脚，碎步走，看也不看跟在身后的施丰能。

落座在法国梧桐树下藤椅上，老船长捡起一片落叶，看着手掌形的叶片。

施丰能接过茶水，给阿爸奉上："阿爸，你孙子去德国留学了，让我同你说再见，假期回来再来看你。"

"德国？哦，西德？"老船长不要茶。

"德国早就统一了。你忘了？他去法兰克福。"

老头不言语了，望着西湖一片窄小湖面。任凭施丰能扯东扯西，家长里短的，他再也不回应，像儿子说"德国统一"得罪了他似的。

施丰能想起邓小桔正办丧事，老人们像一茬庄稼，秋日过去，就消失无踪。阿爸不晓得还能撑多久？他想得难过，不由得哑了。

老船长摸摸藤椅扶手："你，新船？"

施丰能从衣袋里掏出打印的新油轮彩照给老头儿看，特意拍了船长室和新设计的娱乐设施。老头儿看了良久，什么也没说。

施丰能没什么可说的了，他试探着问："还记得一个小姑娘邓小桔吗？我小学同学？你见过的。"

老头儿头一点，爽气地回答："邓小桔吗，白生生的那个。你俩结婚好久了？"

施丰能倒噎一口气："你记得她是谁？"

"你的小女朋友吗，我还送过她一枚红珊瑚。"老船长咧嘴笑了。

护士半小时后来扶老头儿回房休息，阿爸对施丰能挥手："船长室你不要来了，都上甲板干活。我船上不养闲汉！"

护士笑对施丰能挥手："您回吧。这儿好着呢，放心！"

·

邓小桔低调举办了母亲的追悼会，只有亲戚和母亲原单位的工会代表参加。刘粤亲自来，动情地哀哭了一阵子。邓小桔知道刘粤是真心，"丈母娘看女婿越看越欢喜"这回事，落实到姆妈和刘粤之间，是真事。

现在姆妈故去了，姆妈的话就显得金贵，不得不去回想。

她下决心和刘粤离婚时姆妈不开心，姆妈说："刘粤虽有点小男人，不过看他那样，比张国荣终究男人些吧，对你真心。你说离婚就离婚，以后未必好过现在。"

刘粤在告别大厅里哭着拥抱了邓小桔一下，邓小桔心有点软，对他就客客气气。追悼会之后，刘粤还像女婿那样帮她应酬客人，豆腐席上亲戚们也完全当他自家人。

席终人散，邓小桔想到回家后孤清一人，不由得发抖害怕。刘粤大大方方说："我开车来的，送你到家。"

到家坐下喝茶，刘粤从衣服里掏出一个信封："你妈给我的，你看看。"

邓小桔吓了一跳，连忙打开，竟是姆妈留下的遗嘱，落款时间是她最后被送进医院前两天。

"她寄了挂号信。"刘粤解释。

邓小桔匆匆看了那遗嘱，没感到委屈愤恨，只觉得母亲的手又从阴间伸出来，在自己背上抚摩，那种带着热量的力气叫她万般难受，却又难以反抗。

姆妈简单明了写道：

> 希望小桔和刘粤复婚。小桔有刘粤照顾，姆妈死了闭眼。实在不能复婚，姆妈名下淮海路一套公寓房子由刘粤继承，刘粤请看在姆妈面上，关心照顾好邓小桔。

邓小桔惨笑说："她就是这样子不肯死。"

刘粤正色对邓小桔说："她死了，你就别再说她。我肯定不能要这房子，这是你邓家的，我会放弃继承权。"

他站起来，朝门边走，一路走，一路情真意切："小桔，你年纪也不小了，别再任性。这世界上，有些东西咱们不该有，就别执着了。我在，你有事随时可以让我替你去办。要不，人家怎么说'一日夫妻百日恩'呢？"

他打开门正准备走，邓小桔跳起身来扯住他："你先别走，我一个人害怕……"

和施丰能再见面，距离上次俩人见面差不多已过了两个多星期。邓小桔约的施丰能，施丰能接到电话，人却在松江家里；邓小桔说那还是九号线附近方便；施丰能说好，选个中点最合适，就到七宝古镇上走走。

秋凉沁人，蒲汇塘古桥如虹飞渡，镇上沿河都盛开粉红色木芙蓉，大花映在河水里，富贵悠然。

施丰能不见邓小桔十多天，老琢磨着地铁里偶遇邓小桔到底映出什么天意，后来松弛下来不去想了。生活里平添一个亲切的女人，还有令他遐思的余地，这本身就足够他慢慢消化。他不是小伙子了，他是个妥妥的中年人。十几天时间，足够他再次警告自己别玩火。

邓小桔穿一身淡橘色小洋装，头发做成了小卷，漫披下来，撒在肩头上活络。她轻快地朝施丰能跑来，带一阵法国香水暖风，挽起他手臂一起走老街。

施丰能就给邓小桔讲这七宝古镇。怎么说这也是千年之镇，再加上和陆云啦陆机啦古代文人的瓜葛，足证此地人杰地灵，蕴蓄文化。尽管眼下全陷商业，满街卖纺织品、旅游纪念品和印度檀香什么的，也未必就毁尽千年遗韵。

邓小桔笑道："我熟，我常来写生。"

他们走了一阵，先去古色古香的沿河枕流阁茶肆吃素面，吃了面，点上茶来。

邓小桔叹道："真可谓云卷云舒一人间，姆妈怎么就不在了，剩我一个孤单单。"

施丰能看着她，聊起他阿爸老船长。老船长还记得你邓小桔呀，他真送过你一枚红珊瑚吗？

"是的，有这么一枚红珊瑚。"邓小桔笑起来，"他不是老年痴呆了吗，竟然还记得我？”

秋阳西斜，射在人身上，并不暖。施丰能感到阳光一片金，时空乱转，有不知今年何年之感。他看看气色好得跟木芙蓉花般的邓小桔，觉得近乎失去方向感。

“你太太快回来了吧？”邓小桔眯缝起眼睛，“你已经放假很久了！”

施丰能咂着一片茶叶，琢磨邓小桔这话的意思。他知道太太的归期离此刻还有一阵子，不过，他点头说：“是呀，凡是假期总要结束的。快了！”

正在这时候，他心中一动，觉得舒畅起来，像有什么看不见的良药突然注入体内，让他感到轻松自在。

邓小桔的脸色阴下来，她似乎有些恼怒，只是你不能下此判断。她从包包里掏出一把钥匙，放在自己茶杯边。

施丰能想问这是什么，话到嘴边，及时收住了。

不说话间一小段微妙时光滑过去了，太阳差不多已落山。施丰能从阳光里落回清净茶肆，看清了面前邓小桔。

邓小桔也正怔怔看着他。

他看见的邓小桔是个打扮清洁、面相大方的中年妇女，有一股子睥睨人间的孤傲，她脸上有了细细的发散性的鱼尾纹，嘴唇丰满性感，下巴很有型，身材保持得不错，却仿佛有心事。

邓小桔也看清了好些天不见的施丰能：他比印象中显老，他的眼圈黑得仿佛有了蛮悠久的历史，他显出一种乐呵呵的习惯性表情，不过以一个画家眼光看，这完全不是他的真表情。他的头发里亮晶晶有不少白丝，他开始发胖，有了小肚腩了。不用说，裸体的话不可能再显得性感。但他对自己显然怀有一种深情，这应该是真的。

他俩慌忙移走留在对方脸上的眼神，一齐笑了。

邓小桔说：“哪里有什么好玩的？我这些日子都快忧闷死了！”

“好呀，我也正有此意，去哪里玩玩？可是，我们能玩什么呢？这世界属于九〇后了。”

他们温情地对视着，仿佛时光在彼此脸上变幻，他们也搞不清楚自己此刻几岁，到底是男孩儿还是大叔，是小女生还是准大妈。

“反正，咱俩还不到跳广场舞的时候，”邓小桔一把抓起桌上钥匙，用力塞进包包，她跳了起来，“我们去百乐门舞厅吧？你和我，你搂着我，陪我跳几支华尔兹？”

施丰能追着她往外跑，边跑边把一张百元大钞塞在服务生手里。他们跑到街上，邓小桔猛回转身，对着施丰能抬起脸，面上泪水涟涟。

施丰能呆住了，低头看她。邓小桔慢慢向他靠近，他浑身发麻。他们嘴唇吻着嘴唇了，忘记了周围那么多人……

没过多久，俩人置身在百乐门舞厅大舞池里，乐队奏起轻曼的西洋乐曲，他们隐在起舞的男女之中，亲昵地搂着彼此，顺音乐的河流漂荡……

很晚才走出百乐门，邓小桔笑吟吟对施丰能说："地铁打烊了。我打的回去，你也快打个的。"

"好的。"施丰能说，"你路上小心。到家给我个电话。"

"不，不用了。"邓小桔笑道，"今晚很开心啊，很开心啊，能这样，多开心啊！再见了，朋友！"

施丰能目送她乘坐的士离开，他在秋夜的愚园路上走了起来，他不急着回家，不急着从梦里出来。

等自己从梦里醒来，就不会再联系邓小桔。想必邓小桔也不会再给他打电话了吧！

他朝秋凉深处走，身上满是余温，手里仿佛还是柔软灵动的那个身体。

十二

施丰能从没在九号线商城路这站出站过，这是开天辟地第一次。

他到这站出来要做的事，也是开天辟地第一次。

玛丽覃给他手绘了一张图，告诉他出站怎么走才能找到那个外面轻易看不到入口的网红酒吧，酒吧在一栋大楼的地下室，每天晚上都有老外组成的重金属乐队在那里嗨。

那天他把玛丽覃晋升为部门副主管的电邮发给了全公司，玛丽覃敲开他办公室门时他正不可抑止地想着邓小桔。邓小桔的亲吻和拥抱产生的魔力深入了他感官，在那里驻留不去，他觉得自己开始病了。邓小桔，她是多么亲切呀，她来自久远之前，与他素来有缘。

施丰能几乎没在意玛丽覃的道谢，他淡淡说："你好好在公司做吧，这公司牢靠，努力做，可以做一辈子的。"

玛丽覃对他说了几句，他没听，他还在邓小桔制造出的余韵里浮沉。

直到玛丽覃自说自话关上他办公室门，他才愕然转脸看着她。玛丽覃说："老板，我那天下班在地铁上看见你了，你和一位艳妇。"

他愕然到张大了嘴。玛丽覃笑道："你太太不在国内呀！"

他觉得有必要解释，可他才解释，就看见了玛丽覃的讪笑及某种善意的表情。

"老板，你像是被蛊惑住了，对吗？解蛊，我是专家，要不要我帮你？"

他有不和下属交往的原则，他笑笑，宽待地说："你去做事吧，大叔的事留给大叔自己。"

玛丽覃却摇摇头："老板，你这样子会吃亏的。我猜，你大概误解了很多事，尤其女人的事。"

后面一周，他应邀和玛丽覃在公司附近吃了两次"工作午餐"。他把邓小桔的事断断续续告诉了玛丽覃。

玛丽覃像个占卜师那样问了他一些奇奇怪怪的问题，让他觉得玛丽覃和自己都很好笑，甚至有几个瞬间，他想打电话给邓小桔，把这番好笑告诉她。

最后，玛丽覃长吁一口气："老板，我弄懂你的问题了。我帮你！"

她手绘了那张图，告诉他怎么找到那家有重金属乐表演的酒吧，她将在那里等他，告诉他该怎么做。

妻子马上要从德国飞回来了。

施丰能觉得玛丽覃的圈子对他而言是个陌生沼泽，但偶尔去看一眼也不错。听年轻人讲话，总不嫌多的。他特意换了件皮夹克，空身去那种时髦地方。

走进网红酒吧那不起眼的门，他发现自己来得有点早，这里的气氛对他而言颇为尴尬。打桌球的男生们全是强壮而彪悍的，个个有文身；女生则打扮得像在出席企业的年会。他走进去，要了杯啤酒，就靠在吧台上，祈求玛丽覃早早出现。

可玛丽覃仿佛忘记了这个约会，把大叔约来，又晾在那儿。酒吧里人越来越多，渐渐也有和施丰能年龄相仿的，不过都显得很有性格，像是拥有金属色泽甲壳的虫子，个个硬朗。施丰能一直窝在吧台上，他看见乐队的人也来了，在小舞台上摆弄电吉他和话筒。

心脏在开始的十分钟演奏里简直受不住，四个乐手把低音重重砸到酒吧客人肚子里，兀自在肠胃里嗡嗡飞旋。施丰能一个劲地喝啤酒，看男男女女到舞池中扭动，他们的身材真是没说的，荷尔蒙加上健身中心的汗水才能塑造这种躯体。

他大汗淋漓，想付账脱身，一只手妖娆地绕到他后脖子上：玛丽覃出现了。

玛丽覃穿一身黑色洋装，和酒吧里各路人马都熟。她打了一圈招呼，回到施丰能身边，要了杯鸡尾酒："你从来不到这种地方来？"

施丰能笑笑："不懂得怎么来，亏你给了地图。"

玛丽覃几口喝完酒，把两个人的酒钱都算在她账上，拉起施丰能的手就走。他跟着玛丽覃一路从舞池中间穿过，到了对面的门口。

玛丽覃从存衣处要了外套穿上，推开门走出去，他跟上。

外面是后街，有几家做串串生意的小店和几家小美发厅。玛丽覃转头一笑："老板，跟我来，我就住在这上头。"

普通的公寓，电梯一般，但震动不大，一路不停到了二十一楼，玛丽覃走出电梯，打开了2107房门。

这房子布置得如同品牌服饰店，到处是名牌饰品和包包鞋子，颜色基调是掺了灰色的粉红，一看就是时髦女郎香居。

桌子上竟然放好了两副碗筷，三菜一汤，汤锅冒着热气。

"这是我忙了一下午做的菜，特意做给你吃的。"玛丽覃媚笑说，"你请便，我去换衣服。"

再出现在他面前，玛丽覃打扮成了白衬衣黑裙子的素雅女子。她仿着日本女人的腔调，请施丰能吃饭。施丰能尴尬道："你没说吃饭，我连礼物都没带。"

"今晚是我对你的正式报答。"玛丽覃欢笑说，"一切都是你应得的，请不要客气。"

那几个菜，果真做得精致，还有讲究，玛丽一一道出原委，听得施丰能咋舌。她到底玩什么花样，整几道壮阳的菜请上司？

吃过饭，施丰能暗想是不是该马上站起来道谢告别。玛丽覃却又不见了。

过了一阵，她从房里出来，又换了紫色裙装，她的身材在这套衣服里显出那魔鬼般的姿态来，让他发热。房间里响起背景音乐，玛丽覃走猫步过来，搂住他脖子："老板，条件是我开给你的，今天是该我埋单的日子。今夜，我是你的，你是我的。"

施丰能浑身发烫，推着玛丽覃："别，别这样。我这人吧，你知道的，兔子不吃窝边草。"

玛丽覃轻声笑："老脑筋！我只是还你一个情，你以为我这样的人会纠缠你？过了今晚，咱们谁也不欠谁。不过，我相信我能治好你的病。"

她把音乐换成了某种叫人透不过气的爵士，性感的爵士，撩人的爵士，呻吟着的爵士。她温柔地抚摸亲吻施丰能脸颊，叫他喘不过气……

第二天一大早，施丰能从飞旋的宇宙里苏醒过来，玛丽覃已在厨房忙活了一阵，她把西式早餐放在托盘里，端到他床头。

后来，他先离开，直接去公司；玛丽覃上班迟到了一个小时。

她敲开他办公室门："对不起，老板，我迟到了。"

他抬头，见她冷冷瞅着自己，仿佛从不认识他。

那个周六，他有两件事办。

邓小桔父母的墓地就在松江境内。邓小桔告诉他周六落葬，施丰能说自己一定到场。

他计算了时间，出席完葬礼，他马上搭九号线往浦东世纪大道站，再换线到浦东国际机场接太太。

想起邓小桔，他很想马上见到她，验证一件很重要的事。

虽说这事不适合在葬礼上验证，但那个气氛，倒也适宜直面真相。

他不用去接邓小桔，她和亲戚是有车到墓地的。他订了一大束端庄的白百合，黑西服白衬衣，先到墓地等候。

这时节商场和办公楼里人声鼎沸，墓地里就只有漫漫石碑和淡淡黄菊了。天色悠远，白云飘飘，连园丁都不在，安安静静，墓园显得寒凉。

邓小桔捧着骨灰盒走在头里，一身白衣服，是个好看的中年妇女。她后面跟着十来个亲戚；墓园办公楼里迎出人来，要为下葬仪式开穴封穴。

施丰能跟着队伍迤逦到墓园的一个角落，看着园工打开墓穴，邓小桔亲手把母亲的骨灰盒放在父亲骨灰盒一侧，两只骨灰盒面对面，终于又聚首了。

众人呜咽行礼毕，园工用水泥封了墓穴，大家献上花，再次行礼如仪。

施丰能最后一个上前行礼，邓小桔握住他手喃喃道谢。这时候施丰能心里一阵颤抖，自己的年龄活到狗身上，差点搞错人生，行差踏错！这真要感谢玛丽覃！

他亲切地安慰着邓小桔，他眼角看见那些亲戚里有个男人时刻戒备地监视着他，不过，他心地坦然。

盘桓了一阵，邓家亲戚上车返回，邓小桔请施丰能搭车，施丰能说把他带到九号线地铁口就好。

邓小桔介绍说施丰能是小学同学，姆妈看病，多亏他帮忙照料；她也介绍那个瞪着施丰能看的家伙是她前夫刘粤。

施丰能大大方方伸出手，和刘粤握了握。

施丰能回答邓小桔："别谢我，我们的友谊从十来岁开始，已经四十多年了，不是轻易会改变的嘛！"

邓小桔愣了愣神，终于微笑说："你可真会说话。说得对呀！"

告辞下车，施丰能进了九号线地铁口。这正是那天早晨巧遇邓小桔的地方。

施丰能回忆今天看到的邓小桔：一个端庄娴静的中年女人，已过了一个女人的花季，正慢慢从牡丹变成菊花。她正从炽热中冷却，也许菊花那些细碎的花瓣就是冷却时挣扎破裂开的。他感到亲切，但他不再有胃口去刺探她女性的内在。

玛丽覃用一个晚上和一个早晨充当了完美的演员，向他展示了女人可以给男人的所有温柔幻象。那些他体验过的和从未体验的。

玛丽覃对施丰能说："老板，我相信别的女人和我一样会演戏，有时候假戏真做也是有的。我们女人生来就是演员，天下没有丑女人的，只有蹩脚演员而已。你快点搞清楚吧。你对我不错，我不想看你老房子着火呀，嘻嘻。"

坐在飞驰的九号线车厢，此刻他觉得离老婆越来越近了，离自己的家也越来越近了。他明白人还是住在陆地上好，人不能长时间坐远洋轮，人并不属于大海。

九号线到了市区就拥挤，今天特别挤。一个胖子从徐家汇站台上挤入车厢，车门才关，他就大声嚷嚷起来："大家好，朋友们好，我是胖老师，我要检举国企 PP 集团上层腐败！大家听好了，国企 PP 集团已经被蛀虫蛀空了。董事长在集团里还有后宫，他潜规则了 36 个女下属……"

施丰能起先听得好奇，听完觉得自己也差不多是条腐败的虫子。他捂住额头低下脸，想念自己那遥远的童年时代，在他还没嫌弃邓小桔的时候，他俩之间曾有最真诚最纯净的感情：友谊如露珠，如春天绽开的第一朵花……

手机震动，是邓小桔发来一个短信：君住线西头，我住线中央……

施丰能心里一动，他认真想了想，回她短信：此线从来有，此线可以久，纵使难再见，友谊暖心头。

他不再想邓小桔，他开始猜想妻子的变化。他决定一到机场就向她挑明：孩子离巢了，两人世界又回来了；而夫妻生活已经久违了……

他看清中年危机像沉默的虎瞪视着他的家，他此刻真诚地希望在老虎面前护住他的妻……

到了浦东，九号线车厢一下子空静明亮。

耳中双明珠

王啸峰[①]

蒋婉被碰了一下，她睁眼的同时，用力捂了捂双膝之间的小包。怎么就睡着了呢？到哪里了？还好，没过换乘站。

拿出手机，照照脸。一脸疲倦，眼袋很深。微信信息像爆米花般一条条跳出来。腿伸伸，她懒洋洋地看信息，谁都没回。包括于大飞、沈晨两个的。

他俩问同一个问题：你去哪儿啦？

哎！我这是去哪儿呢？

她随着列车的轻微晃动，摆摆头。

地铁跃出地面，行驶到高架桥上。她索性把头一歪，靠在栏杆上。出了市区，乘客少了些。太阳光斜斜射进来，一条光带波一样抖动。

前方就是换乘站了。她还没拿定主意，是换乘快线 7 号继续北上，还是简单地站到对面站台等候反向列车回城。

一个黄色小球滚到她脚边。一个小男孩儿跑过来捡起，回到对面。一家三口闹起来，声音有点大。她默默注视着，突然发现光影交错下画面很棒，却不敢举起手机拍。她喜欢随手拍照。于大飞看了几次就不耐烦，怎么老是

① **王啸峰** 男，1969 年 12 月生，苏州人。出版有散文集《苏州烟雨》《吴门梦忆》《异乡故乡》，小说集《隐秘花园》等。作品入选年度最佳小说集、散文集和多家选刊。小说获评中国小说学会年度中国小说排行榜，获第六届紫金山文学奖、第二届叶圣陶文学奖。

阳光、蓝天、鲜花?

手背痒起来，她从包里掏出一管护手霜，手心手背擦个遍。现在已经好多了，刚来的时候，她浑身奇痒，天天把手脚抓出一条条血痕。母亲告诉她，北方干燥，不像家乡，即使冬天空气中也充满了水。她挠着痒，低声问母亲，那为什么还来这里?

母亲没有回答。

到中转站了。她慢慢站起身，不急不慌往外走。突然，一个胖阿姨在她身后催促，姑娘啊，快走快走！她回头，望了一眼。胖阿姨紧接着说，快线7号还有五分钟就要开了，错过这班，下一班到鹭港天就漆黑了。说漆黑的时候，胖阿姨用大手在眼前抹了抹。

不由自主地，她跟着胖阿姨快走起来。熟门熟路又大呼小叫的胖阿姨在前面开道，三分钟时间，她俩就站定，气喘吁吁地候车了。

看上去艰难的选择，被一个陌生阿姨一带，顺势就上了道。

你去哪里呀?

终点站鹭港。

我也是呀！你回家啊?

嗯。

她默默算了一下，两年时间没回鹭港了。随后，她又感到别扭，什么“回”？明明应该是“去”。

车来了，很空。

胖阿姨跟她聊几句，见回应不积极，转头找别人说话去了。

她闻到一股酒气。她四处望望，没有酒瓶碎掉。再深吸气，酒味没了。她叹口气，曾经最讨厌的酒，现在像个幽灵，随时都会钻出来咬一口。

她把头别向车窗，寂寥的大地，灰蒙蒙的一片，而此时，家乡的原野上，杨柳树都该抽芽了，嫩绿一片。温润的东南风从不远的海边吹来。

蒋婉拦下服务员，捧起一大碗海参鱼翅羹。服务员把转盘按停，她把羹摆到红木桌上。

请各位领导、老板尽情享用本店头牌菜。海参富含胶原蛋白，鱼翅含微量元素镁，两道顶级滋补品结合在一起，我的理解就是：美容养颜、延年益寿！祝大家身体健康，升官发财！这是我的名片。嗯，对，餐饮经理。您有服务要求，一个电话全帮您安排好。

我现在就有个要求！

一个左脸有道疤的胖老男人站起来。他头比常人大一圈，浓密头发裹住头皮，发根却全白。他把高度白酒倒满两个二两分酒壶，一个递给蒋婉。

你把酒干了，今后我们这一桌人请客吃饭都上你这里。他打个嗝，拔高声音。就找你。

蒋婉闻着浓烈的酒味，胃里直翻腾。她端起酒壶继续挨个发名片，发到最后一个，正好到门口。绝大多数人都客客气气的，她打算借机撤退。

等等！你把我的话当屁呀！疤痕那一块涨得通红。边上有人劝他，他把头摇得像法国斗牛犬，唾沫横飞。

我这不还在发名片吗？发完我就来您这里报到呢。

蒋婉轻轻用壶碰了碰疤痕脸的壶，眼朝上一翻，三口把酒灌下去。

疤痕脸没动。

我干了，轮到您了呀！

我刚才说了我喝一壶吗？我说的是酒你喝了，今后生意都给你做。所以，那壶，还是你的！

啊！您这不是要我吗？

桌上好多人跟着起哄，到底帮谁，蒋婉也弄不清。

已经九点了，她只是在四点一刻员工餐时胡乱地吃了个包子，最近她没什么胃口。沈晨不像于大飞光说她身材越来越好。他忧心忡忡，说她精神在“飘移”，劝她在宿舍歇歇。

第二壶下去，她感觉所有东西变得遥远，连声音也像风一样，时而猛烈呼啸，时而低沉回旋。疤痕脸肉肉的右手搭在她腰上，还在往下，左手毫不客气地把她的手捂压在桌上。乱七八糟的话和口气喷在她脸上。

平时不至于呀！

她恨自己，到关键时刻使不上劲。在哄堂大笑中，她还得微笑地抬起头。脚碰到一个酒瓶，她摆着顺从架势，攒足力道踢出酒瓶。酒瓶没碎，在食客屁股下面咣咣打转。大家分了神。疤痕脸手撤开的一瞬间，她一把抓起手机和票夹冲出包厢。

于大飞打来电话时，她已经爬上楼顶抽烟。

我没事，你不要过来了。

行吧，你早点休息。那边，你定下来什么时候去了吗？

于大飞的话总是直截了当，老是戳在她痛点上。

酒劲差不多过去了，她还在生自己的气。

姐妹们叽叽喳喳的声音传上来，她也不急着下去，让她们先洗澡吧。

她从包里再摸烟和打火机。突然，一个陌生的票夹出现。她愣了一下。打开著名国际品牌的卡包，她放声大笑。

疤痕脸的身份证、银行卡、会员卡、消费卡等，满满当当十几张，把个小包撑得像他的肚子，癞蛤蟆的肚子！

该！！！

她舒服地长出一口气。

身边就有一根用途不明的黑铁管子，她朝着夜空叹气，把卡包随手就想扔进去，可动作做到一半，突然停住。一组数字！这么熟悉！

她急忙又打开，取出疤痕脸的身份证。

他与她父亲同年同月同日生。

她泪水沾湿了香烟，点不着了。扔掉烟，她站起身，望着万家灯火绵延到天边，没有一盏灯属于她，没有一寸房子是她的家。

蒋婉过生日那天，父亲早早就回来了。

她走到围墙边，就听见父亲洪亮的声音。

主角总是最后出场！父亲笑嘻嘻地鼓起掌来。她放下书包，向爷爷、奶奶、外婆和舅舅问好，钻进厨房准备帮母亲干活。母亲把她推出来。

你是寿星，不要干活，多陪陪你爸。

她心里咯噔一下，这么多长辈，母亲偏点父亲。

父亲举起酒盅，跟舅舅碰下杯，继续商量事情。

现在沿海大开发，城乡接合部都要改造，这小院子估计迟早保不住。按照拆迁办法有两种选择，要么按人头，要么按面积。小婉没成家，按人的话，五个人最多两套。面积嘛，也差不多两套，只是单套面积大点。

舅舅笑笑。

最终主意要你自己拿。我感觉总是贴钱少、面积大合算。对了，你最近生意怎样啊？

还能怎样啊？我都这么早回家了，没什么生意。

父亲给蒋婉使个眼色。她悻悻起身，极不情愿地给父亲和舅舅添高度白酒。

父亲瞄了她一眼，话顺了下去。这不家里还有重要的事情等着我呢。

舅舅抿口酒。你们父女俩生日靠这么近，干脆一起过算了。

父亲笑的时候，腮帮子鼓得像鱼一样。当他的目光碰到一直微微点头的爷爷、奶奶时，突然拍了一下自己脑袋。

来来来，刚才奶奶给了传家宝作为你的生日礼物。呃呃，更是成人礼物。

蒋婉觉得脸上有点烫，她碰到了奶奶温暖的目光，似乎正满心喜悦鼓励她迅速成长为一个女人。

可我还在上学，只有十六岁。

哎！城乡接合部算农村，十六岁就该嫁了。来戴上！

父亲摊开厚实的大手。里面躺着一对珍珠耳坠。

黄金耳环上有菱形压花，边缘有两道细细的拉花，两颗圆滚滚的纯白珍珠被佛手抓着吊在耳环上。凑到窗前，黄的耀眼，白的透亮。

她感觉一个家族的重量在向她压下来。她有点惶恐，想要推却，可手却把珍珠耳坠捏得更紧。

奶奶走过来，把耳坠在她耳朵上比画着。

小婉耳垂大，戴上去漂亮极了。哦，耳洞没关系，过几天我来打，一粒米就行。

饭菜端上来。父亲阻止了正要夹菜的舅舅。跑到厨房端上来一个奶油大蛋糕。

她吹蜡烛的时候，父亲站在她正对面。她一吹。父亲突然暗了。

太阳斜了。光唰唰唰地扫过树枝。光影的闪动，让蒋婉感叹时光岁时。六年出头了，快线 7 号沿路的景象魔法般巨变。她摸了摸耳朵，珍珠耳坠静静地挂在黄金耳环上。

于大飞说土气，嚷着要买钻石耳环给她。沈晨没说任何话，有一天送她一个著名品牌小锦盒，里面是一对细钻镶边的玛瑙耳钉。

她都拒绝了。

最后的阳光洒在她手背上，间或有影子跃动。

母亲出了合租房里最贵的钱，挑了一大间朝南房间。把她的床放在南窗边。大多数时间，她是被阳光唤醒的，母亲很早出门，不舍得叫她。

她赖床，晒太阳，发短信给遥远南方的好姐妹。

其实，北方的冬天比南方好过。室内都有暖气，我通常只穿一件睡衣。

外面也还好，干冷不像湿冷，除非刮风，那简直是刀子在戳脸。

好姐妹正在为高考发愁。她又发短信。

妈妈为了在大城市生活下去，一天打两份工。她没时间管我。我瞒着她没去技校上课。哎！我也想考大学，以后找好工作，但是我这样的家庭，还是要知趣。酒店、餐厅、超市等需要零工的地方，我都做过了。

收发着短信，笑容爬上她的脸。

两张单人床、一个衣柜、一个矮柜、两个床头柜，矮柜上放着父亲的照片。这样的生活持续了一年。

衣柜正面贴着一面镜子。母亲有一天站到跟前简单地理妆。

她觉得一些事情正悄悄发生变化。

母亲回来得越来越晚。然而，母亲什么都没有对她说。

她很早就躲到床上。夕阳最后一抹光，直刺她内心深处。她在黑暗里足足等了六个半小时。

母亲进门时，没有开灯，手电一晃一晃，像窃贼的眼睛。

啪的一声，她按下开关。惨白的强光让手电掉落。

用不着语言，对视一分钟。

母女俩抱在一起，从低声抽泣，到放声大哭。眼泪像雨，洒在南方故乡父亲的墓前；洒在北上列车车厢里；洒在大城市繁华而冷漠的街角。

最后，她从心底呼唤母亲。虽然知道可能无济于事占大头，但逐渐在都市里适应了一些事情的她，还是想试试。

现在多好哇！就我陪着你一直这样生活下去。

母亲居然点头了！而且是滴着泪点头的。事情可能会朝她希望的方向转折。

那个晚上，她俩挤在靠窗的那张小床上。均匀地呼吸，静静地传递着最原始的信息。

睡上去前，她像一块又冷又硬的冰块，一夜在母亲温度不高的怀里，悄悄消融了。

第一次坐快线 7 号，她紧张地一手挎着母亲的胳膊，另一只手抱着被层层包裹好的父亲的相片。她偷偷瞄了几眼对面坐着的那个中年男人。她们搬出来的大包袱被他抱着，挡住了他一大半脸。

以至于第二天宴席上，那个男人挡在眼前，她以为是来贺喜的农民亲戚。

很晚了，母亲还在替她收拾房间。这是继父安排的一间小屋，原来堆放农机具、工器具的。他已经清理得很干净了，可母亲还在不停地扫啊，擦呀。她让母亲不要再搞了，夜已深，再说有些味道不是一天两天能够消除得了的。

母亲走过来，用手摸摸她的头。她惊讶地发现，母亲身上沾染了陌生的气息。她强忍住不哭。母亲把门刚带上，她的泪水像自来水那样冲下来。

她想逃走，却把被子越裹越紧。终于，在梦里，她住进自己的大房子，有一个大花园，盛开着五彩缤纷的鲜花。

舅舅给她打电话，通报老家拆迁的事情。

蒋家没有通知她。

她没有告诉母亲，自己乘车回去了一趟。

这是一辆夕发朝至的特快列车。她的座位靠窗。跟母亲出来三年，第一次回去竟然独自一人，她没有料到。

鹭港，她在那里待了一年就离开了。

母亲很快跟继父家的三亲六戚熟络起来。她时常听见母亲生硬地使用翘舌音来迎合当地人的说话习惯。在那个家里，她几乎不说话。继父也没什么话。三人晚餐最响亮的声音，是碗筷勺子的碰撞声。

继父跟她最多的一次对话是：

她自行车脱链后，他敲掉一节链条，给飞轮加油，再把刹车调好。

试试看。

好的。

怎么样？

很好。

那就好。

谢谢！

两辆列车在暮色中交会。呼啸声带着冷风把她刘海儿往后撩起。父亲的灾难发生后，她特别害怕尖厉的声音。

那个阶段，她耳边总有一个女声凄惨地从早叫到晚，再侵入她梦里。母亲已经哭不出声音，而显得有点呆滞。自己像被重拳砸了一下，什么都是晕乎乎的。脑子里的那个女声是谁？这么熟悉，却又找不准。

有一晚，她梦见海滩上，远远出现一个背影。那是父亲啊！她拼命往前冲，想去抱住他。可脚踩到海水，却拔不出来了。父亲继续往前走，海水让出一条道，他从容走进去。当海水回填快淹没父亲的时候，他回过头，对她笑着挥挥双手。这是她唯一一次梦见父亲，她相信父亲去了很好的地方。早上醒来，她突然发现耳边清净，那个凄厉呼叫的女声没了。

家乡清新的海风并没有给她带来舒畅感。

蒋家认为蒋婉不能代表一房分拆迁房产，何况她母亲已经改嫁。

她大声争辩，父亲在世时就与拆迁办接洽方案，其中有一套单元房就是他们家的。

乌压压的一屋子人都面对着她，各个面孔铁青，说话无情蛮横。

你父亲已经走了，这事就得重新定。

不要说你母亲没回来，就算她有脸回来，她不也得把房子让出来?

你们去大城市享受繁华生活，这点小福利就让让吧。听说那个男的还是国营大厂的高级技工?

在疯狂的语言暴力下，她只有扯住唯一的希望。她把头发束得高高的。双耳上迎风乱颤的珍珠耳坠有回家的兴奋。她知道，爷爷奶奶也被一种势力绑架着。但是，她还是心存希望。

爷爷低下了头，奶奶上前抚摸着她的脸，用手绢擦去她的汗和泪。

可怜的孩子，你是我的明珠哇!

回来之后，她让母亲进城一趟。把那张存单塞到母亲手中。可母亲像握了一块热炭，忙不迭地交回她。

这是你的。你有得用钱了。我知道你最需要一间属于自己的房子，从现在开始为这个目标准备吧!

她望着母亲诚恳的脸，突然发现她俩现在是两个平等的女人了。同时，她已经永远失去了一些东西。

临走时，她送母亲一张照片。返程当天清晨，在黑暗的海边，她独自等待一个多小时。当霞光迸射，她沐浴在金光中，用颤抖的手按下了快门。

母亲拿着家乡海上日出的照片连声叹气，粗糙手指反复摩挲。起身时，小心翼翼夹进皮夹子里。

快线 7 号临近终点鹭港站，乘客越来越少。

一所蓝色学校在蒋婉眼底下一闪而过。她心里泛起酸涩滋味。

于大飞懒洋洋地靠在本田四冲程摩托车上，飞机头梳得老高。蒋婉一出校门就看见他了。

她低头，朝公交站台方向快步走去。沉闷律动的摩托车声紧随她。

同学们笑着快步散开。

她想了想，拐进一条小巷，走过十多米，突然回身，直面摩托车和骑士。

你不要再盯梢了。

于大飞叼根烟，点着，说话的同时烟气喷出好远。

这哪是盯梢？你人生地不熟，我怕坏蛋欺负你。

她第一次见他，是在母亲婚礼上。她不吃不喝不说话，呆坐着。他走过来，自我介绍是哪个哪个的亲戚。她更是木然。他索性坐到她身边，跟她说话。整个宴席中都是他一个人在说话。从家庭学业，到兴趣爱好都说了个遍。

她没接一句话，却把他的话每句都转存到脑子里。

听着听着，她不由得偷偷瞄了他几眼，在心里不由得暗自叹息。虽然他也像父亲那样高大、热情，甚至连大口喝酒时腮帮子鼓起来的样子也像，可就是缺了点什么。她害怕自己的生命线跟眼前这个大男孩儿有交错，这样的交错，将是一次赌博。

我退学了。

什么？于大飞把大半根烟甩到地上。你、你准备去哪里？

离开这里。

她说的是真话。

一年多前，她随母亲来这里的时候，与母亲是浑然天成的一块铁板。纵有再大的困难和委屈，也由两个人来扛。

最近，情况发生了变化。母亲跟这里的人打成一片，她是开心的，也放了心。可一件小事竟让她半夜哽咽。

那天吃完晚饭，继父坐在桌边抽烟玩手机，她从母亲手里接过碗筷去厨房洗，进厨房的时候，她无意中回了下头。母亲轻轻拍了一下继父的肩膀，继父一抬头，母亲给他使了个眼色。在厨房里，她听到卧室的门关上了。她洗完碗，他们正好从卧室出来，似乎达成一致似的面露微笑。母亲还是对她嘘寒问暖，继父还是懒懒地玩手机，不发一言。霎时，她觉得那块铁板有了裂缝，或许她也不该再盲目地为母亲撑腰。

泪水淌在枕巾上，一会儿变得冰凉，似乎在提醒她，如今，她变得多余。他俩才是一家人、一个整体。就让所有痛苦的、温暖的、残酷的、感动的记忆，都清零吧。她是时候离开了。

于大飞的追问显然不可能有结果，当时她都不知道去哪里。家乡和这里，是两个禁地，其他地方她都愿意去闯。

说简单也简单，她回到两年多前偷偷打工的酒店，经理欢迎她回来。经理就是沈晨。这是沈晨创业的第一家酒店。

憋得快疯的时候，蒋婉一天抽两包烟。

一天，餐厅空荡无人后，她与沈晨你一杯我一杯，把大半瓶威士忌喝光。夜最深最黑的时候，她把母亲的事情委婉地告诉了沈晨。

沈晨像一个绿色池塘，任何东西投入其中，泛起一点涟漪就消失无踪。他像个谜，吸引她去探秘。

老宅拆迁分到的钱，她投给了沈晨的连锁酒店集团。为了维护这个可怜的小股东的权益，哪里最需要人，她就去哪里干。

于大飞不屑于做实业，股票、期货、P2P都涉足，最令他着迷的是炒比特币之类的虚拟货币。

一根手指，于大飞曾经在迈巴赫里对蒋婉说自己有这个数。他也让她投资，可她当即回绝。潜意识中，她把于大飞的任何话都当玩笑话。而沈晨的每句话，她都很留意。可他又说得实在太少。他沉默寡言的样子，又勾起她心里怨恨的对象。

你妈妈现在状态好吧?

我不知道。为了那桩事情，从她打电话告诉我起，我就没有再跟她联系。

沈晨的小眼睛因为酒的原因，通红通红，可仍然锐利。

你打算一直这么下去?

唉！我也不知道。

虽然离开母亲和继父，表明自己独立的态度，可在内心深处，她还是觉得有一根线，这头拴着她，那头拴着母亲。只要一用力拉拽，她相信母亲不管在哪里，肯定会觉得有牵挂。可一个电话，硬生生地把这样的关系掐断。

那是一个毫无预兆的午后。她指挥姐妹们把餐厅收拾干净，让她们插空休息。她拎了手袋，简单化妆，迎着初春的阳光，往商业街走去。风吹动珍珠耳坠，她听见了柳莺的欢叫声。啊！它们在催促我呢。等忙过旺季，她会定下自己的事。于大飞，还是沈晨？或许还有另外的白马王子。她的笑容一丝丝绽放开来，一切都温暖和顺。对了，等会儿找个店去清洗一下耳坠吧。

职业装贴身，她步履轻快。

母亲电话。

你工作顺利吗？过得好吧？

放心吧，妈，我挺好，这两天忙，到三月头上我来看你呀！

好哇！我烧你最喜欢的咸菜黄鱼汤。

太好了！你、你们怎样呢？

我正要告诉你一个事情呢。

哦，什么事情啊？

我，我有了。

蒋婉正拐过街角，一阵高楼风袭来，她没听清母亲的话。

哼哼啊啊几句后，母亲终于说白了。

我怀上孩子了！今天上午第三次检验结果出来证实了，所以我才敢给你打电话。

砰，一扇门猛地关上。那天在厨房洗碗的那一幕再现。紧接着，蒋婉脑子里几乎所有细胞都运动起来，砰砰砰地，将无数扇门关闭。

蒋婉出现缺氧症状，她一手扶百货商店外墙，身子慢慢往下坠。最终，她瘫倒在橱窗外的人行道上。耳边，母亲的声音仍在持续，她有高龄产妇的担忧，更有对小生命的热切盼望。

蒋婉越来越疲惫，眼前阳光发红，景物疯狂膨胀。她用尽最后的力量，回了母亲最后一句话。

我有点不舒服。

模糊中，藏在心底的一首歌突然冒了出来，是赵传撕心裂肺的呼喊：我终于失去了你，在拥挤的人群中。我终于失去了你，当我的人生第一次感到光荣。

残存思维里，她认定自己从此将像一只风筝，线断了，在空中随风飘荡。

鹭港站到了。胖阿姨第一个挤出车门，回头向蒋婉挥了挥手。

蒋婉最后一个走出地铁口。车站内人还算不少，一到站前广场，北方冬季的肃杀迎面而来。好在已是腊月，春节马上到了。零星地，爆竹在旷野上回荡。一些建筑物上挂了红灯笼，稍稍缓解了她心里的寒冷。

她吸着烟，一步步认真地走着，天全黑了，她还没有走出广场。

猛一抬头，看见一家新开的“咖啡·雨·茶”。她走进去，坐在窗口点了一杯美式咖啡，一份水果沙拉，一块椰丝马芬。

玻璃窗是双层的，流动水幕夹在当中。透过水幕，广场景物变得朦胧虚幻。

她本该三天前来的。当她坐在楼顶，翻看疤痕脸票夹的时候，继父打来电话。

她存有继父电话号码，可一个电话一条短信都没联系过。这九个月当中，母亲不知给她打了多少个电话，发了无数个短信和微信，她都没睬。然而，继父这个电话，她只想了十秒钟就接了。

是我。

嗯。

你妈刚剖了。女孩，母女平安。

哦。

电话两头都没了话。听得到彼此吸烟声。最不会说话的人打破僵局。

得空回来看看你妈吧。

男人的声音有点拖。

哎！不说了。挂了。

蓦然间，水幕上出现继父给她修自行车的身影，他认真地修着，像对待领导交办的事情。继父抬起头。她清晰地看到那张脸，在水幕中静静地等待着她的评价。她从进那扇门开始就回避这张脸，甚至从未仔细看过，而这一瞬间，眉毛打结、鼻翼左侧一颗痣、门牙缺一角等细节都完整呈现出来。

我什么时候观察到的？

她惊慌烦躁。咖啡店里不能抽烟，她只能把浓黑咖啡一口灌下去。她不想再在继父问题上纠缠。然而，沈晨的样子又浮上心头。

她现在已经承认有一颗冷酷的心。冷酷这个词，是沈晨很冷静地告诉她的。她记得当时还竭力反驳。

我冷酷又怎样？她自己呢？如果我这样，也是她遗传的。我是什么？我夹在过去和未来两个完整家庭中，呼啦一下，被漏下去了。我掉落的地方，又冷又黑，我想要爬上来，根本没有可以抓的绳子。

沈晨动动嘴巴，想说什么。她猜是我愿做那条绳索之类的话。但他没说。如果于大飞就会脱口而出。唉！这两个人中和一下就好了。

三天时间里，她一次次作出决定，一次次推翻。她反复问自己几个问题，谁是这个世界上最亲的人？今后会不会改变？怎样才能阻挡这样的血肉之情？

她烦躁得连续抽烟、喝咖啡。只有又丑又肥的疤痕脸上门求饶要回票夹，才使她解了点恨。

她走出广场，才意识到，对面就是妇幼保健医院。

她沿街走，右拐好多次，以医院为中心转了好几遍。每次正对大门时，内心总有两个声音在吵架。

进去吧！

再等等！

再拖，也要进去的。

我还没有准备好。

你还能再失去吗？

静静！我需要静静！

…………

还有恨吗？

我不知道。

她什么话都跟父亲说。说到开心处，父亲把笑脸收住，一本正经地教育她。

不能对谁都这么掏心掏肺说话。

母亲走过身边，两人就住了嘴。那种默契让她很对不起母亲。

可父亲并不这么认为。

私密事情不能过两人。

父亲伸出两根指头。她很开心，高的那根是父亲，矮的那根是自己。

如今，矮手指失去了依靠，什么主意都要自己拿。

想到父亲，她的脚步缓慢、沉重。

她在母亲发给自己的无数微信里找到一条病区病床的信息。

标准化医院里一张病床很容易找到。

病人吃饭结束早，各条通道都静悄悄的，断断续续的消毒水气味伴随她前行。

母亲正在忙乱中。婴儿响亮地哭着。邻床待产妇的妈妈在帮她冲奶粉。空气里充盈奶香味。她挺直的身子，一下子软了下来。

她轻轻对邻床的待产妇点点头，感觉年龄似乎与自己相差无几。想到这点，她低下了头。她是以“撞”的姿态来到母亲病床前的。

快冲奶粉，让人家阿姨歇会儿。

什么？哦！好的。

刚把奶粉和水的配比弄清，并成功摇晃出一瓶，母亲又在喊。

阳台上的毛巾、尿布收一下。

热水瓶车到了，她又提着水瓶去换了两瓶满的。

护士进来给母亲挂本日最后一瓶水，母亲问明天还挂吗？护士说要听医生。

她像个局外人，站在护士边上，认真地看她操作。她也曾有个当护士的模糊梦想。

邻床待产妇在妈妈的搀扶下，腆着大肚子在走廊里来回走着。

病房里静了下来。母亲指指衣架，她才发现自己外套没脱，后背有一层细汗。

他去超市买东西了。

哦。

沉默了一小段时间。小床上又有了动静。

过来，来，看看你妹妹。

我妹妹？哦，哦！

她第一次觉得自己嘴笨词穷。从窗边绕过病床，双手搭向小床。这个过程，她觉得经历了一个世纪。这是什么样的一个魔头？将她与母亲分解、掰离。每一步，都有力量撕扯她，劝她离开。每一步，也有一些念头在飞，看看呢，剥夺你爱的家伙。

刚吃饱的她，手脚一起在运动，粉色衣服更显出白嫩皮肤。

她把头凑上去的时候。母亲说了句，你俩笑的样子一个模子！

啊！原来我是笑着迎向那个冤家的。

她不由得扑哧笑出声来。这些日子以来，她笑得很少。有，也是职业需要。

不想抱抱吗？

母亲鼓励她。

她彻底抛开顾虑，伸开双手，一瞬间，手又触电般缩回来。

一个小小的肉团啊，这么小这么软。她绕到侧面，手还是伸不下去。

一手托脑袋，一手抄屁股！母亲指导她。

她把手指慢慢插进床单与小衣服的间隙，手指像在奶油里滑行，终于定位到重心，她像捧一个瓷瓶般把她缓缓托起，然后轻轻移向自己胸口。

她的手指、臂膀、胸脯一接触到柔软的、温暖的幼嫩肌体，汹涌的暖流涌向她心田。

她笑了，眼泪差点掉落。她也在笑，虽然现在还听不见、看不见，但是她的心在笑。

她看到了一双清澈透明的眼睛，眼睛里什么都没有，容不下污垢和阴暗。

哎！我也曾有过这样的一双眼睛啊！

母亲大声提醒她：好了好了，放下吧。

把手重新搭在婴儿床架上，她才觉出手麻腰酸，可说出的几个字却是清脆的。

今晚我来陪。

快线 7 号即将启动的时候，胖阿姨跳了上来。

呦，真巧，又碰到了，还是回家啊？

哦，您好！是呀，回家。

蒋婉把座位让给胖阿姨。胖阿姨不肯。

你这么多东西，还是你坐，我站站挺好。

蒋婉手上捧了两个包，脚边放着两大包东西。实在也不大方便。

这都是婴儿用品啊？你孩子的？

不，不，是我妹妹。

她瞥见胖阿姨嘴角掠过一丝疑问。

几天来，这样的表情她见多了。

超市奶粉销售员为她讲解进口婴幼儿配方奶粉的奥妙；服装店老板娘让她挑选一身又一身的精美衣服；婴儿用品店服务员推荐她尿不湿、润肤油等新产品。

她们总会拖一句：确保最适合你宝宝。

次数多了，她也就顺其自然，不否认、不解释了，反而有一股暖意泛上心头。

自己这个年龄，正是母亲生下她的年纪。

她完全可以做个妈妈。当她触碰到妹妹肌肤的一瞬间，来源不明的喜乐和爱意掩盖了一切。

那个夜晚，其他人都睡了，她还趴在小床边看小宝宝的脸、手、脚，还有一道道的皱纹。

天微微亮的时候，小宝宝大声哭了起来，她也笑出声来。她猛地意识到：原来她就是我，我就是她呀！

回到城里，休息时间都用于为孩子购物。买这买那，停不下来，她也不愿意停。

于大飞和沈晨要想在她面前表现得好点，就乖乖地陪她买婴儿的东西。她跟沈晨商量好，非常时期，上一天休一天。沈晨抱着胳膊微笑点头。

她觉察出沈晨的笑意味深长。

连日来的疯狂购买，总觉得缺了什么。沈晨的笑，突然刺破她眼前迷障。

她急匆匆地奔向一家著名金店。

店员介绍金锁、银镯、转运珠、路路通等的时候，她似乎又烦躁起来。店里给小孩佩戴的物件一样一样被拿出来展示，她都是一两秒就挥手 PASS。

店员给她一瓶矿泉水，开始玩手机，静候她指令。

她抬头喝水的时候，感觉侧面镜子闪现一道光，回头一看，却只见自己的脸。再喝水，又有光出现。她让店员帮着看。

姐，是你的珍珠耳坠发出的光。

她猛地把水瓶按在柜台上。终于找到了！她感觉心里一大片灰暗正在被珍珠的光亮清扫干净。

过了几站，胖阿姨坐到她身边。

买这么多东西呀。

嗯！

今天气色好，漂亮着呢。

看您说的。

藏不住的。

她没有接话，但是，她的确感到一束光从心里往外照射。

蒋婉惊讶从车站到继父家这段路什么时候变短了。

她像急着赴约的恋爱中的女孩，忘了叫个车，忘了乘公交，忘了坐到“咖啡·雨·茶”里喝杯咖啡，直愣愣地往前闯。

一辆空闲出租车她身边刹停，这么多行李，走起来不方便，上车吧。

她这才觉得手臂酸软，回头一望，才刚离开广场。

车里正在放一首歌。

夜空中最亮的星
能否记起
曾与我同行
消失在风里的身影
我祈祷拥有一颗透明的心灵
和会流泪的眼睛
给我再去相信的勇气
越过谎言去拥抱你

她不清楚是什么击中了她，只知道此刻必须望见那颗最亮的星。

天还没有暗透，她落下车窗，探出头向天空张望。她惊喜地发现，天空中最亮的星，其实有一对。它们相距并不远，一颗眨眼，另一颗不眨眼。她按住自己的胸膛，感觉心跳竟与星星眨眼频率相仿。

母亲显然与继父在闹别扭。见她进去，才围绕小宝宝说些日常。继父出去抽烟，她立刻扑向小宝宝。

一个多星期没见，她长大好多，闪亮的眼睛、翘翘的鼻子、嘟起的小嘴，还有肉肉的小手和小脚。

妈，妹妹的耳朵特别大呀！

耳朵大，福气大呢。

还有耳垂也大呢。

但愿她一生有福，不要像我这样。

母亲话出口，竟有点泪盈盈。

她揉着母亲单薄的耳朵，除了软骨，几乎没什么肉。心里不由得伤感起来。

刚才你们在争论什么？

还不是生了女儿，他不想摆满月酒。

蒋婉霍地站起来，要冲出去，被母亲一把拉住。

其实他心里是喜欢的，这里的风俗就是这样。随他吧。

我疼她！

这话刚出口，她的眼泪就哗啦啦地流了下来，止都止不住。

泪眼中的宝宝的双眼更加纯净明亮。

母亲的手抚摸着她颤抖的肩膀，也跟着颤动起来。

一句在她心里憋了很久的话，终于冲过重重阻碍，落在这个始终不愉快的空间里。

我没来照料你，太自私了！

没事没事，我懂，我都懂！

对不起！

傻孩子。

等她平静下来，才发现她们母女三人紧紧拥抱在一起。宝宝出奇地安静，不时牵动嘴角，露出笑意。

她打开一只红色小首饰盒，一对白金珍珠耳坠在灯下闪闪发光。

奶奶给了我黄金珍珠耳坠，我也要给妹妹一对，比我的更纯洁、更明亮。我俩就是你耳朵上的一对明珠哇！

母亲笑了。

有你们一对明珠，我就很满足了。可你什么时候把自己的事情定下来啊？

蒋婉凝望虚空中的一点，那一点渐渐化成了一个模糊人影。

是于大飞，是沈晨？还是……

她心里还在踌躇，可她相信，忙过这阵子，那个模糊人影自然就清晰了。

唢呐的舞蹈

安　庆[1]

一

老人先看见了水，不，是水的反光。淡薄的夕阳映在反光的水里，又反射上来。光里有树，有芦苇，有茅草，有狗尾巴蒿……她站在湖对面的一个角落里，反光让她的视线有些模糊。湖边长着蓬乱的野树，树枝上结着密密麻麻的黑点儿，黑翅膀的鸟儿搅乱了夕阳中的光景。

老人就这样朝前方望着。

一个孩子的头慢慢地从低处拱上来，先露出了头顶，接着是额头、鼻凹，渐渐地，是一张脸，像从水里浮出的鱼，迷迷糊糊地没有方向。老人看清了，是孙子傅望。老人不止一次跟踪过孙子，想知道孙子除了家还会到哪里去。这个傍晚，孙子来的这个地方是一片野湖，湖岸上是一片坡地，村里人把这儿叫野湖坡。靠近野湖边是一条老铁路，火车碾过，湖里的水在火车奔跑中舞蹈。

孙子来这里干什么？

有几分钟，她看见的都是孙子的头，那个长着杂毛的头，时而高时而

---

① 安　庆　本名司玉亮。中国作协会员，河南文学院签约作家，鲁迅文学院第22届高研班学员，河南“中原小说八金刚”之一。曾获第三届“河南省文学奖”、第二届“杜甫文学奖”等。出版中短篇小说集《遍地青麻》《扎民出门》，长篇小说《镇》等。

低地浮现在她的视线里。起风了，湖开始摇，风要把她的脚板跷起来。人老了，身子轻，如果风再大些会把她从树后吹出来。她抓着树，努力寻着孙子的方向，担心风把孙子刮下去，刮到水的深处。黄昏一点一点地沉，孙子拐到了另一个岔道上，那里的水面似乎更宽。她站得腿酸，视线也越来越模糊。孙子停下来，眼前是一片野苇和野苇上的鸟，天越发混沌了。

啊——啊——啊——

孙子朝着那片芦苇，身子起伏着。

啊——啊——啊——

啊——啊——啊啊——啊啊——啊——

她听见了孙子在吼，风把孙子的吼声吹起来。野苇上飞出一群黑点儿，在天空里摇……

二

孙子傅望二十岁了。

孙子五岁多不到六岁时，儿媳——就是傅望的母亲——不在了。她清楚地记得那个早晨，儿媳早早地就起来了。儿媳要到市场上去卖菜，每天都起这么早。她朝窗框上望，还看不到天色，有的只是黎明前的一层淡淡的晕灰，太阳好像还很遥远。她听着媳妇从屋里走到屋外的动静，媳妇推出了带篓子的自行车，蹑着脚——每天都是这样，孙子和自己睡在一个屋里，就是怕早晨吵醒了。

那个早晨，和无数个早晨一样，只是因为先天傍晚的一阵小雨，窗外流进来的是一股潮气。街门吱扭响了几声，接着是自行车的链子声，车子出了胡同，渐渐远了。就是这个早晨，儿媳再也没有回来。消息是和一阵老鸹的叫声一齐来的，太阳高高地亮起，突然特别地刺眼，媳妇和菜篓子被一辆过路的收割机撞了，菜撒了一地，在不断行进的车辙下变成了齑粉，大路成了青色。就近的人听见了撕裂的刹车声……每年的这个时候会有成群的收割机由北往南走，然后再从南边回来。

从那一年孙子就没娘了。

再接着是儿子的失踪。

媳妇出事后，儿子天天闷着头，耷拉着脑袋，一次次去媳妇出事的路口，站着，盯着路。路面早恢复了原来的颜色，收割机开始往回返，又一个收麦季就要过去。天黑了，儿子哑着嗓子，对着路上喊，媳妇，我们回家，我们不种菜，不卖菜了……

过了一年或者两年，儿子有一天去了岳父家。那一天是岳父家的庙会，每年这一天儿子一定是抛开一切，和媳妇带着孩子去赶庙会去走亲戚的。那一天，儿子起得老早，好像有一种预谋，儿子没带孩子。孙子傅望拉在她的手里，探着身，看着父亲出了门。孙子目光里有了更多的内容，看着父亲出门，喊了一声“爹”。儿子走回来，摸了摸孩子的头，叹一声气，还是自己走了。出了门儿子没有径直往岳父家的村庄去，先去了妻子的坟地，在坟地里对着坟头喊了媳妇的名字，说，媳妇，今天你娘家庙会，走吧，我们去赶庙会。

儿子就是那一天失踪的，从庙会上不知去了哪里。

她记得那天她抱着孙子等，天黑了儿子也没有回来。她让人赶紧去媳妇的娘家找，也没有儿子的影子。她抱着傅望后来天天在路边等，望眼欲穿儿子也没有回来。从此，这个家就属于她和孙子了。至于自己的男人，骨头早沤成渣了——不用验证，坟墓每年的塌陷可以证明。

无论如何得把孙子养大，把孙子养好，这个家就剩下唯一的一条根了。一条根断了，这个家就断了筋脉。

孙子傅望慢慢长大了，话却越来越少。半夜里，她常听见窸窸窣窣的响声，像老鼠爬过头顶，风从窗口的缝隙里钻进屋内。在这个家，在几间屋子里能制造出声音的只有孙子了。她先是躺着不动，听着每一丝钻进耳朵的细小的声音，她不想惊动孙子，孙子大了，越来越有了心思，和心思一起长大的是人的自由。她想着孙子的寡言少语，每天望着这个空下来的家，想着儿子转眼失踪十来年了，没有任何的结果。当初报案时公安说，兴许哪一天有案件能带出来，可这些年没有一点儿的消息。怎么一个人说丢就丢了呢？连个影子也不能见到，一点音信也传不回来。一个大人，怎么可能像一根草一样从世界上消失。

她起来了，看着孙子空了的床，更轻地拉开门，看见小身影在院子里站着。孙子身旁是一棵树，树蓬子稠稠密密，似有麻雀在树蓬里叫，呓语样低微。她瞧见孙子离开了树下，朝天上瞅，瞅着瞅着脚踩到了梯子上，沿着梯子上到了房顶。深夜里，一个人在房顶上坐着……

望，想吃啥？她时常细着嗓子问孙子。想吃啥，奶奶去做。她向孙子列举着：面条、米、饺子、馄饨、糖糕、烙饼……孙子摇摇头，孙子不挑食，做什么吃什么。傅望说，随便做吧，奶奶，做啥都行，你做啥吃啥。她想起孙子问过自己的话，奶奶，你说我爹他真不回来了吗？她看着孙子，望着孙子的脸，越过孙子的脸望着天上，可不回来也得有个信儿啊。她不想让孙子失望，拉过孙子的手，说，咱再等等。孙子不再问，只是点头，走出来，又上了房顶，坐在房顶上。一只鸟掠过，嘎嘎地叫，飞到远处的地里，地很辽阔，远处有一条河，反射的光隐隐地可以看到。孙子也会半夜再坐到房顶上，静静地看着街道上的一点光亮，听着村庄里的响动。往远处就显得模糊了。

傅望似乎是在房顶上学会吸烟的。有一天，老人闻见了烟味，那种劣质的烟丝的味道。一阵小风，房顶上的烟头刮下来，又一阵风，又有烟头刮下来。老人坐在门槛上，闻着，拾起一个烟头，剥着残余的烟丝，想着房顶上的淡淡的烟雾，老人也想抽烟，她忍了，把手里的烟头扔到一个角落。

她在路边守过，不是简单地守，是守过几年。那几年，村里人经常看到一个老人手里攥着一个小孩儿在村口坐着，一老一小倚着土岗上的一棵老银杏树，头往树干上靠。天擦黑，老人后边跟着一个小人儿，扑踏扑踏往村里回。有时她会独个地出来，一个人坐在树下，倚着树干睡着了。听见啪嗒啪嗒的小脚响，脚步停下来，孙子喊，奶，回家吧。

这样守了几年，娘儿俩不去守了。

三

没有想到孙子要学唢呐。

村里的一次丧事上，那个吹唢呐的女人嘴唇上吹出了血，如泣如诉，血细细地从她的指尖、手指的关节，从指缝里，一滴滴地滴，她脚下的地在夜色里变了颜色，像有蚯蚓蠕动。台下的人都听呆了。唢呐女人不但嘴唇和指尖上有血，眼泪也出来了。傅望站在人群里，踮着脚尖，随着起起伏伏的唢呐，眼泪扑扑嗒嗒地掉。他搂着身边的一棵树，落叶一片片掉到他的怀里，从怀里落下来。他静静地看着吹唢呐的女人，村子里缭绕着唢呐声。人群散了，他还原地儿站着。

傅望回家看着奶奶，说，奶奶，你知道唢呐喊魂吗？

喊魂？

可以把人的魂儿喊回来。

老人蒙了，老人的耳边响起唢呐声，这夜的唢呐她也听了，她是在幽怨的唢呐声里一步步回家的。她奇怪地看着孙子。

傅望说，奶奶，我要去吹唢呐。

老人不知道，那个夜晚，吹唢呐的女人最后看到了傅望，在朦胧的夜色里，走到了傅望的身边，看着孤单的傅望，摸着傅望的脸。傅望的脸上淌满了泪水，女人摸着，傅望的泪淌得更快，像一条小溪哗哗地流，女人的手上黏黏的。女人把他抱住了，抚摸着傅望杂乱的头发，他瘦弱的身子、他泪水的脸，对傅望说，小弟弟，有什么委屈给姐姐说说。后来，吹唢呐的女人把他拉到一个地方，静静地听他说，也对他说着……

老人没有挡住。

奶奶，我要出去了，去更多的地方。

去喊魂吗？喊你爹的魂？

傅望说，我要去找，把他的魂儿喊回来，最少要有一个结果。

老人看着孙子往外走，义无反顾。傅望的背上已经有了一个唢呐，等在路上的是那个吹唢呐的女人，女人的身影高高大大的。老人坐在村口的一个土岗上，岗上的小旋风旋着，土在旋风里飘浮，有些阴森。老人后来知道，唢呐女人的男人也是出意外走的，在外边的工地上。

傅望十里八村地开始吹着。

每次傅望出去，老人都坐在土岗上，目送着孙子的背影渐渐隐没。傅望的肩上背着唢呐，走出好远，回过头，看见奶奶还坐在土岗上，土岗上的奶奶格外孤独。他往回跑几步，使劲向奶奶挥手，回去吧，奶。老人也会坐在夜色的土岗上，望着远处天空炸开的烟花，听着远处的唢呐声、号子声，想象着孙子托举着唢呐的动作，直到夜色越来越重，才慢慢地挪下土岗。

傅望真正回到村里是半年后。

他学会了几段曲子，手里掂一把铜色的唢呐，从此傅望就在村子里吹了。傅望先在院子里吹，后来从院子里吹出来，唢呐声在慢慢地往高处扬，唢呐里渐渐地有了流水声、麻雀声，有了雁声、牛叫声、杜鹃的啼鸣，有了一个孩子心里的喊……傅望一曲曲地吹着，仰着头，旁若无人，他的指头在唢呐上翕动，闭着眼，在心里找着方向。

老人知道孙子在为他死去或失踪的父亲招魂，要把父亲的魂招回来。招回来就好了，十几年了，儿子没有一点儿的音信，死活总得有个消息呀。孙子这是在想父亲，一个孤独的孩子没有了娘又没有了爹，心里苦。孙子大了，该找媳妇了。现在的女孩儿越来越挑剔，一个孤老婆子和一个孤孙子，找媳妇很难。她看着孙子，听着孙子的唢呐，孙子自从学了唢呐话更少了，要说的话都化在唢呐里了。傅望后来坐在房顶上吹，不但招来了邻居，也招来了乌鸦，招来了麻雀，周围的鸟越来越多，像树叶一样飘。邻居们开始反对，撵傅望下来，说，傅望，你还让我们安生不？我们说话都要由你伴奏。你下来吹，去外边吹好不好？傅望站在房顶上，看远处的天，远处的地，看房子下仰脸的人、停下翅膀的鸟儿。他停下唢呐，慢慢地走下来。那些人说，傅望，去对着火车吹，不要这样聒噪我们。

傅望后来就来野湖坡吹了。野湖坡的东边是一条老铁路，每天飞过不计其数的火车。傅望真的对着火车吹，吹累了，就坐在野湖边发呆。老人在远远地看着，看孙子吹唢呐，看孙子吹完唢呐在湖边干什么。她不放心傅望，怕唯一的孙子有一天也有好歹。

那个吹唢呐的女人再来村里是一个黄昏，她没有直接往村里来，她循着唢呐找到了野湖坡。她站在傅望的身后，在傅望的唢呐又一段起落时，她举起唢呐，合上了傅望的那首《乌云落》。

几天后，傅望跟女人又出去了。

四

老人坐在土岗上，傅望又该回来了。

昨天夜里，老人坐在村口又听见了唢呐声，唢呐声和着号子声，丝丝缕缕从夜风里飘过来，她不知道是不是孙子跟着的唢呐班。可她等到的是吹唢呐的女人，朦朦胧胧听到了脚步声时，就看到了那个瘦瘦弱弱的女人。女人的身上背着装唢呐的袋子，仿佛有声音随时会从袋子里掉出来。老人坐着不动，她迷惘地看着走近的女人，年轻的女人无声地站到她的面前，一只手情不自禁地摸索着装唢呐的袋子，在又一个来临的黄昏里，袋子有些发暗，像深秋的南瓜。老人仄着耳朵，像听到了唢呐声，蓦地站起来。土岗在她的身子下矮下去，眼前是无边无际的原野，野湖坡在离她不远的身后，湖面上飞满了灰翅膀的麻雀。她抓住了吹唢呐的女人，手有些抖，白头发在风里拂动，像冬天的苇樱，她第一次喊出了女人的名字，秀秀！秀秀有些惊异地搀住了老人。老人问，我孙子呢？傅望他在哪里？

秀秀仰起头，说，我在村里，等他回来！

我问你，他在哪里？

秀秀说，我们回家说吧。

秀秀搀着老人，往土岗下走。走了几步，老人停下来，问，他到底去了哪儿？会不会有事？

秀秀摇摇头，不会的，奶奶。

那他去了哪儿？为什么没有回来？

秀秀说，他让我在村里等着他，和你一起等他回来。

傅望是这样说的？

秀秀说，是，他让我回家找你，我们一起等。

秀秀搀着她往家走，路过野湖坡时停下来，看见了很多叽叽喳喳的麻雀。天已经黑下来，一张夜幕再次笼罩了村庄，身后的土岗看不见了。

秀秀和老人一起住下来，这是她第一次在傅望家住，就和奶奶在一间屋子里。她打量着小屋：简单的家具，放衣裳的是一张老柜，柜子早已没有了漆色，床头是一张老桌子，抽屉上晃动着拉手的铁环，床上铺得很干净，但有些陈旧。她看到，在窗边的柜子上放着傅望父亲和母亲的照片，很慈祥朴实的两个人。她端详着，在父亲的照片里看到了傅望的影子，她心里一阵揪疼。回过头，看见奶奶有些忧郁地坐在床头。秀秀对老人说，奶奶，别担心，傅望一定会回来的，他是一个大男人了。她抓住了奶奶的手，奶奶干燥的手有些凉，她把奶奶的手放在自己的两手间，抬起头，看着窗外的一轮清月。

老人说，傅望他爹也是一个大男人，可一走再没有回来过。

秀秀想起她的男人，几年前也是一走没有回头，秀秀赶到工地时，男人连最后一句话也没有和她说上。这样想着，秀秀望了望床头的唢呐，抓住老人的一只胳膊，头偎着老人的肩头，低声地说，奶奶，傅望没事，傅望年轻。

老人轻轻地闭着眼，祷告着，每一次孙子出去，她都这样地祷告。等老人睁开眼，她问秀秀，你告诉我，究竟是怎么回事？好好的，你们怎么就走散了？

秀秀看着老人，娓娓地对老人叙说着：傅望跟我们出去，其实还是为了寻找父亲，几乎每一次他都会半夜里起来，独自地在我们演出地的周围走。他说他常常做梦，梦见父亲，或梦到一个莫名其妙的地方，那个莫名其妙的地方有些神秘，好像在指引他，他就照着那个地方去，相信走着走着他就会找到父亲。每次演出结束大家都离开了，他会带着唢呐在那些地方低低地吹，吹得唇上都起来了血泡……秀秀拿出一张放大的照片给老人看，秀秀说，这是傅望每次都带在身上的。秀秀把照片放到桌子上，那张照片和桌子上的一样。

这一次呢？老人问。

秀秀把照片收回来，说，往常他都会及时回来的，最多待上几天。这一次他没有，可能走远了。

远是哪儿啊？

秀秀惭愧地低下头，顿了一会儿，说，我们已经分头找了，我们唢呐班，附近的唢呐班都行动了，都在找。

老人闭上眼，仿佛看到只身苍茫里的孙子，她的眼前是野湖坡，傅望的身子在慢慢浮起，野湖坡的高岗上是飞奔的火车，绿皮火车还在铁路上跑，像一条青虫，更快的火车也在奔跑。青蛙在野湖里叫，麻雀群越来越大，像长大的蝌蚪，盖住了一片野湖。湖摇晃着，苇樱在飞，让她头晕。老人起身，打开门，趔趄着身子往野湖坡去。清月挂在天际，周围起了晕黄，一场风要起来了，远远听见了麻雀的群鸣，盖住了火车的轰隆声。风不会小，老人朝天上瞅瞅，絮叨一句。秀秀起来了，跟在她的身后。

秀秀一直在傅望的家里守着，等待着从外边发来的消息。

傅望是十几天后回来的，躺在一副担架上，抬担架的是唢呐班上的几个男人。他们在一家煤矿附近找到了傅望，确切说是在一家医院里。傅望那天晚上走迷了，走到了一片荒野上，在一块荒地里掉进了一口旱井。他在旱井里躺了几天几夜，有气无力地喊，开始的时候他还吹着唢呐，慢慢地吹不动了，失望地想着能不能被人救出来，如果出不去，奶奶身边就没有人了。幸亏一只野狗听见了，在井边狂叫，引来了人，才有人把他救上来，送他到一家卫生院。傅望的一条腿骨折了，回到家，他看到奶奶哭起来，一直守着奶奶的秀秀也哭了。

傅望对秀秀说，我忘了一个地方，那些开过的小煤矿。秀秀握着傅望的手。傅望说，能想到这也值了。

傅望又可以出去吹唢呐了。

傅望先是拄着拐杖出现在唢呐班上，他手中的唢呐闪着金光，唢呐声凄婉而又嘹亮。重新出来后傅望的唢呐里多了一首新曲，傅望给曲子起名叫《亲人归》。没有想到这首曲子会火起来，一场祭礼上他在观众的提议下能吹几回。后来，再出去吹，一场葬礼或祭祀上坚持只吹一次。

五

一年后，傅望是在一家山里的小煤矿上找到父亲的。当年的这家小煤矿隐瞒了一次矿下的事故，或者隐瞒了事故中伤亡的人数。傅望的父亲可能就是被隐瞒的人之一。

那一天他吹完了那首《亲人归》，朝着山中的小煤矿走去。他已经走过几十家小煤矿了，他一边跟着唢呐班，一边走访着小煤矿，寻找着父亲。他有一个信念，一定能找到父亲，至少带回父亲的骨魂。不能把父亲丢在一个不知名的地方，让父亲做一辈子孤魂野鬼。

傅望加快着寻找的进度，常常感觉离父亲越来越近了，父亲也许感应到了他的寻找，在悄悄地给他引路，他和父亲或者父亲的骨魂就要相逢了。他有一种预感，这种预感这些日子里越来越强烈。他手里握着唢呐，有时在一片旷野里吹，唢呐声在幽远的旷野里悠悠地回荡。他在吹奏中看见很多的走兽，还有很多的鸟，循声而来，成为他的听众。他在旷野里吹奏着他的《亲人归》，闻见了田野的味道，风的味道，河流的味道，草木的味道，白云的味道，星群的味道，向日葵的味道，野果的味道……他的手指在燃烧，冒着一股股岚气。在手指的燃烧里他看到了更远的光亮，像一片火光，山路崎岖，山路边长满了荆棘，也有啼血的孤鸟。他的唇边也在冒着岚气，岚气袅袅，唢呐边飞满了麻雀、喜鹊、白色的水鸟、飞翔的雁阵……他泪雨流淌，眼模糊了。他听见了远方回应的鸟鸣，天空中飞过看不清楚的群鸟，和着他的唢呐鸣叫；他脚下的土地在载着他和他的听众移动，像一艘船，一会儿高一会儿低。他在高处看到了很多的异类。他不想看到更多，他只想找到父亲，他一遍又一遍地吹着他的《亲人归》。风大起来，和着唢呐，他的手指张开，唢呐从他的手掌中飞出，在空中舞蹈，风穿过唢呐，唢呐声在风中回流，整个大地回荡着他的唢呐声。他被风簇拥着，旷野间闪出一条小路，小路边长满丛生的野花和野蒿。

握着唢呐，傅望在山里的小路上走着，那一天秀秀悄悄地跟着他。

傅望在半夜叫开了一家小卖部的门，在小卖部买了一瓶白酒，一瓶罐头。付完钱后他拿出了父亲的照片，照片在灯光下模糊而又清晰，他让小卖部的老头儿看，说我找我父亲。老头儿戴上老花镜，又摁亮了一个灯泡，屋子里亮堂起来。老头儿反复地看，看完了沉默，摇摇头，把门碰上了。

傅望夹着罐头和酒去了村外的一片空地，那是空下来的一片麦场，月亮在高空悬着，不远处是一座小山和山下的一座空矿。秀秀看见他打开酒，将酒先洒到一片地上。每到一个地方傅望都会这样，他是要让那个游荡的灵魂喝一口酒，告诉他，儿子长大了，一直找他。喝过了，傅望在村外低低地吹一曲《亲人归》，唢呐在空旷的山脚下缭绕。

唢呐停下来，秀秀看见傅望独自喝酒，好像又一次失望。傅望的脖子仰得很高，山里的夜空很高，望着天际的那双眼里好像再一次灌满泪水。

《亲人归》再次响起，月亮慢慢地在变沉，就在秀秀准备走近傅望时，看见有人影影绰绰朝着傅望走来。秀秀往前走了几步，慢慢看清其中一个是小卖部里的老人，还带了一个人来，朝傅望越走越近。秀秀就是这时候走过去的，傅望对秀秀的到来没有吃惊，好像知道她一直跟在身后。两个老人握着小矿灯，又看了傅望带着的照片，在夜色里端详着傅望。那个老人朝傅望的肩膀上拍了拍，说，我一直在等有人来找，跟我们走吧。夜色里，两个老人带着他们往山里走，一直走到一个山洼里，月光把山洼照得像一个金盆。小矿灯在山洼的荆棘中照到了一个小坟丘上。他们站住，后来的那个老人面对着土丘讲述着多年前的一个故事，一场事故。老人说，这里应该就是你的父亲。

傅望扒开了坟丘上的野草、荆棘、野蒿……老人说，小煤矿早不干了，当年，有人偷偷收藏了你父亲的骨殖，埋在了这里，临走时委托了我……小卖部的老人说，我知道这个秘密，我们一直在等来寻找的家人……

傅望举了举手里的唢呐，弯下腰，朝两位老人深鞠一躬。

然后，傅望在坟丘前跪下。

案报了。验证了。

傅望把父亲带回了家，唢呐班上的人都来了，那是一场隆重的葬礼，唢呐和长号吹了几天。傅望吹响了他的《亲人归》，秀秀、所有唢呐班上的人都和着，那是一次《亲人归》的合奏。大群的麻雀在低空里飞，还有一种白色鸟，像飘动的纸幡。

葬完父亲傅望又出去了。

出门前几天，傅望一直守着奶奶，走那天他对奶奶说，奶奶，我要出去了，你在家保重，我会随时回来的。

奶奶问他，会有人和你一起回来吗？

他朝村口望望，秀秀坐在村口的土岗上。

原载《湖南文学》2020 年第 8 期

摩　天　轮

汤成难[①]

下了一点雨，地面就湿透了。

从地下室上来，还有雨丝飘在脸上。雨意犹未尽。

夜晚将有大雪降临，天气预报说。路边的商家早已翻出废纸板和蒲草袋铺在地上，防潮，也防滑，狭长的，像舌头从店堂一直吐到人行道。尖细的鞋跟踩在上面，很容易嵌进去，费好大劲才能拔出来。或者鞋底纹多的，都走到家了，还会掉下几片粘着的草屑儿。

她骑车，鞋底碰不到地面。

车从废纸板上经过，车身会咯噔一下，再咯噔一下……像给身体拧了发条，越收越紧。

天暗了一层，城里的夜幕降临是有节奏的，就这样咯噔咯噔地掉进了最暗处。建筑物只看得出大致的轮廓，如巨兽一声不吭蹲着，吮吸黑暗，直到身子肿胀了，厚重了，夜也就浓了。

又下雨了，雨丝越发变重，利落地打在脸上。她也加快速度，弓着背。车流加快，人们希望在大雨降落前赶到某个地方。她看着前方的建筑物，计算自己剩余的路程。

---

① **汤成难**　小说散见《人民文学》《钟山》《作家》《上海文学》《长江文艺》等。出版小说集《一棵大树想要飞》《J先生》；出版长篇小说《一个人的抗战》《只有一个乳房的女人》等。获得第十八届百花奖短篇小说奖，获得第五届紫金山文学奖短篇小说奖等。现居扬州。

这条路她很熟悉，从刚参加工作到现在，二十多年了吧，数不清走过多少次。路扩宽了，再扩宽，宽得看不清马路对面的人。她想，其实，每个人需要的路面仅那么一点点。

大雨倾盆时，她才走了一小半路程，雨点砸下来，重重地落在头上、手背上。这不像初冬的雨，倒像是被夏天遗忘的雨水，这时候赶上来了。路上的人顿时少了，只有车灯慌乱地一闪一闪。

她用力蹬脚踏板，纹丝不动。风和人较着劲，毫不设防地从脖颈窜进去，再一寸寸往里钻，她感到风在身体里兜了一圈，又钻出来，撑在身体和衣服之间。

打出一串冷战后，她将车拐向一个避雨处。

这是一爿屋檐，雨十分密集地交织着，在她四周形成一道帘幕，远处的嘈杂与喧嚣声被隔绝了，只听见雨脚在地面奔跑的声音。

她有点冷，不断有水珠落在脸上。抬起头，这才发现自己是在游乐场躲雨，因为，她一眼就看见雨帘后面的摩天轮。

摩天轮是这座城市的标志性建筑，生活在这里的人描述地理位置时习惯说：在摩天轮的东边，或者，沿着摩天轮向东走；朋友之间相约，喜欢将集合地点定在摩天轮下；即便是第一次来这座城市的人，从棱角分明的天空中一眼就能捕捉到。

透过她厨房的窗户，也可以看见摩天轮，她做饭时，总忍不住一阵傻看，锅里都煳了，才手忙脚乱起来。从厨房窗户看摩天轮，角度的缘故，摩天轮呈椭圆形，像一个巨大的车轮，正要赶赴远方。

现在，她在雨帘里看摩天轮却是另一番模样，仿佛它刚经历一路风雨，特意赶来，要将她捎上。

她还没有坐过摩天轮，真的。想到这个时，心里竟感到一些湿漉漉的，于是又努力搜寻记忆，生怕有过一次被自己遗漏了。是的，没有，一次都没有。

但是，曾经有过两次，她和摩天轮那么接近，一次是在二十多年前，她还是个腼腆的少女，当然，二十多年后，腼腆这个词仍没有离她而去。

那时她刚参加工作，在这个城市里几乎没有朋友。每天从摩天轮下经过，都会仰头看一看，恍惚是自己的车轮骑到了天上。在一个盛夏的午后，她一个人去了，游乐场里除了一家三口便是情侣，她为自己的形单影只感到羞涩。

在售票口排队，轮到她了，钱还没递进去，里面的声音已传出来了，几张？

她一愣，手下意识地缩回。

快点，后面的人还要买票呢。里面的人和后面的人都不耐烦了。

她支支吾吾，声音很细。一张，她说。

几张？两张！里面的人没听清。

她没有更正，含含糊糊地应着。

后来她在游乐场走着，目光打量每一个人。午后的阳光很烈，脸和后背都渗出了汗。她多么希望遇见一个和自己同样孤单的人。可是，没有，仿佛所有人都不再孤单，直到她看见那个小男孩儿。一刹那，她恍惚是小时候的自己。

男孩儿约莫六岁，正一个人坐在水泥地上玩弹子球。

你想坐摩天轮吗？她开门见山地问，她不擅长与人搭讪，包括孩子。

想。男孩儿说。

我带你去坐摩天轮吧。

男孩儿狐疑地看着她，稚嫩小脸上竟有几道抬头纹。我没钱，男孩儿皱着眉说。

我有，她将两张票展开，晃了晃。

男孩儿跳起来，不假思索跟在她身后。

你喜欢摩天轮吗？这回是男孩儿主动和她说话。

喜欢，你呢？

我也喜欢，男孩儿说，停了会儿又补充道，我经常坐。

哦，她很羡慕他，说，我第一次坐。

可好玩了，摩天轮转得好快，我会头晕的，头晕我也不怕。男孩儿说完又歪着脑袋问她，你会不会头晕？

她愣了一下，不知道怎么回答。可能吧，她说。

她发现男孩儿的手已经攥在她手里了。

她给他买了雪糕，攥住她的手便有些黏黏的了。他们排队，随着人流一点点向前移动。男孩儿不再说话了，认真地嗦着雪糕，时不时仰头看摩天轮。

检了票，从入口进去，十几级台阶，每上一级，心跳得更厉害，她没有仰头看，但知道自己正一点点接近摩天轮。

突然，身后有人喊叫，尖厉刺耳，一个女人的声音，再是哭声，她还没扭头看清，就被一股力量拽了一下，又推了出去。她感到头晕，仿佛摩天轮已经转动起来，可她两脚分明还踩在台阶上。

等她站稳了，才发现男孩儿已被一个女人抱去了，是男孩儿的母亲，女人一边离开一边训斥。雪糕跌在地上，化作浓浓一摊。

她从入口处下来，手里拿着两张已经检过的票。很多年后她回忆起这一天——她站在摩天轮下天旋地转的感觉还在，仿佛自己真的坐过一样。

再后来，与摩天轮那么接近的一次，仍是和一个小孩，她自己的孩子，她的女儿。她似乎迫不及待地等待女儿出生，长大，大到可以坐摩天轮的年纪。

但女儿天性胆小，还没坐上去就一阵狂哭，她只好慌乱地抱她下来，女儿仍在哭，脸都紫了，不停抽搐。后来，才检查出她患有癫痫。

她又打了个寒战，雨已经停了，锁在密云中的天空低得接近头顶，似乎包藏了大量的雨水，沉沉欲坠。她全身都湿了，凉凉的，脚上的袜子耷拉着，像海草。

灯光也比先前亮了，树叶是亮的，草尖也是亮的。地上积了很多水，倒映出色彩斑斓。

她从脚边的一汪水里看见了摩天轮。这一次，她和摩天轮是多么近啊，她伸出手去，刚要触碰到它，汽车疾驰溅起的水将倒影虚晃了。

她的手僵在半空。

游乐场里看不见游人，小火车，大摆锤，旋转木马……也都吃饱了水，动弹不了。

幸好售票处的灯亮着，微黄的光让人欣喜。她买了一张票，售票员没问买几张，大概要下班了，懒得再开口，急忙撕下一张递了出来。

她往巨轮走去，灯光在身后陆续熄灭，连广告上的霓虹灯也暗了一度。两脚像踩在虚空，越往前越黑。

从入口处上去，十几级台阶，然后右拐，她很讶异自己对这一切轻车熟路，仿佛二十多年的日子在身后重叠又重叠，只剩下那一天。

四周静悄悄，一切骤停了似的，她突然担心，工作人员会不会下班了呢？

正疑虑着，黑暗中有人问，要坐摩天轮吗？

她迟疑一下，对方又问，一个人坐吗？

随即应了一声，环顾四周，担心这样的回答对方不满意——一个人？一个人怎么会开？摩天轮怎么会为一个人开？所以她急忙问道，一个人，一个人也会开吗？

开，一个人也开。这时她才发现和她说话的是个小老头儿，瘦瘦小小，语气很和蔼。

老头儿走出来，人比在黑暗中缩了一圈，检过票，又问了一句，这么晚了，怎么一个人坐摩天轮？

她嗯了一声，说是的。显然这在答非所问，可她不知道如何回答老头儿的问题。你喜欢坐摩天轮吗？她突然问他。

喜欢，老头儿不假思索回答。

我也喜欢，可我，第一次坐——

哦，第一次，老头儿重复一遍。

你经常坐吗？她忍不住问。

我——经常坐啰，天天坐啰，头都转晕了。老头儿忍不住一阵大笑，像在说一个好玩的笑话。

她发觉这样的对话多么熟悉，在哪儿听过似的，还没回忆出丝丝缕缕，一个方正的大黑影就向她移动而来了。

是载人的盒子。她深吸了口气，突然感到紧张。一个人也开吗？她忍不住又问，声音矮矮的。这一次，她十分渴望得到的回答是否定的，甚至认为一定是否定的。的确，她曾多次想象自己坐在摩天轮里，但从没想象过整个摩天轮里只有她一人。

就我一个人吗？她有点明知故问，黑漆漆的，要不……

还没说完，她的两腿已经跨进盒子里了，仿佛不是大脑支配双腿，而是腿支配着一切。

门关上了，咔嗒一声，切断了什么似的。

借着灯光扫了一眼，盒子不大，她坐在靠里的一侧，另一侧空着，她感到盒身轻轻晃了晃。

摩天轮缓缓移动了，上升了，慢得几乎难以察觉，这使她想起二十多年前的那个中午，一只黏糊糊的小手拽着她，小手的主人说“我经常坐，摩天轮转得可快了，头都转晕了”。

她忍不住笑了，因为那时她真的信了。突然地，她十分想念那个下午了，想念攥住她手的小男孩儿。她不由自主地将自己的两只手交叠在一起，仿佛小手长大了，正和她紧紧握着。可是，他在哪里呢，她一点也不知道。时光赶着人向前跑，她一生中最好的光阴悄然逝去。她想，他也到了她当年的年纪了吧——

一切都在缓缓上升，售票亭，广告牌，路灯，都跑到了身下，跑进了树丛，只露出一小截儿，霓虹灯使得满眼都是绚丽色彩，红色，黄色，橙色……使人恍惚置身于春天。

她知道这个城市和春天有着很大的联系，说不清自己究竟是喜欢春天才喜欢这座城市，还是因为城市才更加喜爱春天。她想到一生中很多美好的事情都发生在这个季节里，仿佛带着槐花、桃花、梨花、杨花、蔷薇花的气息，香甜而美好。但，这些气息早已停留在远处。

又上升了，马路在身下蜿蜒游动，一盏盏路灯串成钻石般的项链。她努力叫出每一串项链的名字——淮海路，汶河路，文昌路……

她看见那座最高的楼了，她曾在那儿工作过，每天要乘坐一个多钟头公交，头都坐晕了。她的口袋里总是有很多纸巾，用于突如其来的流鼻血，她不知道流鼻血和晕车是否有直接关系。

目光随着“项链”继续向前，再向前，绕过明月湖，一直到达最最明亮处。她知道那儿有一家购物商场，商场门口会停上一溜烟出租车，她总能从长得一模一样的车队里准确无误地找出那一辆。

又慢慢爬升，绿色越发浓郁，树叶被雨水洗得发亮，一大团一大团的……深绿，这是盛夏专有的颜色，恣意而蓬勃。随着摩天轮转动，仿佛季节也在更替。

她很少坐那辆车，为数不多的几次里，听他讲述一天中令人兴奋的事情——一次载了一个远途的……到地儿了，刚下车……一刻都没耽搁，又上来一个……价都没还……

她常常走神了，或者困了，什么也没听进去。她的目光凝在他的白色手套上，有一次，手套落在家里了，她打扫卫生，看见了。手套是纱线的，有些发黄，接缝处已掉了线头。由于长期握方向盘的缘故，几根手指微微弯曲，像握着的空拳。她迅速把手套捡起来，放到柜子上，但空拳还在，朝着她的心脏突然地一击。

她在黑暗中吐了口气，感到身子晃了一下。四周十分安静，所有的声音都无法抵达耳边。很快，绿色一团团远了，团团绿色之间有三三两两的黑点——是人，小得像秋天的大雁，大雁和树叶一同飞扬，一会儿呈一字形，一会儿呈“人”字形。

摩天轮已到达群楼之上，四方的高楼像一个个魔方，变换着形状，城市夜晚的五彩斑斓变成单一的白色，像冬夜的星空。

她是在冬天发现他的眉毛白了的，起初以为是雾气或者霜，白色如颗粒凝结在眉头。她想到卫生间与厨房的墙角线，因为长期漏水而泛起的层层白霜，她清扫过很多遍，但过不了多久，白霜又吐出来了。她抬起手在他的眉毛上用力擦着，这才发现是眉毛白了。

她与地面隔着巨大的黑暗，整个城市正逐渐与黑夜融为一体。黑色广袤无边，城市广袤无边。

一切仿佛都暂停了，像是为到达最高处而蓄积力量。她长长吐了口气，有些百感交集，她想到那些重重叠叠的高楼后面，有一扇窗户是属于自己的。

她第一次以这样的视角遥望自己的家，遥望那扇窗户。她仿佛看见一个中年女人正从窗口探出身子，努力地看向摩天轮的方向。她推开窗户的姿势，那么真诚，看上去像是要拥抱什么。她的头发被风吹起，或者湿漉漉的，水珠正缓慢下滴，她的皮肤渗满了水，额上的皱纹正如水波汇聚。

她喜欢厨房——那扇唯一的能看见摩天轮的窗口。起初，还能看见摩天轮的整圆，再后来被高楼遮挡，需要垫上一只纸箱子，站在上面，将身子探出去，才能看见。

再后来，更多的高楼破土而出，摩天轮被挡住了大半，只剩下短短的一截，如弓弦。她仍会打开窗户，凝视很久。她不是个守旧的人，却害怕日新月异，太快，太没准备。她推开窗户，目光跃过摩天轮，投向更远处。远处，城市正像一棵蓬勃的藤蔓向四处延伸，她看见了崭新的楼群，看见了更多的柏油马路，她不知道那些柏油马路什么时候多如蛛网的，那些高楼又是在哪一天突然就拔地而起了。她像第一次看见这座城市似的，感到惊异和陌生。

她从没有站在如此高的地方，俯视着一切。巨大的轮子载着她在城市上空缓缓而行，整个城市都在她的身下，她看见了熟悉的人，熟悉的路，以及那些早已擦肩而过的熟悉的日子，都在身下奔流不息。

慢慢地，摩天轮停止了，悬浮于夜空。她感到时间的短暂凝固，并屏住呼吸，生怕细微的动作打破了这一切。

耳边一阵阒静，静得可怕。倏而，又像闸门打开，声音蜂拥而至……很多熟悉的声音都汇聚在四周，嘈杂而拥挤。当她竖起耳朵，努力分辨时，又安静下来了。

只有卫生间水龙头的滴水声还在耳边响着，水滴从高处跌进塑料桶，吧嗒一声，粉身碎骨。常常在半夜时她被这个声音惊醒，再也睡不着了。

又是“吧嗒”一声，一个黑影撞击了玻璃，是一只鸟，或许不是，盒子又轻轻摇晃起来，时间被激活了。她贴近玻璃，额头，鼻子，嘴唇，紧紧地贴在玻璃上，她多么希望黑影再出现一次。

越过顶峰，摩天轮下降了，原本里侧的座位变成了外侧，她已不再害怕，随遇而安了。

她总喜欢站在厨房的窗口看摩天轮，那一小段的弧形，又缩短了。她从纸箱上下来，把什么碰掉了，叮当一响，是不锈钢汤匙，女儿发病时要立即塞进口腔用的。由于使用频繁，汤匙已变了形。

女儿倒成了他的常客——他送她去学校，或者将她从医院接回来。她的病情几乎没有好转，药物换了一种又一种，她居然把这些拗口的药名记得滚瓜烂熟……

女儿习惯坐在车后座上，一上车便将身子纸片似的紧贴门壁，半个脸从窗口露出来。从玻璃外看她，一只细细的手撑着下颌，那双遗传了她的大眼睛，看向虚无。

摩天轮继续降落，四周的黑暗层层叠叠。

她总感到屋里的黑暗，厨房，卫生间，客厅，所有的灯泡都被换成小瓦数的，灯光是微黄的，照在身上，每一块皮肤仿佛都毫无生机。她将眼皮皱起来，只有这样才能看清什么似的。

她习惯地皱起眼睛，发现周遭的黑色不那么浓烈了，像在墨色里掺进钛白，有了朦胧的意思，如同白雾一样，在四周逐渐弥散。

一侧的盒子缓缓降落，另一侧的盒子又缓缓升起，从她的角度看过去，像是雾气被一勺一勺地舀起了。

是的，那一年整个冬天似乎都被白雾笼罩，只有正午那一会儿，城市才袒露真相。她每天早晨送他们出门，看着绿色出租车慢慢被雾气吞去，最后像涂上了消除笔，不见了。浓雾使世界失去秩序，变得混沌不堪。人们还不习惯在雾里生活。

那天的雾和眼前的雾是一样的黑暗，深不见底，她跟在车后送了很远。

可是，他们再没能回来，好像他和女儿从雾里消失了——

她第一次认真地回忆起那个早晨，她穿过层层叠叠的浓雾，路没有尽头，浓雾没有尽头，那是她一生中走过最漫长的路了。

她凝视着黑夜，黑洞一样的眼睛慢慢涌出泪来。她没有发出抽泣的声音，只是用非常大的水压，使泪水喷泻而出，也没有用袖子或掏出手帕揩拭一下，而任由眼泪流淌。她很久没有这样放肆地流泪了，仿佛刚刚淋的雨渗进了体内，此刻正从眼里溢出、不断地汹涌而出，她紧咬着嘴唇——久不涂抹口红的、倔强的双唇，颤动不已。

就这样，她在黑暗中石碑一样地立着，往事如潮水涌上来，再退下去，她感到身子越来越轻，随潮水轻漾。摩天轮如同巨大的时钟，不知道是什么操控着这巨大轮子，她正是针尖上那个小小的点，一刻不停地向前奔走，只是，这个时钟刻度上并不是时分秒，而是春夏秋冬。

窗外有光照进来，快接近地面了吧。能看清这四方空间了，能看清墙壁，看清地面，她蹲下来，感到一阵眩晕，她发现光影在地上慢慢爬动，灰色的影子像蚯蚓一样。她用手指轻轻碰了碰——是软的，蒲草，是傍晚粘在鞋底上的柔软蒲草。

眼前突然明亮起来，是远处的灯光，耳边出现嘈杂声，像启动了开关，一切都升腾而起，声音，光亮，在这个嘈杂的世界又找到原初的位置。

摩天轮转动了一周，又回到原点，多像人漫长又短暂的一生啊。

突然，她看见与她相邻的小盒子里，一个黑瘦的身影。

小老头儿正站在另一个盒子里向她挥手，他的嘴唇在动，好像在对她说话——一点都不用害怕的，你看，我又转了一圈哦，头都转晕了哦——她听得不太清，但能看见他那皴黑的脸，在五彩斑斓的灯光下显得格外明亮。

从摩天轮下来，已经下雪了。摩天轮继续匀速缓慢地转动，像童话世界里的风车，一片雪花旋出另一片雪花。天地之间被白色填得满满的，雪不像是从天上飘落下来，而是从地上腾空而起。

眼前逐渐明亮了，黑暗慢慢地被银白替代。

高山流水

李　云[1]

1

见赵志军之前，刘苗被何兰芝带出来见了另外两个人。何兰芝是刘苗的亲生母亲，当刘苗耷拉着一丛乱糟糟的头发，从水仙花画张边走出来，何兰芝矮小的一团身子，早已团在椅子上，怀里抱着筛子在给黄豆捡石子。胖子媒婆和一个男子的黑影团在她的右手边，像两朵巨大的黑云罩着，使得何兰芝这团小云朵就显得柔弱和虚无。

刘苗径直走到一朵黑云对面的椅子上坐下，是憋着一口气坐下去的，屁股一落下两只脚就从一截碎花裙子里伸了出来，也将一双白嫩嫩的大腿伸了出来，左腿正好落在太阳光线里，细腻的小汗毛被照得纤毫毕现，泛着动人的金色光芒。耳边，何兰芝早上站在床边说的话又响起：等会来的那个人，是你小学三年级的同学；还有一个呀，埡子上的，是汪伯娘的小儿子，隔两天来，他正从外地赶回来……

何兰芝明显没有将话说完，她的声音是拐着弯跑到被窝里来的，一波三折，迟疑、讨好、耐心，相互碰撞着，刘苗“嗯”一声，翻身朝里躺着，给了何兰芝一个冰冷的背。何兰芝的嘴巴就在这时闭上了，作为母亲，她准备

① 李　云　女，在《人民文学》《钟山》《雨花》《作品》《散文》等刊物发表中短篇小说数篇。曾获“精品短篇”小说优秀奖，叶圣陶文学奖。中国作家协会会员。现居苏州。

关照点啥，尽管这有点多此一举，跟人第一次见面嘛，总归得好好拾掇拾掇。但何兰芝没有说出口，刘苗长得漂亮不用说，再者也出门十几年，见过世面，不需要为娘的再关照穿衣打扮这等小事。但是，何兰芝心里是清楚的，这次回来的人不一样，加上自己又……何兰芝将手压在胃部，脸色忧愁，似有难言之隐。

结果，出现在大家面前的刘苗便是一个披头散发的人，头没有梳，脸没有洗，嘴唇上一点口红也没有抹，白苍苍的。何兰芝从头到脚看一遍，暗自思忖：她这是咋了呢？自从回来第一天起，何兰芝就从刘苗无精打采的样子上看出了问题，这个问题一时间也没有办法得到回答和解决。唯一欣慰的是，她还算知道脱掉睡衣换了件碎花连衣裙出来，虽然不够精神，但也不伤大雅，何兰芝自我解嘲地笑笑，介绍道：这就是我们苗苗。

刘苗的眼睛朝前一抬，迷迷茫茫地睃一眼胖子媒婆，呼啦一下，眼睛里生出一阵风，刮到边上男子的脸上，继而又刮走了，啥也没看见一般。旋即，到门口的太阳里转一个圈，回过来的眼神就显得异常寒冷，正好跟男子瞅自己大腿的眼睛撞上了。刘苗一眼看出男子激情澎湃的眼神，轻蔑地笑了，死死地盯着，逼他逃走。冷笑的嘴巴好像在说：你以为我的腿可以白看啊！双腿跟着换一个姿势，一道白晃晃的光一晃，左腿压在右腿上交叉着而坐。

三天后，垭子上汪伯娘的小儿子来了。刘苗仍旧是这副模样坐在他对面，他端着茶缸说太烫想喝冰雪碧。他的头顶烫了一撮鸡冠花一般的发卷。刘苗嘴角一拉，暗自“嗤”一声，将脚丫子从拖鞋里伸出来，一把鲜红的脚指甲就撒了出来。面对这两个人，刘苗没有说什么，对方也没有说什么，说话的都是何兰芝和胖子媒婆，她们极力地介绍着两个人各自的好，在她们口中，刘苗和这两个男子都成了优秀的人，刘苗还特地听到何兰芝这样夸自己：我们苗苗啊，孝心好，我这些年的衣服和粉，包括这房子改建，她弟弟结婚，都是她操心的。她话不多，但心眼实诚。好闺女呀！话不多，我为什么话不多呢？我孝心好吗？我为什么要好呢？刘苗默默地听着，头耷拉在头发之间，当眼睛不留意再次落在对面男子头顶的鸡冠花上，不禁轻轻地叹了一口气。之后，又看着门口的香椿树试图回想起点什么，结果，不管是那个小学三年级的同学，还是汪伯娘的小儿子，现在都是陌生人，大家生疏地坐着，并没有打算回忆过去，仿佛那段成长的日子已经不值得再聊。

于是，当媒婆提出要么加个微信慢慢聊，两个人才突然一愣，摸出手机扫了一下。滴的一声响起，一阵穿堂风吹过，刘苗收回手机，起身又走进贴着水仙花画张的房门。

2

关上贴着一张盛开着水仙花日历画张的房门，昏昏欲睡两天，赵志军来了。

赵志军是何兰芝托媒人给刘苗介绍的第三个对象。他什么来历，身世，遭际，年龄，何兰芝没有说，经历了前面两个人，她也有点灰心丧气——刘苗的态度，和来的人，都不是她想看见的。刘苗呢，一副敷衍了事的样子，明显没有什么心思。而来的人，不称刘苗的心，也不称她的心，现在的孩子咋了，看不到半点真诚。

赵志军和媒人都坐在堂屋里了，何兰芝才背抵着水仙花画张站在门口喊刘苗起床。刘苗听见了，并不回应，也没有主动问什么。盯着蚊帐帘子看了看，开始穿衣起床。阳光从窗帘的缝隙里跑进来，一条光线，金光闪闪地画在桌面上。伸手将窗帘拨开一点，阳光下，何兰芝用心打理的菜园子朝气蓬勃。黄瓜已经开花，蜜蜂三三两两地飞舞着。长豇豆蓬站在边上，像刚毅的卫士呵护着一片辣椒地。再过去是一块藕塘。藕塘是刘胜利留下的，荷叶已经像伞撑着。待开花，荷花有两色，一种水粉，一种洁白。

远处，连绵起伏的群山像栅栏围在四周。眼睛从荷叶上拔起，刘苗捋了捋头发，打开了贴着水仙花画张的房门。随着吱呀一声响起，水仙花一颤，房门被打开，水仙花倒退到暗影里，苍白的脸从水仙花边显露。无精打采的，病恹恹的。看得何兰芝一惊，膝盖一抖，怀里的筛子就斜了，黄豆哗啦啦滚到一边——她这咋像个病人啊！

刘苗擦着何兰芝的眼角边，径直走到赵志军身旁。赵志军还是李志军，无所谓，她只想结束相亲，张开嘴巴对着这抹湖蓝色说道：去逛逛吧！说着一步跨出门槛走了。走两步，又停下，催道：走吧。何兰芝就这样看着他们一前一后走过猪圈，走过屋角的芭蕉树，走过路边的蓬蓬草，走过地上的影子，去逛逛了。

直接走到一座桥边，刘苗才停下，朝前看一眼，脚步一转，脚步迈进桥头边的小路，直接走到河坝边才停下。哗啦哗啦的水声，大概让她意识到口渴，抬脚跳到河坝中间的石头上蹲下舀水喝。后又捧起一捧水浇在脸上洗脸。赵志军紧跟在背后，看着清冽冽的水珠从她脸上落下来，又洒进清澈的河水里流走了。而被洗净的脸，呈现出清冷的美蹲在高山流水间。

前面的茶园是刘苗家的自留地，种玉米黄豆和桑树。但近些年，一些外地来的老板纷纷来到长村，租赁土地种葛藤和绞股蓝，现在又种茶树。说是要用好空气打造一种名茶出来。这种事，刘苗懂，现在人养生，渴望靠好空气种出不一样的高山云雾茶。茶树苗新种上不久，还没长成气候，一眼可见刘胜利还如往常那样在田地里面朝黄土背朝天。累了，会爬到大石包上歇息，或坐在大石包下面抽一袋旱烟。

大石包下面有一间火房大小的空当，考虑到遮风挡雨，刘胜利喜将玉米秆塞在里面。每次从地头回家，就会抽出一捆扛回去烧开水烧饭用。刘苗就是躺在玉米秆上睡觉长大的，伴着潺潺的流水声做着美梦。所以，刘苗喜欢这里，喜欢这里的还有刘胜利，一个农民他对于自己种植的土地是有特殊感情的，曾开玩笑说以后老了就要大石包下面。他说这里背风、干燥，天然的风水宝地呀。但是，事实是，前年他走的时候，却没有选择这里，而是去了鸡公山，他说，我如果睡在大石包下面，你妈会害怕的。

眼睛仔仔细细地抚摸着大石包，这里会是自己的风水宝地吗？刘苗突然明白自己这次回来是为了寻找安息之地的，对了，一个即将离开世界的人，必须得为灵魂安家。既然改变不了什么，就得找到安息之地。用手按了按腹部，感受着里面的动静，刘苗皱了皱眉头，站起身子绕过茶树苗，脚步踩踏着土地的松软与坚实，站在了大石包面前。河水潺潺，美梦依旧，刘苗将眼睛慢慢地闭上，任突然飘到鼻翼前的一股甜蜜的味道缠绵——是呀，何兰芝那时候就常坐在这里给自己母乳，她从河坝边洗好手，爬上来坐在刘胜利身边解开了衬衫扣子。胀满了乳汁的乳房被塞进嘴巴里，刘苗咕嘟咕嘟地吮吸着，乳汁像小河水那样汹涌，疯一般的浇灌着自己。这一幕，在刘苗的心里，已然是一尊雕塑被永恒镌刻。

3

刘苗这次回来对于何兰芝来说太突然，不逢年不过节，突然就来到眼前，太出人意料。

那天，何兰芝正在堂屋里拌鸡粪，从鸡笼里掏出来的鸡粪搅拌在柴灰里种辣椒，辣椒会长得又肥又长。何兰芝弯着腰身，双手紧握着铁锹的木柄，一铲柴灰一铲鸡粪搅拌着，身体也随着干活的姿势一会儿朝前倾倒一会儿又收回板正，几下一来，灰白的头发就散落下几缕，像是被风吹着在眼前晃来晃去。常年干活的人，干这点活不在话下，更不会累，奇怪的是，才铲几铲子，额头上就冒出了一层细密的汗珠，气也有些喘。同时，胃又一阵一阵地痛了，被迫着停下来，双手握着铁锹的木柄朝胃里抵着。有过几次疼痛的经验，何兰芝知道只要用力抵住它就会好点。

就在这时，一道黑影罩下来，刘苗回来了。真实的情况是何兰芝愣了一下，才认出眼前的人是刘苗。她轻悠悠地走到何兰芝边上，头发散乱，眼皮耷拉，孤单单地拖着一只行李箱。准确说是这只熟悉的行李箱告诉刘苗回来了，因为面前的人哪里是精神奕奕风华正茂的刘苗呢？但母亲总归是母亲，总会有心灵感应，顾不得胃疼，何兰芝就丢下铁锹准备去拉刘苗的胳膊，接她手中的行李箱，嘴巴上嗫嚅着：苗苗，你咋突然回来了？

刘苗没有理会何兰芝，连眼皮也没抬一下，径直拖着行李箱推开贴着水仙花画张的房门进去了。何兰芝本能地跟着，眼睁睁地看着她扯下遮灰的床罩，掀开被子躺了进去。她好似累极了，一躺下去，就响起了轻微的鼾声。何兰芝将床罩捡起来，抱在怀里，站在床边默默地看着，待看见刘苗一脸的疲倦和苍白，心疼了，手落过去想摸一下脸颊，可又在半空中收了回来，捏着被角掖了掖，轻轻地转身走了出来。水仙花又端端地开在门页上，何兰芝盯着水仙花看了一眼，又看了看下面的日历，不由得苦笑了，她发现这张画张原来是三年前的，全都是旧日子。手正要落上去撕掉，但很快又收了回来，也许是为了怕发出声音，也许是想有了新的画张再说。总之，这些旧日子让她心绪不宁。

她不会出啥事了吧？这个时候回来不对呀？再回想到她低落的情绪和无精打采的样子，何兰芝更加心绪不宁。但她知道，问刘苗是问不出的，她从来不跟自己说心里话，倘若问，她会以沉默回答，或直接走开。眼下的刘苗便是成天躺在床上睡觉，除了上厕所，虽然也被自己叫起来吃了几口饭。但吃得都很少，捏着筷子一副难以下咽的样子。何兰芝试探着叫一声苗苗，她就丢下筷子，起身又回到房间，将那盆冰冷的水仙花端在那里。这令何兰芝越发讨厌那张画张，对着清冷的水仙花默默叹气，深知关于发生在刘苗身上的事自己是多么无能为力呀！首先她不会告诉自己什么，再者，自己现在这副样子又能为她做点什么呢？

眼看着刘苗带着赵志军一走，何兰芝就转身回到刘苗的房间里。说是要给刘苗换床单，实则是想寻找到点什么蛛丝马迹。白天睡，晚上睡，一屋子的死气沉沉，打开窗，何兰芝看到刘苗带回来的行李箱打开放在床上。可能是刚才换衣服还没有收拾，脱掉的睡衣丢在上面。何兰芝将其拿起来，这才发现行李箱里空荡荡的，手在里面一薅，只薅到几件随意丢进来的衣物，还有一些化妆品，再是两包卫生巾。一看就是慌里慌张跑回来的——她到底怎么了？

纳闷地坐在床沿上，眼睛则抓到枕头上的落发瞅。很快又将手伸过去，用大拇指和食指捏住落发将其捡起来，举到眼前对着太阳照。发质依旧柔软纤细，偏黄。何兰芝想起跟她小时候梳头扎辫子的情景来，刘苗自小爱漂亮，特别喜欢梳头。而何兰芝手又巧，会扎各式各样的辫子。刘苗最喜欢梳盘头，再忙何兰芝都会耐心地帮她编，编一次可以保持一个星期不梳头。说起来刘苗的睡相好，怕是也是那时候怕头发睡乱了练习出来的。

捏在何兰芝指尖的头发开始卷曲，自动生出缠绕的心思来，何兰芝便微笑着将它绕在食指上，拖过枕头拉拉链拆枕套，刚一用力，刺痛传来，不由得又将手摁在胃上。这阵子，她的体内一直有动静，这里跳一跳，那里抽一抽，之后是隐隐地疼，仿佛肠子被一根棍子搅着，虚晃一枪，棍子又实实在在地抵在胃里戳着，只是这次，戳得太用力了，成了刺痛……

妹子呀，在家吗？听说苗儿回来了。听声音是刘苗的大舅舅来了。何兰芝艰难地应着，用手摁着胃，弯着腰朝起站——这会儿听到人声，的确有种被挽救的感觉！

4

来人果真是刘苗的大舅舅。他苦着一张被旱烟熏黄的脸窝在藤椅里，脚边放着一缸子茶，他的边上坐着何兰芝。她坐在小板凳上，背匍匐着，双手插在双腿之间，整个人窝成一团，像一个没有生气的发着黑的老树兜。刘苗走到芭蕉树下，就看到坐在门口的他们。在一道屋檐罩下来的阴影里，两个人的脸都是暗淡的。显然已经说过一个沉重的话题。

大舅舅性格好，温善，算是疼爱刘苗的人。刘苗记得，小时候，有好几年过年跟随何兰芝去拜年，大舅舅会偷偷塞压岁钱给自己。五块十块的，藏着买过好几本漂亮的日记本。于是，看到大舅舅，刘苗的眼睛欢喜地跳了一下，很想跟小时候一样叫着“大舅舅”欢快地奔过去，可是，脚一抬，悲哀了，腿沉重了，无法轻快起来。不由得，还朝后退了退，不敢去面对似的，可是，后面是赵志军，他正看着自己，一咬牙，刘苗叫声大舅舅走了过去。

一看到刘苗，大舅舅就苦楚地叹息着，一声高一声低，脸膛黑黝黝的。极力地朝起站着，手哆哆嗦嗦着，后来嘴唇也哆哆嗦嗦了，好像有什么重要的话实在难以启齿。就连一声苗苗也难以叫出声。刘苗扶住大舅舅坐下，大舅舅这才用屁股抵着椅子叫了声苗苗，说自己刚查出肝癌，怕是活不长了，你是知道的，这种病一得，就是等死呀，就是倾家荡产！紧接着开始了一段诉说，大意是家里没啥钱，小孩也没挣到啥钱，病怕是没钱看了……

转眼，看到赵志军，就问起他来做什么。刘苗跟着看过去，恍惚他怎么在这里？耳边响起何兰芝的声音，她告诉说赵志军是托媒人给刘苗介绍的对象……他们两个刚从外面逛回来，这个人跑车，停在路边上的白车子就是他的……之后，她又将话题引到刘苗身上：哥啊，你看啊，她都病成这个样子了，怕是没啥钱借啊……

她怎么知道我病了？不，不能让她知道！一个激灵，刘苗醒悟过来，狠狠地盯了何兰芝一眼，好似在说你就咒我死吧！我生病了，你巴不得我生病！转头，朝大舅舅问道：你准备要多少啊？顺便弯下腰端起地上的茶缸敬茶。脑子里极力地搜索着安慰的话，结果，一个字也没有说出来。大舅舅不知道在想啥，没有接上茶缸，茶缸掉在地上，哐当一声，惊得在场的四个人都一愣。大家顿时统一做出一个去捡茶缸的动作，刘苗蹲下，大舅舅的胳膊伸了出去，何兰芝的屁股抬了起来，赵志军一个箭步冲过来。

他动作敏捷，眼神灵活，健康真好哇。很快重新泡了一缸茶出来。只是，大舅舅已经没了心思喝茶，打翻的茶缸惹怒了他，认为是刘苗故意打翻的：不肯借算逑了！他还走到何兰芝面前，深情地唤了声妹子：妹子啊，她那么年轻怎么会病呢？你骗人都不会骗，白疼她了！一向温和的大舅舅气咻咻地走了。逃也似的。明显驼着的却故作倔强的背影令刘苗身心一颤，好似他的背上装有一面镜子，照见了人的终点。何兰芝在镜子里，走着走着，不见了，掉进了黑洞里。刘苗也在镜子里，走着走着，不见了，世界啊，就变成一个巨大的黑洞包裹而来。刘苗用手揉一下眼睛，苍凉一笑，空茫茫道：对呀，我怎么会病呢！

这天下午，刘苗就一直躺在床上。被褥盖在脸上，鼻息里挤满一股干燥的太阳的味道。可见何兰芝早就将被子拿到太阳下晒过才来换。这股味道只有她晒过的被子才有，刘苗狠命地吸着鼻子，似乎要将这股味道吃进肚子里去。

5

大舅舅病了，自己也病了，他是肝癌，自己肚子里的瘤呢，会是绝症吗，会死吗？

刘苗咕噜咕噜地转动着眼珠子，恨不得将眼泪转回去。嘴巴紧紧地抿着，心里面有个声音在重复：不能哭！不能哭！千万不能哭！

如果有一天我悄然离去，请把我埋在在这春天里……

手机又唱歌了。汪峰的声音撕叫起来。刘苗将被子从脸上拉下来，突然发现被拥抱在太阳味道里的人情绪更容易低落，因为温暖的东西也是一支打开苦难的歌谣。放在枕头边充电的手机屏幕上出现的是一串来自上海的号码。

他，终于来电话了……

就跟看到大舅舅坐在廊檐下一样，一阵惊喜之后，却不知如何面对。他来电话做什么呢？怎么到现在才来电话呢？

自我询问间，汪峰反复嘶吼的声音里，他带着妻子又从熙熙攘攘的街上走来，他明明是看见了自己的，却跟没有看见一样。不，如果真没有看见也罢了，可他看了自己一眼啊，只是跟看陌生人一样，眼神里什么内容也没有。让你感觉从未跟他亲近过——跟他相遇大街，的确也曾设想过多次，也做好如何去面对这一刻的准备，可以接受他不理会自己，可是可是，他一定会以他的方式使得停留在自己脸上的眼神有着令自己意会的温柔在，哪怕一秒钟，哪怕一丝儿，她相信自己能捕捉到，且会满足。然而，他带着妻子，面无表情地从面前走过，根本就不认识自己。心一沉，饥寒交迫一样，顿觉这个人跟自己啥关系也没有，他是谁呢？曾经的恩恩爱爱，呵护和怜惜，以及赤裸相见的肉体纠缠和搏斗便在瞬间消失殆尽——这个人啊，跟你没有任何关系！没有！他是她胳膊上女人的男人，他才不会管你死活……

只到这会儿，刘苗才想起手上还捏着的检查单，由于紧张，它已经被用力揉皱了，捏成了一团。死了算了，算了，都算了。背后，伫立在商店门口的一只黑色音箱，汪峰穿着皮裤站在里面唱《春天里》：

如果有一天我悄然离去，请把我埋在在这春天里……

好一会儿，刘苗才将揉成团的检查单揣进包里，也就在这时，手碰到手机，屏幕亮了，一张何兰芝年轻时期的黑白照片亮了出来。刘苗就将手机掏出来，深情地看着，热泪滚滚而来，何兰芝的出现太重要了，生病了，又失去了他，一吸鼻子，刘苗就用手指抚摸着何兰芝齐耳的短发，轻声唤道：妈，我回来了。

6

何兰芝决定跟刘苗找个男人结婚，是有她的打算。看到刘苗一个人孤苦伶仃的回来，就再也不能看她像浮萍漂着，便下定决心要在有生之年里，看着她落下根。以前刘苗不允许她这样做，也没有给她做主的机会，眼下，看着她要死不活的样子，可不能不管，好在刘苗也不排斥，她说：随你吧。何兰芝便自作主张给张罗起来。

只是在青黄不接的六月，找遍村子，也找不到一个好男人出来。媒人说出来的男人要么是从塔吊上摔下来的，断了腿；要么是从工地上吃多了粉尘回来的，得了肺结核；还有挖煤回来的，半个脚掌没了。工厂里打工的，受气受多了，心理残疾，满嘴巴胡话。归根结底，赵志军也是费了些口舌才来的。他本人对找对象并不在意。处于礼貌和尊重才答应来看看。

两个本不打算找对象的人却开始有了联系，这倒是让何兰芝有些意外。看着他们又出去逛的背影，总会暗自策划起婚礼场景来。而刘苗和赵志军逛逛的地方自然还是河坝边。他们安静地坐着，各自想各自的心事，互不窥探，互不猜测。赵志军的这点令刘苗欢喜，话不多多好，如果他要不停地跟自己说话，这就讨厌了。况且，他还聪明，知道自己并无找对象的心思却仍旧愿意陪着，渐渐地，刘苗倒有些感动。

打开话题的这天，是路过汪大嫂家门口。脚步刚走到院坝上，穿着大一号西装的老同学便吱呀一声打开了汪大嫂家的大门。他的手还落在脖子上正衣领，又想做一个正人君子了。背后，汪大嫂一脸绯红地跟出来倒水。水还差点泼在刘苗的脚上。一看见刘苗跟赵志军，她又端着盆子缩进了屋子。穿大一号西装的老同学看见刘苗愣了下，便镇定自若地看向了赵志军。他站在身形挺拔的赵志军面前，显得更加矮小。刘苗打心里说：呵呵，还穿着相亲的衣裳来偷情啊！但见他转身走了，只几步，又返回来发香烟给赵志军。赵志军接过烟捏在手上没有打算抽。待他走远，刘苗问道：你怎么不抽哇？

赵志军看着烟说：我不抽烟。

不抽你拿他烟干什么？

赵志军笑道：我不拿，他会难受的。想想也是，难不成还要跟他就一根香烟推让一番？赵志军却不知从哪里摸出一只打火机，点燃了烟。烟雾缭绕在鼻翼上，呛人。刘苗说：不会抽就不要抽嘛！赵志军猛吸一口，将烟丢在地上。用呛到发毛的喉咙问：他其实人不错的，听说他的工资她用了一半。说着，赵志军又朝汪大嫂家重新关上的房门看着。刘苗也看着，淡淡地“哦”了声。好似已经忘记他来跟自己相过对象。

赵志军将背靠在坎子上说：我原来抽烟，媳妇每年回来会带几条。离婚后，我也就戒了。没啥意思，抽来抽去就抽一口烟。他语气低沉，淡淡的。好像在说别人的故事。刘苗跟他隔着一点距离，靠着桑树问：你告诉我这些做啥啊？

聊天显然并不顺畅。刘苗情绪不稳定，赵志军的表达又不太愿意说透。一会儿就没了声音，但隔会，又会突然转变话题，于寂静中冒出声音来。好在这并不影响赵志军来，即使有人叫车，他也会拐个弯过来，手上拎着一条鲜活的鲫鱼。何兰芝一看见他，眼睛就笑成一大朵菊花，故意拉开嗓门招呼“你来了啊！”喝着鲜美的鱼汤，刘苗食欲大增，能够吃下半碗米饭。气色也慢慢有所好转。身体里好像也没什么动静了，安分了，不再出现针扎的刀刮的刺痛感。那些捣鼓着的针和棍子都去哪里了？这样的安静带来的是另一种恐惧，本来要死的人会不会不死了呢？如果不死了是不是又很没意思啊！

太腥了，我不吃了。放下碗，刘苗起身回房。急骤而来的变化令何兰芝一时缓不过气来，随着关门声响起，她跟过去的眼睛看到的是颤巍巍抖着的水仙花，它仿佛刚经历过一场大风，命悬一线。而她自己半弓着在整理柴堆的身子却没有直起来，右手狠命地抵在胃上，默默地等待疼痛消停下来。眉头深深地拧着，豆大的汗珠像露珠闪烁在额头上。

7

这天，赵志军刚从车上走下来，刘苗的声音就从水仙花上飘了来，她唤他进房间去坐坐。赵志军盯着何兰芝手里捧着的茶缸应着，一时拿捏不了要不要进去。刘苗就又叫了一声。何兰芝上前一步，轻轻地将茶缸送到他手上，用眼神朝水仙花上睃。如此，赵志军才站在水仙花前叩门，手举起来却迟疑着，好似生怕落下去会打疼水仙花，或打掉某一个日子。同时，他还拉了拉衣领，做了一个抬头挺胸的动作。

刘苗有气无力地斜靠在枕头上，眼睛闭着。待赵志军走到床边，她才睁开眼睛，请赵志军拿个靠枕过来。靠枕的颜色为橙色，赵志军将它塞在刘苗的脖子下，映衬得刘苗的皮肤总算有了一点水色。赵志军道：我陪你去看医生吧。

刘苗看着他，纳闷他怎么会这样说？我又没病！同时，觉得他的侧影有几分熟悉，像谁呢？可又想不起来。赵志军说：其实，那天你回来，坐的是我的车，过小河口时，你问我你会死吗？说到这里，赵志军故意停顿下来，看着刘苗的反应想要不要继续。待看到刘苗愣在那里，一副被戳穿的惊愕，便继续说道：当时，我吓了一跳，就从后视镜里看你，我想不通，你年纪轻轻咋说这样的话，但看你一脸认真的样子，不敢说啥了。喝一口茶水，他又说：后来，你告诉我，说你病了……

呵呵，你肯定记错了。我怎么会跟陌生人说这些。刘苗慌乱道。

赵志军道：正因为陌生，你才会无所顾忌……

刘苗不再犟了，拍着床沿唤他坐。赵志军听话地靠近床沿坐下，刘苗又道：你坐进来一点。赵志军的屁股就跟着动了动。刘苗笑道：你怕啥呀？我又不占你便宜。赵志军也笑了。只是笑得有点勉强，好似这并不是一件好笑的事。沉默一会儿，刘苗问道：你喜欢我吗？

赵志军看着窗外，微笑不语。

那你还来相亲？

我想来看看你。我不知道你……

算了，别说这个了。刘苗阻止道，知道他没有相亲的心思瞬间也就释然了，笑着从枕头下摸出一个红包递给他：你替我跑一趟车吧，将这个给我大舅舅……

赵志军没有接红包，站起来踱步到窗口，望了望窗外，返回来说：这趟车不用跑，你舅舅没病，是他儿子要去城里买房，钱不够……

瞎说，谁会拿得癌症开玩笑啊？刘苗不可思议地瞪着眼睛。

我是跑车的，耳朵比轮胎跑得快！

愣了愣，刘苗笑道：没病多好。没病就好……真心替大舅舅开心起来。身边，汪峰的声音又响起：

> 也许有一天我老无所依，请把我留在那时光里，如果有一天我悄然离去，请把我埋在在这春天里……

仍旧是他的号码，连续打了两遍。他那么急找自己干啥呢？没有去接电话。赵志军说：你接吧，我走了。刘苗道：广告。不用管。继而，又问赵志军：你喜欢汪峰吗？赵志军道：一般。刘苗说：那这首歌呢，你喜欢吗？赵志军道：不喜欢。为啥呀？刘苗有点咄咄逼人。赵志军沉默着，重新坐在床沿边，突然，他将手伸过去，要跟刘苗握手。刘苗迟疑着不知道要不要握手，赵志军便一把握住她的手紧紧地捏了捏，告辞道：我去干活了，有事联系我。还有一句话，他是在心里说的：这个人啊，手太凉了……

8

得到大舅舅没有生病的准确消息，刘苗略感心安，之后就好好地睡了一觉。

醒来，在床上躺了一会儿，忽然想起了什么，便将两只手伸出来，放在何兰芝刚换的薄被上瞅。她先是将两只手摊开来，一只一只仔细地看，比了比指头的长短，又捏了捏掌心的厚实，然后，将右手的食指落在左手掌心上抚摸着，划过事业线、感情线、生命线，后又在指肚上来回抚摸，回想着赵志军手心的温暖、踏实和信任，不自觉地笑了下。从而用右手握住了左手。刘苗学着赵志军的语气说道：不要怕，不要怕！没啥好怕的！

因常年开车，赵志军的手掌起有老茧，掌心又厚又硬，但非常辽阔和温暖，好像有一个很大的世界生长着。跟父亲的手很像，是一双劳作的真实的手。不像——他的，随即，他的手被带出来。这双像女人的手，细腻柔软，落在身上，每一个指肚擦着毛孔走，柔情蜜意——尽管最终的目的只是挑逗、抚弄，出发在性爱的始端间流淌……给不了安全感，在他的掌心里，刘苗只能忘情地付出，故作热情，并以高昂的姿态去迎合和回报……

最终呢，一切结束，气息平静，他不来了，多年的缠绵只是一场梦。不用道别，不需吵架，连说分手的勇气都不用，就曲终人散。他回家，刘苗也回家。只是自己是带着一张医院检查单回来的，自己还能活多久呢？失去爱情的同时也接到死亡的讯息，到底是哪儿出了问题呢？刘苗不是不想跟何兰芝说话，而是没有办法开口，她可是自己目前唯一可以依赖的人！刘苗打算暂时什么也不说，安安静静地留在她身边待着。

可是，面对何兰芝是需要勇气的，刘苗就这样双手互握着开始面对真实的自己。事情呢得回到很多年前去说。这也是刘苗自身想遗忘的一件事——只是很难遗忘，它像河流亘古在母女俩之间，成为一道无法消除的障碍。每次想起，刘苗的手就会放到眼睛上揉。好像又害眼病了，眼睛肿得像两只桃子，厚厚的眼屎糊在睫毛上。跟瞎子一样，啥也看不见。只能任母亲被曹书记压在床上受欺负——知道是曹书记干的已经是几年后的事，那时候曹书记被人用雷管炸死了，母亲抱着父亲刘胜利又哭又笑了好一阵，父亲也跟着哭哭笑笑着，两个人才得以解脱一般说道：这个人死了呀，死了。但这之前呢，何兰芝是坐在床边踩缝纫机陪着自己的，她说要给自己改一件衣服。自己就在缝纫机嗒嗒的声音里安心地入睡了。可是，突然之间，缝纫机的声音变了，紧跟着床也摇晃起来，一个男人粗重的呼吸呼哧呼哧地喘息着，还在闷声闷气地叽咕着，是爹回来了吗——妈？刘苗将小手伸出来摸，渴望摸到何兰芝的脸。但摸了好一会儿，啥也没有摸到。倒是听到嘎吱叫喊着的床，继续临危不惧地晃荡着，发出一阵一阵惊涛拍岸的声音来。

刘苗怕水，三岁那年，为了捞水井里的影子曾掉到井里去过。五脏六腑都吃过井水，对于水是无限惧怕的，当耳边的水声无法停歇，她便“哇”的一声哭起来。哭着，哭着，嘴巴里被塞进一颗水果糖。可甜蜜的味道散发不出来，反倒被一股奇怪的、比水井里的淤泥都要臭的味道比了下去。水果糖就从嘴巴里掉了出来，刘苗猛喊道：我要爹，我要爹！

爹真的被叫了回来，他用裹满泥巴点子的怀抱抱住了她，并用厚实的辽阔的手掌揉着刘苗的脑袋。刘苗瑟缩在他怀里，得以安全，便将一张泪脸贴在他汗湿的胸口上，闻着熟悉的汗味，抽噎道：妈，妈偷人……

什么是偷人？人怎么偷哇？多年后，当自己的身子被他搂在怀里，身体与身体撞击在一起发出的声音，让她豁然明白——偷人就是跟别人的男人做爱。村子里的小孩吵架，最恶毒的骂人就是你不要脸，你妈偷人！刘苗也因为这一句话，被刘胜利糊着泥巴的手狠命地扇了一个大耳光，顺手将她从怀里扔了出去：你简直把爹的脸给丢尽了！

从此，刘苗就不再跟他们亲热，真正不亲热的具体时间还得用曹书记被炸死之后来计算，因为这个时候刘苗得到了妈偷人的真相，她是被曹书记欺负了！曹书记还欺负了另一个女人，所以被另一个女人的丈夫用雷管炸死了。真相让刘苗心生歉疚。开始习惯一个人坐在椅子上看书，或看着远山想心事。有时候，也默默地盯着就着一碟花生米喝酒的刘胜利看，再盯着何兰芝站在晾衣绳边的背影看，看着看着，就觉得哪里不对，脑子里嗡嗡地响着一波水声。

9

当互握着的双手被打开，刘苗拨通了赵志军的电话。她对着电话发出了急切的求救：我要叫车，我要出去走走！说完，人就从水仙花画张里钻了出来，站到路边等赵志军来。赵志军是风风火火赶来的，车一停下，刘苗就钻了进去。屁股敞敞亮亮地坐在后排座位上，看着赵志军的后脑勺说：我咋浑身无力呀？！

赵志军问道：去医院？

不去！我不去！刘苗一把抓住赵志军的衣服喊道，情绪十分激动。迫使赵志军不得不“求饶”：好好好，不去不去。

车子开出一段，过了两道梁，刘苗才开口说话：你觉得河坝边风水咋样？

赵志军问：现在去吗？

刘苗答：今天不去，朝别的地方开开。脸贴在玻璃窗上，眼睛睁得大大的，一眨不眨地看着窗外。留恋之情溢于言表。侧影孤单又哀愁。刘苗说：你说她怎么知道我病了呀？

你说谁啊？

何，哦，我妈呀！她不是跟我舅舅说我病了嘛！

你脸色不好，谁都看得出！更何况是你妈。赵志军道。路边，一个人影一闪而过，赵志军道：那个人是飞儿吧？你记得不，好像就住你们坎上，你们还是老庚吧？

刘苗没有回答，她知道自己根本想不起来，而赵志军好似故意在逗自己开心，他一直在说话，看见大树说，看见黄狗说，看见玉米地说，声音跟蜜蜂一样嗡嗡地响在耳际，暖烘烘的。于是，一些影子就顺着他的声音在眼前晃来晃去，但是是站在雾气里的，根本无法看清具体的面容，眼前只有黑乎乎的一团。

漫无目的地开了一圈，最终还是绕到了河坝边。

刘苗坐在大石包里，眼睛看着潺潺溪水，神情黯淡。到今天才发现石包下面的空当并没有记忆中大，它最多只有两张桌子的面积。地上的泥土散发着干燥的白，也不知是谁，捡了几个大石头进来当凳子坐。还有人坐在这里吃过饭，抽过烟，香烟头分散在地。还有一堆熄灭的柴火堆。黑炭埋在白灰里，旁边的白灰里，落有几个脚印。头上，被人用木炭画了些东西，像老鼠，又像女人。还有一具男性的生殖器。地上，落有几团揉皱的餐巾纸。赵志军告诉刘苗说：这里时常会有一些过路人进来躲雨，路通了嘛，现在我们这里外地人也多了。到底是些什么人，会不会在这里偷情呢？眼睛顺着这些乱画一气的涂鸦朝里看着，慢慢地身子就站了起来，手指落在顶上抚摸着。之后，又摸出手机，打开手电筒，对着手指下的刻痕细细地照，一字一句地分辨着：曹书记欠我一个道歉！

双腿一软，刘苗重新回到赵志军身边坐着，身子瑟瑟发抖。怪不得父亲去世前一定要去鸡公山，原来这里埋葬着他的屈辱。赵志军问：你冷吗？刘苗摇摇头，不语。突然，她将头歪在赵志军的肩膀上靠着，默默地流泪。她知道，那个事件之后，整个改变了自己的性格和命运。不再信任人，不再有爱，还用一张无形的网囚禁了自己。一心只想离开，到远方去。倒是他拯救了自己，让自己心甘情愿地跟随着，很是贪图他具备父亲的宽厚照顾，和拥有情人的温柔的复杂情怀。每次，她都要求他抱紧自己，狠命地抱着。

10

走吧，回了！刘苗突然起身走了。赵志军紧跟着站起来，只是他的肩膀上一直有一股细若游丝的甜香气息萦绕着。走走，又得歪歪脑袋闻闻，将它吸到肚子里去。

何兰芝站在门口等着，她要留赵志军吃饭。刘苗老远就看见了她，又卑微又矮小，心里不免一阵难过。扔下赵志军直接朝房间里逃。然而，口袋里的手机又叫了，汪峰嘶哑着在喊什么死亡什么春天，搞得人心碎。手刚推开房门走进去，又退了出来，站在门口盯着房门上的画张看着。水仙花不见了，取而代之的是一张高山流水遇知音。碧绿的山，山上还开着一树桃花。飞檐走壁的瀑布，一路高歌着，下面是一潭深情的水。这张画比水仙花的确是要丰富要灵动。刘苗将手掌落在水潭上，另一只手接通了电话。

何兰芝跟进来说：我换了张画。

刘苗坐在床沿上，捏着手机，面色苍白地点头。

何兰芝又说：今天上来卖画的人说，这个画叫，叫高山流水遇，遇——知音。

可见她也是临时起意，一个小贩上门来卖画，她听到画的名字好就买了一张。何兰芝又说：水仙花也不知是哪年贴的，都是旧日子，得换张新的。我们呀，得朝前看！

刘苗“哦”一声，脱鞋子准备上床睡觉。

何兰芝上前一步，试探道：谁的电话啊，有事吗？

这大概才是她跟进来的主要心思吧。刘苗咬紧嘴唇，一言不发。

何兰芝急了：你说话呀，怎么哑巴了呀，你是不是病了……最难堪的是，她还急哭了。混浊的泪像蚯蚓一样在每一个褶皱和沟壑里蠕动。带动着刘苗的泪珠子也跟着跑了出来，于是，猛地站起来，将何兰芝推了出去：反正不会死，你开心了！

门被响亮地碰上，高山和流水一颤，发出了碎裂的声音。咚一声栽倒在床上，一把拉上被子盖在脸上啜泣。被褥上的红花，一朵一朵跟着抽搐，好似也在伤感。但伤感有什么用呢，一掀被褥，翻身坐起来，听外面的动静。当没有听到何兰芝干活的声音，刘苗不安了，出奇的静并不安全。抹干眼泪，下床，趿拉着拖鞋打开房门出来找何兰芝。高山流水一晃荡，人就站在堂屋里，循声朝厨房走去。

何兰芝已经做好三个菜。一道青椒炒蛋，土鸡蛋黄灿灿的，加上几片青椒，一把葱花，颜色好看，又入味。还有一个是酒酿蒸肉，顶端镶嵌着一颗红枣，像是雪山上的红宝石。雪白透红，耀眼又不失真。还有一个便是一碗浓稠的鱼汤。白色瓷碗里，起着皮的浓汤泛着牛奶的颜色，飘摇着点点葱花，青山绿水一般。鱼是赵志军买来的，可惜没有留下来吃饭。他没吃到就自己吃吧，刘苗一连吃了两碗饭。大口大口地咽着，饿坏了一般。何兰芝杵在边上，不知道她这是闹得哪出？但看她吃得下，亦好，就将手放到桌上，不经意地朝前推碗：意思是，吃，多吃点，吃饱点。刘苗全看在眼里，又吃了半碗饭。

你也吃吧。顺便将菜碗朝何兰芝那边推了推。何兰芝摁着胃又推过来。刘苗道：吃吧，吃吧。难得咱娘俩吃顿好饭。何兰芝正要端起碗吃，可身体内部又开始有东西叫嚣，像有一根绳子在将她的身体朝拢拉。疼得要折叠在一起了。何兰芝含着胸，说要喂猪准备出去。一迈步，刘苗的眼泪就掉了下来。眼泪滴落在鱼汤里，咚一声，打起一个水泡。接着，又是一滴，再是一串。嘴巴张开，刚想叫一声妈，出口却是何兰芝。何兰芝站在前面，弯着腰问：做啥子呀？刘苗抽噎着摇头，泪眼蒙眬中，但见何兰芝撩开门帘出去了。

何兰芝并没有走远，她只是转身走到灶口，窝在椅子上摁着胃强忍着疼痛，刘苗的哭声她听见了，脸上也跟着淌下一串泪珠，令她感到身心无比的疼痛！母女俩就隔着一堵墙哭着，以哭声互诉着衷肠。哭，亦是一种释怀和打开。哭了，就好了。不是有个成语叫破涕为笑嘛！

11

高速客运站几个红彤彤的字一显露，车子稳稳地停在了停车场上。刘苗将手落在肩膀上，拉了拉滑落的内衣吊带，斜睨一眼没有反应过来的赵志军，莞尔一笑：你特意洗过车呀？

赵志军摸着头发笑了。

指尖朝下一滑，香肩半露，刘苗巧笑倩兮道：要不，我们去边上的招待所睡一觉再走？

稍许，接着又说：听我妈说，你离婚都七八年了，想女人了吗？

这已经是另一个刘苗。手从肩膀一滑，落到胸口的扣子上，并以最快的速度解开一粒。一双眼睛勾人心魄，嘴唇娇艳欲滴，今天明显用心装扮过。洗了澡，喷了香水，化了妆，涂上了鲜艳的口红。还穿上了白裙子。一阵微风拂来，发丝被吹起，风情万种。她就这样风情万种地看着赵志军笑。赵志军也笑，解开安全带，说：到了，下车啦！

总之，这次离开，与以往不同。看着帮拎行李的赵志军，刘苗恍惚了，想如果没有认识“他”，一开始跟赵志军认识，会不会成为他的好妻子呢？生活有假如吗？

想想，又自我解嘲地笑笑，给赵志军车费。赵志军拒收，他说这次是专车。拎着行李，站在人群中朝她笑，雪白的牙齿泛着瓷器的光芒。不对，是月亮跑到他嘴巴去了，清辉逼人。刘苗赶紧收回眼神转身，加快步伐上车走了。她对自己说，不能回头，人生没有回头。

走了一截，又返身回来，看着赵志军问道：你说，我真的不会死吗？肿瘤会是良性的吧？我到底是该死还是该活着呀？这个问题好难啊！不过，你得帮我照看好我妈呀！不等赵志军回答，返身上车走了。赵志军的声音恍恍惚惚地飘荡着。

此时此刻，何兰芝的面前，坐着刘苗的大舅舅。他是特意奉刘苗的关照来“照看照看”的。临走，刘苗仍旧去看望了他。他很高兴，对刘苗赞赏不绝：我说妹子呀，你这女儿呀，有良心，大气，明明知道我扯谎，还来看我。这女没白生啊！

何兰芝苦涩地笑笑，道：你没看出她精神不对啊？

哪里呀，气色好得很，打扮得也漂亮，对了，你说的那个赵志军跟她一起来的。

不会吧，她好像病了，不过，她是不会告诉我的，你帮我问问。何兰芝仍旧用胳膊肘死命地抵着胃部。

好，我这就电话她，她给我留了号码，叫我有事电话她！就在他掏手机时，何兰芝痛苦地呻吟了一声，额头上滚动着大颗大颗的冷汗，脸色又灰又黑，大舅舅看一眼，只好丢下手机，扶住她的肩膀问道：我的妹子呀，你这是病了吗？！

附　　录

虞公山……………………徐则臣（原载《芳草》2020 年第 3 期）
玫瑰，玫瑰……………………张惠雯（原载《收获》2020 第 3 期）
最后一天和另外的某一天…………艾　伟（原载《收获》2020 第 4 期）
麋　鹿……………………陈　鹏（原载《收获》2020 第 2 期）
小跑的黑白……………………朱　辉（原载《人民文学》2020 第 9 期）
除了远方……………………钟求是（原载《钟山》2020 第 6 期）
瀑布守门人……………………田　耳（原载《作家》2020 第 2 期）
密　码……………………雷　默（原载《花城》2020 第 4 期）
艾小米和她的五匹马…………张　柠（原载《中国作家》2020 第 7 期）
咪咪花生……………………文　珍（原载《花城》2020 第 6 期）
洗　尘……………………储福金（原载《钟山》2020 年第 2 期）
舞　者……………………孟小书（原载《青年作家》2020 第 4 期）
满　冬……………………李约热（原载《时代文学》2020 第 1 期）
温温恭人……………………张心怡（原载《福建文学》2020 第 3 期）
去听他的演唱会……………………林　森（原载《十月》2020 第 5 期）
九号线……………………禹　风（原载《广州文艺》2020 第 1 期）
耳中双明珠……………………王啸峰（原载《钟山》2020 年第 5 期）
唢呐的舞蹈……………………安　庆（原载《湖南文学》2020 第 8 期）
摩天轮……………………汤成难（原载《人民文学》2020 第 3 期）
高山流水……………………李　云（原载《钟山》2020 第 3 期）